非常的世界

An Extraordinary World

黄每裕 著

暨南大學出版社
JINAN UNIVERSITY PRESS

中国·广州

图书在版编目（CIP）数据

非常的世界/黄每裕著．—广州：暨南大学出版社，2012.10
ISBN 978－7－5668－0311－5

Ⅰ．①非…　Ⅱ．①黄…　Ⅲ．①散文集—中国—当代
Ⅳ．①Ⅰ267

中国版本图书馆 CIP 数据核字（2012）第 193039 号

出版发行：暨南大学出版社

地　址：中国广州暨南大学
电　话：总编室（8620）85221601
营销部（8620）85225284　85228291　85228292（邮购）
传　真：（8620）85221583（办公室）　85223774（营销部）
邮　编：510630
网　址：http：//www.jnupress.com　http：//press.jnu.edu.cn

排　版：广州市天河星辰文化发展部照排中心
印　刷：湛江日报社印刷厂

开　本：890mm×1240mm　1/32
印　张：11.875
彩　插：16
字　数：308 千
版　次：2012 年 10 月第 1 版
印　次：2012 年 10 月第 1 次
印　数：1—3000 册

定　价：38.00 元

走读世界留踪迹

——作者在国内外游历的留影

婺源三月赏菜花（2011年3月于江西婺源）

宁夏银川的沙湖，素有“塞上明珠”之称，长势茂盛的芦苇荡一望无际（2009年6月）

青海湖边看鸟岛（2009年6月）

与香港中药学会会长徐锦全先生（左）合影于香港汀九大桥（2010年5月）

云南昆明滇池边上的大观楼，有世界最长的对联（右二为本书作者）（2010年9月）

重游西双版纳（2010年9月）

云南西双版纳泼水节（2010年9月）

梦幻广州——花城广场夜景（2010年11月）

上海世博会中国馆（2010年11月）

台湾台北市中正纪念堂（2006年9月）

亮节辉千古，青衣第一家——梅兰芳纪念公园（2010年11月于泰州）

暮色苍茫看劲松（与战友江熙合影于庐山）（2011年3月）

秀色可与黄山媲美的江西三清山（2011年3月）

再访台湾，下榻在著名的台北市圆山饭店（2011年10月）

台北故宫博物院留影 （2011年10月）

本书作者与广东罗浮山华首台古寺主持印得大师合影（2012年3月）

澳门赌城新成员——威尼斯人酒店，内有当今世界最大的赌场（2012年4月）

在著名跨国企业安利（中国）公司采访时，与该公司部门经理杨明钊先生合影（2012年7月）

与夫人、女儿、外孙女一起在加拿大首都渥太华国会广场留影（2012年8月）

菲律宾首都马尼拉著名的落日大道及港湾（2006年9月）

一家人欢聚在加拿大尼亚加拉大瀑布游览区（2012年8月）

在日本泡温泉浴（本书作者与夫人、外孙女合照）（2007年6月于富士山下）

壮观秀美的“日本之魂”——富士山（2007年6月）

金碧辉煌的柬埔寨皇宫（2008年3月于金边）

硕果累累（2008年3月于越南胡志明市）

与夫人同游柬埔寨吴哥石窟（2008年3月）

丹麦“美人鱼”雕像（哥本哈根）（2008年9月）

莫斯科红场边上的大教堂（2008年9月）

俄罗斯圣彼得堡的夏宫，有世界最著名的自然喷泉（2008年9月）

芬兰首都赫尔辛基音乐家纪念公园内的“管风琴”雕塑（2008年9月）

挪威首都奥斯陆整洁安宁的环境（2008年9月）

与朋友梁计照（右）游览越南著名景区“海上桂林”——下龙湾（2009年3月）

瑞典哥德堡风光（2008年9月）

越南首都河内巴亭广场（2009年3月）

在美国三藩市拜访著名中医专家陈大仁教授（左）（2010年5月）

美国纽约华尔街的铜牛（2010年6月）

美国著名的大西洋赌城一景（2010年7月）

外甥刘启明（右）在纽约曼哈顿唐人街街头摆设的小摊（2010年7月）

加拿大多伦多唐人街留影（2010年7月）

在美国首都华盛顿国会山前留影（2010年7月）

迪拜的标志性建筑——七星级帆船酒店（2010年12月）

“美国海军日”停靠在纽约曼哈顿内港的航母供游客参观，这是在航母的甲板上（2010年7月）

穿起阿拉伯民族服装就像个穆斯林（2010年12月迪拜）

沙巴是东马来西亚的重镇，这是被称为“电池大厦”的标志性建筑（左一为本书作者夫人，右一为外甥孙女刘翠芳）（2011年7月）

文莱苏丹所建的杰米清真寺，是文莱的标志性建筑物（左一为本书作者夫人，右一为外甥孙女刘翠芳）（2011年7月）

印度首都新德里的“印度门”（2012年2月）

永恒爱情的象征——泰姬陵口号称“世界七大奇迹”之一（2012年2月于印度）

自　序

世界每天都是新的

我是个闲不住的人，也是个热衷于创造性劳动的人。正因为闲不住，所以退休多年仍退而不休，总要找些事来做。也因为喜欢创造性劳动，所以一直坚持文学创作，笔耕不辍。屈指算来，至今我已相继出版了6本书，此前出版的5本书分别是《药海扬帆》、《外面的世界》、《多彩的世界》、《药海远航》和《真我的世界》。现在出版的这本取名“非常的世界”。这是一本以我“周游列国”写出来的游记为主的新书，收录了自2006年5月出版的《多彩的世界》之后新写的几十篇文章，包括国内和国外的见闻及启示，同时还有一些记录和感悟世事的散文、时评等，以期多侧面反映我们今天所处的这个“非常的世界”。

说起来挺有意思，我这6本书串起来刚好是“两个药海”、“四个世界”。而且很凑巧，最后几本都是相隔3年出一本。“3”是吉祥数字，寓意“生生猛猛”好意头，因而有人以为我是故意安排之。其实不然，这完全是巧合。例如，今年出版《非常的世界》，就主要考虑三个方面：一是内容收集得差不多了，出新书也基本够“分量”了；二是今年刚好是我70大寿，正好以此书作为给自己的生日礼物；三是今年也是我从军50周年，同样值得出书作纪念。总之，都是有些特殊意义的。

那么，为何取名“非常的世界”呢？主要是出于“承前启后”的考虑。因为以前写的那几本书都带“世界”两字，觉得很“醒目”，本书既然也以“见识世界”、“感悟世界”的内容为主，故可形成“世界系列”，可谓名正言顺也。

如上所述，我自2006年5月出版《多彩的世界》之后，继续“周游列国”，旅游回来同样要写些见闻之类的文章。这些文章虽然仍属“小文”，但似乎比过去长了些，也“深”了些。主要是因为过去写的文章多考虑在报刊上发表，受到版面的限制，只能是短小精悍的。而近几年写的文章较少考虑在报刊上发表，可以不受篇幅的限制，有话则长，无话则短，“顺其自然”，所以普遍长了些。至于“深”，是指文章的深度，包括主题的开掘、内容的深入、分析与议论的兼顾等，力图给读者以某些有益的启发。我认为这也是与时俱进的要求和表现。例如，2010年5月，我到美国、加拿大旅游探亲，小住了一个多月，回来后就一口气写了8篇文章，分别对美国多方面的社会现象进行剖析，有赞同也有反对，朋友们读后都觉得颇有意思。因为这次赴美加与前两次不同，前两次是因公，“浮”在上面，这次是探亲，住在亲戚家里，“沉”到底层，直接接触平民社会，从而能观察到更多实质性的东西，包括美国社会的种种“怪现象”。之后，我又先后到过迪拜、文莱和沙巴，用猎奇的眼光观察和分析他们的国情和社情，探讨某些大家比较关心的问题，从而写出了一些自认为颇有深度的文章，引起了读者的兴趣。

回想这本书取名的经过，真可谓费煞苦心。书名是五个字，其实需要花脑筋想的只有两个字。因为作为“世界系列”，后三个字已是现成的，完全不必费心，关键是前面“××”这两个字的形容词，令我冥思苦想，举棋不定。根据书的内容和当前的时势特点，我先后拟出了“喧嚣的世界”、“纷繁的世界”、“朦胧的世界”、“幻变的世界”、“超然的世界”、“迷人的世界”、“崭新的世界”等，不一而足。然而，经过再三推敲，总觉得不尽如人意，都逐一否定了。正当“山重水复疑无路”之际，忽然脑子里一闪念，蹦出了“非常”这个词来，斟酌后觉得有点意思。“非常”者，超常规、超常理也。想想当今这个世界，不正是处于一个“非常时期”吗？你看，当前的国内外形势多么复杂，变幻莫测，各种社会矛盾尖锐交织，“剪不断，理还乱”。一方面，科学技术在迅猛发展，物质文明水平在迅速提高，人们的生活水平明显改善，世界前途一片光明；而另一方面，国际形势剧烈动荡，战争、骚乱频仍，危机四伏，加上天灾人祸不断，世界前景令人担忧……总之，现实世界就是一个“非常的世界”，而我笔下记录的很多人和事，都是处于这个“非常的世界”之中。对了，这本书就叫“非常的世界”吧！于是一锤定音。

过去我常听人说“太阳每天都是新的”这句话，觉得很有诗意，很有哲理，我很是喜欢，因为它表达了一种乐观向上的精神，而我正是个乐观主义者。当我执笔写这篇《自序》，正在思考用何标题的时候，脑子里很自然地蹦出了这句话。于是我把它“拿来”，套上书名，变成了“世界每天都是新的”。我想，虽然我们处于“非常的世界”之中，但这个“非常”并非贬义词，在我看来，它甚至蕴涵更多积极的内涵，这正好反映出我乐观的心态。相信读者诸君也能感受到我“乐天派”的情怀，从文章中“窥见”我热爱世界、热爱生活的积极的人生态度。

过去人们都说“人生七十古来稀”。现在看来，这句话不怎么确切了，应改为“人生七十不稀奇”才对。或者更幽默一点，改为“人生七十古来希”——改稀少的“稀”为希望的“希”。即是说，人到了七十岁仍充满希望。这也是我的现实心态。可笑的是，近年来有一些“糊涂虫”或别有用心的人，散布危言耸听的“预言”，说什么“2012年是世界末日”。这简直是一派胡言，彻头彻尾的无稽之谈！我想，如果真有“末日”的话，倒希望末日早些降落在那些唯恐天下不乱的恐怖分子、邪恶之徒、政治狂人等的头上！铁的事实已经或正在不断地戳穿他们无耻的谎言，2012年非但不是“末日”，而且是“旺年”。特别是对于全世界的华人来说，今年正是个吉祥之年——十二生肖中的“龙年”。“龙年”寓意龙马精神、龙腾虎跃！而我正好在“龙年”迎来70大寿，跨越人生的又一个里程碑，很有意义。正如伟人毛泽东所说：“雄关漫道真如铁，而今迈步从头越。”虽然已届“七十”，已出“六本”（书），但我仍不满足，要更加意气风发地“从头越”，争取在“非常的世界”里继续创出非凡的业绩！

如果说，今天出版这本书正好为“70后”（戏称70岁之后）献上一份“薄礼”的话，那么，我更期待到“80后”、“90后”庆生之时，有更多“厚礼”陆续呈献……

黄每裕

2012年8月1日

目录

上编　人在旅途

下编 世事感怀

上编　人在旅途

1. 贫富悬殊　龙蛇混杂

——菲律宾社会现象一瞥

2006年9月8日，我偕夫人参加旅行团去台湾旅游。但由于当时台湾与大陆未实现“直航”，大陆居民不能从大陆直接飞往台湾。于是，广东中旅便特意设计了一条经由菲律宾入台的路线（从香港中转）。为此，有人抱怨说“绕了冤枉路”。但我却认为，这个“冤枉路”绕得好，反正是旅游，趁机多走一个国家有什么不好呢？难得“歪打正着”啊！

于是，我们才有了此次菲律宾之旅。

由于是路过，所以在菲律宾没有待太长时间，总共只有两天多，在首都马尼拉附近地区转了一圈，看了看著名的马尼拉湾畔“落日大道”、市中心革命广场、立体地图公园、美国士兵坟场和大雅火山湖等几个景点。还在往返途中领略了一些亚热带岛国的旖旎风光以及考察了一些社情民意，留下的总体印象是：菲律宾风光秀丽，物产丰富，但国民贫富悬殊，社会状况和市容环境比较混乱。

这里记下三则见闻，试以“一斑窥全豹”。

惨不忍睹的贫民窟

在马尼拉观光期间，我们曾经路过一些当地贫苦民众集中居住的地方，即俗称的“贫民窟”。这里居民的生活环境实在太糟糕，用“惨不忍睹”一词来形容实不为过。虽然，过去我在国内和国外的一些穷地方也曾看到过类似的情景，但可以说没有比这里更寒酸的了。

我们的旅游大巴曾几次路经一条通往城郊的主干道，其中有一段是铁路和高速公路并行走向的。我们惊讶地发现，在铁路一侧紧挨路基的地方，密密麻麻地搭建着大片简陋的民房，大多是用旧铁皮、石棉瓦、油毡纸或破木板等搭成的，破烂不堪，摇摇欲坠。不用说，这就是贫困一族的栖身之所，亦即“贫民窟”了。目睹此情此景，我们在叹息之余，无不为他们的人身安全捏一把汗。大家都知道，菲律宾是个台风、海啸、地震、暴雨等各种自然灾害频发的国家，这样的生活环境怎能“安居乐业”呢？然而，导游却轻松地说：“不，对于贫困一族来说，能在此占到一个窝，已经很满足了，总比在城里连个立足点都没有好得多！”他甚至夸赞说：“其实，穷人在这里居住还有一些优越性呢。起码省下不少地税、租金和生活费用。这里位于城乡结合部，离市区不远，进城打工也较方便，很多人坐火车都不用花钱呢！所以马尼拉人住贫民窟的很多，甚至越来越多！”

“什么？坐火车可以不花钱？”我诧异地问导游。

导游笑着解释说：“是呀，他们可以扒火车，无须买车票。”

原来，这里的铁路交通管理不严，乘车秩序很混乱，加上火车速度非常慢，很多人可以在中途扒车，到达终点站之前再跳下来，从而逃避了检票。

一会儿，果然见到一列火车慢吞吞地驶过来，虽然这里没有停站，但很多“路边客”却纷纷往车上攀登。有的吊在车门口，有的爬上车顶，总之找到个立足点就行。这时，我们看到，几乎整列火车的车顶都已坐满了人，差不多与车厢内的人一样多，个个都悠然自得地在观赏沿线的风景，很惬意似的。导游调侃说：“这是菲律宾马尼拉一道独特的风景线哩！”

人们都认为菲律宾是个很穷的国家，但从历史来看，似乎又不见得。据资料显示，1950 年至 1970 年期间，菲律宾与日本、缅甸都曾是亚洲最富的国家。2004 年，世界银行按购买力评价，菲律宾被列为全球第 37 大经济体，可见他们并不穷。听说菲律宾有一定分量的大财团、大老板不少，其中不少是华人，在亚洲乃至全球富人榜中也榜上有名。的确，在我们的脑海中，仍一直保留着一个印象：多年来很多菲律宾华裔富豪为支援祖国和家乡建设慷慨解囊。但是，如今来到菲律宾，却看到那么多穷人住贫民窟，境况比较凄惨。这说明什么呢？我想，只能说明菲律宾是个贫富悬殊、管理粗放的国度吧。

冒牌“名车”耀武扬威

如果说贫民窟是马尼拉的一道风景线的话，那么，大批拙劣冒牌车耀武扬威地满街跑，可称得上是马尼拉的又一道独特风景线。然而，那些冒牌车的假冒技术实在太低劣了，只是把原先的杂牌破车换上一副假冒的世界名车的标牌，甚至连这个标牌也是粗制滥造的，靠手工用铁皮、油漆制成，一看就看出破绽。据我观察，此类冒牌车不外乎两种：一种是私家车（包括摩托车）；另一种是载客小车（以吉普居多）。而假冒的牌子又以奔驰居多，还有宝马、保时捷、劳斯莱斯等，无一不是世界顶尖名牌。更夸张的是，车主故意把标牌做得很大，往往比正规的大几倍，目的是吸引人的眼球。与此同时，他们把车身打扮得花枝招展、千奇百怪，大有“貌不惊人死不休”的意思。

奇怪的是，为什么他们肆无忌惮地假冒车牌和改造车身呢？导游解释说，这缘于菲律宾的特殊国情。一方面，民众法规意识淡薄，有“法不责众”思想；另一方面，政府部门管理松懈，视而不见，加上管理人员少，根本管不过来。的确，在当地很多人的潜意识中，换个名车标牌，打扮一下车厢，根本不构成侵权或违法，只是“贪好玩”而已。因此，他们把驾驶这样的“名车”招摇过市、耀武扬威，当作一种个人爱好和炫耀身价的乐事。而那些用于载客的吉普车的车主，除了满足虚荣心，以拥有这样的“名车”而自豪外，还有点实际好处，就是“名车”、“豪车”更有利于招徕顾客，使之生意兴隆。

有人说，根据菲律宾的特殊国情，车主们“傍名牌”、“改豪车”只是为了满足虚荣心，实际上对社会不会造成太大危害，而另一种现象——乘客“吊车”，隐患可不少。所谓“吊车”，就是当乘客太多、车内挤不下时，很多人干脆把身体“吊”在车厢外，只有一只脚踏在车上，一只手拉着车身某个位置，而另一只手和另一只脚悬空，很是危险！这情景就像电视中暴徒劫车的镜头。一方面，公交车乘客“吊车”现象普遍，另一方面，摩托车“飞车”现象司空见惯，骑手们个个“唯我独尊”，开着“铁马”风驰电掣般抢道穿梭，造成马尼拉街头险象横生，实在让人提心吊胆！

坟场就是“最佳景点”

马尼拉的旅游景点虽然不多，但怎么也想不到导游会“饥不择食”地带我们去参观一个坟场。事先，他对我们说：“你们不必大惊小怪，也无须害怕和慌张。事实上，这里的景色是不错的，堪称马尼拉最美丽的地方之一，也是很多旅游团必到之处。”

果真如此。原来，这个“死人景点”就是“美军纪念坟场”。它坐落于马尼拉东南郊的波尼法西堡，占地152公顷，是为纪念第二次世界大战中在菲律宾阵亡的美军而建的。这里的环境的确很清幽、安静。它原是一大片平缓的山坡地，稍经改造便变成一个宽广的坟场。在连片碧绿的草地上，间或种上一些茂盛而婆娑的大树，但附近不远处就是一座座现代化的高层建筑物，显示出这里并非“世外桃源”。坟场内用汉白玉制成的大量十字架，整整齐齐地竖立在草地之中，白、绿相衬，色调鲜明而和谐，非常壮观，非常凄美，令人肃然起敬！据导游介绍，这个坟场共有17 206个十字架，每个十字架上都刻着死者的名字，说明共有17 206名殉难者安葬于此。但如今，90%以上的尸骨都已漂洋过海回到美国去了，只留下一个个“空名”。所以当地人改称这里为“纪念公园”。让人意料不到的是，这个“死人景点”至今还是美国的租界。但这对于菲律宾来说，并不在乎这些“声誉”，因为他们一直就是美国的盟友，更何况“租界”还可“赚外汇”哩。据说美国人为保持这座“美军纪念坟场”的庄严和景观，一直以来都是雇请菲律宾政府代为管理的，为此，菲律宾每年可赚取1亿美元的管理费，这无疑是一笔不可多得的外汇收益。正是由于有人管理、有钱花销，这里才能保持如此清幽的环境和美丽的景观，人们赞誉它为马尼拉“最佳旅游景点”也就不无道理。

其实，不仅“美军纪念坟场”的景观很漂亮，周边的环境也不错。距此地稍远一点，就是马尼拉的新区，用我们的习惯说法叫“开发区”，那里更是一派新气象。为了让我们领略一下马尼拉新区现代化的气氛，导游特意带我们去“逛新城”，但只是坐着车子逛了一圈，并没有实地考察。然而，仅凭“跑车观花”也留下了较深刻的印象。可惜，当我们兴致勃勃地往回走的时候，一进入旧城区，立即就像从“天堂”掉到了“地狱”。因为旧城区实在太寒酸、太混乱了。很多房子低矮而破旧，年久失修，风雨飘摇。马路狭窄又坑坑洼洼，成了“走鬼”（无牌小摊贩）的天堂。谁都知道，凡是“走鬼”云集的地方，无不是“龙蛇混杂”，人、车横行霸道，垃圾、污水满地，交通、治安乱象丛生。实在难以想象，马尼拉旧城区竟是如此的脏乱差，简直令人望而却步！

从马尼拉新旧两个区市容环境两极分化的情景可以看出，菲律宾这个国家的管理水平很有限，管理能力更不敢恭维。新旧城区社会面貌反差之巨大，也进一步说明菲律宾贫富悬殊状况之严重。我想，只有下大决心进行全面改革，才能彻底消除众多的积弊和隐患，树立起一个崭新的菲律宾国家形象。我们衷心期待菲律宾“明天会更好”！

2006 年 10 月 20 日

2. 菲律宾缘何未见“银发浪潮”

随着社会的发展和科学的进步，人们生活水平不断提高，寿命也越来越延长。眼下，不少国家已进入或即将进入老龄化社会，一股“银发浪潮”正席卷全球。然而，我近日到菲律宾旅游时，却没有看到“银浪滚滚”的情景。听了导游介绍，才知“事出有因”。原来，菲律宾人的寿命较短，至今全国平均寿命男性还不到55岁，女性则不足57岁。

说到菲律宾人寿命较短的原因，起初大家都以为主要是天气太热的缘故，但导游否定了。他反问道：“新加坡不是也很热吗，为何他们能长寿?”我们的导游陈先生祖籍是中国福建泉州，属第三代华裔，常有机会到中国及世界各地“转悠”，见多识广。他通过对比分析，归纳出了菲律宾人“短寿”的几个主要原因。

首先是社会因素。近几十年来，菲律宾风云多变，社会不稳定，经济发展缓慢，贫富悬殊突出，大多数人生活在贫困线以下，生存条件和健康状况都很差。一方面，天灾和疫情频发，另一方面，国家又无能力提供任何医疗保障，贫病交加，难免折寿。第二个因素是受民族和宗教传统的影响。菲律宾人普遍存在“多子多福”的观念。菲律宾又是一个天主教国家，是不搞计划生育的。根据教规，夫妻不得离婚，更不准堕胎，因而每个家庭都是“儿孙满堂”，一对夫妻少则生六七个孩子，最多的有二十多个。生育太多太密，势必有损父母的身体健康，孩子的死亡率很高，父母的寿命也大打折扣。还有一个重要因素是饮食习惯问题。菲律宾人的口味特别重，嗜吃咸、甜、酸和煎、炸、烤的食物。说起来也许你会觉得奇怪，处于热带地区、土地肥沃、雨量充沛的菲律宾是名副其实的水果和蔬菜王国，但是菲律宾人对水果和蔬菜却“不感冒”，都出口给外国人吃了。作为一个岛国，水产资源自然也很丰富，可惜“菲人”与“生猛海鲜”无缘，名贵的鲍鱼、海参、鱼翅、花胶之类的海产品他们统统不吃，而对普通的鱼、虾、蟹之类，也很少趁鲜活时吃，总是储藏了很久才吃。烹饪时，则把它们或煎或炸或烤，最后几乎变成一盘盘“黑炭”。那天，我们来到距马尼拉一百多公里的大雅火山湖游览，听说午餐时将吃到湖中出产的名贵的罗非鱼，大家好不欢喜。然而，最终端上桌的竟是一盘油炸成黑糊糊的“鱼化石”，令大家甚为扫兴！须知，太咸、太甜、太酸或过度煎炸的食品，营养成分损失殆尽还不算，更严重的问题是含有大量的致癌物或其他有害物质，对人体健康很不利。如此生活习惯，难怪菲律宾人屡遭癌症、心脑血管病、糖尿病等人类健康的“大杀手”的袭击了。

“在‘银发浪潮’席卷全球的今天，菲律宾却没有赶上这股浪潮，这并非好事。人口‘老龄化’虽然也给一些国家带来巨大的经济压力和其他社会问题，但它毕竟是社会文明进步的重要标志，由它带来的一些困难也属于‘前进中的困难’，是可以解决的。菲律宾未见‘银发浪潮’，则是国家贫穷、社会落后的反映，积弊很深，绝不可等闲视之！”陈导游最后一番“高论”，说得大家将信将疑。

（原载 2006 年 12 月 6 日《健康报》）

3. 迟来的爱

——初访台湾之一

有一首著名流行歌曲《迟来的爱》，我用它来形容此次台湾之行，似乎很贴切。不是吗？44 年前，正当我风华正茂之时，参军来到祖国最前哨海南岛，立即就投入到紧急的战备工作之中，坚决还击蒋介石反攻大陆的阴谋。想不到世事无常，后来，台海硝烟渐渐消散。经历近半个世纪的“变幻”，到如今，硝烟已渐渐被血浓于水的同胞之情所取代。于是，我的身份亦随之发生了变化，从昔日横枪跃马、誓当“宝岛前哨兵”的战士，骤然变成“潇洒走一回”的旅游者，怀着颇为复杂的心情前来台湾探秘，了却多年“登岛”的夙愿，同时也可趁机领略它那迷人的“风花雪月”。

真的，时间可以涤荡一切。随着我的身份及心态的变化，过去很多误解与偏见也会被剔除，于是变得更客观和真实。我发现，台湾的现状比我想象的更好，乃至与昔日的印象形成很大反差，令我感慨万分！在动笔写这篇文章的时候，不由得发出“迟来的爱”的感叹！

我们是于 2006 年 9 月 10 日晚抵达台北桃园机场的。由于此时海峡两岸尚未实现直航，大陆居民赴台必须采取变通办法（例如绕道第三国），于是我们在广东中旅社的特别安排下，走了一条“迂回路线”，绕道菲律宾和香港，最后才来到了台湾。为了较全面、充分地了解祖国最大宝岛的风貌，我们用了 7 天时间进行环岛游，所见所闻令人很兴奋，给我们留下了不错的印象，“美誉度”颇高，可归纳为“三个想不到”：一是想不到台湾的地理环境和自然风光这么好；二是想不到几十年来台湾的建设取得这么大的成就；三是想不到台湾之旅有这么多“新发现”，心情会这么愉悦。

7天的环岛游，我们几乎把台湾有代表性的景区和景点“一网打尽”了。屈指数来，已先后到达台北、新竹、苗栗、花莲、台东、台中、彰化、南投、云林、台南、高雄、嘉义、屏东、宜兰等多个城市。除了观光游览之外，我们还接触了一些民众，考察了一些社情，真切地感受到台湾优越的自然环境以及生机勃勃的社会景象，台湾不愧为“宝岛”和亚洲“四小龙”之一。

纵观全貌，台湾既有海岛的特质，又有大陆架的气势。由于岛屿面积大，各种资源很丰富，海滨、山脉、平原、江河、良田、森林等一应俱全。多样化的地形、地貌和气候，造就了丰富的物产和旖旎的自然风光。有人开玩笑地说，看来上帝对它特别钟爱，赐予它这么多得天独厚的自然资源！确实如此，过去没能亲身感受，如今到此一游，才发现台湾原来是“上帝的宠儿”，很多自然环境是大陆不可比拟的。

首先，东部漫长的海岸线就令我赞叹不已。旅游大巴沿着海岸公路自北往南一路疾驰，但见沿途都是天然景区，延绵几百公里。一路上除可欣赏太平洋美丽海景外，还可领略海岸线上童话般的“立体画卷”。遥看远方，那些“飘浮”在海面上的“岛外岛”隐隐约约，静卧在烟波浩渺之中，宛如仙境，充满着神秘感，令你浮想联翩。其中有个叫“绿岛”的“岛外岛”，最有名气，它曾是囚禁政治犯的地方，有很多人们熟悉的台湾政要，都曾在此“享受”过。那首被人们广泛传唱的《绿岛小夜曲》，就是描写这里的意境。后来，“绿岛”作为一个特殊的旅游景点，也对外开放了，吸引了众多游客前往探秘。可惜我们这次没有充裕的时间和事先计划，未能登岛考察，这为下次来留下了一个悬念。

在台湾游山玩水，无疑有很多好去处，但我对“垦丁海洋生态港”情有独钟。因为这里的海水特别清澈而湛蓝，还有很多鱼类任君观赏。那天下午，天气特别晴朗，我们乘坐一艘“透底船”（底部透明，能看到海底生物活动的船只），一直驶到了宽广的海面上，兜着圈儿寻觅最佳目标。忽然，“透底船”减慢了速度，随后停止了前进。导游指着船底高兴地对我们说：“你们看，海底有很多鱼在欢迎大家哩！”顿时，我们的目光都集中到透明的船底，并纷纷俯身伸脖观望。果然，透过清澈的海水，我们看到了10多米深处的海底，那里生长着很多千姿百态、色彩斑斓的珊瑚树，珊瑚周围有一群群各种各样的鱼儿在悠游，它们完全不怕人们的惊扰，仿佛与游客是“一家人”。说真的，过去我们只能在主题公园的水族箱里看见类似的情景，而从没在大海中看过如此壮观的珊瑚树和大阵仗的鱼群，真是大开眼界，团友们不由自主地发出一阵阵惊叹声！

更有意思的是，我们来到宝岛的最南端。这里岸边有一块延伸出大海中的巨大礁石，名叫“猫鼻头”，因其外形酷似猫头而得名。这里的独特之处在于“三海交汇”：南边是巴士海峡，与菲律宾的吕宋岛相望；东边是太平洋，可延伸至美国；西边则是台湾海峡，与广东的汕头一衣带水。如此独特的地方，自然成为台湾一个著名的地标。人们站在“三海交汇”的“猫鼻头”，极目海天，心旷神怡，浮想联翩，萌发出很多莫名的感受。此时，一位团友兴奋地朝着汕头的方向大声呼喊：“祖国的亲人们，你们好！我们正站在台湾最南端的‘猫鼻头’上，离祖国大陆最近的地方，你们听得见我们呼喊吗？”这当然是笑话，实际上是不可能听见的，只有海浪在作回声……

除此之外，台湾有代表性的景点还有不少，如太鲁阁国家公园、东西横贯公路、阿里山、日月潭等，这次我们有幸都游览过了。阿里山当然不能不作为重点介绍的景点。那天上山的时候，我们都情不自禁地唱起了“阿里山的姑娘美如水，阿里山的少年壮如山”这首歌，倍感亲切和兴奋。然而，真正的阿里山姑娘却不容易看到，只能看到在层层叠叠山坡上的茶林中，掩映着一队队采茶大嫂、大娘的身影。虽然她们不是妙龄女郎，但她们都穿着艳丽的民族服饰，把云雾缭绕的茶林点缀得五彩缤纷，宛如一幅意境奇妙的水墨画。此时，茶树生势正旺，茶林一片翠绿，美不胜收。导游善解人意，在半路上选择了一个最佳位置叫司机停车，让我们抢拍一组“阿里山上，高山茶林”的美丽照片。光“务虚”还不够，还要来点“务实”的——让大家品尝一下闻名遐迩的阿里山高山茶。于是，导游又带我们来到山上一家高山茶专卖店，领略一下茶道。这时尽管室外烟雨迷蒙、寒气袭人，但室内却热气腾腾、茶香阵阵。热情的店主一边宣传、介绍“高山茶”的有关知识，一边敬赠各式名茶给我们品尝，令我们陶醉于其中。免费品尝之后，无不纷纷解囊选购，大包小包地买回去，自家享用或馈赠亲友，传承亲情和友情。

阿里山除了高山茶之外，还有一样东西更闻名于世，那就是俗称“神木”的红桧树。奇怪得很，这种珍贵的红桧树别处不多见，唯有阿里山漫山遍野都是，长得茂密而高大，蔚为壮观。导游说，由于山上气候阴冷，非常适合红桧、扁柏、柳杉等耐寒的乔木生长。其中以红桧树最为名贵，被誉为台湾的“岛宝”。据说原先有一棵树龄达 3 000 年的红桧树，树高达 57 米，树干需 20 个人才能合抱。由于树龄特大，树干巨大，树高参天，因而被称为“神木”。可惜它在 300 年前被雷电击倒后，“寿终正寝”了。后来人们又找到了它的“替身”，作为第二代、第三代的“接班人”。在林区中心，我们就看到有些“神木”被编上了号码，重点保护。它们无一不是遮天蔽日的“巨无霸”，尤其是

“号神木”，高达40～50米，直径12米，要20个人才能合抱。听说过去在日寇统治时期，日本侵略者大肆掠夺台湾资源，其中最大的罪恶之一就是疯狂砍伐阿里山上的“神木”，使宝贵资源损失不少，令人十分痛恨！据说，臭名昭著的靖国神社等日本国内大批著名寺庙，都是用阿里山“神木”建造的。可喜的是，“野火烧不尽，春风吹又生”，在台湾人民长期精心的保育和科学的繁衍下，如今阿里山“神木”又蔚然成林了，成为一座最具特色的国家森林公园和一个最吸引人的旅游景点，每天有成千上万的游客前来观光游览，像朝圣一般向“神木”朝拜。

在台湾，阿里山和日月潭常常被人们相提并论。这一点也不奇怪，因为两者名气相当。而我除了认同名气之外，还发现了另一个将它们相提并论的原因，那就是两者都堪称社会的“保护神”，前者呵护的是树，后者呵护的是人。原来，在日月潭边上居住着一个“珍稀”的少数民族——邵族。据说这是世界仅存的一个濒临灭绝的少数民族，现在只剩下200多人，可谓弥足珍贵。台湾当局为了保存这个民族，使之能继续繁衍和发展，采取了很多积极措施，包括制定出非常优待的政策，鼓励其生育，或与外族人通婚，然后入赘到邵族村里来。据导游介绍，按照政府规定，邵族人每生一个小孩子都会得到好几万元钱的补贴，日后的医疗费、学费等也全免。当我们兴致勃勃地参观了这个邵族村之后，发觉这里的确是人杰地灵。过去邵族人以打猎、采药或捕鱼为生，如今，随着旅游业的发展，很多人已改行做小生意了，村子变得商铺林立，有经营山珍海味的，有经营名贵地道药材的，有经营传统工艺品的，有经营饭店旅馆的……我们还特意在这里吃了一顿具有浓厚民族特色的午饭，席间还有民族歌舞表演，气氛搞得很欢乐和热闹。导游借机开玩笑地对我们说：“哪位团友如有兴趣，不妨找个邵族人结婚，不论男女都可以留下来，婚后生育则多多益善！不说其他好处，光是生育补助就是一条很好的生财之道啊!”导游的一番话逗得大伙儿哈哈大笑。

台湾给我留下良好印象的地方，除了上帝赐予的自然环境和山水园林外，还有经济建设的经验。也许因为我是农村出身，所以对农业的发展特别关注。说实话，我对台湾农村的面貌十分羡慕，尤其赞叹他们先进的农业技术。看来，台湾大力推行现代化农业、畜牧业和渔业已有相当长一段时间，并取得了丰硕的成果。我们所到之处，看到各种各样优质农副产品大量上市，都感到特别开心，这些产品中尤以众多本地产优质水果最诱人。无论在超市或地摊上，都可见光鲜个大的凤梨（菠萝)、芒果、木瓜、杨桃、石榴、龙眼、火龙果、甜瓜、香蕉、莲雾、释迦（粤语俗称番鬼荔枝）等采用先进技术培植的特产水果堆满货架（摊)，琳琅满目。过去我从未见过有几斤重一只的大芒果，或比拳头还大的释迦，此刻，在惊叹之余，情不自禁地捧起来拍照留念。看着这些黄澄澄、香喷喷的果中极品，我不禁垂涎三尺!

有趣的是，不少台湾人还有一种怪嗜好——喜欢吃槟榔。他们把槟榔果含在口中，不停地咀嚼，直到渗出红色的汁液，一副“血口喷人”的样子，很是恐怖。但他们却咀嚼得津津有味！导游为了让我们开开眼界，当旅游大巴行经某个路段时，特意停下来，然后请来两位“槟榔西施”（专门卖槟榔的美女)，登上了我们的大巴，送槟榔给我们吃（其实是导游请客)。她们一边为我们作吃槟榔技巧的示范，一边讲述有关槟榔的趣闻。据说“槟榔西施”这个行业在台湾日渐流行，发展到如今已有点像休闲娱乐业“三陪小姐”的性质，即带点色情的色彩了。只见她们化着艳妆，衣着暴露，搔首弄姿，卖弄风骚。然而，见惯了世面的我们并不为之所动，没有什么兴趣，权且将其当成一种民族风情罢了。当然，很多团友也会“入乡随俗”，在“槟榔西施”的诱惑和鼓动下，纷纷品尝起槟榔的滋味来，渐渐地便“吐血不止”。只有我对“惨不忍睹”的“喋血”不以为然，没有领“槟榔西施”的情。

2006 年 10 月 15 日

4. 千秋功过　后人评说

——初访台湾之二

常言道，百闻不如一见。这次到台湾，耳闻目睹了很多事情，有所感悟，通过思考与分析，从而对某些历史问题产生了新的见解，评价比过去或许更客观、全面一些。因此可以说，这次台湾之行，既是一次“圆梦之旅”、“发现之旅”，又是一次“解惑之旅”。

过去常听人说，“不看不知道，一看吓一跳”。如今拿来形容此次台湾之行，我看也挺贴切。虽然，我们也算是见过世面的人，不至于真的被“吓一跳”，但台湾的现状与我们过去的想象确实有较大差别，不禁令我们惊叹，并引起反思。于是，我不妨把这句话改为“不看不知道，一看开了窍”，似乎更恰当。

那么，台湾的什么地方让我们“开了窍”呢？简单地概括一下，不外乎经济、交通、文化、社情等几方面。

首先是经济。我们真切地感受到，这些年来，台湾的经济的确发展很快，建设成就令人瞩目，民生有了很大改善。作为一名大陆同胞，看到这些事实，无不感到欣慰，但同时又为“认识太迟”而颇感遗憾。真的，我觉得台湾有很多经验值得大陆学习和借鉴。

我对台湾的第一印象是社会生机勃勃，欣欣向荣。无论城市或乡村，都呈现出一派日新月异的景象。我们看到，不但台北、高雄、台中、花莲等中心城市的现代化气氛非常浓郁，而且其他县、市、镇，甚至乡村也建设得十分漂亮，似乎没有很明显的城乡差别。当然，很有气派的高楼大厦还是城市居多，其中又以 508 米高、犹如鹤立鸡群的台北 101 大厦最令人瞩目。它在阿联酋迪拜塔落成之前曾是世界最高的建筑物，为台湾乃至亚洲赢得了一项桂冠。101 大厦除了超高之外，其非常特别的“节节高”的塔身造型也令人赞叹不已。看上去它就像一支雨后春笋，一节一节地拔高，象征着台湾的发展前景美好，“步步登高”。可惜由于我们没有安排登上这座摩天大楼的计划，所以只能在广场周围“眺望”，那冲天而起的雄姿也令我们激奋不已。后来，我们到高雄终于“补上一课”，登上了“85 大楼”（又称东帝士 85 国际广场）。据说这座 85 层高的大楼，在台北 101 大厦落成之前，也是全台湾最高的建筑物，因此理所当然也是当地最著名的标志性建筑，值得高雄人民骄傲。那天中午，我们登上该楼的 80 层观光，极目远望，整座滨海城市尽收眼底。最令人震撼和羡慕的是，高雄有一个地理环境得天独厚的天然国际大港——高雄港。从高处望下去，但见这个超级大港气势磅礴，气象万千。一个个港湾码头均连通着大海，港湾外停泊着数不清的巨轮，有些正在鱼贯进出港口。连绵十里的码头吊车林立，装卸作业一派繁忙……无疑，高雄港的繁忙景象，正是台湾经济腾飞的写照。

台湾社会的生机活力，还表现在交通方面。我们此次环岛行，正好体验了台湾交通发达之状况。的确，这些年来，台湾交通事业突飞猛进的发展，成为老百姓最称道的成就之一。尤以现代化公路网的建设最令人瞩目。据导游介绍，台湾公路网共分 5 级：国道、省道、县道、乡道和专用公路，总长逾 4 万公里，纵横交织，四通八达。其中，上文提及的东部沿海公路和东西横贯公路，是全岛的“大动脉”，被誉为“两项伟大工程”。鉴于其伟大意义，还被列为特殊的旅游景区，旅游者可在此领略崇山峻岭、峡谷天堑的风光，又可弘扬开天辟地的艰苦奋斗精神。当我们置身于太鲁阁那险要的峡谷、隧道和栈桥时，心灵无不感到震撼，不由自主地发出一阵阵惊叹！原来，这项“伟大工程”是由众多国民党老兵流血流汗，甚至付出了很多生命而换来的！在为纪念这些亡灵而建的长春亭边，我们怀着沉痛的心情为他们默哀！真的想不到，在台湾旅游也能感受“愚公移山”的精神和接受“革命传统”教育！

台湾不但公路网很完善，铁路、海运和空运事业也相当发达。特别是轨道交通，近年来建设不断提速，台铁（传统铁路）、轻铁（轻轨、缆车等）、高铁（高速铁路）全面开花，沟通了全岛，从而大大地促进了物流和旅游业的发展，进一步缩小了城乡差别，仿佛处处都是城市。对比大陆的很多市镇和农村，有不小的差别。众所周知，现时大陆虽然有些地方富裕起来了，但有不少地方仍然很穷。即使是有些“先富起来”的地方，环境卫生也不尽如人意。特别是在农村或一些城乡结合部，仍有很多破旧房子，市民的生活环境很差。但我看台湾就没有如此赤贫的现象。即使是较偏远的农村，房子、场地都很整洁漂亮，一派美丽的田园风光，令人赏心悦目。导游开玩笑地说：“这绝非我‘政治觉悟’高，刻意安排大家去看台湾的‘先进典型’！”

此次“环岛游”让我们大饱眼福，除了看实景之外，还在旅途的大巴上看了很多精彩的录影。可以说，我这辈子从没有在如此集中的时间段里，专心致志地看这么多的录像片，真可说是破天荒！看（听）得最多的当然是邓丽君。几天来，几乎把她的所有歌曲都重温了一遍。我向来是邓丽君的粉丝，平日最爱听她那天籁之音，此刻正中我的下怀。很奇怪，在她的故乡听她的歌，我感到特别亲切，别有一番情愫在心头，使旅途增添了很多快乐。

令我感慨良多的是观看了一些过去在大陆看不到的影片，题材包括对蒋介石、蒋经国、宋美龄、张学良、李登辉等历史人物的介绍及评价，还有抗日战争、西安事变、国共合作、台海战局等重大历史事件的“秘闻”。所披露的内容让我们觉得很新鲜，同时受到不少启发。例如，说到国民党、蒋介石在抗日战争中的地位和作用这个问题，过去我们都说国民党不抵抗，蒋介石是卖国贼，等到抗日战争胜利了，他才从峨眉山上跑下来“摘桃子”。然而，我们从那些影碟所记录的实况来看，并非完全如此。其实国民党、蒋介石对抗日还是有一定功劳的。想想也是，当时国民党是执政党，蒋介石是国家元首，抗日的大旗理应由他们扛，因此，在很多主战场上，还是非“国军”莫属。说到张学良与蒋介石的恩怨，过去我们也是知其一不知其二。其实张学良是非常敬重恩师蒋介石的。他一直对发动西安事变感到内疚，觉得对不起恩师，所以后来心甘情愿接受蒋介石的严惩，至死孝心不变……当然，我们也知道，这些宣传资料（或称纪录片、文艺作品），都是台湾一方炮制的，难免带有政治倾向或主观潜意识，未必完全客观、公正。因此，我们在欣赏时，都保持着一定的警觉，不致被其“洗脑”。但平心而论，这些“宣传资料”中的很多内容，我觉得还是有不少可信之处的，不管是台湾人还是大陆人，都会产生共识，足以纠正过去的某些偏见。有道是“兼听则明，偏信则暗”，此次“兼听”了这些“一面之词”的东西，我想还是有一定的参考价值，多“明”了一些东西。

众所周知，在台湾的现代史中，蒋介石的地位举足轻重，台湾人对他最熟悉不过了。那么，台湾人对他的评价到底如何呢？这一点与我们原先的想象也有不少差别。原先我们总以为，蒋介石是只丧家之犬，被赶到一个孤岛上，处于四面楚歌的绝境。他之所以能统治台湾几十年，全凭独裁和高压政策，“制服”了民众。按理说，物极必反，他必然会引起全岛民众的不满和憎恨，希望彻底推翻这个“蒋家皇朝”。然而，实际情况并非如此简单。我们发现，不少台湾民众还是“容得下”蒋介石和国民党的。特别是“蒋二代”——蒋经国执政期间，他在台湾人民的心目中拥有很高的威望。我们从很多史料和民众的口碑中得知，蒋经国的确不愧为一位杰出的领导人。台湾之所以能在20世纪七八十年代实现经济腾飞，成为“亚洲四小龙”之一，均有赖于蒋经国的英明领导。但以前我们对此知之甚少，这次算是补上了一课。由此可以说明，现代很多国民党精英分子，已不仅仅是政客，而是集经济、技术、金融等多个领域专才于一身的“能人”。我们听到对蒋经国评价最多的两点是“实干家”和“父母官”。很多重大建设项目和最艰巨的工程，都留下了他的身影和足迹，甚至血汗。可以说，那些伟大工程都是蒋经国殚精竭虑、亲力亲为的结晶。在他执掌政权的十多年间，真是鞠躬尽瘁，死而后已，功不可没。蒋经国的亲民形象更是有口皆碑。这一点与蒋介石相比可谓天渊之别。他的亲民表现在两个方面，一是生活勤俭朴素，二是体恤民情。而老百姓最赞赏的是他大力改善民生……总之，蒋经国对台湾的发展作出了巨大贡献，他自己也成为台湾人的楷模，深受民众的推崇与爱戴。

可惜，李登辉执政之后“离经叛道”，败坏了国民党的威信，渐渐失去了民心，以致后来丢掉了政权，被民进党所取代。谁料民进党也不是好东西，甚至“一个更比一个坏”。其“坏头头”陈水扁一当上“总统”，就大耍阴谋诡计，疯狂地掀起派系斗争，把整个台湾搞成“一锅粥”。“子是中山狼，得志便猖狂”。陈水扁为了巩固其统治地位，祭出了一个狠毒的“杀手锏”——“铲草（蒋）除根”。为了消除国民党和“蒋家皇朝”的影响，他丧心病狂地搞“拨乱反正”，把过去国民党制定的一些政策、法规、制度统统废除。特别是对那些有纪念意义的东西，一律清扫，包括几十年来在台湾各地、各单位安放的蒋介石塑像，统统撤掉，如同一堆堆建筑垃圾被集中堆放起来。我们在台北郊外好几个地方就看到不少被撤掉的“蒋公”被乱七八糟地丢弃在旷野，犹如“乱葬岗”。这不禁让台湾人的心里蒙上一层阴影，总有一种说不出来的苦涩味道。我们了解到，大多数台湾民众对陈水扁这一“倒蒋”狠招是很反感的，只不过有口难言罢了。

其实，对于台湾这种情势我本人心里也很忐忑。虽然我一向对蒋介石不“感冒”，毕竟敌对了几十年，打从44年前当兵那时起，我们就高喊着“打倒蒋介石，解放全中国”这句口号，对蒋介石的“阶级感情”是不容易改变的。然而，历史已翻过了很多页，回头看看过去“已成定论”的一些事情，往往发现“并非如此”。于是想起了“千秋功罪，任后人评说”的古训。想来也是，直到现在，我们国家仍有很多历史问题未能彻底弄清，很多恩怨不明不白，也许永远也找不到正确的答案。在此情况下，我们作为一介草民，对过去的是非何必那么执著呢？正所谓“彼一时，此一时”也，无须怀恨老蒋一辈子。于是，当导游问我们要不要去参观蒋介石的“仕林官邸”以及他的陵墓慈湖园时，我们都表示不妨一看。据说，以往对从大陆来的游客，旅行社一般是不安排到这些“敏感”地方来的。其实我认为一点也不“敏感”。不就是一件普通文物吗？参观一下，纯粹是为了见证一段历史，增加一点知识，何乐而不为呢？这是与政治立场完全无关的事情。实际上我们也是带着一种平常心去参观的，只希望能从多角度观察、审视某些历史事件和人物，尽可能做到去伪存真，去粗存精，以求解历史的本来面目。因此我认为，这也是此行的一个重要收获。

2006年10月

5. 目睹“倒扁风潮”

——初访台湾之三

9 月 15 日，当我们旅行团一行将要结束环岛游，高高兴兴地从台南返回台北的时候，没想到却碰到了一个意外情况。大巴在中途休息站一停下，团友们便鱼贯地涌下车，正想四周溜达溜达，忽然发现周围人潮涌动，旌旗猎猎，气氛有些紧张。大家不知内情，心情不免一阵紧张，便不敢往前行，静观其变。原来，这是一支从外地来的“倒扁大军”，也来到此地集结，准备继续北上参加当晚在台北总统府广场举行的“百万蓝军倒扁大会”。

大家知道，台湾有“蓝、绿”两大阵营，“蓝色阵营”主要是由支持国民党的民众组成；而“绿色阵营”则是支持民进党的一派，双方斗争得很激烈。自从代表民进党执政的“总统”陈水扁上台之后，由于其心术不正，严重贪腐，激起了民愤，导致“蓝营”发起一连串的“倒扁运动”，如今已到了总爆发的关头，从全岛各地汇集了百万大军来到台北，众志成城弹劾陈水扁。想不到我们在途中正好碰到了其中一个“方面军”。虽说只是一支“小分队”，但阵势可不小，浩浩荡荡的队伍占据了几里长的公路，大有“山雨欲来风满楼”之势。这不免令我们的团友感到惊恐，生怕有什么不测殃及自身。于是“三十六计，走为上计”，纷纷躲避“倒扁大军”，不敢靠近半步，以免招惹事端。然而，静观了一会儿，我们发现他们只是虚张声势，现场气氛其实并不是很紧张，完全没有那种杀气腾腾的样子，相反倒有点玩游戏的味道。大家于是放松了警惕和戒备，试图上前与“倒扁大军”搭讪。想不到他们竟然很随和，甚至很热情，竟与我们这些大陆同胞开起了玩笑。于是大家更肆无忌惮了。有几个团友索性从“倒扁大军”手中拿过旗子，一边挥舞，一边学对方的模样打出“倒扁”的手势。手势要领是：右手握成拳，竖起拇指向下戳，同时有节奏地高喊“阿扁，下台！阿扁，下台！”的口号。大家不断地“操练”，仿佛也成了“倒扁大军”的一员，或可称之为“大陆军团”，很是搞笑。总之，大家都是嘻嘻哈哈的样子，丝毫没有临战前勇士们随时准备冲锋陷阵、殊死搏斗的氛围。

傍晚时分，我们到达台北，按照行程计划，当晚为自由活动。这是在台湾逗留的最后一晚，有的团友去逛夜市，有的团友去吃夜宵，有的团友则留在酒店里休息。但听说有几位团友违规“玩失踪”了。原来，他们是悄悄赶到“总统府”附近亲身观摩、体验那场具有历史意义的、声势浩大的“倒扁大会”，直到深夜才返回酒店。当旅行团领队为他们的安全捏一把汗时，他们却得意洋洋地说：“台湾的政治运动真过瘾，就像小孩子玩‘过家家’游戏，一点儿也不恐怖！”

如此看来，台湾的所谓“政治斗争”就可形容为“斗争很激烈，气氛很轻松”。但我们对此却不理解，觉得很滑稽。然而，台湾那位导游对这一“岛情”却很理解，他以一种玩世不恭的口吻对我们说：“在台湾这个特殊社会，还有什么真正的政治斗争可言，根本就是‘政治游戏’罢了！”我相信，这位“老油条”导游，就是众多“久经风雨”的台湾有识之士的代表吧。

稍停，“老油条”导游接着发表高论：“一直以来，台湾受西方政治和意识形态影响很深，越来越‘泛民主’了，党派斗争成了‘常态’，久而久之，人们都疲沓了，不当一回事了。正所谓‘假当真时真亦假，无当有时有亦无’。一切都像是在糊弄人。就拿这次你们亲眼目睹的这场斗争来说，‘倒扁大军’也好，其他什么大军也罢，其实他们心中都很明白，所谓民主、斗争，都不过是各个利益集团之间博弈的政治游戏罢了。我们作为平民百姓，没必要被他们牵着鼻子走，只当‘玩一玩’就可以啦!”

真是一言惊醒梦中人。导游这一番话可谓“道破天机”!

“是呀，我们也得学精明些，今后在形形色色的政治运动中保持清醒头脑，不再那么容易被人家忽悠，以致太傻太天真啦!”很多团友异口同声地附和着，我不禁也发出会心的微笑。

2006年10月

6. 一则“灰色幽默”

——初访台湾之四

那天下午，我们来到台北的101大厦广场参观，忽然有几位团友喊“告急”——要找厕所“方便”。俗话说，“人有三急”，此事不能怠慢！但问题来了：广场一带没有厕所，怎么办？正当几位团友急得“扎扎跳”之际，导游献上了一条妙计，让他们到前面不远处的台北市政府大厦去“解决”。几位团友一听连连摆手：“这不是开国际玩笑吗？市政府大厦乃办公重地，岂能随便让人进去小便呀？”导游却认真地说：“怎么不让进去？政府机关就是为人民办事的，如今你有‘急事’，就可以进去办啊！”“可是，这种‘事’跟那种‘事’不是‘一回事’嘛。”“不要紧的，反正有‘事’就行！”“如果有人责问怎么办？”“你就说要找马英九市长！”“真的行得通？”“不行你再来找我！”双方争议良久，未能抉择。

几位团友始终将信将疑。虽然明知导游有些开玩笑的味道，但此时已到了“忍无可忍”的地步，不得已，最后还是硬着头皮向市政府大厦走去。

真是想不到，他们果然顺利地解决了“问题”，不一会儿，便一身轻松地走了回来，满脸堆笑地向导游“报喜”。

此事虽有点偶然性，或许可列入“灰色幽默”的范畴。然而，笑过之后不由得又引起我们的思考。不是吗？在我们大陆，政府机关就像衙门，人们往往望而却步，一旦路过，都会绕道而行，别说想进去“方便”，就是真的有正经事要办，也是有些胆怯的。

也难怪，因为大陆的党政机关、各级部门都明示着“闲人免进”，所有大门都有重兵把守，如临大敌一般，使人望而生畏。台湾却不是这样。我们发现，台湾有不少机关或单位的大门是敞开的，一般看不到有卫兵把守。人们不仅可以“大摇大摆”地进去办“正经事”，而且街上的行人一旦遇到“三急”，也可堂而皇之地走进去找厕所“解决”，真是太“方便”了！

台湾政府机关这种“不设防”的做法，令我们深有感触。认真思考一下，我认为它起码体现出三点积极意义：一是反映出政府是真正为民众服务的，不是高高在上的“衙门”；二是去除了官僚主义的“派头”，增加了亲民的气氛；三是说明政府机关为民办事不拘大小，一律敞开大门欢迎。

表面看来，“给人方便”是一桩小事，但它却反映出政府是真正亲民、爱民、为民这件大事。更深奥的大道理暂且不谈，仅就这则“灰色幽默”而言，我认为它就是一个很好的教材，将给大陆政府机关及“父母官”们有益的启示。当然，说话不能绝对化，所谓“不设防”只是相对而言，毕竟政府机关是“重地”，应视不同情况，采取切合国情、社情、民情实际的安保措施，以策安全。换言之，安保措施是不可或缺的，只是不要搞得太过草木皆兵。例如，可否采取“隐性警戒”、“内紧外松”等做法，而不虚张声势，吓着了老百姓，以致把“衣食父母”都疏远了。

2006 年 10 月 25 日

7. 日本与众不同的环保理念

时隔15载，我又有机会重访日本。“十年人事一翻新”，曾是亚洲经济龙头的日本，如今更兴旺发达了。然而，此次东瀛之旅给我留下更深印象的，不再是那些繁荣的景象，而是良好的环保状况以及与众不同的环保理念。

从我国及其他一些发展中国家的现状来看，经济发展与环境保护似乎是一对势不两立的冤家。以往确有不少地方是以牺牲环境为代价来发展经济的。如今，为了应对环境恶化，很多地方政府采取限制经济发展或减少民众消费的办法。但我们看到，日本并不是这样做的。用导游的话来说，日本人用的是“加法”而不是“减法”。

那么，日本人到底是如何做的呢？总的说来，就是依靠高科技，大力发展“绿色经济”，同时依靠高科技和科学的管理方法，实现节能、降耗和减排。此次我们在日本的所见所闻及亲身体验，也印证了这一点。

众所周知，越来越多的汽车尾气排放是造成空气污染的“罪魁祸首”，因而有些国家和地方制定了限产、限销、限用汽车的政策。但堪称“汽车王国”的日本却没有采取限制措施。他们采取更为积极的做法，即依靠高科技，以最新的技术改良汽车的性能，达到节能、减排的目的。与此同时，强化对车况的监管，毫不留情地淘汰废旧车辆。据了解，早在10多年前，日本就大力推广天然气取代汽油作为汽车的燃料，加上大力发展高速公路，保证了交通顺畅，从而减少了车辆废气的排放。此行我们涉足于东京、横滨、名古屋、京都、大阪等经济最发达的城市，所到之处无不是人流滚滚、车水马龙，但我们感觉到周围的空气仍然较清新，仿佛置身于郊外田园。

说到节约能源方面，我们发现日本人有独特的理念。

在中国国内或其他国家的一些公共场所，为了节电，往往把空调机或扶手电梯关闭。即使开了空调，也把温度调得较高，使人没有舒适感。有些扶手电梯则只开上行的，而关掉了下行的，顾客上下楼甚感不便。也有些机关单位提倡上班时穿便装，让西装领带“赋闲”……

所有这些现象，我们在日本都没有看到。感受到的却是日本人“尽情消费”的观念。例如，他们用电就很“大方”。每当入夜，满城的霓虹灯招牌和巨大的广告争奇斗艳，把马路映照得如同白昼。办公楼和公寓楼的走廊、梯间照明灯通宵都亮着。

我故意问一位日本朋友：“如此耗费电能岂不浪费？是否有违环保精神呢？”他认真地回答：“不！我们认为，用得其所，就不是浪费。一个科技、经济高度发达的社会，理应让人民群众享受到现代物质文明的成果，体现以人为本的精神。”然而，尽情消费并不等于放任消耗，该节约时还是要节约。在日本，我们也发现有些扶手电梯会停开，那是在空载的时候。一旦有人（哪怕只是一个小孩）踏上去，它立即就会启动运行。这种“按需服务”的“绝招”，同样体现了节约和以人为本的精神。显然，它又是依靠高科技来实现的。

日本朋友还告诉我，日本政府一贯致力于发展“清洁能源”，如核电、水电、风电、潮汐发电等，尽量减少温室效应，实现环保目标。

日本人与众不同的环保理念，在日常生活中还能找到很多的例证。例如，到商场购物，我国很多地方都已取消塑料袋包装，而日本仍然会主动给顾客提供。在街头，常可看到手提着各式各样购物袋的行人。日本商品的包装盒本来就很漂亮，但店员还要为你用礼品纸再包一遍，然后再送你一只精美的塑料袋子（或用高级纸做成的袋子），让你体面地提走。如此精心“打扮”，如果在咱们中国，很有可能被批评为过度包装。但日本人不这么看，他们认为这是民族文化和礼仪的体现。

记得去年我在韩国餐馆用餐时，发现竹、木筷子几近绝迹，甚至有些牙签也改成了塑料的，目的肯定是为了节约木材，注重环保。但这次在日本，我们发现竹、木筷子仍大行其道。虽然他们也提倡节约木材，提醒人们尽可能节省使用筷子，或提倡利用不成材的边角料生产筷子，但竹、木筷子的使用不会被禁止。他们同样认为这是一种民族文化的传承。

近年来，无论国内或国外的很多酒店都已不为旅客提供牙膏、牙刷、毛巾、拖鞋、刮胡刀等一次性生活用品，但日本的酒店仍然提供，客房里这些东西一应俱全，这使我们颇为后悔白带了这些东西。日本的朋友说，这是星级酒店服务的基本标准，是不可或缺的。他们既要注重环保，又不能降低服务标准，更不能因此降低顾客的生活质量。

（原载 2007 年 8 月 15 日《健康报》）

8. 越南的“摩托车洪流”

前不久，我到越南一游，发现越南人对摩托车情有独钟。过去中国“车轮滚滚”的情景仿佛在越南重现，只不过当年中国是自行车的“车轮”，而如今在越南则是摩托车的“车轮”。这种“车轮滚滚”的景象在胡志明市尤为壮观。据说，胡志明市摩托车与人口比例之高，不但冠全国，而且堪称世界之最。该市目前约有 800 万人口，而摩托车竟有 300 多万辆，几乎塞满了城市的每一个地方。尤其是上下班高峰时，马路上全是摩托车，汇成了一股“摩托车洪流”，蔚为壮观。有人用“车满为患”来形容，我认为实不为过。

为何摩托车在越南如此“风行”呢？据导游介绍，根本原因是国家经济不富裕，公共交通设施太落后。我们看到的情况也正是如此。现在越南不但尚无地铁，甚至连最基本的交通工具公交车、的士等也不够普及，人们出行只好用摩托车代步。当地导游蔡先生认为，除上述客观原因外，还有三个主观原因，概括起来就是“为生计、图实惠、贪方便”九个字。

首先是“为生计”。据我观察，目前越南的情况与中国 20 世纪 80 年代初差不多，处于改革开放初期，百业待兴，正在引进不少外资企业。而这些企业大多建在城郊，路途较远，很多尚属公交“盲区”，打工一族为了能按时上班，不得不借助摩托车这条“腿”。

其次是“图实惠”。起初我们不甚理解，骑摩托车不是要烧汽油吗，何来“实惠”之说呢？原来这是综合分析后得出的结论。正因为城郊公交车太少，往往要倒腾好几趟车才能到达，实际上车费也不菲。一旦因倒车误了上班时间而受罚，损失就更大了。所以，相比之下还是骑摩托车划算。

至于“贪方便”，那更是每个“骑手”的切身体会。我发现，越南也与中国一样，不少先富起来的人纷纷购买了小汽车。而车子一多，自然也就会碰到堵车和“停车难”问题。为了应对这一“世界通病”，不少越南人都有两手准备：既买了小汽车，又买了摩托车（因为摩托车可以随地停放）。导游蔡先生给我们讲了一个他亲历的“故事”：最近他买了一辆新轿车，作为一件喜事，按习俗要宴请亲朋好友。那天，他开着自己那辆崭新的座驾去接几位铁哥儿们，谁知到了酒楼停车场早已爆满了。他只好让朋友先下车，自己再开车到别处找停车位。但在附近几个停车场都碰了壁，最后在很远的地方才找到。停好车之后，他再搭“摩的”才能回到酒楼，前后共耗费了近一小时，令几位朋友等得很扫兴。宴罢，他又与几位朋友分乘几辆“摩的”找到刚才的停车场，开回自己的车，把朋友们一个个地送回家，一直折腾到很晚。他的朋友开玩笑地说：“早知如此，不如各自骑摩托车来赴宴好了，免得新座驾‘无地自容’！”正因为停车难，逼着很多越南的“轿车阶级”又要买摩托车，目的就是图方便。而这样一来，越南街头就更加“车满为患”了。

一方面摩托车太多，另一方面管理又不严。由于“骑手”大多抱着法不责众的心理而漠视交通规则，集体冲红灯、横冲直撞的现象司空见惯，导致交通一片混乱。因此，我们在越南期间一般都不敢过马路，哪怕绿灯亮了也不敢越雷池半步。不得不过马路时，就干脆几个人手拉着手组成“方阵”，拦住那些闯红灯的车流，才胆战心惊地踏上斑马线。

“摩托车如此疯狂，交通事故一定不少吧？”我问导游蔡先生。“不！”想不到他却作了否定的回答。他说：“正如中国有句俗话：越是危险的地方越安全。说实在的，在越南，像胡志明市这样繁华的城市，交通事故并不多。道理很简单，正因为车子太多，所以‘骑手’都慎之又慎，车速不很快，追尾、翻车之类的事故自然较少。而一旦车子发生了轻微碰撞，双方也会‘以和为贵’，互相体谅，各自处理‘善后事’，不会大动干戈而堵塞交通，造成连环事故。”确实是这样，连日来我们曾到过越南城乡不少地方，竟都没有遇到一桩交通事故，堪称奇迹。

摩托车“大行其道”，是好是坏？这个问题在我们旅行团的团友中引起了争论。有人认为，“存在就是合理的”，因为它适合越南的国情。然而，也有人认为，摩托车“车满为患”，毕竟不是一个社会文明的表现，它既导致交通秩序混乱，又影响了城市形象，弊端多多。我则持折中态度，认为应顺其自然，让历史作出评价。为此，我不由得联想起自己居住的城市广州。早些年，广州也经历过从“自行车王国”到“摩托车王国”的历史阶段，也曾受到过摩托车“车满为患”的困扰，街头一派乱象。后来，随着经济的发展和社会的进步，“自行车王国”渐渐“自然淘汰”了。前几年，广州市政府再以壮士断臂的决心进行“禁摩”，尽管当初也有很多人反对，甚至断言“禁摩”行不通。但市政府坚决贯彻执行，后来人们还是慢慢地习惯了。于是，“摩托车王国”也悄然退出历史舞台。事实证明，“禁摩”是顺应历史发展潮流的，所以能够成功。于是我想，或许在不久的将来，当我们重访越南的时候，再也看不到这种“摩托车洪流”的“壮丽景观”了。

（原载 2008 年 5 月《广州旅游文化报》）

9. 刮目相看柬埔寨

如今国人旅游蔚然成风，越走越远，几乎在“地球村”的每个角落都能看到中国人的身影。诚然，国家强大了，人们见识多了，便会不经意间滋生出“大国子民”的思想，乃至对一些小国、穷国低看一眼。不要说别人，我们自己也有这种潜意识。例如，最近到柬埔寨，起先我们就不怎么看好，以为这里没有什么东西好看的。然而，事实证明我们的想法存在片面性。例如，吴哥石窟、柬埔寨皇宫等一些古迹，就绝对值得一看，无论是任何“大国子民”，相信都会叹为观止。另外还有一些“奇迹”，如被称为“生命之湖”的洞里萨湖上，生活着大批极其贫穷的水上居民，他们的生存状态堪称一个另类景点，也值得见识一下，作为一部“教科书”，让生活在幸福环境中的人们接受一次“再教育”。我甚至认为，只有柬埔寨人才有这种气量，敢于向世人展示自己阴暗的一面，仅此一点，也值得我们赞叹。因此，我们把这次柬埔寨之旅看作是一次精神洗礼，一次难得的机会。

的确，柬埔寨之旅令人刮目相看。这里不妨记录其中几个片段，试以“三最”为标题，分别叙述之——

最辉煌的古高棉文明

柬埔寨王国旧称高棉，有着悠久的历史和灿烂的传统文化。而最能反映古高棉文化的文物就是吴哥石窟。无疑，吴哥石窟就是柬埔寨的象征和代名词。其实我们此行的首要目的就是来看吴哥石窟的。

位于柬埔寨暹粒省的吴哥市，原是一个很小、很僻静的地方。但由于曾入选“世界七大奇迹”之一的吴哥石窟，每天吸引着成千上万来自世界各地的游客，才使得这里变成一个热闹非凡、知名度很高的城市。听说吴哥很早就建了机场，并开辟了多条国际航线，通达很多国家和地区，人们前往旅游十分方便。此次我们就是从广州乘坐国际航班，经越南胡志明市转机来到吴哥的。

吴哥石窟又称吴哥寺，实质为一座神庙，亦即皇陵。它堪称世界上最大的庙宇，尤以建筑群之雄伟和雕塑之精美而著称于世。1992 年，联合国将其列为世界文化遗产。

吴哥石窟建于 12 世纪中叶吴哥王朝鼎盛时期，举全国之力，历时 35 年才建成。据导游介绍，整个景区由两大部分组成，一个是“小吴哥”，另一个是“大吴哥”。出人意料的是，“小吴哥”才是这里的主角，因为它集中了这座浩大神庙最精华的部分。而“大吴哥”其实是一座王宫的遗址，早已荒废，现淹没在一片郊野森林之中，只留下一些残墙败瓦和依稀可见的墙根或街道轮廓。

我们当然是先看“主角”。跟随着浩浩荡荡的人流，我们从南门进入了景区，不久便来到一座古代宫殿的遗址。这座宫殿虽已倒塌，但其原貌仍基本能辨。那些用岩石垒成的墙体和柱子，虽然残缺不堪，似乎摇摇欲坠，但实际上却固若金汤。想来皆因石材坚硬及有建筑绝技所致。果然，仔细观察后发现，其建筑工艺之绝妙令人咋舌。石块不用任何黏合材料就能垒稳，每块石头之间的缝隙连一根头发丝也插不进！怪不得虽然历经数百年风雨洗礼和侵蚀，它的外表已很残旧，斑斑驳驳，却它仍然残而不倒，巍然屹立。特别是那些栩栩如生的石雕作品，虽然“遍体鳞伤”，但仍清晰可见，十分传神，不愧为天下奇迹！

在众多精美的石雕之中，有一尊巨大的少女头像最吸引人们的眼球。她神态端庄而泰然，温情地微笑着，被称为“高棉的微笑”，乃国宝之一。据说她是柬埔寨人的精神化身，代表着“以微笑示人”的礼仪之邦之美丽形象。此刻，我不由得想起巴黎卢浮宫收藏的那幅“神秘的微笑”——蒙娜丽莎画像，自然而然地把“高棉的微笑”比喻为“柬埔寨的蒙娜丽莎”。其实，它不仅是“柬埔寨的蒙娜丽莎”，而且还是“柬埔寨的维纳斯”。因为从雕塑艺术的角度来衡量，人们说它完全可与那位“绝代美神”维纳斯相媲美。

徜徉其间，我们不禁为古代高棉这些旷世杰作所震撼，对之赞叹不已！起先还以为这就是吴哥石窟之精华所在，谁知导游说，这只是“小荷才露尖尖角”！“这里只是外围景点，属于‘预热’阶段，好戏还在后头呢！”他说。果然，再往前走不远，就见一座矗立着五个宝塔的巨大建筑群呈现在我们眼前。是呀，这才是柬埔寨的象征——“小吴哥”。我们贪婪地张望着，忽然觉得此景似曾见过。哦，想起来了，柬埔寨的国旗上不是有这个标志吗？柬埔寨人把吴哥石窟作为国家的标志，足可见其地位之非凡。为了抢在最佳位置和最佳时间“立此存照”，团友们纷纷架起了“长枪短炮”，拍个不停，留下了不少佳作。我当然也不甘落后，既拍了单人照，又拍了双人照，还有与团友合照的小组照和“全家福”……

吴哥石窟犹如一个迷宫。这座“巨无霸”神殿把高棉寺庙建筑学中的两大特点——祭坛与回廊——有机地结合在一起，四通八达，每个地段有每个地段的建筑风格和雕刻艺术的特色，走进里面参观，就像阅读一部高棉古代文明的百科全书。令人想不到的是，这里的裸体美女浮雕特别多，而且保护得非常好。这些“裸女”雕刻得非常精致，体态匀称，面容端庄，美若天仙，令人赏心悦目。置身其中，人们或许会产生一种错觉，以为是在观赏一场超级选美秀哩。奇怪的是，此时此地，人们面对这么多“裸女”，竟无淫秽之感，更不会产生别的邪念，而是沉浸在一种高尚的艺术氛围之中。看来，这就是艺术的魔力了！

我发现，这些祭坛建造得特别有意思，它充满着佛教的意念。每个祭坛均由三层长方形的须弥台组成，四周有回廊环绕，一层比一层高，象征印度神话中位于世界中心的须弥山。祭坛顶部矗立着五座宝塔，按五瓣梅花的形状分布，象征着须弥山的五座山峰。整座寺庙的外围则有一条护城河环绕，象征环绕须弥山的那个咸海。总的看来，“小吴哥”保存得相当完好，出乎人们的意料，真的让我们大开眼界！

从“小吴哥”出来再投入“大吴哥”的怀抱，顿觉“海阔天高”。所谓“大吴哥”，其实是吴哥王朝的古城遗址，如今，无论古城或王宫都已荡然无存，废墟中长满了各种树木，犹如一个森林公园。然而，从这个偌大的遗址中，人们仿佛还能看到吴哥王朝当年的强盛，也可想象到当时社会繁荣、歌舞升平的景象，我不禁为柬埔寨人拥有如此辉煌的历史和灿烂的文化而骄傲！

最奢华的柬埔寨皇宫

如果说，吴哥石窟代表着古代高棉文明的话，那么，位于首都金边湄公河畔的柬埔寨皇宫则是近代文明的标志，也是最热门的旅游景点之一。因此，大凡到过金边的人，相信没有不去皇宫见识一番的。

据导游介绍，柬埔寨皇宫建于1866年至1870年，最初为木质结构，后来才改为水泥结构，但改建后仍保持着原先的风貌。它现称为西哈努克皇宫，是一个长435米、宽402米、呈长方形的富丽堂皇的建筑群。外有黄色的围墙环绕，内有金殿、银殿、查雅殿等大小宫殿20多座，全是传统高棉建筑风格：宫殿均为尖塔，殿身涂以黄、白两色，黄色代表佛教，白色代表婆罗门教。由于宗教色彩很浓，很多初来乍到的外国人根本想象不到它是一座皇宫，还以为是一座大型庙宇呢。

如今，皇宫被分成两大部分，前半部分为开放区，后半部分是后花园，为现任国王诺罗敦·西哈莫尼的官邸，不对外开放。游客们要从侧门进入皇宫。那天人很多，我们排队鱼贯而入。一进入宫内，立即就感受到“皇恩浩荡”的氛围，我本是一介草民，如今仿佛“鸡犬升天”了。此刻，晌午的太阳格外明亮，一座座宫殿被太阳照耀得金光灿灿，非常夺目。其实，不但皇宫的外表金碧辉煌，皇宫里面也是绚丽璀璨。因为这里收藏和展出了数不胜数的旷世珍宝。例如，在皇宫大殿（现为皇宫博物馆）里，专门展出了各种各样的金币，琳琅满目，令人眼界大开，怦然心动。而更令我惊叹的是那座银殿。它整座建筑都是用银材建造而成的，包括屋顶的瓦片和大厅内的地砖，全都是银制，据说每块地板砖和瓦片的重量均达1公斤，仅地砖就有5 000块。不用细算，仅此一项便知整座银殿价值多少了。然而，这还不算是最珍贵的，据导游介绍，最珍贵的是殿内供奉的两尊塑像，简直价值连城。其中一尊是柬埔寨先王西索瓦国王的金制塑像，重90公斤，上面镶嵌着958颗钻石，最重一颗达25克拉。另一尊是17世纪的大型翡翠玉佛像，此像无论作为历史文物还是珠宝珍品，都堪称无价之宝。除此之外，宫内还有众多外国元首赠送的珍贵礼品，令人目不暇接。目睹如此多的珍宝，我们不由得发出阵阵惊叹！然而导游却说，现在大家看到的远不是全部，只是“劫后余生”的部分。因为最鼎盛时期收藏的珍宝更多，可惜在以往的数次战乱中，很多宝物被抢掠和损坏了。据估计，被损坏的占60%以上。换言之，如今只展出尚存的40%左右那部分！

宫殿外的景物自然十分壮观，而皇宫周围那条壁画回廊也非常精彩。据说那些壁画是由 40 位大师集体绘制而成的，壁画的内容都是有关印度神话的故事。这可从一个侧面反映出皇宫主人对佛教的虔诚。

参观完皇宫的前半部分之后，我们似乎意犹未尽，无不怀着好奇心注视那个不开放的后花园。因为大家知道，那是现任国王诺罗敦·西哈莫尼的官邸，都想窥探一下里面的“秘密”。然而，由于隔着一堵围墙，尽管一个个伸长了脖子探望，还是什么也看不到。导游开玩笑地问我们：“你们真的想拜见一下国王吗？我看或许有可能。因为他正好在官邸里面！”“你怎么知道？”我们反问他。导游指着前面一支旗杆说：“你们看，那上面不是挂着一面旗子吗！”哦，真的，旗杆顶上正飘着一面蓝色的旗子。“这表明国王正好在官邸。”导游说，“当然咯，你们事先没有告诉我想拜见国王，所以我没有提早向他报告，今天是不可能接见各位贵宾了，等下次再安排吧！”导游一番玩笑话，逗得大伙儿乐呵呵。谁都知道，作为一个国家元首，是根本不可能随便接见旅游者的。虽然不能如愿，但大家来到了皇宫，又看到了那面高高飘扬的蓝色旗子，仿佛国王就在我们身边，感到非常亲切。

置身于柬埔寨皇宫，我们不禁回忆起很多中柬友谊的往事，深感两国人民的友情弥足珍贵。曾记得，在 20 世纪 70、80、90 年代，中柬关系处于特殊的历史时期，两国结成了生死同盟。当时，诺罗敦·西哈努克亲王（现任国王的父亲）一直客居中国，与毛泽东及其他中国领导人关系非常密切，中国老百姓经常在电视或各种媒体上，看到西哈努克亲王及其夫人莫尼克公主慈祥可亲的面孔，感到非常熟悉和崇敬，以至于我们这代人一直以来对柬埔寨怀着特别深厚的感情。如今，来到辉煌的柬埔寨皇宫，重温了这段历史，感到很欣慰，心中默默祝愿：中柬友谊万古长青！

最“原生态”的水上居民

毋庸置疑，吴哥石窟和柬埔寨皇宫代表着柬埔寨辉煌的一面，令来自发达国家的游客也刮目相看。然而，除了辉煌的一面之外，还有贫穷落后的“景点”。那天，导游就特意安排我们去参观了一个“水上贫民窟”，使我们对柬埔寨的印象一下子从“天堂”掉到了“地狱”！

原来，这个“水上贫民窟”就在著名的洞里萨湖。由于这里汇聚了成千上万的水上“原生态”居民，过着非常贫困的“原生态”生活，故被人们称为“水上贫民窟”。然而，令人意料不到的是，这样的一个地方，居然也能被人“包装”成独特的旅游景点，每天组织大批游客前来“开眼界”，让我不得不佩服这些“极富创意”的人！

“洞里萨湖”是柬埔寨语“淡海”的意思，形容它是“像海一样大的淡水湖”。据说它是东南亚地区最大的内陆淡水湖，又像湄公河流域一个巨大的蓄水库。洞里萨湖面积非常大，雨季水涨时面积可达 1 万平方公里，宛如浩瀚的大海。其蛛网般的水系连通越南和柬埔寨，不仅有效地调节了水资源，而且养育了数以千万计来自两国的水上居民，因而又被誉为“生命之湖”。有人说，吴哥石窟是滋润柬埔寨人心灵的甘泉，而洞里萨湖则是孕育很多穷人的“衣食父母”，我认为这一点都不假。

那天上午，我们乘坐旅游大巴来到洞里萨湖之滨，车子沿着湖滨走了一段很长的崎岖泥路，在“走投无路”的情况下，我们才下车换乘一艘旅游快艇，风驰电掣般驶向浩瀚的湖区。渐渐地，广阔的湖面上冒出了越来越多的水上建筑物，原来那是行政管理部门或社会机构的房子。有水上学校、水上医院、水上商场、水上旅馆、水上运动场、水上教堂、水上加油站、水上警察局……甚至还有些居民建起了水上菜园、水上养鸡棚、水上猪圈等。总之，凡是陆地上有的设施，湖面上都有，俨然一座“水上城市”。水上居民的一切社会活动和生活活动，都在湖区内进行，形成了一种独特的“水上社会”奇观。

一般来说，人们对“奇观”都是甚感兴趣的。然而，这里的“奇观”却令我感到压抑。因为这里的环境实在太差，水上居民谋生太艰难，生活太贫苦了！可以说，以往我去过那么多地方，从未见过这么原始和落后的。

此时，我不禁联想起一种所谓“原生态”的说法。此说法听起来似乎很美，但一旦与这里的生存环境联系起来，就变得令人生畏。因为这里的“原生态”实际上等于“穷生态”，“很美”立即变成了“很惨”。事实上，生活在洞里萨湖的水上居民，其生存条件比很多陆上的贫民窟还要差。首先，他们居无定所，长年累月漂泊在湖区，没有自己的“根”。记得人们常常用“家徒四壁”一词来形容极穷困的人家，而我看到这里的人连“四壁”也没有。即使有少数人在堤岸上也临时安了个家，但根本不像“家”的样子，只是用几条木柱支起一个破棚架，用捡来的芭蕉叶、芦苇秆、油毡纸、破纸箱之类，盖在摇摇欲坠的支架顶上，就算是一间住宅了，四周连墙壁也没有，非常通风透光。

有道是“一方水土养一方人”。“靠山吃山，靠水吃水”历来是人们生存的规律。洞里萨湖的水上居民主要就是依靠打鱼为生。然而，由于近年来涌到此地谋生的穷人越来越多，包括大批来自越南的无国籍人士，他们从不实行计划生育，导致湖区人口不断膨胀。而渔业资源却日渐减少，造成僧多粥少的现象，光靠打鱼生活难以为继，于是很多人被迫另谋职业。正巧近年来旅游业不断发展，洞里萨湖被包装成热门景点之一，涌来大批游客，于是带旺了这里的小商品经济。渐渐地很多渔民便顺势改了行，做起游客的小生意来。他们纷纷把自家的小艇改为一个流动的小摊档，随时追逐那些旅游船上的顾客。于是，渐渐形成一个“水上流动市场”，有点像泰国曼谷那个“水上市场”。然而，洞里萨湖这个“水上市场”的规模比曼谷的大得多，而且竞争也更趋白热化。

通过观察及亲身体验，我们深感这里的水上摊贩谋生实在太艰难。其原因正是“僧多粥少”。为了在销售市场竞争中取胜，他们个个练就了几套生意绝招，其中最常见的是“飞身登船抢头客”。于是，人们常常能看到这“惊险的一幕”：当旅行团的快艇即将停靠某一观光点的趸船时，大批摊贩的小艇随即蜂拥而至，一窝蜂地围拢到趸船边，争先恐后地向游客兜售小商品和土特产。本来，按规定小摊贩们是不准登上趸船平台拉客的，但为了抢生意，他们都不顾“禁令”，纷纷飞身登上趸船，直接向游客揽生意。令人惊讶的是，这些善于飞身的好手竟都是些六七岁左右的小孩子，有男孩也有女孩。由小孩子上阵，据说是他们总结出来的生意经之一。众所周知，人们都有怜惜小孩特别是穷苦小孩的心理，于是家长们便打起了“感情牌”，指使自家的小孩子冲上第一线去揽生意。事实证明这一招确实比较灵，兜售的成功率大大提高。

都说“穷人的孩子早当家”，一点也不假。这些小家伙一个个吃苦耐劳，训练有素，活像小精灵一样，“飞身”有术。只见他们一只手提着装满货品的小篮子，一只手攀住趸船的边沿，像猴子似的“嗖”一声就跃上了趸船的平台，麻利地寻觅到目标顾客，便开始“销售攻关”。眼看着这些既可怜又可爱的小老板那死缠烂打的韧劲，游客们的心都软了，不管需不需要，总会解囊购买一些东西。遗憾的是他们卖的东西大都千篇一律，无非是些香蕉、芒果、花生、可乐、矿泉水之类，没有什么特色，对我们的吸引力确实不大。加上在刚才的几个停泊点已买过，不想再重复买了。况且，围上来的小孩子太多，光顾得这个，光顾不了那个，令人左右为难，最后往往让他们失望而归。看到他们沮丧的表情，我们的心里也很难受……

这就是“生命之湖”——洞里萨湖的独特景观，它在给我们留下深刻记忆的同时，也让我们的心灵得到了一次洗礼。

2008 年 4 月 22 日

10. 越南柬埔寨伤残人士不行乞

当今世界，虽然物质文明不断发展，民众的生活水平普遍有了很大提高。然而，残疾人在街头行乞的现象却仍随处可见，这几乎成了一个“世界通病”。

出乎意料的是，近日我到越南和柬埔寨旅游时，却鲜见残疾人在街头行乞的现象。经深入了解，原来当地政府采取了一些有效措施，为伤残人士营造了一个温暖的“大家庭”，从而解决了残疾人浪迹街头的问题。

众所周知，越南和柬埔寨曾长期处于战乱，留下了大批伤残人员。如何安置这些战争的受害者，关系到国家政局的稳定。据一位越南导游介绍，多年来国外一些社会机构和慈善组织不断伸出援手，捐赠了大量钱物进行救助。但在开始时，由于经验不足，救助工作曾走过一段弯路。

当初，为了降低安置成本和不影响市容，政府把伤残人士全部从城市迁出，到边远农村去安营扎寨，由政府包养起来。可多数人不领情，他们把救济款花光之后又纷纷回到城里行乞。须知，这些都是经受过战争洗礼的人，脾气一般都比较倔强，常常闹事，给社会治安和社会稳定带来不少隐患。后来，当地政府对前期安置工作进行了检讨，整理出一个新思路，就是对伤残人士不仅要“授之以鱼”，而且要“授之以渔”。就是要适当安排其做些力所能及的工作，使之重新融入社会，既能有个精神寄托，又可增加点收入以改善生活。于是，在一些国外机构的援助下，当地陆续创办了一批专门安置伤残人士的企业，有服装加工厂、工艺美术厂、食品包装厂等。此举很受伤残人士欢迎，他们把这些企业看作一个温暖的“大家庭”，并在此安居乐业，不再浪迹街头。

那天，我们参观了位于胡志明市中心的一家由法国政府援助的工艺美术厂，这里共安置了300多名伤残人士。他们采用越南特产黑檀木、紫檀木和花梨木等名贵木材制作成各种精美的旅游工艺品，如木雕、筷子、镜框、摆件、家具等，还有越南独特风格的蛋壳画（用蛋壳、贝壳加彩漆工艺制成的艺术挂画），惟妙惟肖，巧夺天工。要不是亲眼所见，真不敢相信这是伤残人士的杰作。为了表示对他们的赞赏，也为了表达爱心，我们都选购了一些产品作为纪念。由于我本人对那些精美的木雕工艺情有独钟，因此买了不少，感到很有意义。后来，到了另一家食品厂，我们同样慷慨解囊，采购了不少风味食品。据导游说，那些用棕榈、椰树等热带植物的叶子编织而成的十分精美的食品包装袋，也是出自那些伤残人士之手。由此可见，伤残人士也为越南的旅游事业和经济建设作出了不少贡献，可谓实现了“多赢”。

回想起来，我们此行只在柬埔寨吴哥石窟旅游区看到有伤残人士疑似在行乞。原来，他们是一支特殊的民间乐队，共五六个人，围坐在一起吹拉弹唱，以献艺的形式向游人乞讨。我们看到，他们在地上还放了一块小纸板，上面用中英文写着“请援助地雷炸残人士”几个字。此情此景令我们很感慨，免不了送上些许钱币聊表同情之心。

总的说来，我认为越、柬两地妥善安置伤残人士、创建“温暖大家庭”的经验，弥足珍贵，值得世界各地借鉴。

（原载2008年4月23日《健康报》）

11. 越南美食　回味无穷

人们常说“食在广州”这句话，殊不知还有“食在西贡”的说法。虽然后者未必能在全世界被公认，但至少有“食在广州”的东道主——我们的认同。近日，我们到越南西贡（即胡志明市）一游，有幸品尝到不少当地的美食，这些美食给我们留下了深刻的印象，因而我创出了“食在西贡”的新概念。这里不妨记下三款美食及“实况转播”，以飨读者。

西贡咖啡“滴滴香”

世界上很多地方都出产咖啡，名气有大有小。过去我只知道巴西、海南等地的咖啡大名鼎鼎，但不知道越南咖啡也很有名。那天，越南导游张先生盛情地对我们说：“你们来到西贡，一定要品尝一下当地独具特色的法式咖啡。因为法式咖啡不但品质好，而且炮制工艺很特别，用一种‘滴滴壶’来冲泡，别具风味，香气浓郁，故名‘滴滴香’。”接着，他把手一挥，“走，心动不如行动，我请大家品尝‘滴滴香’去！”

于是，张导游领着我们来到一个街头小公园，在树荫下一家露天咖啡店里喝起了“滴滴香”。为了表示咖啡粉是“正宗”的，他特意自带了一包，让店家冲泡好分发给各人，白糖、牛奶等配料则根据各人需要，适量加入。原来，这种所谓法式咖啡“滴滴香”的主要奥妙，就在于那只“滴滴壶”。以袖珍型的单人“滴滴壶”为例，大概由三部分组成：座底是一只扁圆形的杯子，上面放一只小碟子，碟子上面是圆形小壶，壶内有一块可以升降的小压板。碟子和圆壶的底部均有很多小孔，咖啡液可穿漏下来。冲泡时，先取出圆壶内的小压板，放入适量咖啡粉，冲上热气腾腾的开水，放上压板（不让咖啡粉浮上来），最后盖上壶盖，冲泡程序便告完成。这时，但见咖啡液从圆壶、碟子的小孔中一滴一滴、慢慢地漏到底部的杯子里，直至漏完为止。喝时可加入适量白糖或牛奶，搅匀即可。这种袖珍型“滴滴壶”每次只炮制一杯，自制自饮，悠然自得。

团友们享用过“滴滴香”之后，都赞不绝口，认为味道纯正、滑腻，“从来没喝过这么好的咖啡”！

为何“滴滴香”的风味如此独特呢？大家不禁推敲一番。有人说，也许冲泡的时间较充分，咖啡成分能尽量析出，所以味道特别浓郁；有人说，也许经过几层小孔过滤和混合，咖啡成分起了微妙的变化，所以气味特别芬芳；也有人半开玩笑地说，也许因为炮制时间较长，等得人急了，馋劲也上来了，所以特别好喝……尽管观点、猜测五花八门，但评价只有一个：味道好极啦！

见大家有了共识，导游趁机做起了广告。他说：“哪位团友有兴趣，想购买‘滴滴壶’或正宗越南咖啡的话，我可代劳，先认购，晚上回酒店再交货。”于是，团友们纷纷解囊，买了不少。我当然也不甘落后，满载而归。然而，也有团友说导游请我们喝咖啡是吃小亏占大便宜，最终赚大钱了。当然，这是戏言。其实大家都感谢他为我们做了好事，既使我们增长了见识，又品尝、购买到好东西，何乐而不为呢？

“这就叫双赢啊！”大家异口同声地说。

牛肉米粉“总统餐”

如同咖啡一样，越南牛肉米粉也很有名气。记得前些年我到美国三藩市时，一位越南裔的朋友曾请我吃过几次，觉得味道还不错。但由于日后品尝到各地特色米粉、小吃太多，因而渐渐地将越南牛肉米粉的印象冲淡了。也可能在美国吃的越南牛肉米粉不太正宗，“稍逊风骚”的缘故吧。于是给我留下了一个悬念：不知何时才有机会品尝到正宗的越南牛肉米粉？想不到这次西贡之旅，不但了却了这桩心愿，而且得到了“总统般的待遇”。

那天一大早，我们从柬埔寨首都金边乘飞机返回西贡，为了争取时间，下了飞机就直接到市区几个景点参观，转悠了半天，直至饥肠辘辘才去吃午餐。然而，导游却一本正经地说：“很遗憾，虽然大家又累又饿了，但今天却没有饭吃，将就吃点汤粉算了！”大家一听，不禁有点愕然。心想，汤粉？“水汪汪”的，怎能吃得饱呀？

谁知来到餐馆一看，我们的脸上顿时露出了笑容。

原来，这是一家全市最著名的小食店，专门吃最正宗“越南牛肉米粉”的。这还不算，这家店还出过一个特大新闻：几年前，美国总统克林顿到越南访问时，曾慕名来到这家餐馆吃牛肉米粉，吃后大加赞赏，并与该店的员工合照留念。消息一经报道，这家餐馆的知名度和美誉度立刻大幅飙升，从此以后客似云来，生意越来越兴旺。这时，张导游指着墙上挂着的一幅照片介绍说：“你们看，这就是当年克林顿总统与本店员工的合照。”大家定睛一看，果然是，顿时一阵欢呼雀跃！

其实，这家餐馆的规模并不大，装修也不算很豪华，为何能吸引一位超级大国的大总统光临呢？不用说，就是因为它的食品太出类拔萃了！此时，我们都焦急地盼望服务员赶快把美食端上桌来。但或许由于一下子涌来这么多人，厨师们忙不过来，大家都只好耐心等候。过了一会儿，垂涎三尺的团友们终于每人都盼来了一碗热气腾腾、香气扑鼻的正宗越南牛肉米粉。其实这是一种用秘制上汤炮制而成的牛肉米粉。说起来也令人吃惊，那只盛牛肉米粉的大碗就像一只脸盆，足足可装五斤水，盛满的话，不要说一个人，就是一只小猪恐怕也难把汤水喝完。当然，我们都是见多识广的人，见怪不怪，知道这大概也是一种噱头，或是它们的特色之一吧！

“说一千，道一万，不如亲口尝尝看。”我们迫不及待地品尝之后，果然一个个赞不绝口，认为其中的牛肉、米粉、上汤堪称“三绝配”。你看，那牛肉片切得又薄又均匀，嫩滑而酥软，不用咀嚼，入口就化了；那米粉则细长如丝，晶莹剔透，爽滑而有弹性；上汤更是有说不出的浓郁鲜美，仿佛加放了罂粟壳似的。我不禁环顾四周，发现团友们无不是狼吞虎咽！这时，导游又半开玩笑地对大家说：“你们认为好吃的话，就不妨放开肚皮！虽然原则上是一人一碗，但不够吃的话，可以再来一碗；两碗不够，就吃三碗。超过标准部分统统由我埋单。但我要郑重声明，撑破了肚皮我可不负责，谁要看医生你就自己埋单好了！”导游的话逗得大家哄堂大笑。

果然，真有好几位“大食友”要求“加码”，导游都一一满足了他们的需求。用餐之余，我忽然有个创意，不妨与“克林顿”来一张合影，以铭记这“历史一刻”。于是，我以墙上挂着的那幅照片为背景，一边端着大碗，一边用筷子挑起细长的粉丝，“咔嚓、咔嚓”地与“克林顿总统”合影了几张。团友们受到我的启发，立即纷纷效仿，争先恐后地狂拍了一阵“总统合照”。大家高兴地说：“这顿午餐吃得很有意义！”

酥炸河鲜象耳鱼

湄公河三角洲的水乡风情，无疑是最吸引游客的地方。此次导游也安排我们到此观光，项目丰富多彩。其中，乘着小艇穿越河汊水网，在海底椰树林中寻幽探奇，以及在热带果林中自摘“原生态”瓜果，边品尝美食边欣赏民族歌舞等几个项目最为有趣，大家的兴致都很高。然而，高潮还是在中午的餐桌上。

午餐就在湄公河畔一家生意很红火的餐馆吃。俗话说，“靠山吃山，靠水吃水”，这家餐馆靠着湄公河，当然就是以吃河鲜为最大特色，而他们的烹饪技术又独具一格，因而广受食客们的青睐。只见菜谱上列出一长串名字，但我们看不懂，只猜到一定很精彩。坐下来后，菜肴陆续端上来，品尝之后，果然一片赞美之声。店家仿佛故意卖关子，“主角”迟迟还没有亮相。待酒过三巡，白灼鲜虾、清蒸河蟹、油爆风鳝、姜葱花蛤、煎焗跳鱼……该上的菜似乎都已上齐了，我们以为到了“大团圆”的结局。谁知导游诡秘地说：“大家别急，真正的‘主角’还没上场呢！现在，让我们用掌声欢迎真正的大腕上场！”话音刚落，只见三位戴着高高白帽子的厨师各端着一盘“酥炸河鲜”走上来，郑重地分发到各张餐桌上。这时，导游仿佛变成了一个主持人，充满激情地宣布：“各位贵宾，午宴的主角现在正式隆重登场了！它的大名叫象耳鱼，专门在湄公河出产的。由这三位大厨师亲手烹制，并亲自捧上来献给大家，敬请分享！”

哦，原来主角就是象耳鱼！因其形状酷似大象的耳朵而得名。看起来它体形不大，每条1公斤左右，但肉质特别嫩滑而鲜美，连骨头都是软的。正所谓“物以稀为贵”，象耳鱼成了河鲜中的珍品。加上这家餐馆独创了酥炸这一烹饪手艺，使象耳鱼成了招牌菜。的确，“酥炸象耳鱼”可谓匠心独运。它把整条鱼变成了金黄色，玲珑剔透，闪闪发亮。并根据扁平的体形，让其“站立”起来，酷似一面风帆，摆放在一个船形的碟子上，犹如一艘等待出海的帆船……这个造型真是太令人赏心悦目了！大家赞不绝口，以至谁也舍不得带头把这尊“工艺品”弄坏了，迟迟无人动筷子。这时，忽然有团友拿了相机对着它“咔嚓、咔嚓”地一阵狂拍，其他人亦马上效仿，于是，留下了不少精彩的镜头。最后，虽然大家还是不怎么忍心吃它，但不吃又造成浪费，况且，尝不到它的美味，将是莫大的遗憾。于是，团友们终于把它分享了，果然是色、香、味、型俱全，大家异口同声地盛赞道：“真乃河鲜中之极品也!”

2008 年 4 月 5 日

12. 童话般的世界

——北欧纪游

这些年来，由于工作等各方面的关系，我曾经“周游列国”，先后到过世界五大洲的30多个国家。其中西欧就去过两次。听人说北欧也不错，我也想找机会“填补空白”，到那里“潇洒走一回”。不久前，我参加了广州某著名旅行社组织的“北欧—俄罗斯之旅”，终于圆了这个梦。

原先想，西欧乃公认的旅游“经典线路”，北欧想必稍逊一筹，不能期望过高。然而，当我游完丹麦、瑞典、挪威、芬兰四国之后，才发现这一想法错了。应该说，两者“各有各的精彩”。依我看，西欧胜在艺术底蕴深厚，北欧则以自然景观见长。用一句话来形容：西欧像雍容华贵的艺术殿堂，北欧则似绚丽多姿的童话世界。

行万里路胜读万卷书

人们常说：“读万卷书，行万里路。”北欧之旅给我的切身体会充分说明了这个道理。我甚至给它加了一个字：行万里路，胜读万卷书。

首先，此行使我增加了很多交通、地理等方面的知识。以交通工具为例，堪称全面体验：天上飞的（飞机）、地上跑的（汽车和火车）、海中行的（大邮轮），全都领略过了。这是我历次旅游所没有的。

那天早上，我们搭乘芬兰航空公司班机从广州出发，直飞赫尔辛基。傍晚中转飞往丹麦首都哥本哈根。之后的行程则是乘坐旅游大巴，驰骋欧陆大地，先后到过瑞典的哥德堡、挪威首都奥斯陆、瑞典首都斯德哥尔摩等地。再从斯德哥尔摩乘邮轮抵达赫尔辛基。待芬兰之旅结束后，再乘国际列车奔赴俄罗斯，先后到达圣彼得堡和莫斯科，最后从莫斯科乘飞机返回广州。北欧之旅真可谓“海陆空之旅”。

记得早年读中学时，也曾学过有关北欧政治、历史、地理、科学、文化、艺术等方面的知识，但那时是“读死书”，犹如“水过鸭背”，很快就“还给老师”了，脑子里“荡然无存”。此次旅游，“亲临其境，亲睹其容”，实实在在地“补了一课”，印象自然深刻得多。北欧有几个世界著名的地方——斯堪的纳维亚半岛、波罗的海、北极圈等，过去我虽然也有所闻，但印象始终很模糊。游览过之后，脑海里犹如多了一张“活地图”，十分清晰；过去虽然对维京海盗、哥德堡号、诺贝尔奖等一些历史典故也略知一二，但却是支离破碎和肤浅的。游览过之后，如同“充了一次电”，知识较全面和系统了，而且铭记于心；过去虽然对安徒生童话和圣诞老人等故事有所认识，但印象始终不深，有如幻觉一般。游览过之后，这些故事立即在我心中鲜活和立体化了，甚至有些“不解之谜”亦迎刃而解。过去我对北欧四国的首都不甚了解，连名称也说不上来。“到此一游”之后，很快就记住了。例如，丹麦的哥本哈根、瑞典的斯德哥尔摩、挪威的奥斯陆、芬兰的赫尔辛基……这些原先觉得很拗口的名字，现在我都能倒背如流。

在旅程的第一站——广州飞往赫尔辛基的飞机上，我刚好与一位美女为邻。一看她像是个中国人，便与她闲聊起来。我问她是哪里人，要到哪里去。她回答说是深圳人，正在英国留学，这次回国探亲后返回学校去。我有点不解，觉得不应走这条路线。根据我的经验，到西欧一般都在法兰克福或巴黎中转较好。她解释说，那是“老路”，以往她也是这么走的。但由于学校在曼城，“走老路”的话，还要在伦敦多转一次机，实际上并不便捷。后来才发现，赫尔辛基也是进出西欧的一个大门户，在此中转到曼城，可以少转一次机，快捷又省钱，于是以后就走这条“新路”了。她一边解释，一边翻开旅游手册为我指指点点，使我豁然开朗，茅塞顿开。

是的，在旅游中“活学活用”，可以事半功倍，它进一步验证了“行万里路，胜读万卷书”。

上帝“偏爱”的地方

“上有天堂，下有苏杭。”若把中国人常说的这句话套用到北欧，我看可以改成“上有琼楼，下有北欧”。的确，北欧山河秀美，环境清幽，淳朴天然，誉之为“天堂”亦不为过。同行的一位“驴友”开玩笑地说：“上帝真是不公平，尽把这么好的地方赐给了北欧！”此言虽是笑话，但我认为也颇符合实情，因为北欧的自然环境实在太得天独厚了。我不由得想起以前到过的很多地方，特别是在非洲、中东和我国的大西北，有不少戈壁、沙漠、荒原和焦土，那里的生存条件相当恶劣，与北欧相比真是天渊之别！虽然只是走马观花，蜻蜓点水，但我们到过的地方亦有其代表性，可“一斑窥全豹”。总的印象是：北欧生态很平衡，土地很肥沃，资源很丰富，经济很发达。很多地方呈现出“天人合一”的和谐氛围，因而获得了“宜居城市”的美誉。我置身其中，很自然地就会联想到安徒生笔下的童话世界，不由得发出感叹：啊！原来安徒生就生活在这样美丽的环境中！怪不得有那么多灵感，能写出那么多童话杰作了！

奇怪的是，北欧处于高纬度地区，气候比较寒冷，为何有这么多“人类宜居”之地呢？原来，这是因为它的地理位置特殊，濒临海洋，被大海环绕，从而兼有海洋性气候。加上它“天生丽质”，资源、物产特别丰富，所以备受青睐。正因为如此，它赢得了很多“美誉”和“光环”。例如，丹麦被誉为“童话的故乡”；斯德哥尔摩被誉为“北方威尼斯”；奥斯陆被称为“上帝之城”；芬兰乃是“圣诞老人的家乡”；赫尔辛基被称为“波罗的海的女儿”……所有这些“美誉”和“光环”，都含有独特的含义，令人神往和陶醉。

俗话说，耳听为虚，眼见为实。我们在旅途中所见的实况，正好验证了上帝的“偏心”。那天，我们乘坐旅游大巴从奥斯陆到斯德哥尔摩，行程五六百公里，东西横贯了整个斯堪的纳维亚半岛。沿途的景色令人赏心悦目：蔚蓝的天空、起伏的山峦、广阔的原野、清澈的河流、静谧的港湾、茂密的森林、碧绿的草地……简直就是一幅幅绚丽多姿的立体油画。我发现，欧陆大地的森林大多是白桦树，挺拔而整齐，特别“帅气”，像一道道屏障护卫着广阔的原野。最令人赞叹的是，这里的土壤特别肥沃。当时秋收刚结束，在高速公路两边的农田里，很多拖拉机在翻地，翻出来的泥土非常松软，黑亮黑亮的，比中国东北的黑土地还要肥沃，简直肥得流油！无人不相信，在这样的土地上种庄稼，肯定种什么长什么，绝对年年丰收。怪不得北欧的农业这么发达了！

当地那位导游不无骄傲地对我们说：“要说资源丰富，还数我们挪威哩！”是的，挪威堪称北欧的“资源老大”，尤其是水利、水产和石油资源十分丰富。一说到水产，我们这些来自“食在广州”、尝惯了“生猛”海鲜的老广们就来了劲头。我们早就知道挪威的三文鱼举世闻名，如今来到原产地，可不能错过品尝正宗产品的机会。果然，团友们大饱口福之后，无不啧啧赞叹，大呼名不虚传。然而导游却说："三文鱼还不算啥，挪威真正让人'眼红'的是水利和石油资源，同时还有造船技术！"据他介绍，目前挪威的人均水力发电量居世界第一位，造船技术也在世界领先。而海上石油资源的储藏量更是惊人！由于近年来他们加紧开采海上石油，从而使挪威跃上了世界能源大国的行列，也成了世界最富裕的国家之一。

通过参观、研讨和分析，我们发现北欧有一个明显的特点，就是国家不大，人口较少，经济发达。据了解，北欧除瑞典有将近千万人口外，其余三国均在500万左右。人口少而经济总量不小，这样，人均拥有的资源和财富就相当可观。此外，北欧人有非凡的智慧和创新才能，他们在经济、科技领域之外的其他领域同样创造出很多"奇迹"，令人更加敬佩。例如，丹麦人创造了一个"人人平等国度的典范"，这在当今世界显得更难能可贵。据了解，丹麦20%富有阶层只比20%低收入阶层的财富高2.9倍；全国一直维持在5.9%左右的低失业率（全欧平均为9%）。而且，该国已有200年没有出现所谓的贪污问题了，是全球3个低腐败率的政府之一（另两个是芬兰和冰岛）。又如，瑞典人打造了一个名副其实的"女权国家"。让女人真正享有与男人平等的权利，这在当前很多国家也是难以做到的。据说在瑞典议会中，女议员占了40%的比例。而在政府机构的32个部长中，女性曾占"半壁江山"。还有，瑞典女性具有外贸天赋，是该国对外贸易的主力军，女性创造的外贸价值占60%以上……

总之，北欧拥有天时、地利、人和的独特优势，难怪上帝对它特别眷恋了。

小城故事多

对于动辄几百万甚至逾千万人口的很多"国际大都会"来

说，北欧的城市都堪称“小城”。然而，正如邓丽君唱的那首著名歌曲那样：“小城故事多”。的确，“北欧小城”有很多著名景点、景观也很精彩，故事很动人。在这里，我不妨挑几个“最精彩”的故事献给读者吧。

——丹麦“小美人鱼”。这是丹麦甚至整个北欧的标志性雕像。导游善解人意，第一时间带领我们前往这个景点参观。这是著名雕塑家埃里克森根据安徒生童话故事《海的女儿》，于1912年雕铸而成的杰作，距今将近百年，盛况不衰。雕塑中这位纯真、美丽的姑娘，为爱而牺牲了自己，这一凄美的故事感动了全球读者。如今，这位身披秀发、下肢是尾巴的“美人鱼”，就屹立在哥本哈根海边的一块礁石上。她体态优美，神情安详，终日凝望着大海，像在沉思、期盼……

也许“小美人鱼”的形象太传神、太动人了，每天都吸引着成千上万来自世界各地的游客来参观。那天一早，我们以为可以捷足先登，先睹为快，谁知已有“早行人”。但见熙熙攘攘的游客早已把“小美人鱼”围得水泄不通。我们排了好长时间的队，终于挤到了它的跟前。但为了避开其他游客“抢镜头”，找一个最佳的拍摄位置，不得不折腾。好不容易占领了“阵地”，正要取景拍摄时，忽又被后来的人挤得东倒西歪。时间不等人，不能太认真了，匆匆按下快门，抢拍了几张快照，虽然照片质量不尽如人意，但总算完成了任务。当时，有一位来自深圳的团友更狼狈，她为了占领一个好地方，竟站到一块刚露出一点点水面的湿漉漉的石头上，结果在摆“甫士”时一不小心，高跟鞋底一滑，双脚踩到了水中。这惊险的一幕顿时把人们吓出了一身冷汗！幸亏海水很浅，有惊无险。只见她“面不改色心不跳”，笑嘻嘻地说：“没关系，能与美人鱼做伴，拍一张美照，即使变成‘落汤鸡’也值得！”

之后，我们又来到市区一个小公园，瞻仰安徒生纪念塑像。

这尊塑像比真人高两倍，显然是一个“代表作”。但见安徒生坐在一块石墩上，右手握着一本书，左手拄着一根拐杖，头戴窄边毡帽，神情严肃，眼睛炯炯有神地凝望着远方，仿佛在向人们讲述童话故事。我们的团友们被这个“精神偶像”所吸引，纷纷与之合影，表达出无限崇敬和缅怀之情。接着，我们又来到哥本哈根最繁华的“新港”，这里有一条人工开挖的运河，很多仿古高桅木帆船或穿梭其中，或停靠在码头上等待载游客。最吸引我们的莫过于运河边一座座色彩斑斓的房子，那是建于 17 世纪的老式砖屋。导游指着其中一幢对我们说：“你们看，那幢红色砖墙房子，即门牌 18、20 和 67 号，就是安徒生曾经租住、在此创作出重要童话作品的‘故居’，可惜现在另有住客，不对外开放了。”我们只好站在运河的拱桥上，遥望这幢充满神奇色彩的红房子，浮想联翩。霎时，安徒生的光辉形象屹立眼前，很多不朽之作——《卖火柴的小女孩》、《丑小鸭》、《看门人的儿子》、《皇帝的新装》、《夜莺》、《白雪皇后》、《园丁和主人》……都浮现脑际，幻变成一个个动人的故事。

——挪威“维格兰雕刻公园”。这是一个凝聚了雕塑大师维格兰毕生心血、极富特色的露天公园。它坐落于挪威首都奥斯陆市内，占地 32 万平方米。作品均以“人生”为主题，共有作品 212 件、雕像 600 多个。既有花岗岩石雕，又有青铜雕，蔚为壮观。作品展现了人生过程生老病死、悲欢离合、喜怒哀乐的各种状态，栩栩如生。我对那些石雕作品尤感兴趣。它们全是裸像，比真人大很多，一个个“吨位”都很重，无论男女老少，身体都是滚瓜溜圆，丰乳肥臀，憨态可掬。最著名的要数位于公园最高处那条 14 米高的“人生柱”。它用一整块花岗岩石凿出来，由 3 个石匠花了 15 年时间才完成，不愧为旷世杰作。我怀着浓厚的兴趣登上“人生柱”的基座平台，举头仰望，仔细欣赏柱上各种姿态和神情的雕像，并企图把“人数”数清楚。但由于它们互相缠绕着，加上“人”太多、太密，而柱子又太高，顶部根本看不清，只好作罢。后来我们从导游口中得到了答案，原来这条“人生柱”共雕刻了121个人像。它们有不同的姿势，互相缠绕在一起，由下往上奋力攀登、挣扎，寓意“人往高处走”，又像是在寻求某种超脱人生轮回的方法。面对这些杰作，我不禁怦然心动，萌生很多人生感悟，对生命更加珍惜！

——诺贝尔奖颁奖大厅。这个被称为“蓝色大厅”的厅院，原是斯德哥尔摩市政厅内一个最大的厅院。大厅的建筑、装饰富丽堂皇自不必说，使它名扬于世的却是它作为诺贝尔奖的颁奖会场和晚宴之所。众所周知，诺贝尔奖是当今世界公认含金量最大的国际大奖，获奖者无不享有极大的荣耀，这个大厅则是这些“巨人”第一次登台亮相的地方，可想而知有多么令人瞩目了。

诺贝尔是瑞典著名科学家，他一生致力于炸药的研究，丰硕的成果使他扬名天下，同时也积累了不少财富。然而，令他痛心的是，他的发明被有些人用于非和平用途，甚至制成了杀人武器。于是，他在辞世的前一年立下遗嘱，将遗产的大部分（约920万美元）拿出来设立基金，将每年所得利息分为5份，分别设立化学、物理、医学、文学以及和平奖。基金会委托瑞典皇家学院等单位，在全世界范围内选出在上述领域对人类作出重大贡献的人士进行奖励，并在每年12月10日诺贝尔逝世纪念日当天颁奖（后来又增设了经济奖。另外，和平奖由挪威国会有关部门遴选和颁发）。

那天，我们在导游的带领下（必须由当地导游带领才能进入），怀着无比崇拜和虔诚的心情来到“蓝色大厅”。当听完导游介绍后自由参观时，我突发奇想，问导游我们可不可以扮演一下获奖者，登上那个小讲台“发表感言”，拍照留念？想不到导游爽快地说：“没问题，只要不乱动原来的摆设就行。”于是，我第一个登上讲台，摆好发表感言的“甫士”，让团友帮我“抢镜头”，留下了一张既珍贵又搞笑、具有历史意义的照片。当团友们发现我这个“伟大创意”后，立即跟风，纷纷效仿，一时间产生了几十个“诺贝尔奖获得者”！这时，有人开玩笑地说：“获奖者注意了，由于今年获奖人数太多，只给大家照相机会，奖金就不发啦！”一句话逗得大家哈哈大笑起来。

——“哥德堡号”仿古木帆船。在瑞典最大的港口城市哥德堡，我们还参观了“海上丝绸之路的先驱”——仿古木帆船“哥德堡号”。不久前，它曾作为中瑞友好使者访问过广州，重走一趟“海上丝绸之路”。来到广州后，这艘船就停泊在黄埔港，中瑞双方开展了一系列纪念活动，轰动一时，掀起了万人空巷参观“哥德堡号”的热潮。可惜当时我没赶上参观的机会，心中留下一个遗憾。万万想不到这次能在它的“老家”瑞典一睹它的尊容，并重温了一次“海上丝绸之路”的历史，令我喜出望外，激动万分！

——波罗的海观海景。那天，我们乘坐国际邮轮横跨波罗的海，从斯德哥尔摩到达赫尔辛基。这艘邮轮堪称“巨无霸”，有6层楼高，可容纳几千名游客。船上各种设施一应俱全，有商场、游泳池、桑拿室、剧院，甚至还有赌场。我第一次乘坐这么大的邮轮漂洋过海，心情格外兴奋。然而，最吸引我的并非邮轮的新奇及各种现代化设施，而是波罗的海旖旎的风光。此趟航程刚好从傍晚到翌日早晨，又是晴朗天气，意味着可以观赏到波罗的海的晚霞和朝霞。于是，我充分利用邮轮起航后和抵达目的地前的宝贵时间，找到船舷一个最佳的位置，贪婪地观赏起海景来。我发现，在波罗的海长长的港湾里，“飘浮”着很多大大小小、形状各异的“珠宝”——无名岛屿。岛上长满了茂盛的树林，苍翠得像一颗颗浮在海面的玛瑙。有些岛上还住着人家，漂亮的别墅在树林间若隐若现，仿佛世外桃源！这时，晚霞刚消退，天边升起一弯明月，还有点点繁星，照耀着我们夜航。海水已从原先的蔚蓝色变为墨绿色、黑色，海风掀起的小浪有节奏地拍打着船身，像奏响一曲和谐、悦耳的乐章。夜幕降临，薄雾笼罩，海面上那些“玛瑙”也变得更朦胧了，我忽然感到我们的“巨无霸”邮轮正驶入仙境，要把我们带到“天堂”去……

北欧，真是一个童话般的世界！

2008 年 9 月

13. 俄罗斯“大国风骨”犹存

对我们“40后”的人来说，俄罗斯（苏联）是有特殊感情的。自20世纪50年代起，我们（中国人）就一直尊称苏联为“老大哥”。“老大哥”者，亲密无间的“光辉榜样”也。然而，风云突变，世事难料。1991年底，苏联解体，俄罗斯联邦成为一个独立主权国家。之后，有很长一段时间，俄罗斯经济衰退，民生每况愈下，国际地位迅速下滑，从一个“超级大国”骤然沦落为“二流”国家。于是，“老大哥”的称呼渐渐被人们遗忘了。直至新一届领导人上台执政后，锐意改革，铁腕整治，俄罗斯的情况才有了较大改观。

以往，国人把到苏联考察当作一件很荣幸的事，均抱着“朝圣”的心理。可惜那时我没有机会去“朝拜”，留下了一个遗憾。如今可随时去旅游，心态自然变得平和了。不久前我终于有机会赴俄一游，了却了多年的夙愿。虽然只在圣彼得堡和莫斯科两地“走马观花”，但由于这两个城市在俄罗斯享有特殊地位，颇具代表性，可以“窥一斑而知全豹”。

此次访俄总的印象是：俄罗斯“大国风骨”犹存，但也有较多不尽如人意的地方。

“大气”与“老气”并存

俄罗斯是一个很“大气”的国度。说它“大气”，主要表现在几个方面：国土辽阔、城市规划和建设“洒得开”、民族意识强烈，态度清高等。

众所周知，俄罗斯（苏联）曾经是世界上两个超级大国之一，近二三十年来虽然经历了一番折腾，元气大伤，但俗话说，“烂船还有三斤钉”、“瘦死的骆驼比马大”。因此，其基础仍是很厚实的，“骨架”也很健全，“超级大厦”不至于轰然倾覆。

俄罗斯幅员辽阔，国土面积达 1 707.55 万平方公里，横跨欧亚两大洲，是世界上面积最大的国家。拥有 1.43 亿人口，列世界第七位。我们此行只在其欧洲部分活动，行程已达数千公里，但在地图上看，只占了很小的地盘，足见其“架势”之大。

俄罗斯城市规划和建设之“大气”，给我们留下的印象最深。在这方面，我认为圣彼得堡和莫斯科都堪称城市之典范。

圣彼得堡位于波罗的海芬兰湾东岸、涅瓦河河口，拥有 500 多万人口，是一个世界闻名的大都会。300 年前这里还是一片荒芜的沼泽地，在彼得大帝的亲手谋划下，举全国之力，在此荒原中奇迹般地建成一个超级大国的新首都。依我看，圣彼得堡的城市建设有三大特点：一是街道整齐宽阔；二是建筑物古朴雄伟；三是水道纵横交织。置身于其中，仿佛被各式雄伟宫殿所包围，产生跨越时空之感。最令人羡慕的是，英雄的母亲河——涅瓦河流经全城，给这座古朴的名城增添了巨大的生机活力。人们常说“以水为财”，圣彼得堡想必正是因为有这条浩浩荡荡的涅瓦河以及城内纵横交错的水渠网，才带来了更多“财运”吧？此刻，我忽然联想起中国那幅举世闻名的《清明上河图》，眼前这座繁华的“水网之城”，不正是一幅现实版的“清明上河图”吗？

在众多古朴雄伟的建筑群中，我认为最值得一说的是“两大宫”——冬宫和夏宫。

坐落于涅瓦河畔皇宫广场上的冬宫，是历代沙皇的宫廷所在地，建于 1754—1762 年。它是一座巴洛克式的三层建筑，宫内共有大小宫厅和房间 1 000 多间。十月革命后，冬宫成为与之相邻的艾尔米塔什博物馆的一部分，是世界上规模最大的博物馆之一，共收藏艺术珍品270多万件。由于参观时间紧迫，我们只能走马灯似的浏览其中一些主要展厅，但也花了好几个小时。大家意犹未尽，却不得不匆匆走出宫门，只见导游早已在集合点等得不耐烦了。

夏宫无疑是最好玩的地方。这座由彼得大帝亲手修建的华丽行宫，其最大特色是有数不清的精美艺术雕塑和喷泉。有些喷泉水柱高达百多米，十分壮观。有些喷泉则花样百出，水柱错落有致，像奏响一曲曲交响乐。各种喷泉形成的雾气在阳光映照下，变幻出一道道绚丽多姿的彩虹，璀璨而壮观，整个园区仿佛一个梦幻世界。据说其他地方很多著名的喷泉都是靠人工加压的办法来提高水柱高度的，而夏宫则不然，它是依靠附近山梁上的雪水形成天然落差把水柱喷得半天高的。其独特环境和得天独厚的资源可谓举世无双！显然，这种“自然落差”喷泉，水柱既喷得高，又节能，更符合环保精神。可惜的是，到了冬天，山泉都冰冻了，喷泉就“歇息”了，夏宫于是变得冷清起来，游人亦随之稀少。我想，“夏宫”之名大概就是因这个缘故而得的吧！

与圣彼得堡相比，莫斯科的氛围明显不同。虽然都是古城，但莫斯科是现今的首都，全国的政治、经济、科学、文化和交通中心，因而更“大气”些，市况也更繁华、热闹些，现代化气息更浓些。依我看来，莫斯科可用六个“大”字来形容：大城市、大人流、大交通、大市场、大建筑、大个子（市民身材高大）……

莫斯科是俄罗斯最大的城市，有近千万人口。加上近年来蜂拥而至的新移民和国内“流动大军”（进城务工者），简直人满为患，车满为患，都快把这座城市挤爆了。不过，幸好城市够大气、够“洒脱”，有海纳百川之气概，做到“来者不拒”。莫斯科的建设规划很有特点。它以克里姆林宫和红场为中心，呈环状向外延伸，以最繁华的高尔基大街为主干道，与近4 000 条大小街道相交织，构成四通八达的马路网和交通网。那天，导游特意带我们到一条双向有 16 条车道的主干道观光，领略莫斯科马路之宽阔及车水马龙之气派。她还专门安排我们乘搭了几个站的地铁，让我们感受莫斯科地铁站的富丽堂皇。该地铁站离地面逾百米深，仿佛进到了矿井。据说，当年地铁挖这么深，是为了防空的需要，才不惜成本，同时也为了显示国家经济和技术的实力。我们看到，在深深的地铁站内，绘满了各类题材的大型油画和壁画，有些地方则摆放着精美的艺术雕塑，犹如“地下宫殿”一般，令人赞叹不已。

为了俯瞰全城，我们还来到风景如画的列宁山。众所周知，著名的俄罗斯经典歌曲《莫斯科郊外的晚上》正是以这里为背景写的。列宁山不愧是个最佳的观景台，居高临下，整个莫斯科城一览无余。山下鳞次栉比的高楼大厦望不到边，街道、居民区伸展到地平线尽头，森林、河流、湖泊点缀其中，怎一个“大”字了得！身边则是世界著名的高等学府——莫斯科大学。它历史悠久，规模宏伟，教育成就伟大，曾培养出 7 个诺贝尔奖获得者以及大批政要、专家和社会精英。我们仰望着莫斯科大学那巍峨挺拔、气魄恢弘的尖塔状主楼，心中肃然起敬！

论建筑群之宏伟，首屈一指的当然是克里姆林宫了。尽管以往我们在电影、电视或各类传媒中曾无数次看过它的“尊容”，但身临其境所感受的还是不一样，仿佛有点“陌生”，却总也看不够。可惜那天克里姆林宫不对外开放，我们未能进入宫内参观，只能在外围欣赏、拍照，但它那精美绝伦的建筑艺术，已深深地打动了我们的心，令我们心潮澎湃，流连忘返！

此外，莫斯科饭店的“大”也给我们留下了美好回忆。我们此行就下榻在这里。据说莫斯科饭店是该市较早建成的大型涉外酒店之一，一直以来作为接待贵宾的地方。它有二十多层楼高，3 000 多个客房，外形呈弧形扇状，远远望去犹如一张巨大的风帆，十分壮观！我想，作为一名普通的中国旅游者，能被安排住在这么大型的涉外酒店，实属荣幸，倍感自豪！

俄罗斯不但物够大气，人也够大气。我发现，俄罗斯人身材特别高大、英俊潇洒，而且颇有一种绅士的风度。特别是年轻姑娘，个个长得高挑、漂亮、文雅。有人开玩笑地说，俄罗斯人若身高不到 1.75 米的话，那都属于“三级残废”。我们的导游丽莎小姐就是一个很标准的俄罗斯美女，她虽然身高已达 1.70 米以上，但还要穿高跟鞋。也许是“民族基因”所致，或是文化教养使然，我们都觉得俄罗斯人的气质比较高雅，甚至有些清高。走在大街上，你很难从言行举止或衣着打扮上分辨出他们的职业和社会地位。不管官员还是商人，教授还是草民，都是衣冠楚楚，神态自若。在交谈中，我往往敏感地注意到，对方常会潜意识地流露出一些“大国子民”惯有的骄傲。就连圣彼得堡那位原籍中国大连、从小移民到俄国的导游小伙子，现在也潜移默化成一个“地道”的俄罗斯人了。他言行举止处处注重“绅士风度”，语气中充满着作为俄罗斯人的自豪感，口口声声“我们俄罗斯怎样怎样”，几乎把自己的“根”也忘掉了。

然而，俄罗斯也有“老气”（老气横秋）的一面。就是说，“大气”与“老气”并存。

或许可以这样说，俄罗斯那些“大气”的东西，大都是“昨日的辉煌”，这些年来却很少“添砖加瓦”，从而变得“老气”了。此话不无道理。我们在俄罗斯期间，很少看到新开发的大型项目或新建的大型建筑，整个建设气氛比较冷清，显得活力不足。这与我们在国内看到的情景形成了很大的反差。现在的中国，到处大兴土木，热火朝天，变化日新月异。因此，有人比喻说，中国似一个充满青春活力的小伙子，而俄罗斯却像一个年迈而不施粉黛的贵妇人。

在我看来，俄罗斯的“老气”主要表现在两个方面：一是基础设施落后，“欠账”较多；二是市政维护不周，监督管理缺位。

那天，我们从芬兰首都赫尔辛基乘火车抵达圣彼得堡，这是一趟国际列车，按理说条件应该很不错，但实际上却比较差。我们乘坐的车厢都已很残旧，设施很简陋，行车速度慢得令人心烦。说得过分一点，简直就像“老牛拉破车”。显然，政府有关部门已多年没有投资对这条铁路进行升级改造了。反观我们中国，近年来铁路建设大投入、大提速，真可谓“今非昔比，鸟枪换炮”了。不要说国际列车，就是一般的线路，各种设施大都进行了更新换代，既有先进的时速达 250 公里的动车组，又有世界一流技术、时速达 350 公里的高铁。两者对比，反差很大。再说地铁，莫斯科是世界上最早修建地铁的城市之一，而且像上文介绍的那样，有些线路深达百米，站台装饰得富丽堂皇，犹如地下宫殿。因而一直以来，莫斯科人把地铁作为一张“城市名片”，引以为傲。但如今看来，也是昨日星辰，光华不再了。那天，导游小姐原意是带我们去“开眼界”的，谁知参观和体验过之后，大家并不“感冒”。因为这里的地铁实在太残旧了：车厢破旧，站台阴暗，车子颠簸，噪声震耳欲聋！稍不抓牢站稳，就会摔跤。相比起近年来我们国内一些城市，例如广州新建的地铁，这里的地铁就差得远。看来，俄罗斯的轨道交通已明显落伍，由于基建“欠账”较多，没有更多“时代骄子”问世，就只能依靠“吃老本”了。

另外，我们感觉到他们的市政管理也不怎么到位。尤其是圣彼得堡，存在着明显的“脏乱差”现象。如上文所述，这座城市有很多古朴雄伟的宫殿式建筑群，远远望去十分壮观。但走近一看却令人叹惜。因为有很多外墙太残旧了，墙灰剥落，斑斑驳驳，千疮百孔，还被涂抹得像“鬼画符”似的，或贴满了“牛皮癣”，造成一派颓败景象。这显然是年久失修之故，连“穿衣戴帽”式的工程也没有搞过。不但建筑物“衣冠不整”，而且马路也不够整洁。特别是在一些不大繁华的地段，垃圾、烟头遍地，污渍斑斑……我还特别注意到，俄罗斯人的汽车有不少是比较肮脏和破损的，车身布满了灰尘，破损了也不及时修复或喷漆。我问导游何解？导游解释说，主要是洗车和维修费用太贵，车主舍不得花太多钱，宁愿当“污糟猫”算了！这令我颇费解：俄罗斯人不是很有绅士风度、挺在乎脸面的吗？怎么车子却弄得这么“不堪入目”也不顾呢？看来也许是经济不景气之故吧！

还有一点“错觉”，就是过去在电视、电影或报刊中看到莫斯科红场，觉得非常宽广开阔，十分壮观。但此刻身临其境一看，却发现其面积并不是很大，比我们的北京天安门广场差远了，甚至还比不上我们国内一些省市（例如广东省的东莞市）的广场大哩。况且，莫斯科红场还有一部分是小斜坡，不是平整地带，举办特大型社会活动时会稍显得局限。

“震撼”与“遗憾”同在

我们的俄罗斯之旅虽然只是走马观花，但在观光游览之余，我们也抽空了解到一些“国家大事”。这其中，既有一些令人“震撼”的好消息，也有一些令人“遗憾”的负面见闻。

令人“震撼”的好消息是：近年来，俄罗斯经过深化改革和铁腕整治，国家的“元气”逐渐得以恢复，经济迅速起飞。据当地人介绍，俄罗斯从1999年到2006年间，国民经济年均增长率达6%，经济总量则增长70%，人均收入扣除通货膨胀后实际增长200%！老百姓得到了实惠，民生有了较大改善，皆大欢喜！

然而，“冰冻三尺，非一日之寒”，历史遗留下来的巨大创伤，是不可能在短时间内完全治愈的。换言之，俄罗斯仍面临着在政治、经济体制改革方面的艰巨任务，有些地方的矛盾甚至表现得很尖锐，改革要付出很大的代价。例如，政府官员腐败问题、寡头垄断经济问题、车臣分裂主义和恐怖主义扰乱和破坏的问题等，都是很棘手的问题。此外，在社会生活中也还有很多不尽如人意的地方。这些年，俄罗斯老百姓的生活水平虽有较大提高，但据我们观察，在民生最基本的衣食住行等方面，它与发达国家甚至一些发展中国家相比仍有一定的差距。导游小姐丽莎曾经在中国留学几年，她以切身的体会说出自己的感受，认为现时俄罗斯人的生活水平稍逊于中国。她甚至不怕揭自己祖国的疮疤，在我们面前直言不讳地数落莫斯科的“三大时弊”：物价奇高、服务态度差、塞车很严重。这“三大时弊”无须花工夫寻觅，是显而易见的。其间，我们曾到圣彼得堡和莫斯科市内一些商店和市场逛过，发现货摊上的商品不太多。特别是肉类、蔬菜、副食品、水果等，品种数量少，质量较差，但价格不菲。而最令人不快的是售货员那张阴冷的脸，一问三不理，态度生硬，表情冷淡，根本不把顾客当“上帝”。这种情景与中国改革开放前、计划经济时代十分相似。那时由于物资缺乏，供不应求，顾客买东西是求售货员“施舍”的。然而，当地人对此却已习以为常、熟视无睹了。他们说：“现在的情况比早些年好多了，物资也算丰富了，即使服务员态度差点、商品残缺点、贵点，也无所谓，总比买不到要强啊!”

“看来，他们的要求并不高啊！想当年，赫鲁晓夫就曾说，‘土豆加牛肉等于共产主义’。如今已经‘达标’啦!”我们同行的一位团友幽默地说。

“是的，同志们，面包会有的，牛奶也会有的。等到革命胜利之后，一切都会有的!”另一位团友接过话头，模仿当年列宁同志讲话的姿势和腔调，逗得大家哄堂大笑……

2008 年 9 月

14. “海上桂林”下龙湾

——北越之旅之一

听说越南的下龙湾很美，心仪已久，可惜一直未曾涉足。今年3月，终于有机会到此一游。此行是与惠州好友梁先生一起参加旅行团去旅游的，除了下龙湾外，沿途还到广西北海、越南河内及海防等地观光，五天行程相当紧凑。记得一年前，我曾去过柬埔寨吴哥石窟、金边以及越南的胡志明市旅游，那次算是第一次到越南，这次则是第二次。虽然两次都是来去匆匆，没能深入了解更多情况，但仅从表面的观察及所见所闻，对这个兄弟邻邦也增加了不少认识。尤其是下龙湾，给我留下了美好而深刻的印象。

下龙湾位于越南广宁省省会下龙市以南、海防市的吉婆岛以东，是越南最著名的一个海上胜景。然而，在我的记忆中，似乎没听过下龙市这个名字。后来听导游解释，才知道它原来就是鸿基市。说到鸿基这个名我就有印象了，而且可以说如雷贯耳。因为这里出产一种优质无烟煤，被称为“鸿基煤”，早已闻名世界，大量出口到世界各地，中国也是其重要市场之一。当年，我在番禺氮肥厂工作时，就知道“鸿基煤”是生产化肥的绝好原料。由于供不应求，当时我们厂有关领导还要经常到鸿基去求购，“找米下锅”。真的想不到，曾经大名鼎鼎的鸿基市如今竟改名为下龙市。由此可见，下龙湾的名气比鸿基市更大，也说明旅游业的影响力及创造的效益要比煤炭业更大更好。难怪下龙湾如此霸气了！

诚然，下龙湾的确有其“称霸”的资本：1994年，联合国教科文组织已将其列入世界遗产名录。而越南人则自称它为“世界第八大奇迹”！依我看来，它拥有的这些光环，皆源于其得天独厚的“海上仙境”。之所以称为“海上仙境”，是因为海面上常会忽然冒出无数大小不一、形态各异的小岛屿，如同海市蜃楼一般。由于这种海上奇景，使下龙湾与我国桂林山水有异曲同工之妙，故很多中国游客又把它称为“海上桂林”。

那天，我们怀着愉悦的心情，乘游船畅游了整个下龙湾景区。当地旅行社推出A、B两条观光路线，大多数游客都只选择游程较短、费用较便宜、没什么风险的A线，这也基本上能领略到下龙湾的风貌。然而，我们这些旅游“发烧友”向来比较“贪婪”，想到难得来一趟这么美妙的“海上桂林”，怎能浅尝辄止呢？于是决定“革命到底”，哪怕多花点钱和时间，冒点风险（途中要穿越几个岩洞），也要继续参加B线游，向下龙湾的腹地进发，直捣“龙潭”，到达最美丽的天堂岛（神仙岛）。A、B两线行程往返共达五六个小时，直到尽兴而归。

在游船上，导游把下龙湾的故事为我们娓娓道来：传说很久以前，这一带海上经常受到台风袭击，给沿海地区居民带来很多灾难。后来，上天派出一条巨龙降落在这个海湾上，挡住了汹涌的波涛，使这一带变得风平浪静，不但解救了民众的苦难，而且使这个海湾变成了“聚宝盆”，各种海产品越来越丰富，渔民从此安居乐业。为了感恩，人们于是把这里称为“下龙湾”。由于巨龙下海时大发龙威，抖落了身上的一些鳞甲，散布在方圆1 500平方公里的海面上，于是幻变成3 000多座形态各异、惟妙惟肖的小岛屿，最终形成了这个“海上仙境”的奇观。导游还介绍说，在下龙湾，叫得出名字的小岛屿就有1 500多个，大多是根据其形状而命名的，例如天宫洞、狼狗石、风帆石、香炉山、斗鸡石等。其中以斗鸡石最负盛名，以致被作为下龙湾旅游景区的标志。的确，斗鸡石的形态非常传神，它由两块酷似雄鸡的岩石组成，巍然矗立在碧波上，嘴对着嘴，像两只公鸡在对峙，又像一只公鸡与一只母鸡在亲吻，惟妙惟肖，令人遐想联翩，人们无不惊叹天公造化之神奇！

B线游的点睛之处当然就是天堂岛。这一带的海面更宽阔，“仙岛”更多、更神奇，也更壮丽。俗话说，不入虎穴，焉得虎子。要想到达“天堂”（岛），非得经历艰险不可。途中穿越几个海岛岩洞的惊险经历，着实让我们捏了一把汗！据说这是前往天堂岛的必经之路，游艇必须穿过空间很小、紧贴着海面、勉强容得下一只游艇通过的洞穴。但潮水太涨时还是通不过，而退潮太多时游艇又会搁浅。试想，一旦游艇进入洞穴中间忽然遇到涨潮，必将进退两难，游艇和游客岂不是要葬身海中，全军覆没？说真的，当时我们心里实在是忐忑不安。幸好游艇舵手都是当地人，他们对下龙湾的水文情况很熟悉，驾驶游艇的经验十分丰富，所以不至于发生意外，即使有时遇到一些险情，也能化险为夷，有惊无险。

就像唐僧当年上西天取经一样，经历了千辛万苦，我们穿越过几个惊险的岩洞之后，也终于“柳暗花明又一村”，到达了天堂岛。登上天堂岛的顶峰，极目远眺，顿觉海阔天高，整个下龙湾海景尽收眼底，一艘艘装扮得五彩缤纷的游船停泊在海面上，与周围形态神奇的“仙岛”相映衬，构成了一幅巨大无比的立体山水画。此时此地无疑是最佳的摄影机会，我和梁先生于是都留下了好几张值得永久留念的精彩照片。

在天堂岛除了观赏“海上仙景”之外，还有雪白的沙滩供游客嬉戏。可惜当时正值春季，水温仍然偏低，我们这些文弱书生和花甲老人，都没有勇气下海去畅游，只能脱掉鞋子，挽起裤腿，走下浅滩玩玩水算了。游山玩水之余，还有机会品尝刚从下龙湾海中捞上来的、没有任何污染的生猛海鲜，我和梁先生两人就点了一条2斤多重的东星斑，味道鲜美无比。品尝之际，不由得想起“独食唔肥”一语，我们于是招呼邻桌的团友共享。大家一边品尝美食，一边欣赏美景，真是神仙般的享受！

有人说：“不到下龙湾，等于没到过越南。”我则补充说：“游览下龙湾，不到天堂岛，那是莫大的遗憾！”这次我们到越南，下龙湾也游了，天堂岛也到了，还有什么遗憾呢？

2009年4月

15. “喜忧参半”看越南

——北越之旅之二

此次北越之行，除了游览关键景点下龙湾之外，我们还到了河内和海防两个城市观光。其实，与中国山水相连的越南，很多地方的景色与中国都大同小异，尤其是红河三角洲一带，农村的田园风光与我们的珠江三角洲十分相似。只是潜意识告诉我，自己正身处于异国他乡，才不至于造成错觉。也正因为如此，我对这块似曾相识的土地既熟悉又陌生，常会不自觉地将两者作比较，似乎看到了中国的一些“影子”，颇感欣慰。然而，当我了解到当前越南也存在着不少弊端，有些弊端甚至比中国还严重时，不禁为之叹息。特别是每当触景生情回忆起当年曾经发生“兄弟反目”的往事时，心情不免变得沉重。总之，对越南的看法是有赞同也有反对，可谓喜忧参半。

所谓“喜”，是看到曾经战乱频仍、经济落后、民生艰苦的越南，如今也走上了改革开放的道路，经济建设日新月异，人民生活得到改善，很多城乡旧貌换新颜，令人高兴；所谓“忧”，就是我们亲身感受到越南仍存在很多管理不规范和社会秩序较混乱的问题。特别是近年来随着市场经济的深入发展，有些党政部门的官员滋生了官僚主义作风和腐败思想，老百姓反应很强烈。纵观越南的现状，就像改革开放初期的中国，既有朝气蓬勃、欣欣向荣的气氛，又有市场秩序混乱、社会治安欠佳、乱象横生的状况，需要下很大力气才能整治好。

说实话，我原先想象越南北方的城镇特别是农村的面貌是很差的，没想到这次沿途所见大出我意料之外。我们此次到越南不是坐飞机，而是坐大巴从广西东兴边防口岸出境，沿着越方一条旧公路一直驶向下龙市。这条公路虽然较狭窄，且路面很多坑洼，但沿途两边的村庄并不见得很破败，甚至断断续续地会出现一些很漂亮的楼房，让人一看便猜到是那些乘着改革开放春风而先富起来的人新盖的房子。至于路过的那些市镇，新房子就更多、更“挺拔”了。我们发现，越南人盖的这些房子都比较新颖、别致，有点像中国徽派建筑的风格，而且规划得不错，看起来很整齐。如今，人们几乎已达成了一个共识，一个地方的经济发展得好不好，民众的生活富不富裕，只要看看这里的房子建得多不多、漂亮不漂亮就知道了。可见现在越南已有不少乡镇和农村迈上了小康的道路。过去我们从地理教科书中得知，红河三角洲是越南著名的大粮仓，是一块富庶之地。此刻，我们身临其境，果然看到万顷稻田翻绿浪，一派丰收在望的景象。这可从一个侧面说明，越南政府实施的农业政策能调动起广大农民的生产积极性，方向对头，颇得民心。我不禁联想起早些年到朝鲜时所看到的相反的情景：很多良田荒弃，老百姓在挨饿，日常生活中连普通的青菜也吃不上。当时即使我们住在涉外宾馆，还号称五星级，但依然吃不饱，其他物资也是奇缺。我想，越南和朝鲜过去同样是较穷的国家，但如今越南已渐渐奔向小康，而朝鲜仍陷于贫困境地，两者越来越拉开了距离。究其深层次的原因，我看就是因为前者实行了改革开放，而后者继续坚守旧观念，搞闭关锁国。

的确，我们通过导游的介绍了解到，近年来越南敞开国门，吸引了很多外商前来投资创业。而由于他们在土地使用、劳力资源、税收、金融服务等方面实行的优惠政策比中国更具优势，从而“挖”走了不少原先在中国大陆或港台投资的外商。就连不少中国本土企业也被吸引，纷纷涌向越南投资，使中国很多地方政府感到“后有追兵”的压力。我认为这是好现象，因为有竞争才有进步。那天，我和同行的梁先生还专门抽出半天时间，前往海防市一家由中国广西南宁市一位女老板投资创办的企业进行考察。该企业专门从事中药、保健品进出口业务，与梁先生是同行，颇有共同语言。据对方介绍，近几年来越南招商引资的力度很大，对外商的优惠政策很诱人，随着该公司业务迅速发展，通过口碑相传，又引来更多新的华商前来投资。这种良好的发展势头，使我们有理由相信，越南用不了多少年就会赶上中国，甚至后来居上。

然而，越南国家的底子毕竟很薄弱，历史包袱又很沉重，积重难返，致使其在前进的道路上碰到不少困难和问题。我们此行也看到或感受到好些不尽如人意的地方。光从城市建设和市容面貌这一点来看，越南的“历史欠账”仍远未还清。尤其是作为首都的河内市，给我们的印象十分差。那天傍晚，也不知道是导游特意让我们第一时间领略河内的夜色呢，还是想多赚些外快(回扣)，刚抵达河内，他便带我们逛夜市，还专门安排大家乘坐人力三轮车兜圈子。人力车夫们见到一下子来了这么多外国人，万分惊喜，一窝蜂地涌上来抢生意。顿时，一溜长的人力车队塞满了弯曲而狭窄的街道。据说这是河内市最传统、最繁华的商业街，小商铺林立，大多是私人开的小店铺，经营衣服、鞋子、土产、杂货、药材、食品、工艺品、宗教用品等小商品，货物档次较低，价格也较便宜，从而吸引了众多“平民一族”来光顾，使得这一带车水马龙，人潮如涌，形成了畸形的繁华。这不禁又令人为其捏一把汗。因为这些街道实在太狭窄，而两边的商铺又破旧不堪，摇摇欲坠，与五彩缤纷的霓虹灯和色彩斑斓的商品形成了巨大的反差。更令人担心的是，在店铺墙外、电线杆上挂满了杂乱无章的电线，像无数散乱的蜘蛛网，有些还横跨街道上空，仿佛随时都会掉下来。若不小心被人触碰到，或有触电的可能，十分危险。团友们都说，过去从没见过如此破旧、危机四伏的商业街，特别是在一个首都城市里。然而，人力车夫们却不觉得有什么安全隐患，因为他们早已司空见惯、熟视无睹了。只顾拉着我们这些外国人优哉游哉地穿行在几乎没有立足之地的人流中。这时，导游却调侃说：“这就是河内的特色，越南的骄傲！”

当然，“越南的骄傲”还远不止这些。“更令人‘骄傲’的是越南有不少地方政府‘生财有道’，而中央官员‘前腐后继’！”导游带着讥讽的口吻说。看来，这个导游小伙子是个经过风雨、见过世面、吃过“夜粥”的“世界仔”，他掌握的“内参”不少，时不时会给我们爆一些“猛料”。据他透露，最近就有一位部长级高官的贪腐丑闻被捅了出来。他不但自己贪婪，而且连子女和家属都受牵连。他们不但在国内为所欲为，而且出国去奢侈挥霍，是赤裸裸的巨贪。但是，由于有更高层的大官庇护，到头来只是作内部处理，批评教育一番了事，最后还继续赖在台上。

导游还说，他自己也认识几个高干子弟，这些公子哥儿无不是依靠父母的特权，出来做生意，赚得盆满钵满的。他说，看到这些“官二代”极尽奢华、花钱如流水的做派，自己作为他们的哥们儿有时也看不惯。虽然，这位“世界仔”的话我们也不能全信，他或许有炫耀自己的动机。但也不敢说他完全是瞎扯，因为确有类似的现象，绝非空穴来风。只要看看现在的中国社会乱象，就可知道越南的社会也不会干净到哪里去。

记得去年在胡志明市旅游时，当地一位导游也反映了类似的问题。他是西贡人，对近年来大批北方官员涌到南方来做官特别反感。由于原来北方比较落后，而南方是资本主义社会，比较富裕。后来国家统一了，于是，有大批官员从北方调来南方接管各级政权。他们原先大多是“土包子”，没见过什么世面，更没享过什么福，如今来到胡志明市这样的“花花世界”，当然感到特别遂意，决心把过去的损失补回来。于是以百倍的贪婪进行权力寻租，敛财的手段往往比南方贪官更疯狂。我相信，这的确是不争的事实。

上梁不正下梁歪。我们就亲身领教过越南某些基层执法部门的“贪腐洗礼”，还没正式踏进越南国门，就挨了他们的“宰”。那天我们入境时，越方边检人员硬说我的护照有问题（没有空白地方盖章），非要罚我400元不可，否则不给入境。经多方交涉，讨价还价，都无济于事，最后不得不就范。无独有偶，几天之后在河内，又遇到当地交警“钓鱼执法”，被狠狠地宰了一刀。虽然当时挨罚的是大巴司机，但这笔罚款最终还是转嫁到我们身上了。

总之，在越南，管理不规范、敛财罚款等腐败现象比比皆是、不胜枚举。这不禁令人产生疑惑：莫非这也是改革开放的代价和必然规律？

此次北越之行，还无意中看到一些特殊的“景点”，令我陡生出一种忧思。那天，我们在从河内返回下龙湾的途中，看见一些村落或荒野上竖立着一些纪念碑，虽然经过风吹雨打，碑体已经很残旧了，但那巍峨威严的身影仍令人肃然起敬。我问导游那是什么纪念碑，导游深沉地告诉我们，这是为20世纪60年代在抗美援越战争中牺牲的中国人民志愿军烈士而建立的纪念碑。越南人民一直不忘中国人民的无私支援，永远铭记这种用鲜血凝成的友谊，即使后来两国之间曾发生过一些不愉快的事，但这些烈士纪念碑仍一直保存下来，没有被毁坏……

正所谓“说者无意，听者有心”。导游这番话不由得勾起我某些不愉快的记忆。那是1979年的“中越自卫还击战”，战争的结果是双方都造成了惨重的损失。当年我所在部队的一些战友也牺牲在这个战场上！当时有一些宣传报道说，越南军队用中国支援他们的大米（袋子）来构筑碉堡和工事，反过来打中国人，真是岂有此理！我们听了无不义愤填膺。当时真的想不通，为何昔日的“同志加兄弟”，如今忽然变得如此“反骨”呢？而更令人感慨的是，听说当年埋葬在中越边境的一些烈士墓，即被电影《高山下的花环》浓墨重彩渲染一番的那些烈士墓，后来都被迁移了，说是为了发展中越友谊，扩大经贸交流，要在这里新建一条高速公路连通两国。于是，“高山下的花环”消失了，取而代之的是“高山上的车流”。

对于时冷时热、复杂微妙的中越关系，这位导游小伙子似乎颇能洞察大局，“看得很开”。他说：“邻国之间有点摩擦算不了什么，同胞兄弟相处也会有些矛盾哩。但兄弟毕竟是亲骨肉，是不会记仇的。中越两国也像兄弟一样。你看，现在不是有越来越多的中国老大哥前来越南‘走亲戚’（旅游）了吗？”

好一个“世界仔”，说得倒轻松！我想，这也许是他的职业习惯，不希望在客人面前出现尴尬的局面吧。当然，他还年轻，涉世未深，没有像我们这些“过来人”那样有着深刻的体验和感受，所以说话比较轻松。但我也相信，历史是向前发展的，社会也在不断地进步，“风雨过后见彩虹”，一切迷雾都将被驱散。但愿我们能迎来一个和谐的新世界！

2009 年 4 月

16. “国门卫士”也疯狂

——越南柬埔寨之怪现象

何谓国门卫士？为国家把守大门的战士也。荣膺此称号的不外乎边防、边检、公安、海关、检疫等部门。按理说，这些“国门卫士”代表着国家的形象和尊严，是十分光荣和受人崇敬的。然而，正如俗话所说，“树大有枯枝”，其中难免有些“败叶”。以往我曾多次出国，看到的“国门卫士”大多是正气凛然的形象，令我心生敬意。但也有极少数“卫士”行为不轨，令我不屑。这里记录下我在越南和柬埔寨亲历的几件“怪事”，既是曝光“丑闻”，又是旅游的“另类体验”。

越南入境“敲竹杠”

记忆中，以往多次出国大都是坐飞机出入境的，唯有两次从陆路边防“过关”。一次是2003年10月15日，我随《中国医药报》考察团从吉林省延边朝鲜族自治州的图们江口岸过境到朝鲜；另一次是2009年3月5日，我与惠州朋友梁先生到越南下龙湾和河内旅游，从广西东兴过境到越南。前者的见闻已在《多彩的世界》一书中有记述，在此不再重复；但后者尚未披露过而那“丑闻”又一直令我耿耿于怀，所以在此一吐为快。

事情是这样的：那天，我和梁先生等一行来到东兴口岸等待过境，按常规，办理落地签证应该是很简便的。但由于当天旅客太多，而边检设施简陋，加上关员的工作效率太低，让我们在乱哄哄的关外场地足足等了两个小时。好不容易轮到我们的团队验证了，却又发生了一件意外的事：越方边检人员说有一位团友的护照“有问题”，而这个人偏偏竟是我。到底是什么问题呢？我一头雾水。原来，他们说我的护照已无地方盖章。这就奇怪了，明明还有一页空白的，中方边检都已在上面盖了章，怎么他们睁眼说瞎话呢？正在疑惑之际，越方旅行社一位接团的人走了过来，悄悄地对我说：“不要紧，只要你交 400 元人民币，补办一下手续就行了。”我一听，不禁吓了一跳，心想，我们这次旅游，整个行程才 1 000 多元团费，还没入越南境，就要被敲 400 元竹杠？太岂有此理了！我生气地对他说：“我的护照完全没问题，不就是盖一个小小的入境章吗？盖在哪里不可以？你们分明是乘机‘敲竹杠’，我一分钱也不会给！”对方辩解说：“规矩不是我们定的，钱也不是我们收的，我只是转达边检官员的意见。你若不交钱，边检就不给你入境，我们也爱莫能助！”“不准入境就算了，要我交这些冤枉钱，我宁可退团返回广州！”我态度坚决地反驳。对方见我态度这么强硬，口气便软了下来，讨好地对我说：“这样吧，我去给他们的领导说一说，看能否减少一些收费。”说完，匆匆走回关口，也不知他到底与“领导”商议了什么。一会儿，他又返回来对我说：“领导同意了，这次就收 300 元算啦！”我一听更恼火，还是那句话：“一分钱也不给！”双方默默对峙了一阵之后，对方只好再退一步，说：“那么好吧，我再向领导给你求个情，争取再减一点！”说完又返回关口里边，装模作样地斟酌一番。一会儿，他重新走过来，高兴地对我说：“行啦，多亏领导关照，只给 200 元就搞定！”

起先我仍然一肚子气，不肯让步。但转念一想，若不给钱，万一他们真的蛮不讲理，不让我过关，岂不耽误了旅行团的集体行动？此刻，我如何是好？这时，我们旅行团的领队又来劝我：

“不要因小失大！”无奈，最后我只好“就范”了。心想，算啦，200 元就当“破财挡灾”吧！

果然见效，“一手交钱一手交证”之后，我们整队人马立即就顺利过关了。然而，他们收了我钱却没有给我任何凭证，显然是私下瓜分，“袋袋平安”了！后来，我认真看了一下护照，发现他们的入境签章就盖在那页空白纸上，空白地方多得很，根本没有补办什么手续。你说此事怪不怪？

河内交警“宰你没商量”

还是此次旅程。那天，我们乘大巴从下龙湾到越南首都河内，傍晚时分抵达河内郊区。这时大家的心情都有些焦急，希望快些进城去，早些安顿好食宿，腾出较充裕时间去“行夜街”。谁知欲速则不达，司机反而“抛锚”了。“为何不抓紧时间入城？”我们问他。他解释说，因河内有交通管制，外地车辆，特别是大型车辆白天不准进城，必须等到六点钟之后才放行。此时是 5 点 45 分，还差 15 分钟才能走。大家只好焦急地等待。大约又过了 10 分钟，就只差 5 分钟了，大家还是不耐烦，纷纷怂恿司机“抢步”。看来司机是个老好人，善解人意，经大家一催促，也蠢蠢欲动。这时导游说他熟识一条入城的捷径，虽绕一点路，但可避开交警巡查，并说他们以往也常这样走，从未发生过问题。于是，好心的司机心更软了，终于在侥幸心理的驱使下毅然“冲刺”。

俗话说：“不怕一万，就怕万一。”广州又有句土话说：“老猫也会烧须。”这一回真的“烧须”了。当汽车刚驶进城区边，就被一位埋伏在暗处的交警拦截了。交警倒很客气，礼貌地请司机下车来查验证件。司机心知肚明：这次真倒霉，碰到克星了，定然“罚款没商量”！于是，他带齐了有关证件，又不假思索地在一个皮夹子上夹了几张钞票，爽快地跳下车，跟随交警走到一个僻静处，“斟起盘来”。我们隐约地看到，司机笑吟吟地将皮夹子毕恭毕敬地递到交警的手中。交警熟练地打开本子一看，轻蔑地笑了笑，当即把本子合上，交回司机手中，同时挥了挥手，意思是叫司机回去再凑钱。司机没办法，只好折回来，上车找钱包了。我们关切地问他：“怎么样?”司机没好气地说：“嫌少呗!”“不是夹了几张大钞了吗，还不够?”一位团友打抱不平。司机无心作解释，又匆忙地添加了一倍银码，夹在本子上，一溜烟地赶到交警跟前，也不说一句话，就直接递给交警。交警心领神会，翻开皮夹子一看，知道有点靠谱了，便麻利地收起票子，揣进口袋中。当然，也没有开回任何收款凭证。事情搞定之后，交警也不说话，只把手一扬，示意司机“还不快滚”。

我们目睹了这一幕，无不感到惊讶。大家议论纷纷，都说想不到越南的交警这么“黑”!然而，当地那位导游小伙子却轻描淡写地说：“有啥惊讶的?这样的事情在越南司空见惯啦!”稍停，他又接着说：“这样处理其实是‘双赢’。不然的话，按正规程序办事，麻烦更大!不但要被扣证、扣分，而且罚款更多。现在交钱了事，我们的损失反而少，交警又有甜头，大家都心甘情愿!总之在越南，有‘这个’(钱)就什么都搞定了!”小伙子做了个数钱的动作。

汽车过了“鬼门关”不久，导游又与我们“商量”，圆滑地说：“各位贵宾，大家都看到了，刚才司机大佬是为大家做好事才挨罚的，如果罚款都要由他自掏腰包，那么这一天的活他就白干了，还怎么养家糊口呢?相信大家也于心不忍吧!为此我提议，大家都来怜惜一下老师傅，给他凑齐这笔罚款吧!你们中国人不是有句俗话吗?‘众人拾柴火焰高’嘛!”

真是哑巴吃黄连——有苦说不出。没办法，最后大家只好默认是“共犯”——共同怂恿司机违章，大家都要担责。于是，每人多出了30元人民币，换回一个“和谐结局”。

吴哥边检惯于赚“外快”

2008年3月26日，我参加“越南—柬埔寨之旅”，首站先到“世界七大奇迹”之一的吴哥石窟。当晚，飞机从胡志明市转飞吴哥，航程还不到一个小时，很快就抵达了目的地。就在即将出关的时候，旅行团的领队悄悄地告诉大家，每人准备1美元纸币，夹在护照里面，作为给边检人员的小费，这样出关时就能顺利通过，不至于添麻烦。否则，这里的边检人员会刁难外国旅客，借故诸多盘问，耽误你的时间，弄不好还有可能不准你入境，那就“大件事”了！他说，这是他多次带团入境柬埔寨的“宝贵经验”，大家就“入乡随俗”吧！反正只是1美元，小意思，将就一下啦……

这种怪现象虽然令我们很反感，甚至愤慨，但考虑到“小不忍则乱大谋”，误了大事更划不来。于是大家都悄然照做了。

果真如此，我们的领队“熟门熟路”地指挥团友们到最靠边的两个卡位等候过关，而其他“不谙规矩”的旅客，则在另外几条长龙排队。显然，我们有美元“保驾护航”，个个通行无阻，一路顺畅。而另外几条队伍的人却像蚂蚁一般，慢吞吞地蠕动。当时，我特别留意观察边检人员的举动，只见他们大多没穿制服，也没个正规坐姿，吊儿郎当的样子，根本不像个“国门卫士”。为我们一行验证的几个关员倒是很神气。他们的动作特别麻利，一看到护照中夹有1美元，立即脸露悦色，以闪电般的速度把钱放进抽屉中。既不用查看护照上的其他内容，也不询问旅客一句话，“咚咚咚”地就在护照上盖章，工作效率之高令人惊叹！有趣的是，我还发现，凡是收了钱的关员都会与相邻柜台的同事打眼色，仿佛交流和分享“发横财”的喜悦心情，这令我更加反感。我想，虽然每人每次只给他们1美元，但“小数怕长计”，长此以往，日积月累，可不是个小数目啊！如此守“国门”，真比开银行、印钞票还好哩！

这就是在越南和柬埔寨碰到的怪事，印象深刻，历久难忘。我想，腐败现象各地都有，但没有比这两个国家的“国门卫士”更赤裸裸、肆无忌惮贪腐的了。这似乎印证了越穷越贪腐、越穷监管越缺失的规律。据越南那个导游小伙子说，这些年来，当地的贪官不断涌现，行为十分猖狂。特别是那些大权独揽的巨贪，谋取不义之财动辄以上亿计！像上述这些小事谋取的几个小钱，根本无足挂齿，简直是“小巫见大巫”啊！

是呀，难怪人们说“越穷越见鬼”了！

2009年4月

17. 美国人正在过“穷日子”

——美加见闻之一

2010年5月下旬至7月初，我到美国、加拿大探亲旅游一个多月，足迹遍及三藩市、纽约、华盛顿、马里兰、多伦多等地。这是我第三次赴美加了。说起来也很凑巧，每次去都是相隔8年。前两次属于公务，而最近这次是因私，用时髦的话说，叫“自由行”。

由于时势不同，三次的观感迥异。记得16年前我“初到贵境”时，觉得美国和加拿大都很不错，到处是繁荣兴旺的景象，经济实力很强大，国民生活很富足，方方面面都令人很羡慕。到了2002年，我第二次踏足美国的时候，正值“9·11”事件一周年，形势比较紧张，政府宣布当时为“非常时期”。当时，人们对恐怖袭击仍心有余悸，美国经济也受到一定程度的影响，开始出现疲软现象。但由于它是个超级大国，基础和实力雄厚，所以民生基本没受太大影响。到了今年，我第三次赴美，情况却跟以前迥然不同了。由于近两年来爆发了全球性金融危机，美国首当其冲，经济陷入了困境，民生也就今不如昔了。在美国期间，我就听到不少老百姓慨叹生活艰难。这是前两次因公考察时所听不到的。一般来说，考察大多浮在上面，看到的多是莺歌燕舞的景象，而探亲则能深入底层（我的亲戚都是“穷亲戚”），能了解到百姓生活的真实状况。耳闻目睹和亲身体验的结果，使我真切地感受到，美国人正在过“穷日子”。

一向财大气粗的超级大国，为何如今要过“穷日子”呢?用当地老百姓的话来说，是“因为政府没有钱”。既然政府没有钱，就只好采取“非常措施”，大搞“增收节支”，于是殃及国计民生。“增收”主要从税收入手，其次是增加行政和事业收费项目。众所周知，美国是个税赋很重的国家，税收项目繁多。但过去由于政府钱财比较充裕，对税收监管不是很严格，主要依靠纳税人自报和自律，对一些小额的偷税漏税往往视而不见。现在可不同了，追查得很紧，一旦查出偷税漏税，“罚你没商量”。听说过去有不少人专门把钱存到瑞士银行或其他一些小国家的银行里，因为这些银行可以规避外汇监管，或便于客户“洗钱”。如今这条路也被堵塞了。美国政府利用其霸权，胁迫这些国家与之联手，撤掉了这些银行的“保护伞”和“避风港”，于是，很多被判为非法的存款被追缴了重税，并给以重罚，美国政府则从中捞了一大笔。还有，过去很多美国人到世界各地经商或务工，由于跨国征税、稽查不容易，存在不少偷税漏税的现象，对此，以往税务部门是比较忽略的。现在却不轻易放过，以非常大的力度，一个一个地进行认真追查，很少有漏网之鱼。

诚然，上述的“追税”现象，对一般人来说没多大关系。最使老百姓感到痛心的，是涉及日常生活的收费项目。例如，停车费、公交和地铁车费等，近期都纷纷在涨价。美国堪称“装在车轮上的国家”，汽车特别多，几乎家家户户都拥有一两部甚至好几部汽车。车子多了，“停车难”便成了普遍现象。我发现，以往美国政府还是比较注重人性化的，一直以来，允许人们把车子停在指定的马路两边，从而较好地缓解了“停车难”的问题。过去，在很多马路和时段停车是不收费的。现在却纷纷在马路边安装上了“咪表”，“分分钟收费”，而且收费标准大为提高。那天，我在三藩市听到一则广播新闻：最近该市一下子新设了3万多个“咪表”；从×日起，金门大桥、屋伦大桥等市区内6座桥梁，全部提高过桥收费标准，平均提价30%。在此之前，有一天，我与朋友在马里兰州的银泉市乘坐地铁到华盛顿玩，他自以为是当地人，又是地铁的熟客，买票是举手之劳的事，谁知这次却碰了壁。他把钱投进售票机，却不吐车票出来。重试了几次都枉然。一问工作人员，才知昨天地铁刚涨价，投的钱不够，所以票不出来。我的朋友很生气地说：“说涨价就涨价，连个招呼也不打，更别说进行听证了！”的确是这样。我发现，在号称“最民主”的美国，很多时候其实是很霸道的，有很多事情往往由政府一锤定音，发个告示就执行。纽约的地铁虽然暂未提价，暂无“增收”措施，但近期却挖空心思大搞“节支”，先后缩减了多条线路的运营，使广大乘客深感出行不便，怨声载道。

在诸多“增收节支”的举措之中，有几件事令我特别耿耿于怀。其一，乘坐美国国内航班，托运行李一律要收费，哪怕你只有一件很小、很轻的行李，也要收25美元（折合人民币100多元）！这在其他国家可不是这样。例如在中国，只要不超重，托运一件行李是免费的。其二，美国国内航班不提供任何餐食。那天，我从三藩市飞到纽约，飞行时间长达6个多小时，航班竟连一片饼干甚至一粒花生米也不供给（只能自费买），饿得我肚子咕咕叫。假如在中国，一般航程在两个小时以上，起码会免费供应一顿餐食的。其三，在美国借用机场小推车也要收费。那天傍晚时分，我乘坐的“挨饿航班”终于抵达纽约，下机取回行李后，我急匆匆地想去拿一部手推车载行李。这时，忽然听得前来接机的外甥女关嘉萍对我说：“舅父，别拿车了！”“为什么？”我不解地问。“借手推车要收费的。你行李不多，就别浪费这3美元啦！”“过去不是都免费的吗？”我一头雾水。关嘉萍说：“过去是过去，现在是现在。现在美国很多公共服务都收费了！”这时，另一位亲戚调侃说：“是呀，看来不用多久，在机场上厕所也要收费啦！简直就是‘发穷恶’！”

的确，近年来美国政府“发穷恶”的新闻不少。其中有一则关系到千千万万移民的收费政策——移民申请事项收费，就大幅度提高了，平均升幅30%！

关于“节支”方面，重点是削减福利开支和市政建设维修费用。众所周知，美国是一个高福利国家，一向社会福利是很好的。然而，高福利也给这个国家带来了沉重的负担。尤其是当前在金融危机的严重冲击下，经济不景气，国家财政紧张，失业率居高不下。一连串的压力迫使美国政府采取紧缩措施，大力调整各项福利政策。例如，按规定，过去一个四口之家，若月收入不足2 300元，就可领取“粮食（食品）补助券”，人均每人每月逾200元。但现在有很多人领不到，或减少补助额，或拖延发放。此外，其他各项救济金也减少了很多，“贫困一族”不得不精打细算，省吃俭用过清贫日子。

有一个周末，三藩市的朋友刘婉芝女士带我到一个大型商场逛街，只见偌大的停车场上只有稀稀落落的几辆车，她万分感慨地对我说，现在美国的商业气氛太惨淡了！要是在以前，到这里买东西找个停车位很不容易，现在停车场却空空如也，连仅有的这几辆车都不是顾客的，而是商场工作人员的，可想商场有多冷清！果真如此，我们进到商场里面兜了一圈，只见很多店铺空无一个顾客，售货员都在“拍苍蝇”（闲着无事）！这种现象表明，如今美国人的购买力大大下降了。

有一项与福利、补贴密切相关的移民政策，也在悄悄地调整。过去，美籍外裔人申请亲属来美定居，不管老人或小孩，只要符合条件的都可以批准。而听说现在基本上不接受老人来美定居，以减少国家对这些不能创造财富、不给国家纳税的老人的福利补贴。

最令人惨不忍睹的是，由于美国政府“没有钱”，很多公共设施不能及时维修和保养，呈现出一副破败的样子。最明显的是城市马路很破烂。据说去冬今春，纽约、华盛顿、波士顿等美国东北部很多地方雪灾严重，由于采用机械铲雪或撒盐融雪的办法，造成很多路面坑坑洼洼、高低不平。然而，开春至今都快半年时间了，当地政府仍没有安排工程人员来维修。这种破败景象尤以纽约为甚。不要说一般地段，就是市内通往肯尼迪国际机场，或布碌伦区通往曼哈顿、法拉盛等这么重要的主干道、高速公路，很多路面也是坑坑洼洼的，每天川流不息的车辆就在这么糟糕的路上颠颠簸簸地开过。这一点我真是想不通，为什么堂堂一个超级大国，连一条关系到国家脸面的国际机场高速路，也不把它修复得好一点呢？有人说，美国政府一向自认老大，不在乎细节问题，更不理会别人说三道四，这是他们的“性格”。此话不无道理。但依我看来，主要还是因为“政府没有钱”。当然，还有一个特别原因，就是美国政府办什么事情都很慢，要经过严格而烦琐的程序，强调按“预算”开支，没有预算的项目，即使情况十万火急也不予拨款。于是，诸如抢修马路之事只能一拖再拖了。即使已安排了抢修，工程进度也是慢吞吞。因为他们实行的是“计时制”，亦即吃“大锅饭”，反正是公家埋单，工期拖得越久对维修人员越有利。于是他们每天到工地捣鼓几下就收工。

由此，我还联想到纽约的地铁。恕我直言，纽约地铁可能是目前全世界最残旧、最落后的地铁了。很多车站简直就像贫民窟一样，室内灯光阴暗，墙壁和地板又破又脏，顶上的钢梁锈迹斑斑，油漆纷纷剥落……虽说，纽约地铁已有逾百年历史，至今仍能正常运营，很了不起。但“功是功，过是过”，不能因为“老资格”便“倚老卖老”。我认为，既要发扬优良传统，又要与时俱进才对，不要搞得太寒酸了，以致与日新月异的新时代格格不入。我想，对于残旧的设施，即使一下子不能及时更新换代，起码也应修缮一下！像中国的北京、上海、广州一样，为了迎接奥运、世博、亚运的召开，下大力气把城市装扮一番，有碍观瞻的旧建筑物都实行“穿衣戴帽”，使之靓丽起来。这样，不是让人看起来很舒服吗？无奈，美国政府没有这样做，因为“没有钱”！

诚然，正如俗话所说，“瘦死的骆驼比马大”，“烂船还有三斤钉”。美国人如今过的“穷日子”，只是相对于他们以往过惯了的富日子而言。我相信，他们的生活水平相比起现在很多第三世界的穷国家，还是好得多的。

2010 年 8 月

18.“恰同学老年”

——美加见闻之二

我向来十分赞赏伟人毛泽东的诗词，其中有一首《沁园春·长沙》，印象特别深刻。词中写道：“……恰同学少年，风华正茂；书生意气，挥斥方遒。指点江山，激扬文字，粪土当年万户侯……”胸怀多么博大，气魄多么宏伟！每当我见到昔日的老同学，忆起“恰同学少年”的情景，脑海中就会浮现出这首诗词来。而每当我默诵这首词时，便会激起一阵心潮澎湃！最近，我到美国探亲旅游，意外地见到了几位阔别多年的老同学，十分高兴，心情很激动，于是，这首词又浮现在我脑际。

然而，眼前的这几位同学，早已不是“恰同学少年”，而是“恰同学老年”了。沧桑岁月如同一把无情的利剑，把昔日“天之骄子”身上的朝气砍得精光，把他们变成步履蹒跚的白发老人了。触景生情，不胜唏嘘！灵感闪动，不由得把毛泽东这首熟悉的词改成“山寨版”，以抒发心中的感慨。“山寨版”词曰：“……恰同学老年，风华正暮。书翁意气，挥斥无由。指点儿孙，识洋文字，仰望当今万户侯……”

我想，“山寨版”虽然幽默，但并非搞笑之作。因为它的确反映了当前真实的一面，堪称这几位“华侨同学”的写照。

时光倒流52年。我们这5个人——刘永固、肖帼英、吴楚帆、陈素屏和我，都是广东省化工学校的校友（除肖帼英低两届且不同专业外，其余都是无机物工艺专业的同班同学）。其中，刘永固与肖帼英如今是一对夫妇。他俩退休前在广州工作，刘永固还是我们母校的副校长，因而我们在广州曾有几次见面机会。陈素屏与吴楚帆则自1962年毕业后就未再谋面，至今已48年了。想不到这次竟能在美国纽约重逢，真是难得！更凑巧的是，他们4人都住在纽约市布碌伦区，距我探亲暂住的姐姐家不远。俗话说，远亲不如近邻，大家应该多些见面才是。然而，实际上我们相聚的机会并不多，尤其是吴楚帆，总共只见过他一面。重逢时间虽然短暂，但却给我留下了很深刻的印象，感慨更多。总的来说，各人的变化都太大了，无论体魄、容颜、性格还是气质，都“今非昔比”。说真的，若在街上碰到吴楚帆和陈素屏，我绝对认不出他们来。诚然，“人老珠黄”乃客观规律，不以人的意志为转移。但令我伤感的是，老同学们的精神面貌不应该这么老呀！不是常听人说美国是天堂吗？为什么生活在“天堂”里的人也不能延缓衰老呢？

提起吴楚帆这个名字，很多学友都会记忆犹新。因为当年有一位香港粤剧明星也叫吴楚帆。因而同学们都戏称他“大老倌”。吴楚帆是台山人，年轻时堪称帅哥，身材高大威猛，肤色白皙，一表人才。加上他排球打得好，很受关注。1962年，他在省化工学校毕业后分配到湛江化工厂工作，后来又调到广州，在广东省化工安装公司当技术员，工作一直较顺利。台山人都有很多海外关系，他也不例外。正是凭着这一点，后来他申请到了香港定居。直至20世纪90年代初，才进一步移民到了美国。于是，他的身份实现了“三级跳”：从“大陆人”到“香港人”，再到“美籍华人”。听他介绍，他在美国20年来基本上是从事“老行当”——做装修工程，据说早期生意还算不错。由此我想象，老吴起码是个小老板了，“身家”一定不菲吧？然而，从外表来看，却没有显现出什么派头。相反，我觉得他好像有点困顿。特别是他的右膝关节有毛病，走路一跛一拐的，很不利索，让我不安。这或许是他长年累月劳碌奔波，积劳成疾落下的后遗症吧？按理说，他已退休几年，可安享晚年了，但实际上却不能，因为他还有一项繁重的任务要承担，那就是带孙子。于是，每个星期一至星期五，他都要赶到曼哈顿区女儿的家去“上班”，只有周六和周日才能回到布碌伦区自己的家。因此，我在纽约的一个多月时间，曾几次约他出来吃饭或叙旧，或一起到什么地方去玩玩，他都说没空，结果只剩下我们“四人帮”在聚会，大家都感到很惋惜。直到我将要回国，去电向他告别时，他也没有表态再来相聚一次。我想，正所谓“家家有本难念的经”，或许他真有难言之隐呢。但无论如何，“恰同学少年”的感情不应淡薄啊！

的确，这位昔日的“粤剧大老倌”状况变化之大，令我始料不及！

相对于“老华侨”吴楚帆来说，刘永固、肖帼英夫妇以及陈素屏都属于新移民一族，他们到美国生活才几年，还在为一张“绿卡”而操心。新移民大都有一个共同之处，就是要寄人篱下。当然，刘永固他们“寄”的不是别人家的“篱下”，而是自己的女儿、女婿家里。但女儿的家终究也不是自己的家呀。正所谓“龙床不如狗窝”（实际上比“龙床”差得远，在寸土寸金的纽约，有个“狗窝”住也不错了），在居住环境很拥挤的情况下，长辈与儿孙们几代同堂蜗居在一处，可想而知有多么的不方便。而在国内，像刘校长这样层次的人，大都有较宽敞的住宅，且自己当家长，可以随心所欲。两相比较，必然令刘校长感到心情有些压抑。

再说，“寄人篱下”不能光吃闲饭，总得作点贡献。别的事情干不了，唯一的“专利”就是为女儿带带孩子、做做家务。而这必然又很“困身”，且责任重大。像上述吴楚帆一样，实际上“比上班还辛苦”。虽然，刘永固、肖帼英夫妇俩当着我的面没有诉什么苦，但我从刘永固性格的微妙变化，仿佛看到他内心并不很“阳光”。曾记否？当年的刘永固性格多么开朗，曾是我们班甚至全校出名的“笑星”。但在美国生活了几年之后，如今的他却变得规矩了很多，“严肃有余，活泼不足”了。究其原因，他戏言是“水土不服”。其实，这并非指饮食方面的不适应，而是比喻对社会大环境和生活氛围的不适应。也难怪，他在国内毕竟是个有一定社会地位的人，交际圈不小，活动范围也较大。现在退休了，有一份较可观的退休金，衣食无忧，想到哪里玩，想与谁聚会都行，过的真是神仙般的日子！但到了美国之后，丢掉了“革命根据地”，来到了“沦陷区”，原先的一切优势都没有了，只能“夹着尾巴做人”，试问怎能洒脱得起来？

“最难受的是语言不通，仿佛一个哑巴和聋子！”刘永固慨叹道。

“你不是很有语言天赋的吗？为什么来到美国几年了，还不会讲英语？”我反问他。

“人老了就变得越来越蠢啦！”他无奈地说。

这不禁使我回忆起当年读书时的情景。当年，刘永固确是很有语言天赋的，学什么话都学得很快，俄语成绩尤其顶呱呱，大家因此推举他当了俄语科代表。他的其中一个“杀手锏”，就是念那个用舌尖顶着上颚发出连续震音的字母，一般人都很难念好，而他却念得很标准，连俄语老师都佩服他。此外，他和我们几个“鬼马”同学平时很喜欢学讲各地的方言，例如台山话的“骑马过海”、客家话的“自家人”等，无不学得惟妙惟肖。可不知道为什么，如今到了美国，当英语大有用武之地时，这位语言天才却变成个“差等生”了，一旦与洋人打交道，便似“鸡同鸭讲”。我问他到底是什么原因？他分析后认为，可能有三个方面的原因：一是年纪大了，确实记性不好，学不会，记不住；二是思想上有抵触情绪；三是有惰性和依赖性。他老婆肖帼英确实是个贤内助，由于英语学得比他快，因而一切“外交事务”，诸如问路、买票、购物等事情，均由她一力承担。正因为有了老婆这个贤内助，所以刘永固便没了学习英语的紧迫感。

虽然“水土不服”，但谈起在美国生活的某些亲身感受，刘永固还是“唱赞歌”的多。闲谈间，他常常情不自禁地为美国一些值得称道的事物做宣传，例如，美国的科学技术如何先进，自然环境如何优越，空气质量如何优良，社会福利如何好，国民素质如何高等，不一而足。为了证实他之所言并非谬论，他还几次陪我到一些规模较大、绿化很好的公园去游逛，还专门邀请我到他们两口子平时经常光顾的一个意大利人开办的社区老年活动中心参观并用膳，亲身体验一下“幸福长者”的休闲生活。其实我对类似的老人休闲中心并不陌生，且对那些毫无味道的“三低”（低盐、低糖、低脂肪）食品兴趣不大，但为了不辜负老同学的一片热心，还是兴致勃勃地前往体验了一番。

当然，最令刘永固赞叹的，还是美国高超的现代化医疗技术、全民医保的福利制度以及美国医生们良好的医德医风。他之所以对这些赞不绝口，是因为自己有切身的体会，又是幸运的受益者之一。事情是这样的：中年发福的刘校长，身体越来越肥胖，“三高”严重超标，得了个“富贵病”——冠心病，曾几度心肌梗塞。在国内时，长期服药治疗，病情稍有控制，但始终未能消除隐患，令他忧心忡忡。到了美国之后，幸好有全民医保，政府医院为他成功地施行了手术，安放了几个血管支架（俗称“通波仔”），使之消除了隐患，病魔不再苦苦地折磨他。手术之后，经过一段时间的调养，身体得以日渐康复。他津津乐道地给我讲起当时手术的情况——在意识完全清醒的状态下，他亲眼看到荧屏中显示的手术全过程，同时听到主刀医生一边操作一边给他的讲解（医生是台湾籍，会说华语）。由于看得见，摸得着，他心里明明白白，一点儿也不慌张和害怕，也没有痛苦的感觉，真是太神奇了！最后，不但免除了天文数字的医疗费，而且医生们一分钱红包也没有收。他感慨地说，要是在国内，治疗这么大的病，自己恐怕少不了“大出血”（破大财）啦！是的，这是一件值得庆幸的事，我也为他高兴。如今，老刘的“将军肚”已明显“瘦身”了，人也显得很精神，正在进一步康复之中。

“这么说，你乐不思蜀啦?”我故意逗他说。

“不一定，等身体再好一些我就回国去看看!”他说。

是呀，故乡之情总是难以割舍的，炎黄子孙都希望能落叶归根。

肖帼英也感慨地说：“过去中国太穷，很多人想到美国‘掘金’。但事实证明，美国并非人们想象中的天堂，很多老移民至今还不是两手空空、一辈子捱世界!”

我接过话头，开玩笑地对他们说：“是呀，正所谓三十年河东，三十年河西，现在中国渐渐富强起来了，与发达国家的差距渐渐缩小，越来越多的‘海龟’（海归）回流祖国，希望你们这对‘老海龟’也游回来!”

“不，我们不是‘海龟’，充其量只是‘土鳖’，甚至只是‘土鲮鱼’。‘土鲮鱼’更不习惯在咸水（海水）里生活啦!”刘永固风趣地说。

“哈……”我们一齐大笑起来。

最后说一说陈素屏。我发现，她的心态似乎与众不同。这位昔日的“班花”，如今已铅华褪尽，两鬓飞霜，脸色显得有点灰暗，明显是个老婆婆了（实际上也将年届古稀）。听说她是我们班同学中经历最坎坷和曲折的校友之一。也许是太多的磨难，使她变得“金口难开”，不苟言笑；或许正如一首流行歌曲所唱的那样，“沉默是金”。相信她已把磨难变成一种精神财富了吧!在我们几次短暂的聚会中，她都格外沉稳，似乎透出一种难能可贵的坚强。当大家抚今忆昔、感慨万分、言词激昂之时，她却总是默不作声。不但没有透露半点当年不堪回首的往事，也没有对现在生活的艰难诉过半句苦。可能在她看来，“俱往矣”！如今来到美国，算是苦尽甘来了。尽管还是“寄人篱下”（儿子的家），还要过日子，但生活已没有后顾之忧，老了有政府救济，病了有免费医保，何愁之有？而最令她感到安慰的是，有儿孙在身边，能享受天伦之乐，知足矣！

这就是“恰同学老年”在异国他乡不同处境和心态下的写照。孰是孰非，难以简单地下结论。但不管怎样，我衷心希望老同学都能像我这样，有空时经常背诵一下毛泽东的诗词，激励自己，在精神上永葆青春！不管是在美国或中国安度晚年，都要开开心心地过日子，做个心态年轻而快乐的幸福老人！

2010 年 9 月 13 日

19. 有贫富之分　无贵贱之别

——美加见闻之三

都说美国像个万花筒，光怪陆离，无奇不有。这大概是“初到贵境”的人对美国的印象。的确，我前两次因公考察到美国时，表面的感觉亦是如此。但最近这次是探亲旅游，吃住都在亲戚或朋友家里，能较充分地接触社会底层，故有些新发现，感受亦不相同。回过头来想想，觉得以前我们对美国的看法有点妖魔化了。比如，总认为美国社会太喧嚣、繁杂、混乱，令人捉摸不透，甚至有点儿恐怖。应当说这是事物的一个方面。而从另一个角度来审视，我发现美国其实还是比较沉稳、平静和祥和的。特别是从具体的人的角度来看，我认为美国人的思想和思维方式并不复杂，甚至在很多方面比我们中国或其他一些国家的人更单纯。

何以见得？我的所见所闻可以为证。

美国是一个充分尊重公民权的国家，能够较好地体现“法律面前，人人平等”。因而，人们在社会交往中，不必受太多复杂的人际关系之困扰，“做人”自然就比较简单。据我观察，美国人大都比较平民化，不论官员还是平民，也不论富豪还是穷汉，表面上都没有什么区别。人们的思想意识早已打上“民主”的烙印，大家在政治地位上一律平等，没有尊卑之分。因此，我可以通俗地说，美国人只有贫富之分，而无贵贱之别。什么是富豪？富豪只是拥有更多财富的“公民”，而非享有特权的“贵族”；什么是穷人？穷人只是拥有较少财富的“公民”，而非缺少公民权利的“贱民”。

当今社会，贫富之分乃至贫富悬殊的现象，在全世界普遍存在，司空见惯，无须多说。值得一提的是，在一个老牌资本主义国家美国，却能看到“人不分贵贱”的现实。据我分析，美国人“不分贵贱”的表现大概分三个方面：一是各民族（社群）不分贵贱；二是各阶层（身份）不分贵贱；三是各职业（工作）不分贵贱。有了这三个方面的“不分”，就能做到人人平等。因此，在美国，只要在国家法律范畴内，不管要办什么事情，或要表达什么诉求，都用不着“托熟人”，更不用看别人的脸色行事。由于人人都能充分地享受民主和自由，活得有尊严，从而心安理得。

这里先说第一个“不分贵贱”——各民族（社群）不分贵贱。众所周知，美国是个真正意义上的移民大国，本地原驻居民甚少，绝大多数人都是从世界各地迁徙而来的，因而人种很庞杂。由于民族、种族、宗教、信仰、风俗、习惯等十分复杂，文化多元化堪称“世界之最”。然而，就是这么一个“大杂烩”国家，却能建设成为一个“民族大家庭”。难能可贵的是，不管是什么民族，来自何方，只要立足此地，他们都会自豪地说：“我们是美国人!”我虽然在美国只逗留了一个多月，与当地老百姓的接触还很有限，但已感受到这里各族群之间和谐相处的氛围。尽管在过去一段较长时期里，美国存在歧视黑人的现象，但随着社会的进步与发展，现在这种现象已大为减少，甚至几近杜绝了。如今在美国，有些黑人精英已当上了政府高官，例如前两任的国务卿鲍威尔和赖斯，乃至现任总统奥巴马，不都是已出人头地，成为同族裔的典范了吗？

空闲时，我在纽约一些基层社区走走，发现有很多地方种族混居的情况相当普遍。别的不说，就在布碌伦区我姐姐居住的那座6层公寓里，就有来自中国、俄罗斯、日本、澳大利亚、英国、南非、墨西哥等多个国家不同族裔的居民。虽然平时他们很少来往，但一旦碰面，都会很友善地互相打招呼。我新来乍到，大家都不认识，但邻居们也主动地用不咸不淡的华语向我问好，我也回敬一句生硬的“中式英语”：Hello！Thank you！大家和睦相处，喜气洋洋。

有一次，我姐姐楼上那个住户装修地板，施工时震动得很厉害，把我姐姐家一盏天花板罩灯震掉并摔破了。我们立即向公寓管理处反映。那名俄罗斯裔的管理员迅速前来勘查，了解情况后，马上通知楼上的住户（英国人）和装修师傅（墨西哥人）一起来见证。物管员和肇事方纷纷向我们道歉，当场答应赔偿所有损失。可笑的是，三方面的人都操着带有各自方言的英语进行“交涉”，活像一个“联合国小组”。虽然犹如“鸡同鸭讲”，但大家都心有灵犀一点通，最后达成了共识。一场可能引发的纠纷很快就平息了。我想，此事若发生在我们国内，大家互不相让的话，很可能会引发一场骂仗，以致双方伤了感情。

布碌伦区又是犹太人的聚居点。犹太人的生活习俗很独特，长相、服饰、装扮和行为举止也与众不同，甚至有些怪异。特别是男士们，都穿一套黑色的长袍，戴一顶黑色的毡帽，两鬓还垂着一条细长而卷曲的辫子，行动像幽灵似的。我有几次夜间在马路上碰到这些犹太人，都不由得吓了一大跳！然而，街坊们早已看惯了他们的装扮，见怪不怪了。朋友宽慰我说：“别看犹太人的样子有点恐怖，其实他们的心地是很善良的，极少与外族人闹矛盾，惹是生非。”的确如此。一方面，犹太人自身行为很检点，而另一方面，外族人也不会歧视他们。于是，街坊们混居得很和睦。这种情况使我不禁联想到在国内，很多同胞与外国人特别是黑人共处时，往往不怎么和谐。不是吗？不少广州人就不愿意把房子租给“鬼佬”特别是黑人住。这种现象在美国就很少发生。

再说第二个方面——身份不分贵贱。一到美国，我就有一种鲜明的感觉：美国人的衣着很朴素，不大注重打扮和装束，往往一件普通衬衣、一条牛仔裤、一双球鞋便打发了。无论官员、富商还是草根阶层，都差不多。因此，仅从外表很难分辨出他们是什么身份。加上行为举止也比较低调，即使是有一定身份的人，也没有趾高气扬、不可一世的霸气。尤其是到酒楼、餐馆吃饭的时候，不管什么身份的人，都“打成一片”。一般来说，美国的中、低档酒楼设施都比较简陋，没有豪华装修的雅座（包间），食家们都挤在一个嘈杂的大厅里，不分彼此。这在美国人眼里早已习以为常了。只是来自中国广州的我，对这样的就餐环境有点不自在。回想起在美、加期间，我曾到过三藩市、纽约、华盛顿、马里兰、多伦多等好几个大城市，在探访过的朋友中，也有一些是“有钱有面”的人，但他们请我吃饭时都没进过任何包间，吃的也是很普通的饭菜，而且以“饮茶”为主，每次花费不过几十元，最多一两百元就搞定。对此，却从没有美国人说“小气”。

刚好，我从美国回来不久又看到一则新闻，说的是美国总统奥巴马与俄罗斯总理普京在白宫举行会谈，因时间紧迫，两位巨头的中午餐就在附近街头一家小食店，吃个汉堡包就搞定了。当那张照片在各大媒体刊登之后，立即引起了世人的热议，好奇与赞扬之声不绝于耳。无疑，这则新闻又成了我上述观点最生动的例证。

中国有句俗话，叫“物以类聚，人以群分”。这句话在美国看来不大适用，因为美国人不习惯于“分群”。这里有个例子：我有一位朋友，20 年前到纽约留学，现已是一名在学术和技术上都颇有造诣的医药学博士，跻身于主流社会了。但我发现，在他的朋友圈子中，仍有不少社会地位很低的穷人和老弱病残者。

那天我约他叙旧，他还特意开车接来一位80多岁、行动已不大方便、依靠政府救济的老婆婆，一起来吃饭。一打听，原来，与这位老婆婆类似的朋友他还有不少，有些已交往了几十年，直到如今仍不离不弃。对于那些孤寡而又身体不好的老人家，他和太太除经常登门探望外，还慷慨解囊，扶贫济困，倾注了大量心血。然而，令一般人想象不到的是，他没有把自己当成救世主，而老婆婆及其他类似的人也没有对他特别感恩。为什么呢？我那位“富朋友”由衷地说：“因为我们都是‘自己人’，从不分彼此，也根本没有‘贵贱’之分！”

关于第三点“工作不分贵贱”问题，鲜活的例子就更多了。想起在中国，虽然很多人在嘴上也会说“工作不分贵贱”这句话，但在思想意识和实际行动上却不尽如此。例如，扫马路、洗厕所、餐馆洗碗、工地勤杂、街头摊贩、医院陪护等一些较脏、较累或伺候人的工作，往往就被人看不起，一般人也不愿意去干。美国可不是这样。很多被国内人认为低贱的工作，美国人都乐意去干，不但没有自卑感，别人也不会歧视他们。有朋友还告诉我，像清理垃圾这种工作，在美国不是谁都有资格干的，他们有些还是国家公务员哩！你别小看大街上的小摊贩，也不容易当上，据说其中的大多数牌照是政府特批给那些曾为国防作出贡献的退伍军人的。这已成为一种特殊照顾，可见这些并非很差的职业。我有一个亲戚，十多年前移民到了纽约，因开始时工作不好找，便想，不如做个小摊贩吧！也算他运气好，经过抽签，在千万个申请者中脱颖而出，领到了一块小摊贩牌照，在曼哈顿区唐人街的露天街头卖起旅游小商品来。起初他还是觉得做“街边仔”不怎么光彩，但后来慢慢习惯了，就安下心来，竟一干就是十几二十年！我问他，怎么不换个别的工作干？他说，不想再换了。做“街边仔”也挺自由的，没什么不光彩。讲句老实话，做“街边仔”更实惠一些，因为在税收、救济金等方面政府都有照顾。他还悄悄地对我说：“别看××（一位亲戚）是白领，表面上很光鲜，但实际上扣除了税收，总收入还不如我呢！”他说的可是实话。虽然，做“街边仔”的确很辛苦，经受日晒雨淋、严寒酷暑，但它并不低人一等，而且能赚到与白领差不多的钱，加上有一般人不知道的实惠，何乐而不为呢？“总之，只要活得有尊严，心里就知足，做小贩何贱之有？”他说。

我还认识了一位与我姐姐很要好的朋友黄姨。她祖籍广东台山，从小在广州读书，高中毕业后就移民到了美国，今年已年过花甲。她是华侨世家，有很多亲戚在美国和加拿大，还认识一些有头有脸的富商和侨领。按理说，她文化水平也不算低，又有这么多社会关系，找一份较体面的工作不会太难。但她的性格比较倔强，就是不愿意去拉关系求人，最后只当了一名制衣厂工人。而她却心安理得，一直干下去。直到前年，因受金融风暴冲击，制衣厂倒闭了，她被迫失业。本来，她有两个女儿，都是大学毕业生，出来工作已好几年，女婿又开了一间小餐馆，家庭经济条件并不差，完全可以赡养她。但她就是闲不住，非要找一份差事干不可。结果，她竟当上了一个“垃圾婆”——为街坊清理家庭垃圾。每到规定之日，她便挨家挨户上门为承包的10多户家庭收运垃圾袋，忙得不亦乐乎。由于她不怕苦、不怕累、不怕脏，工作又认真负责，从而受到街坊们的称赞。有人故意问她：“黄姨，你干这个又脏又臭的工作，赚的钱也不多，不怕给自己和家人丢脸吗？”黄姨理直气壮地回答：“每一种劳动都是光荣的，只有分工不同，没有贵贱之分。自己通过付出劳动，赚取应有的报酬，天经地义！既然大家都很尊重我，我要是干不好，那才叫丢人呢！”

黄姨还给我讲了一个真实的小故事：有一天，她上门收垃圾时，发现一户人家乱放垃圾袋，便提醒户主今后要注意。不料，从屋内出来一位“西洋富婆”，很无礼地责怪黄姨“多管闲事”。

黄姨一听就火了，正气凛然地反驳她："你乱放垃圾袋还敢骂人，是不是有钱就看不起收垃圾的了？告诉你，我们都是平等的！你若真的看不起我，我就不给你清垃圾了，不赚你这户的钱就是。但你不及时清垃圾，政府就要重罚你，弄不好还要追究你犯歧视罪哩！"一番义正词严的话，把那个"西洋富婆"数落得很尴尬，无地自容！她一边赔礼道歉，一边亲自动手把垃圾袋送到车里去。黄姨又劝止她："装运垃圾是我的职责，不用你动手，今后你只需按规定把垃圾放在指定地方就行。""好的，好的！""西洋富婆"连连称是。自此之后，这户人家便不敢再刁蛮，一改过去对黄姨不屑的态度，而变得热情友好，总是循规蹈矩地配合黄姨做好垃圾清理工作。

这就是美国社会的一个侧面。了解到这些社情民意，或许会对我们有些启示吧。

2010 年 10 月 8 日

20. 孤身走天涯

——美加见闻之四

过去20多年中，我曾多次走出国门，足迹遍及五大洲，可谓“周游列国”了。以往无论因公还是因私，也无论跟随旅行团还是自己组队出行，都有同事、朋友或家人做伴。唯独最近这次到美国、加拿大探亲，是孤身一人。这对我无疑是一次不小的考验。可以想象，一个对英语一窍不通的人，孤身闯美加，旅途中该有多么寂寞和不便啊！然而，“风雨过后见彩虹”，到头来所有困难都被我克服了，做到了“高兴而去，平安而归”。

的确，“孤身走天涯”的体会是值得回味的。这里记下几则小故事，聊作旅游经验小结也好，茶余饭后谈资也罢，总之，不无意思。

排队三小时　签证一分钟

上面提到，以往我多次出国都是“有组织的行动”，有关旅行签证、行程安排、订购机票等事项，均有人代劳，不用自己操心。而这次是“放单飞”，一切琐事都要亲力亲为，说起来真是有点烦。

别的不说，光是签证问题就令人煞费苦心。众所周知，赴美签证是比较难的，稍有差池就会被拒签，以至于前功尽弃。故被很多人视作过“鬼门关”。然而，大家都宽慰我，认为我获得签证问题不大，因为以前曾去过美国两次，此外还到过世界各地几十个国家，相信美领馆不会拒签的。但我考虑，以探亲名义签证还是第一次，亲力亲为去办更没有经验，特别是一想到要亲自去“见官”，心中总没有底，不敢掉以轻心。于是，我提前作了一系列充分的准备：让我姐姐寄来中英文对照的邀请信，信中的内容尽量写得很感人，表达出姐弟之间强烈的思念与盼望重逢之情，还要寄来她的美国“绿卡”复印件。为了证明我们之间是姐弟关系，我又到原工作单位广东省食品药品监督管理局写了一份证明，还翻箱倒柜地找到两张十多年前在加拿大多伦多和大瀑布景区的合照，并复印了《真我的世界》一书中描述小时候我在广州曾帮姐姐看守水果摊档的内容。此外，还准备了几份家庭财产及个人经济情况的证明。总之，尽量做到面面俱到，有备无患，各种资料加起来足有1公斤重。备齐资料之后，我就请女儿帮忙从网上下载了签证申请表，填妥了各项内容，又从网上发回美国驻广州领事馆。然后到中信银行缴交了970元人民币的签证费，另花20多元购买一张电话卡，以便通过电话与领事馆取得联系，正式报名申请。领事馆接到电话并核对签证申请表内容无误后，随即安排了一个“见官”日期。还好，让我等待“见官”的时间并不长，不到1个月便轮到了。

那天下午，我带齐了所有资料，提前来到位于火车东站附近的广州美领馆。没想到，距离约定时间还差1个小时，领事馆大楼前的小广场上便已排起了两行很长的队伍，可见人们的心情是多么焦急！我于是也跟在后面排起队来。在露天广场等了约半个小时，保安员才开始放人进入大楼去。我跟随人流鱼贯而入，爬了几层楼，七拐八弯地才来到签证大厅。这时，人流更集中了，足有两三百人，排着回形针似的队伍，弯弯曲曲，摩肩接踵。有些人弄不清移民或非移民签证该排哪条队，便穿来插去地走动，以致被保安员严厉呵斥。人太多，而空调功率又太小，室内空气非常混浊而闷热，很多人便拿着资料袋当扇子扇凉。不知为什么，大厅里连一张椅子也没有，更没有茶水供应。人们就这样硬生生地站着，缓慢地蠕动着。有些老人或身体不大好的人，站久了难免腰酸腿麻，头晕眼花，甚至将要晕倒，不得不蹲下来喘息一会。目睹此情景，我心中很不是滋味。联想起目前在国内很多办事机构，如银行、邮局、公安、工商等部门，办证大厅里都设置了很多椅子，供轮候办证（事）的人休息，等叫到自己号码时才走到窗口或台前，根本不用站着排队而受苦。想不到美国领事馆条件这么差！按理说，领事馆也是服务机构，顾客就是“上帝”，他们理应善待“上帝”才是。可惜他们太“老大”了，把自己当成了“上帝”。办证大厅环境差，是因为美领馆“生意”不好做吗？绝不是。他们这种“无本生意”多好做啊！每天有这么多人来签证，诚惶诚恐地给他们“送钱”，让他们赚得盆满钵满。但是，他们赚了这么多钱，却不稍微善待一下“上帝”，真是太不可理喻了！

艰难地排了三个小时的队，终于轮到我“见官”了。这时我的心情反而变得很坦然，一点也不紧张，不卑不亢地走到一位女移民官的窗口前，等待她“面试”。当时我甚至想，批不批都无所谓，如果不批就不去呗，有什么了不起！但转念又一想，像我这样条件的人都不批的话，还有天理吗？若她真的不讲理，我也干脆不讲理，敢当场骂她一顿哩！

幸好，我多虑了。这位女移民官对我倒是比较客气的。她例行公事地翻了一下我那张申请表，然后用娴熟的华语问了我四句话，我爽爽快快地作了回答：“你去美国干什么？”“探亲。”“探望谁？”“我姐姐。”“你姐姐是美国公民吗？”“持绿卡的。”“你打算逗留多久？”“一两个月吧。”这时，我正要递上手中厚厚的那叠资料给她看。她却连连摆手，说：“不用了，你已经 OK 啦！

祝贺你！”就这样，排了三个小时的队，“见官”只有1分钟，签证就算搞定了。“得来全不费工夫”倒使我有点后悔：早知如此，何必辛辛苦苦准备这么多资料呢，简直是劳民伤财！

航班枉中转　无端多花钱

此行的目的地本来是纽约，但又想顺道到三藩市探望几位朋友，于是想到在三藩市中转。由于当时是旺季，机票普遍比较贵。通过网上查询，数台湾中华航空公司的班机价格最便宜，便订购了一张该公司从香港经台北飞往三藩市的航班的往返机票。等到达三藩市之后再购买前往纽约的往返机票。其中，香港往返三藩市的机票每张8 000元；而三藩市往返纽约的机票每张670美元（美国联合航空公司班机）。起初我还以为买到了便宜货了，谁知后来有朋友告诉我，这样买票太不划算！“为什么?”我一头雾水。朋友解释说：“买从香港到纽约的全程机票，比分两段买票要便宜得多。这样也可先在三藩市下飞机，在机场办一下简单的手续，花很少的手续费便可搞定，逗留七天后再搭同公司的航班飞往纽约。”

原来如此，真是令我茅塞顿开！粗略计算一下，这样买票起码要省2 000元人民币！还不包括多花的其他冤枉钱。哪些算是冤枉钱呢？例如，三藩市往返纽约属于国内航班，按规定，国内航班托运一件行李收费25美元（不管是否超重都要收），这样，来回就多花了50美元。更令人想象不到的是，美国国内航班不提供任何免费餐饮，6个小时航程就这么干巴巴地饿着，成了“挨饿航班”。而若乘搭国际航班，不但托运行李不花钱，而且起码有一顿颇丰盛的飞机餐享用。相比之下，我这趟不科学的中转旅程，真是太亏了！

吃一堑，长一智。此次出国搭飞机“教精”了我，相信下次出行就不会再花冤枉钱了。

“失语”如聋哑　诸多尴尬事

过去人们有句顺口溜：天不怕地不怕，最怕广东人讲普通话。我这次单枪匹马闯美加，没有翻译，语言不通，遇事又没人商量，真是障碍多多，尴尬多多。感慨之余，我把上述顺口溜改了一下，变成“天不怕地不怕，最怕不会讲‘鬼话’（英语）”。的确，在美国和加拿大，不懂得英语的话，简直就像个聋哑人一样，不能沟通，碰到一件很简单的事情也往往弄得狼狈不堪！这里仅举几个小例子，可见当时尴尬之局面。

例一，三藩市机场苦等接机。那天，我乘坐的航班顺利地从香港飞抵三藩市，傍晚7：30准时降落在机场。本来，我早已约好当地的朋友刘婉芝女士来接机。但当我领取了行李并办妥入境手续后，由于比其他旅客走得快，没有随大流，反而被机场工作人员指错了出闸方向，没有经过接机口，阴差阳错地径直走到出发大厅门外。结果，让刘婉芝在接机口等了大半天，眼看旅客都走光了，还不见我的影子，十分着急。而我在出发厅的大门外等得更焦急。于是，赶忙打电话与她联系，却又祸不单行，我的手机打不了国际长途，真是急死人了！想问问人家如何返回接机的地方，却没有一个人听懂我的话。没办法，只好厚着脸皮试图向别人借用一下手机，但人家又不相信我，不肯借。等了好一会儿，终于被我发现有一位“疑似华人”，便试探地问他会不会讲华语？他说“会一点”。我喜出望外，诚恳地请他帮个忙，代我打个电话给刘婉芝，告知我所在之处，并正焦急地等着。他照办了，我当即感谢了他。刘婉芝接电话后，也松了一口气，叫我在原地等着，不要离开，她马上赶过来。可是，我等了近20分钟，仍不见她来到，不由得又焦急起来。想再打个电话问问，但那个

“疑似华人”早已走了。我只好寻找新的对象，好不容易又找到一个。打通电话才知道，由于机场太大，最近又改了一些路，连她这个“老旧金山”也不知开车怎样走才能绕过来。最后决定还是把车子停回停车场，自己干脆走路过来，所以时间拖延了。

然而，我在原地又等了20分钟，还是不见她到来，更加焦急。必须再去电追踪一下，但此时“举目无亲”，见不到一个华人，怎么办？我顾不了尴尬，硬着头皮找到一位看似是机场工作人员的黑人，比划着对他说明原意。这位仁兄比较善解人意，又帮我打通了电话，再一次明确我所处的位置。原来，从停车场来到这里路程实在不近，刘婉芝在机场内七拐八弯、兜兜转转地绕行，足足花了半个小时，怪不得令我望穿秋水了！

就这样，因为语言不通，使得我在三藩市机场苦等了1个多小时，陡增了烦恼，费尽了周折。

例二，水牛城出境遇尴尬。我原先计划，到了纽约再去加拿大多伦多探亲戚时，邀请几个亲戚或朋友一起去，这样就有懂英语的人，我就不必当哑巴了。谁知大家都说没有空，到头来还是我孤身一人前往。考虑到从纽约去多伦多路程不是很远，我决定不坐飞机，而坐长途大巴。这样一来省钱，还免却进出机场、反复安检的麻烦；二来坐大巴可以观赏沿途旖旎的风光。虽然旅途要花约10个小时，但我有的是时间，当年“时间就是金钱”的理念不存在了。而更重要的是能省钱和多看风景。从纽约到多伦多，就是出国了，出国必经口岸检查，口岸就在美国境内的水牛城。其实这个口岸并不大，来来往往就是那些比较固定的旅游班车，散客也不多，按理说通关应该很快捷。但由于那些边检人员工作效率太低，磨磨蹭蹭的很久才办完一个人，轮到我时还“卡了壳”，因为我听不懂英语，没法回答边检官的问话。

虽然我的签证是正规的，有关手续也办得很齐全，但他们还是很严格地盘问一番。而我一句话也听不懂，只有摆手兼摇头。

我想，何必这么认真呢？以前从美国去加拿大通关检查是非常松的，听说美国人甚至不用签证。但此刻，那个边检官却十分死板，我不回答清楚他的问话就不给我放行。没办法，我只好又学上次在三藩市机场那样，四周寻找“疑似华人”，请一个临时的翻译。找来找去，终于发现有一对青年男女的面孔很像华人。一问，原来他们是韩国留学生，以前曾在北京短期学习过，所以略懂华语。于是我请他们上前来当翻译。其实，那位边检官问的问题很简单，无非是：你是哪里人，去加拿大干什么，在多伦多逗留几天，什么时候回中国等，例行公事而已。我毫不费劲地就回答清楚了。尽管那位韩国小女孩翻译得结结巴巴，连说话带手势的，但对方总算听明白了，随之“OK，OK”地给我放了行。这时我想，就是这么几句最简单的问话，就把我折腾了10多分钟，真是太尴尬了。

例三，肯尼迪机场难登机。走南闯北搭惯了飞机的我，原以为拿了机票去柜台办理登机是件轻而易举的事情，谁知那天在纽约肯尼迪机场却碰了个软钉子。

原来，肯尼迪机场的科技“太先进”、“太超前”了——登机卡一律由专用的自动设备来办理，柜台不接受任何人工服务。这可把我难住了。因为那些机器的操作程序全是用英文来提示，例如，输入姓名、航班、目的地等，我一概“蒙查查”。想问一下有关工作人员，不懂英语又无法沟通，真是令我束手无策！幸好送机的朋友还没走远，我马上把他叫回来帮忙。他虽然略懂英语，但也从来没操作过这些机器，便犹犹豫豫地拿着我的机票，请教一位工作人员，在对方颇不耐烦的指导下，七手八脚地按了一通各种提示标志，最后终于帮我办妥了那张从纽约飞往三藩市的登机卡，然后舒了一口气，再次与我“拜拜”。当时我想，如果不是他坚持要送我到办登机卡的地方才走，我找不到人帮忙操作机器的话，肯定又十分狼狈了，不禁心中有些不忿。我认为，从这件事可以看出，美国人办事未免太不注重人性化了。虽然推广高科技是发展趋向，但也不能忽视以人为本的原则。须知，肯尼迪机场是个国际机场，旅客中不懂英语的人不知有多少，总不能把这部分人丢弃不管吧？既然机场设有柜台，又有人在值班，应该有人来为那些不懂英语或不会操作机器的旅客服务的。可惜他们太死板了，宁可让很多“特殊贵宾”碰软钉子！

2010 年 9 月

21. 高福利催生“啃国族”

——美加见闻之五

中国人把不思进取、不想工作、长期依赖父母供养的年轻人称为“啃老族”。在美国，这种现象虽然也有，但因国情不同，美国的老人不容易被年轻人“啃”，于是他们只好“啃国家”，从而被我戏称为“啃国族”。事实上，美国的“啃国族”普遍存在，不仅年轻一代有，其他群体也有，数量还相当惊人哩！

据我的观察与分析，美国的“啃国族”主要集中在非法移民、故意失业者和流浪汉之中，其源头就是高福利政策的“诱使”，导致了不良的倾向。

无疑，高福利是很诱人的东西。但现在人们越来越意识到，它是一把双刃剑，弄不好就会对国家甚至个人造成伤害。因为高福利的基础是强大的经济实力，要以巨大的财政和税收作保障。换言之，它是与高税率联系在一起的，也就是所谓的“羊毛出在羊身上”。如此说来，“啃国族”实际上是“啃”了广大的纳税人，这就造成了社会新的不公平。

众所周知，美国政府一向自我标榜为“人权卫士”，旨在让每个公民或获得居留权的人有尊严地生活。但是，每个人的思想意识和行为准则都不同，甚至是千差万别的。总有些人不顾全大局而只会顾自己，想不劳而获地过生活。他们本来是可以自食其力的，但偏偏不想工作，一味依靠政府救济，乐于当一个“啃国族”。

实际上，老龄化社会与高福利政策已给美国政府带来了沉重的经济负担。当然，我们不能把正常的护儿、养老、扶贫、助残的福利开支与催生“啃国族”的高福利政策相提并论。但有很多情况是分不清的，“剪不断，理还乱”。例如，这些年来，美国每年新增大量老人和儿童，政府常常为那笔庞大而迅猛增长的养老金、医保金、救济金而大伤脑筋。早些年，美国的移民政策还比较宽松，很多人便把亲属，特别是年老的父母申请来美国定居。这些新移民一到美国就可获得各项丰厚的福利，人人都分一杯羹。由于老人一般不再工作，不能为国家创造财富和贡献税收，而只会享受，这无疑给国家增加了很大负担。

美国老人的福利的确是很让人羡慕的。以我姐姐为例，她已在纽约生活了20年，算是老移民了。以前打过10多年工，交过一些税，曾为国家作过贡献。如今老了，她认为享受国家福利，天经地义，故不算“啃国族”。我姐姐今年80岁高龄，每月可领取养老金800美元，另有200美元“粮食补助金”，共1 000美元左右。由于她患有腿疾，行走不便，政府还专门雇请一名护工上门照顾她，并帮她料理家务。此外还免费发给她一辆助行车。有病时，医药费则由政府全包。如此算来，国家供养一位老人要花多少钱啊！

而最令人忧虑的是非法移民中的“啃国族”。一直以来，美国的非法移民潮始终不退，而且愈演愈烈。特别是近年来，从南美洲各国涌入的非法移民充斥着整个美国。南美洲人大多讲西班牙语，故俗称“西裔”。由于这些移民文化素质低，又缺乏专业技能，找工作特别难，因而成为失业大军的“主力”。奇怪的是，他们没有工作，生活却过得很滋润，优哉游哉。原因就是有美国高福利政策作保障。

人们都说，美国有两种人最幸福，一种是上面所说的老人，另一种则是儿童。特别是儿童，受到国家百般呵护，简直就像小皇帝一般。孩子从出生到读完中学，生活及学习费用几乎都由国家包了，连买奶粉和屎尿裤的钱政府都给发。对于家庭生活困难的儿童，政府还给予特别救济，家庭人口越多，领取的救济款越多。西裔人大多过惯了清贫日子，一向“粗生粗长”，不需要多少钱就可过上基本的生活。因而他们依靠政府发给小孩的补贴，就可帮补家庭生活，甚至还有节余。有人估算过，一对西裔夫妇若生两个小孩的话，他们就可以不工作了，仅靠政府的补贴就可过生活。若生第三个小孩，则有余钱寄回老家眷养亲属。正是在这种“利好”政策的刺激下，很多西裔人拼命地生孩子，以此来“发家致富”。

我发现，高福利政策有点“奖懒罚勤”或“劫富济贫”的味道。由于收入越高缴税率越高，很多人便打起了小算盘，当达到一定收入水平的时候，就“洗手不干”了。因为再干就意味着交高额的税，到头来实际收入比不干还少，谁还这么傻呢？我认识的一位朋友，本来夫妇两人都是可以工作的，但考虑到两人都工作，不但缴税倍增，而且失去了领失业救济金的资格，还不如只有一人工作，另一人领失业救济金更好。于是他妻子便长期失业，心安理得地当起了“啃国族”。有人说，某些高福利政策在客观上还起到方便人们算计政府的作用。例如，通过避税、偷税、漏税，或冒领、多领国家补贴等手段，挖空心思地从国家“口袋”里掏钱，达到“肥私”的目的。以往我经常在报章上看到或听到别人说，美国人的公益心较强，乐善好施，捐钱大方，慈善事业发展很快等。现在看来，未必全是事实。据我观察，乐善好施、捐钱大方的只是少数人，例如比尔·盖茨、股神巴菲特等一些超级富豪，才会一掷万金做慈善事业，而其余大多数美国人还是比较“吝惜”的。更不用说那些专门掏政府口袋的“啃国族”了。我还认识一位朋友，经过多年拼搏而发了家，已跻身中产阶级行列。但据我所知，他就很少做慈善工作。甚至为了退休后能多领取一些养老金，打起了“小算盘”，退休前悄悄地将资产转移到子女名下。这样他便可变成一个“无产者”，心安理得地领取国家的养老金了。

这就是美国高福利政策催生“啃国族”的现状，不知道别人如何看待，反正我觉得有其隐忧的一面。

2010年10月

22. 美国的“袖珍型”养老院

——美加见闻之六

在很多人的心目中，财大气粗的美国，是什么事情都喜欢搞大型化的。其实不尽然。最近，我到美国探亲旅游，就发现他们办的养老机构很小。我拜访了一家只收养了6位老人的“袖珍型”养老院，足以“窥一斑而知全豹”。起初，我还以为它只是一个特例，谁知主人告诉我，现时在美国，类似的“袖珍型”养老院相当普遍，而且已形成一种趋向了。

这家养老院坐落于马里兰州蒙哥马利县的银泉市，实际上就在华盛顿的郊区。这里环境很清幽，到处绿树成荫，小小的养老院就建在参天大树环绕的森林中，非常适宜老人养生和疗养。主人林先生是我的朋友，10多年前从广州移民到这里。后来，在一些亲戚朋友的帮助下，他购置了一间建筑面积200多平方米的平房，还有房后的一大片空地，办起了这家养老院，至今已经营了整整10年，一直很顺当。

我好奇地问林先生，像这么小型的养老院，没有一定的规模优势，如何能生存呢？林先生笑着解释说，这正是美国特殊国情使然。美国人与中国人的脾性不同，他们特别强调自我，不喜欢过集体化的生活，特别是老年人，不喜欢与他人交往，而乐于独处。政府正是本着“让老年人有尊严地活着”这一理念，才倡导把养老院化整为零的。于是，小型养老院应运而生。林先生介绍说，如今在美国，绝大多数养老院都是“袖珍型”的，即使一些很有实力的机构，也不会集中在一个地方办一家大型的养老院，而是分散开来，在各地办一系列小型的连锁式养老院。这样不但能适应国情、社情，而且便于老人就近入住，有利于家属探视及不受交通困扰。这些“袖珍型”养老院一般每家只收养五六个，最多十个八个老人，只有马里兰州一家全美最大的养老院，收养了200名老人。老人们入住在“袖珍型”养老院里，有一种家庭的氛围，如同生活在家里一样自由自在，管理人员就像自己的兄弟姐妹。因此，我把它形容为“家庭式养老院”。

“不，不能这样说，这容易误解。”林老板纠正我说，“虽然它有一种家庭氛围，但不一定是家庭式经营。养老院的实质是一家企业，是按公司模式来运营的。”他接着补充说，“别以为‘袖珍’就很容易办，其实是有严格规范的，门槛可不低哩。例如，在硬件方面，住宿条件要求较高，活动环境必须安全、舒适，生活设施要齐全、方便。连供应的热水也必须保持恒温，保证不冷不热，以免烫伤老人；软件方面，管理和护理人员要经过严格培训和考核，熟识有关法律法规，取得证书才能上岗；养老院则需经州政府批准，取得经营许可证才能开业。”的确，林先生和他夫人都是考取了普通救护证、心脏急救证和医药技师证等证书才“名正言顺”地上岗的。他夫人还是一位有行医资格的内科医生，加上几位在美国当了多年医生的兄弟姐妹的帮忙，这无疑为他们建养老院增添了一个不错的“筹码”。

我向林先生了解入住养老院老人的情况及费用问题。他介绍说，这种养老院，用美国政府的标准说法应该属于“生活辅助机构”，主要是接收生活能基本自理的退休老人或病后需要静养的老人，年龄在70至80多岁之间。视不同身体状况，每人每月需交费用1 900至4 000多美元不等，包括住宿费、膳食费、常用药费、护理费等。这笔费用一般由个人（或家属）负担，但对于贫困老人，则可按国家规定由政府给予救济补助。那天，我与一位黑人老太太聊天，得知她今年71岁，退休前是一名图书管理员。3年前因患脑瘤，手术治疗后留下了轻微后遗症，经人介绍入住该院疗养。她的退休金每月只有1 700多美元，而按标准她每月需付住院费3 000多美元，由于家属无力资助，其费用不足部分就由政府“埋单”了。

“政府‘埋单’不等于放任自流。恰恰相反，监控是很严格的。”林太太郑重地对我说：“马里兰州政府有关部门每隔45天就要派人上门全面检查我们一次，平时也会不定期进行单项抽查。包括检查用药情况、膳食结构、营养均衡情况、安全隐患、服务质量等，不能稍有疏忽的。”话虽这样说，但依我看，“伺候”这些老人似乎也不难。因为他们的要求实在很简单，每天吃的都是真正意义的“粗茶淡饭”——“三低食品”（低盐、低糖、低脂肪）。户外活动也很少，大多数时间是在独自看书报或写些什么东西。在一般人看来，这种生活未免太平淡了，甚至可以说是一潭死水。不像我们在国内看到的老人院那样，天天组织老人唱歌跳舞，开展各项活动，进行各类比赛，搞得热热闹闹的。这里的老人却甘于寂寞，乐于孤独，生活在“寡人世界”而心安理得。我想，这就是“袖珍型”养老院在美国大行其道的缘故吧！

（原载2010年8月24日《健康报》）

23. 造访加州名医陈大仁

——美加见闻之七

2010年5月下旬，我借赴美国探亲旅游之机，在三藩市采访了加州中医师联合总会名誉会长陈大仁教授，请他介绍一下美国中医药发展的情况。16年前，我在拉斯维加斯采访首届世界传统医学大会时就认识了他。此次老友重逢，格外高兴。众所周知，加州是全美华裔最集中的地方，中医药较盛行，了解到加州的情况，即可“窥一斑而知全豹”。陈大仁早年毕业于国内著名中医学府，20世纪70年代就移居美国，在加州开创中医基业，参与并见证了近几十年来美国中医药发展的进程，是德高望重的“老行尊”之一。他高兴地告诉我，经过业界几十年艰苦奋斗，美国中医药已奠定了一定的基础，虽然仍面临一些困难和挫折，但总的来说，正处于不断发展的时期，形势令人欣慰。

政治日趋成熟

陈大仁说，中医药在西方世界属于“外来物种”，长期受到主流社会的歧视和排斥。中医药要想在美国立足和发展，必须进行一番抗争。于是，过去习惯于不问政治的“老郎中”们，一改旧理念，在潜心医术攻关的同时，又满腔热情地投入到为争取中医合法地位和权益的政治斗争中，并取得节节胜利。1975年，中医合法化首先在加州取得突破，之后，全国各地相继掀起了轰轰烈烈的中医浪潮，从此美国中医药进入了一个发展的新纪元。1988 年，加州政府又通过一个更有利于中医药事业发展的法案——“针灸工伤补偿法案”，将中医针灸列入了医疗保险范畴，从而惠及广大国民，进一步促进了中医药自身的发展。

遗憾的是，当年竟发生了一件重大政治事件——加州针灸考试委员会主席、韩裔针灸师柳在佑因出卖执照考试题目而被逮捕。此案共涉及近百名针灸师（主要是韩裔），其中有 48 名针灸师被捕，轰动了整个加州政坛，中医界因此而蒙羞。这时，社会上的保守势力乘机反扑，加紧歧视和压迫中医，令中医受到严重挫折，声誉几乎毁于一旦。在如此严峻的形势面前，中医界一批勇敢的“斗士”又挺身而出，为捍卫中医地位和声誉进行抗争。一方面，痛定思痛，加强业界自律和整顿，涤荡浊流，还其纯洁；另一方面，通过游说政要，沟通关系，加强媒体宣传，争取政府和广大民众的理解与支持，于是很快平息了风波，度过了危机。

陈大仁深有感触地说，这些事例充分说明，在美国发展中医药，介入政治非常重要。可喜的是，业界现已积累了不少经验，政治上日趋成熟。最近，美国各州又将进行新一届政府竞选，当中医药界得悉被人们誉为“加州针灸之父”的前任州长杰利·布朗先生将再度角逐新一届州长时，立即行动起来，组成一个助选临时机构，开展了一系列声势浩大的助选活动，全力支持他再度登上加州最高政坛。正是这位“针灸之父”，于 35 年前，力排众议，签署了多项有利于中医事业发展的法案，使加州率先实现中医合法化，成为全国的“领头羊”。之后，他也长期鼎力支持中医药界各项工作，与业界感情甚笃。大家相信，布朗先生一旦再度当选州长，将对加快中医药发展更为有利。陈大仁满怀信心地说，从目前形势分析，布朗当选的胜算较大。

队伍日益壮大

自20世纪70年代中医药在美国取得合法地位之后，全国中医师队伍不断扩大，从初期仅有的数百人发展至如今约2万人，其中加州占了“半壁江山”。大大小小的中医诊所遍布城乡，给广大患者带来了就医方便。陈大仁说，可能由于美国人认识中医是从针灸开始，美国法律往往把中医师统称为针灸师，其实这是误导。事实上，美国针灸师的本事远不止针灸，还有中药、气功、推拿等多项医术。的确，近年来，美国民众对中医药越来越推崇，过去热衷于看中医的病人多以亚裔特别是华裔为主，现在华裔与“洋人”已各占一半左右。那天，记者在陈大仁教授的诊所里看到，一个上午他就接诊了10位病人，其中“洋人”占了8个，有一半采用针灸疗法，另一半则采用中药处方治疗。这说明，白种人对这位来自中国的75岁高龄的名中医十分信赖！

然而，陈大仁说，“洋中医”也日益受欢迎。随着非华裔（包括韩、日等亚裔）中医师数量的不断增加，“洋中医”的比例迅速增长，病人选择“洋中医”看病已是平常事。“这是一个好现象。”陈大仁说。这说明中医药不再局限于一个华裔的小圈子，而已成为大众的需求，从“外来物种”变为“地道产品”了。他还告诉我，目前加州已有好几所中医针灸学院，每年培养出数百名中医师，其中白种人学生占了六成以上。这些“新鲜血液”被不断地补充到中医队伍里面来，使过去有点暮气的“老中医”形象变得生机盎然了。

值得重视的一个现象是，过去由于中医师来自不同国家、民族和院校，或有不同社会背景，很自然地形成了不同的派系，使得力量涣散，甚至互相拆台，“自毁长城”。为克服“山头主义”带来的弊端，1995年，在温平伯、陈大仁、罗志长等老一辈中医领军人物的策动下，宝华医学会、世界传统医学会、美国中医药学研究院等10个独立的中医团体，联合组成了一个新型社团机构——加州中医师联合总会。这个总会精英云集，来自五湖四海，为了一个共同的目标——发展中医药事业而联合起来，犹如把五指握成一个坚强有力的拳头。陈大仁介绍说，这个新机构借鉴美国的民主制度而建立，实行不同信仰、不同资历、不同族群、不同派系的共融，并与“老中青”相结合，使之充满生机活力。总会成立以来，队伍迅速壮大，从初期180多个会员发展到现在400多个会员，在社会中的影响力举足轻重。在2005年总会成立10周年之际，他们举行了隆重的庆典仪式，一方面总结10年来的成绩和经验，另一方面发出了“新长征”的号令。然而，陈大仁说：“我们建立‘联合总会’的目的，是达成业界的包容与团结。当我们立起这个‘山头’的时候，就已下定决心，要消灭这个‘山头’，最终实现消灭所有‘山头’。下一个目标是建立一个统一的中医师‘公会’，让这艘社团‘航母’推动全美国中医药事业乘风破浪向前进！”

学术水平日渐提高

近年来，美国中医药行业开展国内、国际学术交流活动日益频繁，有力地促进了本地中医学术水平的提高。特别是与中国大陆及港、澳、台的中医药院校建立了密切的联系，组织了大量互访活动。最具影响力的一个例子是，从1994年起连续多年先后在加州几个城市举办了五届“世界传统医学大会”，轰动了全国。随着中医学术水平和医疗技术水平的提高，过去被认为只能当西医配角的中医，如今已逐渐融入主流社会，并且在某些疾病的治疗中发挥“主角”作用。

那天中午，陈大仁教授在诊所附近一家西餐馆请我吃工作餐的时候，刚巧碰到一个在此当服务员的女病人。她上午刚到陈大仁的诊所做完针灸治疗。原来，她患了乳腺癌，正在进行化疗。由于化疗药物毒副作用甚大，她的身体非常孱弱，苦不堪言。陈大仁教授采用针灸疗法为她解除痛苦，消除药物副作用。上午她刚扎完针立即就回到餐馆工作了。只见她面色红润，精力充沛，毫无病态，工作风风火火，一点也不像个重症病人。她高兴地告诉我，中医针灸太神奇了！前几次化疗未配合针灸治疗，连生活也不能自理，更别说出来工作了。而最近几次化疗后，立即到陈教授诊所针灸，进行辅助性治疗，竟起到了立竿见影的效果，身体恢复得像健康人一样，能坚持全天工作。

我问陈教授，为何针灸对癌症化疗后的辅助治疗效果如此明显？陈教授说，主要是针灸能有效地泻毒，同时能通过刺激特殊穴位，迅速提高白细胞数量，增强免疫功能，病人就变得神采奕奕了。“中医针灸疗法的这些独到之处，是很多西医不能比拟的！”陈大仁自信地说。

“与君一席谈，胜读十年书。”陈大仁教授了如指掌的介绍，使我增长了很多见闻，同时也使我对大洋彼岸中医药事业的发展充满信心。

2010 年 11 月

24. 表妹家住多伦多

——美加见闻之八

我夫人的表妹，即二舅父的女儿江燕萍，移民加拿大多伦多已10多年了。不久前回来广州一趟，在我家里住了半个多月。她得悉我最近将要去美国纽约探亲，便对我说："哥哥（她这样习惯地称呼我），纽约离多伦多这么近，再来探望我吧！"我想，趁这个机会走一走也好，反正也是顺道。于是答应了她的邀请，增办了一个加拿大的签证。

之所以说"再来探望"，是因为此前我曾去过两次了。第一次是1998年9月，我随同广州中医药大学首席教授靳瑞，到加拿大卑诗省维多利亚市国际中医学院讲学时去的。那次还约请了在纽约的姐姐黄秀华及外甥女关嘉萍一起过来玩。第二次是2002年6月，我与夫人参加广东省某单位组织的一个美加考察团，又到过多伦多。当时，我儿子黄山正在多伦多附近的滑铁卢大学留学，从而也有机会一家人在表妹家里团聚。本来，前两次到加拿大，已参观游览了很多旅游景点，例如多伦多周边的安大略湖、电视塔、尼亚加拉大瀑布、千岛湖以及渥太华、蒙特利尔、魁北克等加东一些省份都去过了。这次三访多伦多，似乎没有什么新意，旅游兴趣也不大了。但江燕萍颇神秘地对我说，还有个"新地方"我没去过，这次正好可以去看看。到底是什么"新地方"对我更具有吸引力呢？原来，她指的是她那间新买的别墅。说起来也真是，以前她还没有自己的房子，租来住的房子条件都比较简陋，想不到几年之后，今非昔比，鸟枪换炮了！江燕萍不无骄傲地说：“这次你到来，就有专门的房间给你住啦，想住多久就多久！”好样的，口气真大！看来真是值得去开开眼界，享受享受了！

2010年6月12日早上，我从纽约曼哈顿唐人街乘坐长途大巴前往多伦多。按正常情况，行程只需八九个小时，但由于在水牛城边境过关时耽误了很久时间，结果要十个小时才到达目的地。江燕萍亲自来接车，在车站早等得不耐烦了。归途中，虽然她的车子开得很快，但也花了整整一个小时才到家，可见她家离唐人街也不近。暮色中，但见这一带全是别墅群，环境很清幽，待进了屋内，果然令我眼前一亮！

上面说过，我这次来多伦多，目的不是游玩，而是休闲和叙旧，趁机也体察一下民情，看看加拿大普通老百姓特别是华裔的生活状况到底怎么样。于是，表妹江燕萍这个家便成了我“解剖麻雀”的最现成案例。

江燕萍今年已40多岁，看起来还颇青春亮丽，活力充沛。不知道实情的人，还以为她是个娇生惯养的“黄花闺女”，其实她是个出身贫寒、“捱惯世界”的“妹仔”。提起当年移民加拿大的曲折经历，真是“一匹布那么长”，几天几夜也说不完，个中故事充满传奇色彩，简直就像天方夜谭。这些“故事”因与本文主题无关，在此就不赘述了。

江燕萍就像一颗生命力极强的种子，在极其恶劣的环境中也能扎下根，并很快适应水土，萌芽长叶，开花结果，荫及后人。后来，在朋友的帮助下，她通过“迂回战术”，又把妈妈及其独生儿子先后申请了移民，接来多伦多与之三代同堂了。

很多人不解，江燕萍相貌平平，学历不高，才华也不出众，更没有什么“后台”支持，为何能在加拿大很快地站稳脚跟、开枝散叶，甚至比一般人都混得好呢？别的不说，仅是她的住房实现了“三级跳”，就足以令人十分羡慕。记得1998年我第一次去多伦多时，她租住的房子挤不下我，只好把我安顿在朋友的公寓里。2002年我第二次去多伦多时，她已租了一间较大的房子，与妈妈及儿子一起住。当时我是参加旅行团，不需要在她家里住，只是到她家探望并一起聚餐。席间，她告诉我一个好消息，说已在附近区域订购了一间别墅，几年后就能交付使用，等我下次来就有自己的新屋住了。果然如此，她的承诺如今兑现了，此刻，我不是真的住上她家别墅的“单间”了吗？

有人问，江燕萍的脱颖而出有什么奥秘？依我看来，也没有什么诀窍，无非是“拼搏”两个字，即广州人俗话说的“够胆搏”、“舍命搏”、“识得搏”。正因为她小时候家境不大好，“穷人的孩子早当家”，初中一毕业她就出来打工赚钱帮补家庭生活了。她妈妈原在一家服装厂工作，她于是也入了这一行，当了一名车衣工。她从小勤奋过人，干活手脚麻利，脑子又较聪明，在她身上完全找不到“娇、骄”二气。正是在艰苦的环境中，磨炼出她坚强的毅力与意志，也是在社会大学里，让她学会了很多谋生本领。移民到加拿大之后，她犹如鲤鱼跳龙门，天地更宽广了。为了发挥技术专长，她依然干回老本行，到一家制衣厂做车衣工。这里实行的是计件工资制，多劳多得，这正有利于发挥她“拼命三郎”的优势。于是，她每天起早贪黑地干，一年到头很少休息，甚至下班后还带活回家干，晚上与妈妈一起加班车衣到深夜，以求多赚些“外快”。俗话说，“一招鲜，吃遍天”，由于她有一定的技术专长，可以接一般人干不了的细活，例如在衣服上绣花、绣图案、绣标签等。干此类细活，加工单价自然较高，因而她能获得比别人更多一些报酬，然而流的汗水也比别人更多。用她的话说，这一行赚的是辛苦钱、零碎钱，就像聚沙成塔一样，需要一点一滴地积攒。“你看，我的十个指头都磨秃啦！”她常常这样感慨地对别人说。

是的，一分耕耘，一分收获。江燕萍和她妈妈正是依靠赚取这些“辛苦钱、零碎钱”，维持着全家人的日常生活，进而一点一滴地积累到了一些钱，加上向银行贷款，购置了这间别墅的，真是不容易啊！

当然，我也知道，不论干什么事情，若仅靠“够胆搏、舍命搏”还是不行的，还要“识得搏”才能事半功倍。而在“识得搏”这方面，江燕萍也是颇有心计的。她虽然文化程度不高，但脑子很灵，有较强的悟性和谋略，从而能抓住机遇成就某些项目。例如，很多年前她就洞察到今后房地产的形势，当机立断地贷款买下现今这套别墅，现在看来不是稳赚一笔了吗？她还有一个优点，就是人缘好，朋友多，肯帮人。正因为“得道多助”，所以每当在关键时刻，她都能得到“贵人”的指点与提携，包括经济上的扶持，从而使她的信心更充足，更有胆去拼搏，一步一步地实现其梦想。

一直以来，“过埠人”都有一个光荣传统，就是吃苦耐劳，勤俭节约。江燕萍也不例外。然而，她又有与众不同的消费观。她常说，做人不仅要甘于“捱世界”，还要懂得“叹世界”。用时髦的话说，就是“能赚会花”、“及时行乐”。她就属于那一类人。我在她家里住了一个星期，发现她的日常生活丰富多彩，作息时间安排得紧凑而科学，工作、休闲、娱乐、学习、健身、美容，可谓“面面俱到”。尽管工作很劳累，但下班后就很放松，逛街、购物、美食、游玩，无所不好。还经常去打球、跳舞，甚至久不久会去赌场“搏一把”。每到喜庆日子或重大节日，她便邀请很多新老朋友到家里来欢聚，吃大餐，花钱很爽快。然而，最令我佩服的还是她把自己的“安乐窝”（别墅）布置得很有品位和档次，极富现代生活气息。她购买的家私、电器、音响、厨具、书柜、水族箱等，都是当今比较新潮的，各种物质享受堪称一流水平。她家那个占地面积近半亩的后花园更令我羡慕。她是个爱美的人，尤其喜爱种花植树，所以，无论室内还是室外、房前或屋后，都种养了很多各式各样的花卉，一年四季都有不同品种的鲜花盛开，家里被映衬得生机盎然、喜气洋洋。也许是这里的土壤和生态环境特别好，她亲手种的各种花卉都生长得特别茁壮，尤其是那些牡丹和芍药，盛开的花朵像饭碗那么大，十分艳丽，令我赞叹不已。

无疑，后花园是她的广阔天地，在这里她大显身手，大有作为。为了把这几百平方米的“自留地”种好，她不惜耗费大量精力和财力，光是工具就购买了一大堆，锄头、铁锹、铁耙、大剪、拔草器等，样样齐备，甚至剪草机都有两部，一部是人工手推式的，另一部则是自动机械型的。浇花的设施也很先进，喷淋水管可拉到花园的每一个角落，使之浇水无死角。本来，有钱人家“伺候”这么大的花园，一般都是雇请专业园林工程人员来设计和打理的，但江燕萍舍不得花这个钱，她说这些都是粗活，难不倒她，于是都留给自己干。果然，她当起“农民”来还像模像样的，剪草、翻地、施肥、育苗、浇水……样样拿得起、放得下，干起活来风风火火，一身尘土一身汗。当然，她妈妈和儿子有时也会来帮点忙，但大量的活还是靠她自己来完成。这几天，我虽然作为“贵宾”，但也没有袖手旁观，趁机也帮她一把，揽了一些重活来干，例如，给那些苹果、樱桃、西梅等果树松土、除草、架桩等。说起来也惭愧，我每天才干一阵子，但已感觉有点腰酸腿痛了。或许是这些年来养尊处优，体力劳动很少，久未摸锄头的缘故吧。说真的，我太佩服江燕萍这种不辞劳苦、顽强拼搏的精神了，同时也觉得这么拼命太为难了她。不是吗？一位“弱女子”，竟甘于在异国他乡当“愚公”，天天“挖山不止”！对比之下，我自愧不如！

此次多伦多之旅，说是探亲旅游，实际上只有“旅”而没有“游”，基本上没去过一个旅游景点参观。但我却过了几天神仙般的清闲日子，也很有收获。因为以前出国旅游从没有体验过这样的生活。况且，能趁此机会了解一些国外社会底层的生活状态，特别是华裔新移民的谋生经验和奋斗史，对我来说特别有启发和教益。如此看来，此行的目的已经达到了。

2010 年 10 月

25. 神奇的“海湾威尼斯”

——迪拜印象之一

很多人都说，中东地区的一些伊斯兰国家，充满着神奇与神秘的色彩，仿佛让人看不透、摸不着。看来这已达成了共识。然而，最近我到迪拜一游，却发现它与别的伊斯兰国家有所不同。不同之处就是，迪拜只有神奇，而没有神秘。

1997 年 12 月，我曾到过以色列、巴勒斯坦、埃及、土耳其等地考察，亲身感受到这些伊斯兰国家的神秘，其中有些地方简直神秘得有点儿恐怖，以致在我的心中长期留下了阴影。的确，中东地区的民族与宗教矛盾太复杂了，真是“剪不断，理还乱”，几乎形成了一个死结，导致常常发生流血冲突，充满恐怖气氛。因此，以往每当我想起“中东”、“海湾”、“穆斯林”这些词语时，不免心情一阵沉重。

这次迪拜之旅与 13 年前中东之行的感受截然不同。这次可说是一次“发现之旅”、“惊喜之旅”，回味起来心情不再沉重，而是很愉悦。

为什么前后反差如此之大呢？原因很简单：迪拜是个开放、文明、蒸蒸日上的城市，是社会文明进步的象征。而我，是向往文明进步的。

2010 年 12 月 22 日，正值我国传统佳节“冬至”。我们参加了“广之旅”组织的 23 人旅行团，从广州前往迪拜旅游。其实，这班也门航空公司的班机，是从 23 日凌晨 1:50 起飞的，经过9个小时的夜航，于当地时间早上7时抵达迪拜国际机场（时差4小时）。记得10年前有一次我到欧洲旅游时，曾深夜在迪拜机场中转。当时室外气温高达摄氏四五十度，吓得我们不敢走出机场半步，从此对迪拜留下了酷热难挡的深刻印象。然而，这次一踏上迪拜的国土，迎接我们的却是清爽怡人的气候。原来此时正值这里的冬季，气温一般在18至22摄氏度左右，十分舒适，堪称最佳的旅游季节。团友们都庆幸"来得合时"。

旅行社标示"迪拜六天游"，其实不仅游迪拜，还游了阿联酋首都阿布扎比等一些地方。因此，准确的说法应该是"阿联酋六天游"。那么，为何旅行社明知故犯呢？导游小邹解释说，这是商业宣传的需要，也是业界的惯例。为了吸引游客的眼球，旅行社一般都是挑知名度最大、最具诱惑力的地方来标示的。例如，到印度尼西亚旅游，其中要到巴厘岛，就习惯称为"巴厘岛×天游"，而不叫"印度尼西亚×天游"，因为巴厘岛比印度尼西亚的名声更响。同样的道理，迪拜比阿联酋名气更大，所以就称为"迪拜六天游"了。

"阿联酋"是阿拉伯联合酋长国的简称。顾名思义，它是由几个酋长国联合组成的，包括阿布扎比、迪拜、沙迦、阿治曼、乌姆盖万、哈伊马角、富查伊拉等七个"兄弟"。其中，阿布扎比是"老大哥"，约占全国8.36万平方公里国土面积的80%，拥有丰富的海上石油资源，因而被称为"富得流油"的国家。"老二"是迪拜，约占全国国土面积的6%，也因石油资源丰富而富甲一方。这两个"富兄弟"很讲义气，承担了全国的全部财政开支。迪拜虽然排行老二，但它却成了一匹黑马，经济发展最快，后发制人，甚至后来居上。特别是近10多年来，以他们独特的理念，促使城市建设突飞猛进，成为最受世界瞩目的地方之一。

奇怪的是，处于沙漠干旱地带的迪拜，竟然有一个"海湾威尼斯”之美誉。原来这是由于它有得天独厚的天然环境：一条深入内陆达10公里长的宽阔海湾横贯城市中间，把该市分为两半。天然海湾形成了众多优良的港口、码头和口岸，使之成为中东海湾地区最大的货物集散中心和最繁华的商贸中心之一，素有阿联酋“商业首都”之称。除此之外，还有一个“不解之谜”，就是这里地处沙漠、濒临大海，却居然很少刮沙尘暴。一了解，原来这里的地理位置很特殊。从波斯湾生成的海风，被浩瀚的撒哈拉大沙漠强大的干热气流顶回去了。因此迪拜很少刮风和下雨，于是我们没有看到沙尘滚滚的景象。但见城市中的马路、车辆、建筑物都很干净，所有酒店、购物中心、地铁站、清真寺等都一尘不染，这不能不说是又一个奇迹。当然，我认为，这与迪拜人有较高的文明素质和科学管理水平分不开。

旅游无非讲究“游、玩、购、食、住、行”几个字。我们在迪拜短短的几天中，各项内容的安排还算比较全面、紧凑和科学。首先，在观光游览方面就颇令人满意。或许有人说，迪拜的旅游资源并不多，论文化艺术，远远比不上欧洲；论历史文物、名胜古迹，比不上中国、印度、希腊等；论自然风光，也比不上世界上很多地方。这是事实。但我认为，从另一个角度来说，迪拜人所创造的现代奇迹，比某些祖宗留下来或上天恩赐的东西，更具现实意义，更令人震撼、游兴大增。况且，在这么一个弹丸之地，在环境如此恶劣的沙漠中，他们能够创造出惊人的奇迹，更值得一看。

无疑，迪拜神奇的崛起太令人刮目相看了。仅是看得见、摸得着的东西，随便一数，就可数出十多个“世界之最”来。例如，世界最高的大厦、世界最豪华的酒店、世界最高的贸易中心、世界最大规模的填海工程、世界最长、最先进的无人驾驶地铁系统、世界最大的购物中心、世界最大的室内滑雪场、世界最大的水族馆、世界最高的音乐喷泉、世界最高速度的电梯、世界最大的冲沙游乐场、世界最昂贵的圣诞树。连首都一根国旗的旗杆也是世界最高的……所有这些“世界之最”，我们都有幸亲眼目睹或身临其境亲身体验过了。其中最令人期待的是登上世界最高的大厦——哈利发塔（原名“迪拜塔”）。这座造价逾15亿美元的大厦，楼高828米，比原来的“世界一哥”台北市101大厦，还高320米。迪拜塔有160层，共有57部电梯。那天下午，我们乘坐世界最高速的电梯，不到1分钟便上到124层的观光平台。算我们的运气好，当时天气特别晴朗，清晰度较高，居高远眺，令人心旷神怡。整个迪拜市尽收眼底，帆船酒店、世界贸易中心、棕榈岛……很多著名地标性建筑都历历在目。目睹如此壮观的景象，人们异口同声地发出一阵阵惊叫声。再往近处看，迪拜塔周围的建筑物，就像一个个火柴盒。然而它们并不矮，在平地看也是庞然大物。密集的建筑群与马路、汽车、水池、树木等相交织，构成了一幅美丽多姿的“卡通画”，又仿佛一个童话世界。从“天上”下来，紧靠迪拜塔旁边的就是世界最大的迪拜购物中心。在这里人们可以疯狂购物，因为这里的货品最多最新潮，可惜不是最便宜。半个下午我们就在这个“巨无霸”商场内瞎逛，虽然买到的东西不多，但也算开了眼界。一直到傍晚华灯初上的时候，我们才走出来观看夜景。这时的灯饰特别璀璨，辉映着周围的环境如幻如梦。一会儿，间隔开启的巨大的灯光音乐喷泉上演了，水柱有时像少女轻歌曼舞，有时则像万马奔腾，气吞山河，在或优美或雄壮的音乐伴奏下，呈现出一个由多种艺术元素组合而成的动感世界，真是美不胜收！据说这是世界最高的音乐喷泉，水柱最高可喷到275米，有50层楼高。团友们感受了这种梦幻世界，无不欢欣鼓舞，情不自禁地表示，回去要向朋友们炫耀：“我登上过世界最高的大厦和看过世界最高的音乐喷泉啦！”

然而，在我们的心目中，还有一个“景点”更具诱惑力，那就是举世闻名的世界最奢华的七星级帆船酒店。本来，在国内报名参团时，旅行社的领队就曾征求我们的意见，如果想住一晚帆船酒店的话，也可以，但每人需多交5 000元。这样的话，团费加起来就将近14 000元了！大家都认为太贵，划不来。有人说，“不就是一张床吗，再豪华也好不到哪里去呀”！于是，大家都打消了这个念头。没想到如今到了现场一看，加上听了导游那蛊惑人心的介绍，大家真有点后悔不在此“潇洒住一回”。原来，帆船酒店不但硬件极度奢华，每个房间面积从170至700平方米不等，而且服务超水准，采取个性化“一对一”全程贴身服务，的确是“皇帝般的享受”。如果按正常价格，每晚最低房费要2 000美元呢！乍一看虽贵点，但酒店还有东西回赠，回赠每人的礼品和纪念品，包括高级名牌化妆品、保健品、装饰品等价值达三四千元人民币。“如此看来，还是‘有着数’（划得来）哩！”“是呀，人一世，物一世，享受七星级酒店，人生几何啊？”大家七嘴八舌地议论起来。可惜现在后悔已晚，再没机会了，只待以后再圆梦吧。

据说帆船酒店的生意一直很火爆，平时一般要提前三天才能预订到房间。有资料显示，房客中有60%是来自中国，可见如今的中国人，豪气者不少。我们虽然住不到“帆船”，但导游善解人意，第一时间就安排我们在此吃早餐，让大家尽早领略和体验这里的超奢华享受。这座321米高、外形犹如帆船的建筑物，的确太夺人眼球了。其内装修的豪华程度，大大超出我们的想象。无论大堂还是会议厅，无论走廊还是电梯间，所到之处无不是明晃晃、金灿灿的，墙壁和地板光亮得都能照见人。我们再从室内走到室外，徜徉在“帆船”旁边的草地上，尽情地欣赏波斯湾海天一色的美景，真正感受到这里简直是人间天堂！如此震撼人心的美景，自然“谋杀”了我们大量的“菲林”。团友们纷纷从不同角度、不同距离、不同背景狂拍一番，留下了不少经典之照。

虽说帆船酒店的知名度很高，但实际上并非它最高级，因为还有一家位于阿联酋首都阿布扎比的皇宫酒店，比它还多一“星”，号称八星级。据说这家酒店主要是用来接待国家元首的，但正中那扇大门，只对阿联酋七个酋长国的元首打开，其余任何国家元首，都只能从旁边的侧门进出。那天，我们有幸也当了一回“元首”，从侧门进去参观游览了一阵，并在此吃了一顿据说价值 140 美元的午餐。价钱这么贵，食品当然很丰盛。八星级的酒店，过去听都没听过，不用说有多么豪华了。光是酒店大堂那棵圣诞树，就让你惊叹不已。据称这是全世界最昂贵的一棵圣诞树，造价达 1 100 万美元。高达 13 米，用银饰和金饰装饰左右，树枝周围挂满了耳环、项链等贵重的金银珠宝，总计有 181 颗钻石、珍珠、翡翠、蓝宝石和其他宝石，真是极尽奢华。

说到人间奇迹，更令人叫绝的莫过于棕榈岛。这是一个人工填海造成的岛，全部用于房地产开发。那天，导游特意带领我们乘坐单轨列车进入这个岛，让我们在现场感受一下迪拜人异想天开改造自然的宏伟气概。我们看到，这个目前全世界唯一在海上建造出的带图形的人工半岛，形状犹如一棵棕榈树，构图美极了！“树干”是一条中轴线，也是进出这个岛的主干道。“树干”两边，各有 8 片长弧形的“棕榈叶”，每片“叶子”之间隔着一条狭长的海湾，使建在“叶片”上的每一间豪华别墅都拥有私家码头，便于游艇停泊和进出港。这一破天荒的奇妙构思与大胆设计，真是匠心独具！据说迪拜人还有一个更宏大的规划和“赌注”，填海再造一个更大的棕榈岛以及一个以世界地图为图案的“世界岛”。只可惜现时受到世界金融风暴的影响，财力不济，只好暂时把这些宏伟规划搁置了。不管怎样，仅对目前这个小棕榈岛而言，其规模之巨与耗钱之多已足以令世人惊叹得目瞪口呆了。在棕榈岛的顶端，还有一片“叶芽”，设计大师们正好利用这里得天独厚的地理位置，建成了一个大型戏水游乐场以及一家六星级酒店——亚特兰蒂斯酒店。我们也有幸在这家酒店用了一个午餐，价钱同样不菲，但我们也感到非常满意。至此，我们在迪拜的几天中，已分别领略过四星级、六星级、七星级和八星级豪华酒店的风貌和服务，品尝了不少新颖而可口的美食，真是幸运。

除了观光游览之外，购物也是一大乐趣。人们公认，迪拜是全世界最著名的奢侈品“购物天堂”之一。在遍布全城众多的豪华商场中，要数刚才提到的迪拜购物中心规模最大。购物城内有 1 200 家商店，陈列、出售各种世界名牌产品和最新潮的货品，琳琅满目，应有尽有。尤其以名牌手表、手袋和化妆品等最诱人，也最畅销。由于这些奢侈品的价格比中国相对便宜，从而对有一定财力和时尚意识的团友颇具吸引力，自然不错过“扫货”的机会，大包小包地抱回来，留作自用或赠送亲友，皆大欢喜。有些人则对金银首饰情有独钟。在迪拜老街著名的香料市场和黄金市场，很多团友纷纷选购各种金饰。说真的，迪拜这个黄金市场真是让人大开眼界，我从未见过这么多金银首饰挂在当街的橱窗上卖，简直成堆成摞！原来，这些并非可以保值或升值的足金产品，而是适用于打扮的 18K 以下的饰品。导游对大家说，这里“遍地黄金”的景象，也是迪拜的一大特色，大家不妨按自己的喜好选购一些。虽然它们不能保值，但作为旅游纪念品和饰物，也挺实用，挺有意思。况且拿回去也可以向亲友们炫耀一番，图个心理满足，也物有所值了。于是，越来越多的团友纷纷掏钱包，满载而归，以致后来有几个团友超时归队，差一点儿耽误了集体的行程。

说到传统、特色美食，这里不算多，因为这里早已较充分地西化了，西餐大行其道，其他地道食品趋于式微。只是那天有一项带刺激性的“沙漠冲沙”节目结束之后，我们在晚餐中品尝了阿拉伯风味的烧烤。此外就是在超市买一些椰枣之类作手信了。那天在沙漠营地的篝火晚会上，我们还欣赏了一场热情、奔放的阿拉伯民族舞以及一名阿拉伯摩登女郎跳的“劲辣”肚皮舞，留下了颇深刻的印象。

迪拜之旅确实让我们增长了不少见闻和知识，受益匪浅，真是不枉此行！

2011 年 1 月 5 日

26. 千奇百怪的建筑艺术

——迪拜印象之二

迪拜旅游回来，有朋友问我对迪拜的印象如何？我不假思索地回答：第一印象，也是很深刻的印象，就是迪拜有很多奇形怪状的高层建筑，整座城市就像一个建筑艺术博览会，令人赞叹不已。

刚下飞机，就让我们领略到这个国际知名的“小都会”气派之宏大。置身其中，就像进入了“石屎森林”那谜一样的“八卦阵”，令人眼花缭乱，心潮澎湃！根据行程安排，第一天就要到阿联酋首都阿布扎比观光。从迪拜到阿布扎比距离约200公里，有一条宽阔的高速公路相连接，交通十分便捷。车子起步不久，导游就指着窗外对我们说：“你们看，迪拜已向你们展露尊容啦！”我们循声望去，只见高速公路两边突然“冒”出很多高楼大厦，每座高楼大厦形状都不相同，有圆的、有方的、有棱形的、有扁形的，还有平顶的、尖顶的、斜顶的、直立的、倾斜的、波浪式的……真是千奇百怪，奇特而壮观。第一次看到这么多怪楼，大家都情不自禁地发出阵阵惊叹声！导游介绍说，迪拜虽然是个历史悠久的阿拉伯酋长国，但过去一直比较落后，只是近十几年来才崛起的。在现任酋长、国家总理希拉德的领导下，牵住了发展经济这个“牛鼻子”，实现了腾飞，使国家迅速富裕起来。特别是在城市建设方面，他们提出了一套独特的标新立异的理念，极力推崇创新，百花齐放。于是，各种风格的建筑物像雨后春笋般冒出来，吸引了世人好奇的目光。

车子行驶了一会，密集的高楼大厦渐渐退去，沿途陆续露出了沙漠的本来面目，显得荒芜而萧瑟。我们以为迪拜市“就这么大了”，谁知导游说：“不！‘小荷才露尖尖角’哩！再过一会儿你们又可看到一番新景象了。”果然，车子再前行了约十公里，一片高低错落的建筑群又海市蜃楼般地呈现在我们的视野中。原来，这是迪拜的又一个新区。导游解释说，迪拜不但城市建设理念不同，发展的路径也与众不同。一般国家的城市扩张，都是从老城区向外拓展，由近而远渐渐延伸的，唯独迪拜相反，它是从远到近。先从远郊建成若干个“新城市中心”，然后向老城区聚拢，逐步把空间填满，把沙漠覆盖。这样，未来新城市的框架一下子就拉得很开了。这种做法正好吻合迪拜人“贪大求新”、“不鸣则已，一鸣惊人”的思维，更显示出其博大的胸怀。那天我们在沿途就看到几个类似的“新城市中心”，无一不是高楼林立，千姿百态，气宇轩昂。

人们说，迪拜仿佛一块豪华设计的试验田，又是天才设计家的天堂。此话不假。因为只要你有好的理念和奇特的构想，都有可能在此得以实现。说到具体的建筑艺术典范，导游一张口就数出了一大串。仅在坊间流传的版本中，就有“十大疯狂建筑”，它们是：哈利法塔（迪拜塔）、帆船酒店、棕榈岛、世界岛、旋转塔、钻戒旅馆、迪拜漫步、Anara 大楼、风中烛火大厦、公交车站等。此行我们虽然没能全部领略到它们的“疯狂”，但也涉猎了其中的一半，感到大开眼界。先说那座造价达 15 亿美元、具有伊斯兰“六瓣沙漠之花”建筑风格的哈利法塔（迪拜塔），它是目前世界最高的建筑物，总高度达 828 米，比原先的“世界之最”、508 米的台北市 101 大厦还要高 320 米！其中可以住人的就有 160 层，共有 1 044 间公寓，加上写字楼、酒店、餐饮和购物场所等，可容纳 12 000 人。这些人足不出户，其生活和工作的需求都可以满足。该大厦共有 57 部电梯，最高时速达 64 公里……关于这座大厦的高度问题，听说还有一段故事哩。在建期间，有关部门始终不肯透露它的具体高度，只是说要比台北市 101 大厦要高。直到竣工典礼时才正式宣布上述这个高度。然而，迄今为止，仍有人怀疑 828 米是否其终极的高度，因为坊间还有一种传闻，说以后哈利法塔还会“长高”。此话何解？原来这只是一种猜测，但也并非空穴来风。因为迪拜人考虑到，当今世界攀比成风，不少地方都想建世界第一高楼，万一日后真的有人要超越迪拜塔怎么办？为了应对，于是他们在设计上留了一手，随时可以在原基础上再加高一截，使之始终保持“世界第一”的荣耀。

其次是棕榈岛。这的确是世界建筑史上的一大奇迹。导游介绍说，利用填海工程开发房地产，很多地方都有，但迄今为止，尚无人有这么大胆和创意，在大海上填出一棵巨大无比的“棕榈树”来。这个人工岛由 500 多个小岛组成，规模之大，堪称“世界第八大奇迹”。从 2001 年起正式施工，计划用 10 ~ 15 年全部竣工。此次我们到现场一看，好像已基本建好了。

至于帆船酒店，我在上一篇文章中已有陈述，在此不再赘述。

倒是迪拜的公交车站（候车亭）值得一提。因为这些“小儿科”的东西往往容易被人忽视。其实，迪拜的公交车站的建筑艺术和风格非常有特点。它采用高级合金和玻璃建成，外形像半边侧卧的车厢，体积虽不大，但设计独特，十分奢华，极富现代感。而令我们更感兴趣的是，这些公交车站全部都配上了空调，这样，即使在酷热的夏季，人们在此候车也感到十分舒适。还有，站内的交通线路图及运行时刻等信息，标示得清清楚楚。从公交车站人性化的设计这一点可以看出，迪拜人对新奇与奢华的追求，不仅限于高楼大厦这样的庞然大物，而在一些细节之处也充分体现其独特之匠心，充分反映出以人为本的理念。

其实，在我看来，上述“十大疯狂建筑”只是其中的一部分佼佼者，相信还有大量不逊色的经典作品值得有心人去发掘。那天，我们在前往阿布扎比市途中发现了另一个奇观：一座即将竣工的几十层高商展大厦，竟是一座比意大利比萨斜塔还要斜四倍的“危楼”！然而，它的奇怪之处就在于“斜而不危”、“斜而不倒”，且斜得很有韵味！导游善解人意，让司机把车子在路边临时停一会儿，好让我们下车仔细观赏和拍照。于是团友们鱼贯南下，怀着极大的好奇心，兴致勃勃地争相“抢镜头”，拍摄了不少“斜楼歪照”。当时，我若有所思，觉得这座“斜楼”似曾相识。哦，想起来了，在我们广东都有。不久前顺德美的集团总部新落成的那座办公大楼，外形就与它相似。当时很多人看到它歪歪斜斜的样子，都有点看不惯，惊呼它怪诞！然而，它的怪比起迪拜这座大厦来，简直是小巫见大巫了！

听说在迪拜有一条不成文的规定，凡是新建的楼房，外形设计不得与现有楼房相似，否则就不批建。因此，我们在迪拜几乎看不到一座形状完全相同的大厦。当然，某些世界著名建筑师在外地的经典作品，也可能在迪拜找到它的“影子”。例如，由著名美籍华人建筑大师贝聿铭设计的香港中银大厦，在迪拜就有一座风格与之相类似的“姐妹楼”，让我们看了颇感亲切。

平心而论，迪拜人别出心裁、标新立异地打造出大批千姿百态的高楼大厦，把城市打扮得多姿多彩，富有自己的个性，是一件很好的事情。它总比那些墨守成规、千篇一律、千楼一面，让人分不清这是哪个地方的“平庸之作”要胜一筹。但是，我认为，凡事都要用一分为二的观点来分析。标新立异固然不错，但应掌握一个度，即有一定的分寸，不能随心所欲地乱来，否则就有故弄玄虚之嫌，后果将适得其反。恕我直言，在迪拜这么多怪楼之中，确实是有一些纯属猎奇性质的。这些华而不实的“杰作”，不但性价比严重失调，而且从直观来看也并不美。由于造价太高，无异于“烧钱”，导致了极大的浪费。这样的标新立异，我看不提倡也罢。

2011 年 1 月 10 日

27. 大漠之中有“花城”

——迪拜印象之三

如果说，迪拜给我的第一印象是千姿百态的高楼大厦和多姿多彩的现代化新城的话，那么，第二印象应该是迪拜的“沙漠花城”了。

出国旅游之前，广州正在举办第16届亚洲运动会。为了“迎亚运”，广州倾力整顿市容，除了对很多旧建筑物“穿衣戴帽”外，还大手笔地搞环境绿化和美化，仅在市区各公共场所和主要街道两旁就摆放了5 000万盆鲜花。一时间，广州真的有点像“花城”的样子了，其他很多地方都难以媲美。然而到了迪拜一看，才知道天外有天！我们真想不到迪拜街头的鲜花比广州更多、更漂亮！如此看来，真正“花城”的美誉，可能落不到广州的头上，授予迪拜似乎更实至名归。

不是吗？广州“迎亚运”的“花城”是临时“摆”出来的，一旦“亚运”结束，马路边就不再摆放鲜花了，那么“花城”就要“凋零”。而迪拜的“花城”是“种”出来的，各种鲜花就种在地上，并且定期更换，一年四季保持鲜花盛放，争奇斗艳。正因为有长效机制作保障，才使迪拜成为真正的“永久牌”花城。

说起来真的令人不可思议，处于沙漠地带的迪拜，气候十分干燥，平均年降雨量不到100毫米，而且土地贫瘠得几乎没有任何生命力，很多地方寸草不生。然而，生态环境如此恶劣的不毛之地，竟变成了美丽的绿洲和“花城”，其在很多地方栽种的各种花草树木，的确胜于地处珠江三角洲的广州哩！

迪拜人为何能创造这个奇迹？

原来，他们手中掌握了“秘密武器”！这“秘密武器”就是先进的科学技术和管理水平。我了解到，这种先进科技就是从以色列引进的、颇神奇的滴灌法。就凭这一点，迪拜人硬是在荒芜的沙漠中打造出“人间美景”。记得在1997年底，我曾访问过以色列，已了解到有关滴灌法的情况，回国后还写了一篇题为“喜看荒漠变绿洲”的文章，向国人介绍和推荐这种新科技。想不到时隔10多年之后，当中国人对这种新科技仍无动于衷时，迪拜人却情有独钟，率先“拿来”为我所用，而且进一步发扬光大了。

众所周知，搞城市绿化、美化，广种花草树木，少不了消耗大量的水。尤其是在沙漠地方，一方面，沙土难以储存水分，另一方面，天气干燥又极容易蒸发水分，所以，在迪拜打造“大漠花城”，大种花草树木，需要更多的水源。但迪拜却是个严重缺乏淡水的地方，这存在一个很大的矛盾。据说他们的饮用水都要靠进口，而更大量的工业和生活用水，则主要靠海水淡化提供，成本相当高，故“水比油贵”的说法一点也不假。据我们了解，当时1升汽油的零售价约1元多迪拉姆（折合人民币2元多），而1升饮用水的售价约2元多迪拉姆，比汽油贵一倍。正因为水太贵，从而“倒逼”他们下决心采用先进的滴灌技术。当然，要在全国大规模地推广这项新技术，并没有那么简单，需要雄厚的资金作保障，还要有战天斗地、不屈不挠的顽强意志和毅力。

滴灌法到底是怎么回事，它是如何给花草树木送去“甘霖”

的？为了弄清个中的玄机，我们几位团友饶有兴趣地蹲在几棵棕榈树下，仔细地观察、研究一番，终于看出点“门道”来了。原来，地下或者地面早已铺设了专供浇灌花草树木的水管网（由特殊的胶管组成），并连接了很多分支，约手指般大小的分支水管通到每一棵树的根部，绕成一圈或数圈。在胶管贴地的一侧开有若干个小孔，水就从这些小孔中一滴一滴地汩汩渗出，润湿了土壤，有的放矢而又持续不断地给树木供应所需的水分。种植花草的地方，则在整块地里成行成排地铺设若干分支水管，进行均匀、持续的滴灌，保证每一棵花草都能“喝”到足够的水分。据我们推断，目前迪拜已在地下铺设了无数滴灌的专用水管，并且全市连成网，如同又一个自来水和煤气管道网一样。而听说滴灌网的科技含量更高，因为它需要用电子计算机来精确控制滴灌的速度和注水量，满足每一株植物的合理需求，不致浪费水源或“渴死”任何的花草树木。

事实证明，滴灌法要比“大花洒”式的喷淋法节约很多水源。不难想象，“大花洒”一喷，水往往喷到一些没有用的地方，被白白地蒸发掉了，多可惜！而滴灌法则“点点滴滴在心头”，真正做到“吃饱喝足不浪费”。当然，推广滴灌技术需要一次性投入巨资，仅是铺设滴管网一项，工程就十分艰巨、浩大，而费用则更是天文数字了。相信只有像迪拜那样少数“富得流油”的地方，才有魄力和能力全面推进这项巨大的工程。

那天，导游专门带我们到一个高级住宅区——朱美拉大道参观，其中一个“互动节目”就是“猜富豪”。大家知道，“朱美拉”是世界著名的房地产开发集团和酒店经营管理公司，在迪拜已倾力打造了一系列大项目，包据帆船酒店、波浪酒店、城堡酒店等“三剑客”在内，无一不是经典之作。而由这样的高手打造的朱美拉大道，想必也是非同凡响的。其实这里也可称作

“富豪大道”，因为这里的居民非富则贵。这条沿着波斯湾岸边延伸的马路，风光无限自不必说，两边的别墅更是一座比一座漂亮。忽然，导游小邹让我们猜一个谜：猜猜哪座别墅的主人家最有钱?“这好办，看看哪座别墅最漂亮、最豪华，就是最有钱的人住的了!”有人抢先定了个调说。大家都认为有道理，于是顺着这个思路去寻找，纷纷指认那些自认为最豪华、最漂亮的房子。谁知统统给导游否定了。他说：“你们别光看房子，得看树！看哪家种的树和花草最多、最漂亮，那才是最富裕的人家!”“咦，这是什么逻辑呀?”团友们摸不着头脑，反问道。小邹补充说，“在迪拜，树是一种财富的象征。要知道，在这里种一棵树要花多少成本啊！不说别的，光是每天浇水就要花不少钱。有人比喻，一棵树就是一部吞钱的‘老虎机’!” “哦哦……”“哈哈……”大家茅塞顿开，哄然笑了起来。于是，又重新选择目标，把凡是“树多”的人家都介绍了一遍，但因“花多眼乱”，标准不一，最终还是没达成共识。也难怪，这里富豪那么多，家家都是绿树环抱、花团锦簇，怎能一下子猜中谁是“一哥”呢……

然而，后来我们还是猜对了一个真正的“首富”，那就是迪拜酋长拉希德。之所以选中他，并非因为他当了国王，而是他家里种的花草树木多！这当然是笑话。但也是“有根据”的。那天，我们顺道来到他的皇宫参观，虽然进不了大门，但可以在皇宫门前的大道上漫步和观光。只见主干道两边种了两行高大的棕榈树，两侧辅道旁边则是杂树林带，茂密得像原始森林。这时，在“原始森林”中放养的很多特殊而珍贵的宠物——绚丽多姿的孔雀以及一些其他珍禽，走出路中间“欢迎”我们，与我们嬉戏。如此情景，谁能想到这里原是荒凉的沙漠？我们甚至还以为来到了云南的西双版纳哩！

总之，我们发现，在迪拜，凡是有一定地标意义或公众活动的地方，在公园内、大道旁，全都种上了万寿菊、一点红、紫罗兰、郁金香、山海棠等花卉，简直成了名副其实的“花城”……

2011年1月12日

28. 宗教圣地　和谐之都

——迪拜印象之四

迪拜多姿多彩的高楼大厦群、沙漠之中奇迹般涌现的绿洲花海以及规模宏大、奢华无比的商场等，无不让我留下深刻的印象。如果问，还有什么比这更重要的“景观”的话，我想还有一个，那就是迪拜人把一个最古老的宗教圣地变成一个最现代化的和谐之都。的确，从某种意义上来说，我认为这种“最老”与“最新”有机融合的“创新思维”，比迪拜人创造的其他奇迹更难能可贵。如今世界动荡不安、矛盾交织、战乱频仍、危机四伏，在这样的国际环境下，迪拜人破除了旧的观念，冲破了旧传统的羁绊，闯出了一条多民族、多宗教和谐共存的新路，为众多“穆斯林兄弟”树立起一个标杆，所以意义非凡。

我们首先看到，迪拜是一个有着悠久历史、政教合一的“小君之国”。酋长（国王）掌握了宗教与世俗的最高权力，不管世界风云怎么变幻，他们这种宗教传统和政治制度始终不改变。迪拜人全民信奉伊斯兰教，尽管这些年来国门大开，涌进来不少西方文化，但他们始终“把根留住”，保持了浓厚的穆斯林习俗与风情。我们在迪拜就看到数不清的清真寺屹立在大街小巷，因而有团友说它“清真寺多过米铺”，我看实不为过。教徒们每天十分虔诚地做祷告，背诵古兰经之声不绝于耳。连日来，我们无论处身于何方，都会常常听到从附近清真寺那高高的宣礼塔上传来的诵经声。我们还发现，清真寺无论规模大小，都建筑得非常讲究，墙壁和柱头用大理石镶嵌，洁白如雪。室内保持得很干净，一尘不染。装饰虽算不上豪华，但礼堂大厅顶上挂着的水晶吊灯以及地上铺着的阿拉伯风格的精美地毯，足以显出其非凡气派。有人认为，在迪拜，论建筑的大气与精美，除了一些奢华的酒店和超高档写字楼外，就该轮到清真寺了。其间，我们曾亲临两座有一定代表性的清真寺参观。一座是阿布扎比大清真寺；另一座是朱美拉大道清真寺。前者的规模是阿联酋最大的，四周各有一座高高的宣礼塔。据说全世界有两座最高规格的六塔清真寺，一座在沙特的麦加，一座在土耳其的伊斯坦布尔。看来，四塔的阿布扎比大清真寺，名气也不小了。有意思的是，为了尊重他们的礼教，凡是进入该清真寺的女性，一律要穿上穆斯林的黑袍，裹上黑头巾。我们的几位女团友于是入乡随俗，七手八脚地穿上不大合身的黑袍，并把黑头巾包得严严实实，仅露出一双眼睛，俨然一个“正牌”伊斯兰教徒的模样。当她们相互打量时，不由得一阵窃笑。“礼拜”之后，拍照留念时，她们装模作样地摆个“甫士”，更逗得大家笑弯了腰。刚到迪拜时，我们每看到穿黑袍的女教徒就会觉得好奇，不由自主地投去好奇的目光。后来对“黑袍圣女”司空见惯了，特别是几位女团友经历了上述“乔装”之后，好奇心便渐渐淡化了。耳闻目睹的事实说明，迪拜即使在“全方位对外开放”的大环境下，对传统宗教和民族习俗的保护以及传承，还是做得不错的。

一方面，迪拜人没有数典忘祖，另一方面，又不拘泥于古老的传统。我们强烈地感受到，他们正在以豁达的胸怀、开放的心态拥抱整个世界。具体说来，他们对于外面的世界那些新思想、新理念，先进的科学、艺术、文化，包括一切现代文明的东西，不禁制、不排斥，而是采取包容、借鉴、引进、吸收的态度，为我所用。我们到此旅游期间，正值西方的圣诞节，按理说在伊斯兰国家是不过这个节的。但我们看到迪拜处处充满欢乐的节日气氛。不少商场、酒店张灯结彩，装饰得喜气洋洋。特别引人注目的是，首都阿布扎比一家八星级酒店的大堂，摆放了一棵造价1 100万美元、堪称世界最昂贵的圣诞树。据说当时曾有人提出质疑，认为在迪拜不应把圣诞气氛搞得这么热烈，以免喧宾夺主。但这家酒店的老总认为，迪拜是一个开放城市，是世界贸易的“窗口”，应该有海纳百川的气量，于是坚持把那棵“巨无霸”天价圣诞树摆放出来，结果大受欢迎，轰动了全世界。又如，一般伊斯兰国家是不允许人们“寻欢作乐”的，因而城市没有酒吧、迪士科歌厅和“卡拉 OK”之类的娱乐场所。但迪拜就有，而且一般是设在某些涉外酒店或特定场馆内，都是要有合法经营牌照的。这些娱乐场所不但外宾可以享用，本地人也可以进去消费。如果你是穆斯林的话，也没关系，只要你脱掉那身长袍，换成西服或时装就行。所有这些开放的举措，如今在迪拜已不是什么新鲜事了。有人说，迪拜之所以能在短短的十多年时间里奇迹般地崛起，根本的原因就是他们更新观念，实行对外开放，融入了世界。

据导游介绍，迪拜人民对他们的酋长非常敬佩，真心拥护，并有很高的评价，其评价可归纳成六个字：英明、开明、高明。所谓英明，是指他有非凡的政治智慧，领导迪拜人民走上了“民富国强”的道路；所谓开明，是指他有海纳百川的胸怀，坚持对外开放，赢得民心；所谓高明，是指他领导有方，牵住发展经济这个“牛鼻子”，引来了全世界的财源。团友们听了导游这些论述，觉得很精辟，从中也悟出了一些道理。

众所周知，阿联酋一贯奉行中立、不结盟的外交政策，坚持睦邻友好的方针，没有陷入国际纠纷的漩涡，从而能一心一意地搞经济。原先很多人以为，迪拜主要是靠石油起家的，全靠“真主”恩赐了他们丰富的石油资源，使他们“富得流油”。其实不尽然。事实上，他们的富裕，更主要的是依靠发展多元经济。据资料显示，近年来，迪拜石油贸易的收入只占财政总收入的6%左右，其余财源则来自于国际贸易、金融证券和旅游业等。有一个观点足以说明他们具有高瞻远瞩的战略眼光。这就是他们考虑到，石油资源终有枯竭的一日，不能无休止、无节制地开采，应留一些给子孙后代。况且，如果完全依赖它养活全国人的话，那么，日后一旦资源用尽，就只能坐以待毙了。鉴于这种忧患意识，他们居安思危，坚决地调整了产业结构，实施多元化发展战略，走可持续发展之路。结果证明，他们的战略性调整取得了巨大成功。据说，后来他们的“兄长”阿布扎比酋长国也向他们学习经验。因为“老大”看到“二弟”后来居上，超越了自己，自然会感到很焦急，便决心奋起直追。通过检讨和修订发展规划，阿布扎比也走上了多元发展之路，不再把经济命脉押死在石油一个产业上。由于阿布扎比是阿联酋的首都，有其得天独厚的优势，加上以往财力一直很雄厚，敢于“烧钱”，所以，在不长的时间内也开发了很多大项目，发展势头不逊于迪拜。特别是在城市建设和开拓旅游方面，与迪拜不相上下。那天我们来到阿布扎比观光时，就感受到一股“大跃进”的气氛。特别是在滨海大道一带，一座座高楼大厦拔地而起，异彩纷呈，日新月异。过去，阿布扎比的八星级皇宫酒店在当地可谓鹤立鸡群，是首屈一指的地标。现在，它的周围已崛起了大批崭新的楼宇，几乎盖过了它的辉煌。于是，皇宫酒店也不敢再专美了。

人们不能忘记的是，一年多之前，迪拜曾面临严重的经济危机。由于全球金融风暴的影响，银根全面紧缩，很多外国财团纷纷从迪拜撤资。一时间，迪拜建筑业一片风声鹤唳，很多在建大楼停了工，工地一片狼狈景象。据说，当时约有80%在建大楼成了烂尾楼，形势非常严峻。然而，在这紧要关头，他们的国王站出来了，毅然拿出了王室的巨额财产来救市。他们果断地重组了大批企业，其中包括最著名的“迪拜世界”等巨头。王室及时而有力的支撑，使那些破产或濒临倒闭的企业得以起死回生，从“山重水复疑无路”变成“柳暗花明又一村”。仅仅经过一年多时间，迪拜就基本走出了困境，很快恢复了生机活力。我从当地一份华文小报中，看到一位中国温州商人写的文章。这位老板在迪拜打拼了10多年，对当地情况非常熟悉。他以亲身的经历和感受描述了迪拜市场复苏的情况，有几方面很有说服力。例如，迪拜的“烂尾楼”已从一年多前的80%降到20%；迪拜的人流物流又繁忙了，城市开始堵车了；迪拜的商场人气渐旺，有些名贵奢侈品又时而断货了，致使他难以完成国内亲友托购名牌货的任务……这些真实的情况，我们身临其境时亦能见证。总之，今日的迪拜，又呈现出一派欣欣向荣、莺歌燕舞的景象。

团友们在闲谈中饶有兴趣地议论起“迪拜王室注资救市”这件事，大多数人给予了充分肯定。事实上，有时候富豪垄断了较多的财富，也不完全是坏事。有道是“国家兴亡，匹夫有责”，当国家遇到经济危机时，国王能挺身而出救市，就是好事。无论王室拥有多少财富，在这个时候都可视同国有。而且财富集中度越高，越能发挥重大作用，如同“好钢用在刀刃上”。于是有人进一步借题发挥，建议今后大家大可不必怀有“仇富”心理。事实上在迪拜，人们根本不会“仇富”，因为这里只有“大富人”和“小富人”之分，而没有真正意义上的穷人。特别是他们的“首富”国王，向来很低调，从不居功自傲和张扬，百姓对他非常崇敬和拥戴。我们在迪拜从没听过人们一句怨言，只看到处处悬挂着国王的巨幅画像。

迪拜还有一条经验是“藏富于民”，让老百姓都过上好日子，从而使国家长治久安。据导游介绍，迪拜的社会福利相当好。以医保为例，他们实行全民医保，所有医疗费用由国家全包。如果需要出国治疗，则陪同亲属的费用也报销。甚至陪同亲属可借机在国外学习、培训，所需费用亦由国家埋单。听说迪拜政府出台了不少“藏富于民”的“土政策”，有些甚至“土”得出奇。例如，他们规定，外国投资者必须找一名当地人做担保，才能在迪拜开办公司，而担保的费用不菲。但是，这名担保人既不“担”也不“保”，今后企业不管出了任何事情，他都不用担责，而全由外商负责。实际上，担保人只管收钱，也是政府有意借机会让老百姓赚钱，以“改善民生”。由于这些年来投资者很多，“担保”生意十分兴旺，而一个人可担保多个公司，收入如同猪笼入水。仅此一项，迪拜人就赚得盆满钵满了。

还有一条政策更“绝”，有团友戏称它为“肥水不流外人田”，指的是迪拜政府收紧移民政策。为了不被“外人”分薄原公民优厚的社会福利，他们严把移民关。按规定，一般不接受新移民申请，只给予工作、商务或学习签证，即使你在迪拜生活了十年八年，甚至大半辈子，也成不了真正的迪拜公民。当然，还有一条路可走，就是外国的女孩子嫁给迪拜的男人。而一旦“嫁入豪门”，立即就要改变宗教信仰，成为一名彻头彻尾的穆斯林才能落户。但实际上这种情况并不多，难怪我们在迪拜很少看到有其他国家的新移民了。

2011 年 1 月 13 日

29. “见怪不怪”话迪拜

——迪拜印象之五

有些人初到某地，若看到一些独特的风俗习惯或社会现象，觉得很新奇，往往会用一个“怪”字来形容，称之为“××几大怪”。最近我到迪拜旅游，发现这个阿拉伯“小君之国”经济发展神速，令全世界为之瞩目，且有太多标新立异、颠覆常规的地方，觉得特别新奇。于是也遵循惯例，把它归纳为“迪拜八大怪”，似颇有趣。

这“八大怪”分别是：①沙漠之中高楼盖；②市民满街做礼拜；③姑娘扮成老太太；④带着老婆谈恋爱；⑤水贵油平高价菜；⑥酷暑天气更凉快；⑦金银当作杂货卖；⑧坐享其成赚“外快”。

“第一怪”——沙漠之中高楼盖。

一向以来，人们都把基础不牢固的东西形容为“把楼房建在沙滩（漠）上”。想不到迪拜人偏偏就这样做。他们不但在沙漠上建筑普通的楼房，甚至建起无数的摩天大楼，千姿百态，遍地开花。其中，有高达828米、160层楼的世界最高大厦阿利法塔（原名迪拜塔）以及世界最奢华的七星级酒店帆船酒店，它们无不是建筑在沙滩（漠）上，堪称世界奇迹。然而，它们却无“基础不牢”之虞，据称其高层建筑之安全性足以挑战世界同类。可见这一“怪”确实令人惊叹、叫绝！

“第二怪”——市民满街做礼拜。

迪拜是阿联酋七个酋长国中的“老二”。由于政教合一，全民都是伊斯兰教徒，因此，在大街小巷上遍布着大大小小的清真寺，供市民做礼拜。于是，我们的团友形容它“清真寺多过米铺”。由于清真寺很多，教徒们无论走到哪里都可以就地祈祷，十分方便。我们在迪拜期间就经常听到从各处传来的诵读古兰经之声。我们还发现，这里的清真寺不但数量多，而且建筑得十分漂亮、精致，其建材质量及装修水平甚至比很多豪华住宅或高档写字楼更胜一筹。

“第三怪”——姑娘扮成老太太。

这里是指迪拜的女人们大多穿戴同样的服饰——黑色长袍和头巾，往往让人分辨不出其真实的年龄。按照教规，伊斯兰女教徒是不能将自己身体的任何部位暴露出来让丈夫之外的人看的。因此，她们在公众场合一般都穿黑色长袍和包黑头巾，把全身裹得严严实实，只露出一双眼睛（有些甚至连眼睛也遮住）。这样，路人光从外表或身材是很难分辨其幼嫩的，远看以为是个老太太，走近一看才发现原来是位妙龄少女，令人出乎意料！

“第四怪”——带着老婆谈恋爱。

这里说的是与宗教习俗有关的事情。据说，伊斯兰教允许一个男人娶四个老婆，所以他们可以带着先结婚的老婆去继续相亲，与新的未婚妻谈恋爱。一般情况下，后娶的老婆要征得“前房”的同意，才能“正娶”，直至“满”四个为止。而“前房”决策的依据，主要是看丈夫有否供养几个妻子的实际能力。正因为有这一“怪”，所以也让我们大开了眼界，在很多公共场所，特别是商场中，常能欣赏到“一拖四”的“镜头”。

“第五怪”——水贵油平高价菜。

由于迪拜地处干旱的沙漠，水资源十分贫乏，而石油资源很丰富，所以造成“水贵过油”、“肉平过菜”的奇特现象。听说，当地的生活用水和工农业用水等都是依靠海水淡化提供的，因而成本很高。而饮用水主要依靠进口，价格就更贵了。据我们调查了解，当地矿泉水的售价一般要比汽油贵一倍左右。也正是缺水，给农业的发展带来很大困难，本土甚少种植蔬菜，而全靠从国外进口，所以价格不菲。有几次我们到中餐馆吃饭时，看到端上来的肉类较多，而蔬菜很少，便与餐馆老板商量，想以肉类换些青菜。但老板却说：“不行，蔬菜比肉类还贵呢！”

“第六怪”——酷暑天气更凉快。

这里指的是迪拜的公共汽车候车亭很奢华，全部装上了空调，人们在候车时也可以“叹空调”。众所周知，迪拜属大陆性沙漠气候，夏季非常炎热，气温高达四五十摄氏度。为了让市民不受酷热煎熬，财大气粗的迪拜政府不惜投入巨资，将全市所有公共汽车的候车亭都建成超豪华型，并装上了空调。不管天气多酷热，一进入候车亭就非常凉快了。听说不仅公共汽车候车亭是这样，连很多海滩泳场的沙滩上，也建起了类似候车亭那样的小房子，装上了空调，供泳客小憩，不至于从水中上到沙滩后被晒得中暑，或被沙子烫伤了脚。难怪人们感叹地说，迪拜人方方面面追求奢华以及人性化的举措，真的让人嫉妒，如此之完美，恐怕在全世界也绝无仅有。

“第七怪”——金银当作杂货卖。

迪拜有个著名的“黄金市场”，也是当地独有的旅游“奇景”。这个市场主要出售 18K 以下的黄金首饰和其他金属装饰品。由于这些金银饰品的实际价值比那些足金货品便宜得多，所以店主不把它们作为贵重商品看待，没有设专柜或橱窗摆放，而把它们随便堆放在没有隔离的货架上，就像卖一般的旅游工艺品或杂货一样，这使我们很好奇。需知，18K 以下的金饰品毕竟也有一定的含金量，集中挂（摞）起来同样金光灿灿，非常耀眼，也颇能诱惑人心的啊！的确，如此“遍地黄金”的景象，我只在迪拜才看到过。

最后说到“第八怪”——坐享其成赚“外快”。

这一“怪”倒引发我们的思考。原来，迪拜政府制定出一套特别的“富民政策”，专门让老百姓赚“外快”发财。按照政府规定，凡是外国投资者要在迪拜开办公司，必须聘请一位当地人作担保，否则不予注册。担保费用一般都很高，但担保人并不需要承担什么责任和风险，今后公司一旦“出事”，也是由投资者负全部责任，而担保人秋毫无损。况且，一个担保人可以同时担保多家外资企业。这实际上只是设一道专门收钱的门槛，让他们的国民有更多发财的机会。完全可以想象，实施这项政策的效益多么可观。难怪迪拜人个个都赚到盆满钵满了！

话又说回来，什么“八大怪”也好，“十大怪”也罢，统统都不足为怪，因为大家都见怪不怪了。说来也是，世上本来就没有怪事，见得少便觉得怪。正所谓“少见多怪”也。姑且将此文作为一则笑谈吧！

2011 年 3 月 21 日

30. 猎奇心态看文莱

——文莱沙巴见闻之一

位于东南亚一隅的文莱，本来是个很小的国家，但它的知名度却相当高。没别的，只因为它是富甲全球的国家之一，有很多地方充满着神秘感，于是吸引了世人的眼球。说实话，这次我也是为了猎奇而来。

其实，我对文莱早有所闻。因为我有亲人曾在广州新马侨友会工作，结识了一些从南洋回国的老归侨，于是我也有机会接触他们，他们讲述往事时，常常提及文莱、沙巴、沙捞越等地方，从而引起我的关注乃至神往。可惜以往我数次到新、马、泰旅游，都只是到西马（马来半岛），而没有去过一海之隔的东马和文莱，直到如今才圆了这个梦。

此行我是与另5位亲友一道，参加“广之旅”组团前往文莱和沙巴旅游的。7月11日清早从“广之旅”总部出发，乘大巴前往番禺南沙港，乘坐飞翼船直达香港机场，再乘坐下午2：40文莱皇家航空BI636班机。经过3个小时的航程，于5：40顺利抵达目的地。用广之旅导游梁小姐的话说，仅这一天，我们就体验到了乘坐陆、海、空交通工具的滋味。

上面已提到，文莱是个很小的国家，国土面积只有5 765平方公里，在全世界174个国家和地区中排名第159位。人口更是少得可怜，只有39万，还不到新加坡（约500万）的十二分之一。国家那么小，又没有什么著名景观，若想从外观上猎奇，难免令人失望。因此，我们只能从内涵中挖掘，果然有不少“奇闻”。

首先，我们发现文莱的地理位置很特殊，甚至可以说很尴尬。打开地图就能看到，文莱位于婆罗洲（印度尼西亚人称加里曼丹岛）东北部。一边是印度尼西亚，一边是马来西亚（东马），它正好被两个邻国“裹挟”着，很难伸展拳脚。众所周知，这种“一岛三国”的现象在全世界都很少见，而且三个国家各占的地盘又那么悬殊。然而，奇迹往往就在这样的尴尬中产生。谁能想到，如今，正是这个生存于夹缝中的袖珍王国，竟能左右逢源，出人头地，仿佛一个小巨人，毅然屹立于众国之巅。

为什么会这样？个中之谜有待人们解开。

有识之士早已达成了一些共识：文莱之所以能悄然崛起，与其丰富的石油资源和相对较少的人口分不开。但更重要的因素是他们的特殊政制与国策。众所周知，文莱是一个穆斯林君主国，一直坚持独立自主的原则，奉行不结盟方针及和平外交政策，既致力于维护睦邻友好关系，又积极与其他国家发展友好合作，从而营造出一个国际和谐的气氛。这正如它的首都名斯里巴加湾市一样，可意译为“和平之邦”。

更令人赞赏的是，文莱政府历来注重发展经济，使国力迅速增强，民生大大改善。资料显示，2009 年文莱人均 GDP 已达 2.79 万美元，在东南亚仅次于新加坡，成为全世界最富裕的国家之一。

当飞机即将降落斯里巴加湾机场时，我从舷窗往下看，只见广阔的大地上冒出了大片红屋顶的别墅群，而见不到一座高楼大厦。想起早前曾有人告诉我，文莱是一个“全民住别墅”的国家，此刻似乎被验证了。若问为什么会“全民住别墅”？我看不外乎就因为国家富裕、地多人少、福利优厚。

置身于文莱，你会感觉到汽车特别多。真的，无论在市区内还是在高速公路之中，我们都常常看到汽车犹如洪流的情景，道路被堵得水泄不通。然而奇怪的是，这里的路上却很少有公交车和出租车的身影，而绝大多数是私家车。导游解释说，由于文莱人很富裕，人人都买得起私家车，现平均每个家庭拥有3部车以上。不但买得起，更重更的是用得起。因为文莱的石油和天然气储量丰富，是产油大国，生产成本低，政府还给予补贴，所以油（气）价格很便宜。我们打听了一下，不由得惊叹：这里的汽油比普通纯净水还便宜一半以上！怪不得人人都开私家车了。由于私家车太普及，甚少有人乘坐公交车和出租车，以至于公交行业生意萧条，所以很难看到公交车和出租车的踪影。

说到文莱的自然环境和气候情况，也有奇特之处。这里属于热带地区，常年高温多雨，植物生长十分繁茂，但台风从来不会光顾它。有人开玩笑地说，兴许是上帝特别宠爱这个“小骄子”，所以喝令台风从它的上空吹过去，使它免受自然灾害的摧残。也正是因为没有台风，又催生了另一个独特景观——水上村庄。导游介绍说，由于过去的土著居民大多是“靠海吃海”，以捕鱼谋生，习惯于把家安在水上。久而久之，日积月累，这里便形成了很多“水上村庄”，其中以首都斯里巴加湾附近的海湾里最密集，规模也最大。据说这一带的“水上村庄”面积有好几平方公里，共居住了3万多居民，几乎占了全国总人口的十分之一。由于这些“水上村庄”别具特色和风情，于是成了文莱的重要旅游景点，是外国游客必到之处。

我们当然也不会错过这一“采风”的机会。来往于“水上村庄”必须靠渡轮。我们在海边码头朝对面的海湾张望，但见海上“浮”起了大片铁皮屋顶的木房子，密密麻麻地一直延伸到远方，望不到尽头，很是壮观。为了让我们实地体验一下这些水上居民的生活状况，导游特意安排我们来到一户居民家里做客。其实，他们并非传统意义上的“水上人家”，也不靠渔业谋生，只是安家在这些“水上村庄”而已。实际上他们的家人或小孩都在市区陆地上工作或读书。这户好客的“洋疍家”（广东人俗称水上人家为“疍家”）还准备了下午茶款待我们，请我们品尝自制的马来风味糕点，给我们留下了良好的印象。我们仔细地打量一番这些“浮”在水面上的房子，乍看起来好像不怎么牢固，全靠木桩或钢管在海滩上支撑起来。有些房子的外表显得很残旧，甚至摇摇欲坠，但主人家说它实际上很安全，因为这里没有台风、地震和海啸的侵袭，所以可免除后顾之忧。

令人颇为惊讶的是，这些“水上村庄”是连成片的，完全跟陆地上的村庄一样，有一条条街巷，四通八达，每户都有门牌号码，室内接通了自来水、电源、网线、天然气等，生活设施一应俱全。据说我们做客的这户人家在当地属于中等生活水平，但我看室内装修得挺豪华的，与陆地上的富裕人家不相上下。触景生情，我忽然想起几年前到柬埔寨旅游时，也曾参观过湄公河区域洞萨里湖上的一个水上村庄，但那里的景况太悲凉了，我把它评价为“世上最穷的地方”。相比之下，文莱的“水上村庄”简直是“人间天堂”。正因为这里拥有独特优势，才使得“水上村庄”代代相传、长盛不衰吧！

文莱虽然人口少，但族群结构颇复杂，传统习俗非常多。由于它是穆斯林君主国家，大多数人信奉伊斯兰教，国王是其至高无上的领袖。然而，文莱又是个多元化国家。除伊斯兰教之外，还有天主教、佛教和拜物教等，大家和平共处。由于历史和地域的渊源，文莱人以马来族为主，其次是汉族和一些外来民族。诚然，这个以伊斯兰教为主导、政教合一的国家，所有法律、法规都是维系伊斯兰教的传统和权威的。难能可贵的是，他们能与时俱进，建立起一个各教派和各民族团结、共融的“大家庭”，社群之间很少闹事，一派国泰民安的景象。

正所谓一方水土养一方人。我发现，文莱人的身材普遍比较矮小，大多偏于肥胖。以我们的导游陈先生为例，他就是一个矮胖子。他自我介绍说，自己是文莱第三代华裔，然而经过几代人的繁衍，基因也有些变了，变成一个矮矮胖胖、黑黑实实的“文莱汉子”了。为此，我们的团友在私底下取笑他为“五短三粗”，但他丝毫不介意，反而风趣地称赞自己是“帅哥”，拥有一副标准的“文莱身材”。“真的，文莱男人以墩实为帅，女人以肥壮为美，审美观就像中国古代的唐朝一样！”陈导游煞有介事地找来证据，论证他的未免有些偏执的观点。

“虽然我有些‘变种’，但始终能‘把根留住’！”导游接着又风趣地说，“你们看，我的黑头发、黑眼睛、黄皮肤就始终没有变！我还有一颗鲜红的‘中国心’呢！”

是呀，依我看，他不但容貌基本没变，而且对祖国的情怀仍较深厚。尤其是华语（普通话）讲得很好，其标准发音和表达能力都令我们这些“老广”感到汗颜。

我们一见面，他便幽默地作起了自我介绍：“我的中文名字叫陈帝华。听起来可能不怎么好，要是碰到下雨天，你们就更讨厌我了。为什么？‘地滑’（帝华）啊！”一句“开场白”，把大家逗得哈哈大笑。

“其实，生活在文莱的华裔或其他一些族群，未免有些吃亏。别的不说，仅是婚姻问题就不公平。因为按照伊斯兰教的传统，他们的男人可以讨 4 个老婆。而我们华裔，大多信奉佛教，不出家的话，也只能讨 1 个。”稍停，他又说：“不过，话又说回来，老婆多了也养不起，像我们这样的打工仔，无论财力还是体力，都是无能为力啊！俗话说，‘同人唔同命，同遮唔同柄’，你眼红也没用！当然，也并非每个穆斯林男人都讨 4 个老婆，那是因人而异的。你们知道吗？连文莱和苏丹都没有‘达标’呢！他总共才娶了 3 个老婆，且后来还‘休’了 2 个王妃，现只留下老大（王后）1 个……”

除了婚姻问题外，伊斯兰教还有不少奇特的习俗。例如，他们认为左手是脏的，因此，当你与他们握手时，切忌用左手。用餐时也不要用左手抓东西吃。又如，用手指去指人，被认为不礼貌，甚至有侮辱他人的意思。因此，不要用食指或其他手指去指人，而只能用拇指，且要将拇指紧贴在拳头上，不能竖起来，否则也会犯禁忌。在我们参观苏丹纪念馆时，导游给我们介绍了很多有关国王或王室成员的图片资料，都是用拇指进行示意的。他似乎习惯成自然了，但在我们看来，却觉得很别扭，不禁暗中窃笑。

总的来说，文莱的旅游景点不多，所参观的项目多与王室有关。这不免让人产生一种错觉，仿佛这个国家的一切都是围着王室转的。事实上也是如此：那座非常宏伟壮观的蓝色杰米清真寺，是由苏丹所建；那个有“文莱迪斯尼”之称的水晶公园，由王室投资兴建；那座全世界最大的王宫，是现任国王的住所；那座收藏了无数珍宝的苏丹纪念馆，也是为了宣传王室的功业而建，使人深感富贵逼人。就连我们下榻的“文莱帝国海景酒店”，也是王室的物业……无疑，所有这些景点都是值得一看的。其中给我留下最深印象的莫过于水晶公园门前那颗巨大的水晶球。水晶公园号称东南亚最大的游乐场。在它的大门外，由四根镶金的柱子高高地托着一颗重达4.5吨的水晶球，状如一只世界最大的“水晶戒指”。据说它是1994年王妃送给苏丹的生日礼物，价值连城。至于那座占地1 000公顷、极尽奢华的王宫，因为平时是“闲人免进”的，所以很遗憾，我们没能进去参观。幸好司机善解人意，特意将车子开到王宫的大门口，让我们匆匆浏览一下（不准停车）。接着，他又将车子开到附近的一个地方，让我们远远地瞭望王宫那个“金葱头”的雄姿，拍照留念，多少满足一下大家的好奇心。

若论各个景点的内涵，苏丹纪念馆当首屈一指。它其实是为文莱历任国王，特别是现任第29世国王哈桑纳尔·博尔基亚炫耀身世和歌功颂德的场所。最令人惊叹的无疑是馆内陈列的世界各国赠予文莱苏丹的珍贵礼物以及他登基时和在登基25周年庆典时所用过的由黄金、钻石、珍珠镶成的衣饰。当然，最有气势的是他当时乘坐的金车以及浩浩荡荡的护卫、巡游队伍的真实模型和场景。然而，令人百思不得其解的是，馆内的空调温度被调得非常低，简直冻得让人受不了。虽然导游事先曾告诫大家进馆时要穿上袜子，以防赤脚踩在地上太冻（进馆需脱鞋），还嘱大家备一件外套，避免被冻感冒了。但起初大家都不以为然，以为导游是危言耸听，因此很多人都没有理睬他的告诫。结果真的吃了大亏，一个个冻得直跳舞，我则冻得鼻涕直流。

我们真的弄不明白，全年都是盛夏的文莱，此刻室外气温高达37摄氏度，为何苏丹纪念馆要把室内温度调到只有10摄氏度，让参观者受冷，活受罪呢？是不是文莱太富了，能源用不完，金钱花不完，处处找机会"摆阔"呢？

说到我们下榻的帝国海景酒店，那真是太豪华了。据说这里原先是文莱四王爷（苏丹的弟弟）的一个行宫，沾了"王气"。后来，为了迎接2000年在文莱召开的亚太经合组织（APEC）的一个重要会议，东道主为了显示豪气，体面地接待各国重量级嘉宾，于是四王爷斥巨资把这个行宫进行全面改造和重建，使之变成一家超六星级的海景酒店。我觉得它可与我半年多前在迪拜参观过的那家世界最著名的帆船酒店相媲美。于是，它自然成了文莱政府接待各国元首及世界名人的"客厅"，引来了大批政要光临。在大堂一隅，我就看到有很多重量级的人物在此留下了光辉形象。其中，2005年中国国家主席胡锦涛到文莱进行国事访问时，就下榻在这里，并留下了多张照片。团友们都说，真是不枉此行，能在沾了"王气"的酒店下榻，体验"皇帝般的享受"，三生有幸！我则想，上次到迪拜旅游错过了住帆船酒店的机会，感到很可惜。这次终于“补上一课”了，荣幸之至！

是的，这次文莱的猎奇之旅，总算有些收获。

2011 年 7 月

31. "文莱现象"引发的思考

——文莱沙巴见闻之二

文莱之旅，来去匆匆，实际上只在首都斯巴里加湾市周边转了一圈，游览了几个有代表性的景点，可谓真正的"走马观花"。然而，好奇心的驱使，使我对很多事情都"多了一个心眼"，认真观察与思考，并试图进行深入的分析，从而"找"到了不少议题。

归纳起来，文莱给我的印象是两句话：国土小，国家富；国王奢侈，国民拥护。

这两句话看起来很简练、显浅，但很有意思，从中可窥见文莱另类的国情。我姑且把它称为"文莱现象"吧！

先说"国土小，国家富"。据资料记载，文莱国土面积为5 765平方公里，在全世界174个国家和地区中排名第159位。人口只有39万，是东盟10国中人口最少的国家。本来，这个国家是很穷很落后的。当地的土著人大多是马来族，依靠农业和渔业为生，收入甚微。国家太小也被邻邦瞧不起。然而，由于后来他们发现了丰富的石油和天然气资源，才骤然暴富，令世人刮目相看，直至在20世纪80年代初，一跃成为全世界最富裕的国家之一，

确实，文莱之所以能"山鸡变凤凰"，主要靠的是石油。它是东南亚第二大产油国和世界第四大液化天然气生产国，石油和天然气的生产和出口成了该国最重要的经济来源。据悉，多年

来，文莱的石油和天然气的总产值均占国内生产总值的36%，出口总收入的95%。随着国际石油价格的不断攀升，近年来文莱的出口收入年递增25%以上，真是“富得流油”了。

其实，文莱的迅猛崛起也不是仅靠上帝的恩赐（石油资源），还有其内在的动力。为什么周围一些与之环境、资源相近的国家就没有暴富呢？这里面恐怕就有不少奥秘。

通过对“文莱现象”的分析，人们认为，奥秘之一是独特的国策。

众所周知，文莱是一个穆斯林君主国家，苏丹政府制定的国策很切合实际，深得人心。多年来他们大力推行“马来化、伊斯兰化和君主制”政策，巩固王室统治，扶持马来族等土著人的经济，在进行现代化建设的同时，严格维护伊斯兰教义。这些决策已被实践证明是符合文莱国情的。在现任国王哈森纳尔·博尔基亚的强势领导下，文莱走上了一条和平发展之路，经济大发展，民生大改善，实现了政通人和，国泰民安。

文莱的地理位置“先天不足”，处于邻国的“夹缝”之中，国家安全存在隐患。为此，他们制定出一系列对策，包括奉行不结盟方针、发展睦邻友好关系、加强国际合作等，从而营造一个和谐的社会环境和国际环境。这样，就能做到“任凭风浪起，稳坐钓鱼船”。即使是“小君之国”，也可免除后顾之忧，腾出精力来搞经济建设。

从很多方面都可以看出，现任文莱的首领苏丹不愧为一位头脑清醒、精明强悍、治国有方的国家元首，其在文莱国民的心目中简直就是“圣人”，具有至高无上的权威。

然而，在不少外国人的心目中，文莱苏丹还有另外一个形象，就是“独裁、奢侈的君王”。这并非意气之言，而是有事实根据的。

上文已经提到，文莱是一个穆斯林君主制国家，实行严格的君主专制制度。苏丹既是伊斯兰教的宗教领袖，又是国家元首、首相、国防部长和财政部长。王室中的几位王爷也分别担任了国家相关部门的要职，或是掌控着国家经济的命脉。总之，整个国家都在王室尤其是苏丹个人牢牢的掌管之中。苏丹不仅大权独揽，而且大肆敛财，仿佛国家的财富就是他个人的财富。据2009年福布斯公布的财富榜，文莱苏丹拥有220亿美元的财富，蝉联世界首富。在前几年亚洲华尔街日报评选出的1 000年来全球50名最富有的人中，现还在世的只有两人，就是比尔·盖茨和文莱苏丹。

文莱苏丹的“浮财”到底有多少，一般人恐怕难以了解清楚，然而“实财”是有目共睹的。例如王宫之奢华、苏丹纪念馆之珍宝，全都公开于世人眼下。先说苏丹王宫，那是全世界最大的王宫，占地达50平方英里，等于英国白金汉宫的4倍。王宫门框上的莲花瓣全都包着22K金。连苏丹的卧室也铺着用金丝织成的地毯。宫内共有1 788个房间，还有游泳池、网球场、马球场、羽毛球场、直升机场和占地300英亩的御花园等。仅那个用大理石铺设的停车场就可同时停放800辆汽车。装有空调的马厩则可容纳400匹良种骏马。文莱苏丹很喜欢运动，尤其对马球、羽毛球和赛车很有兴趣，因而他拥有一支由200辆劳斯莱斯组成的车队，成为世界上拥有劳斯莱斯最多的人。他还拥有一艘大型豪华游艇，一架波音727专机以及多架私人飞机。他的专机可谓金碧辉煌，从安全带扣到洗手间的马桶水龙头，全部都是镀金的。此外，他在国外购置了很多物业，例如在伦敦，拥有价值7 500万美元的多切斯特饭店和福特林·梅森商场；在美国好莱坞，拥有价值6 000万美元的贝弗利山饭店；在新加坡，拥有商业中心和酒店等。而更令人惊叹的是，他在澳大利亚购置的牧场，面积竟比文莱本土面积还要大3倍……

这不免令人奇怪：文莱苏丹如此独裁和奢侈，为什么国民不谴责他，反而十分拥护、敬仰和爱戴他呢？你看，在文莱的大街上，标志性建筑物和繁华的公共场所中，到处都悬挂着苏丹那威武、有型的大幅肖像。在民间舆论中，我们从未听到流传任何有关国王的“段子”和负面的声音。就连我们的导游——第三代华裔陈先生，也打心里崇拜他，对他的“五明”（英明、聪明、精明、高明、透明）和“三有”（有型、有款、有福气——娶3个老婆、生了12个子女，最小的一个公主才3岁）感到骄傲自豪，在为我们讲解时，情不自禁地连声称赞“我们的国王怎样怎样”。今年7月15日，是文莱苏丹65岁生日，全国举行了盛大的祝寿典礼，我们在机场候机时刚好看到了电视直播的盛况，气氛非常热烈，场面非常震撼。

莫非文莱人黑白不分，是非混淆？非也！只是他们的国情不同，理念与我们有差异罢了。

在大多数信奉伊斯兰教的文莱人看来，苏丹就是国家的灵魂、圣人的化身，他所做的一切都是正确的，“为所欲为”也是天经地义的，根本不存在“独裁”和“腐败”的问题。正因为国王治国有方，才带来了国家的长治久安；正因为他的政绩辉煌，才带来了国家富裕、人民安康。如此英明的国君，老百姓怎会不感恩戴德呢？

事实上文莱的社会福利是非常好的，好到令人嫉妒。据说它是目前世界上唯一不向国民收税的国家。不但不收税，而且还处处给老百姓反哺，人们日常生活中的很多消费项目，例如住房、医疗、教育、交通等，政府都给予补贴。当今世界的住房是个大问题，据我们了解，文莱就解决得很好。青年人结婚要组织家庭，文莱政府会免费送一块土地给他们建房子。没钱盖房子时，政府可免息贷款，还款期限最少30年。若不想建房子，政府就送一套面积不少于80平方米的公寓。文莱政府重视教育，有口皆碑。从幼儿园到高中都实行免费教育，每个学期只象征性地收取1元学费。如想出国留学，政府除全额资助学费外，每个月还提供相当于人民币逾万元的生活费给留学生。医疗也是免费的，每次看病也是象征性地收取1元钱挂号费。遇到大病、重病需要出国治疗时，政府同样全额资助，连飞机票及家属在国外的吃、住费用统统都由政府埋单。

哈桑纳尔国王还很亲民，尤其喜欢与民同乐，拉近与国民的距离。因此，在民众中他有非凡的个人魅力。那天，我们路经一个很大的露天广场时，导游特意介绍说，这个广场记载了文莱国王的一段亲民史。当年苏丹曾邀请世界巨星杰克逊来这里演出，国民免费观赏，费用由国王埋单。据说还有很多超级巨星也曾光临文莱，均是国王给国民请客，皆大欢喜。于是，巨星演唱会变成了全民欢乐的嘉年华。

导游陈先生还引以为傲地给我们讲述他多次见到国王的故事。他说，每到文莱新年的时候，王宫的大门就会打开，国王亲自迎接民众前来参观，互致新年祝福。国王还要亲手给孩子们分发“绿包”（等于我们的“红包”，他们倡导环保，用“绿包”），彰显亲民、爱民的形象。导游还说，小时候他是个“鬼头仔”，曾几次冒领国王的“绿包”哩。事情是这样的：当时国王只给每个小孩一个“绿包”，但他这个“鬼头仔”却想多领1份，便重复排队。为了不被人认出，他暗中准备了不同式样的衣服，排一次队换一件衣服，结果他浑水摸鱼成功，满载而归了。当然，我们对导游讲的这个故事是存有很多疑问的，但也不便戳穿，只当作一个笑话来听罢了。

……

应该说，“文莱现象”是有其积极意义的，它对人们或许有点有益的启示。然而，凡事都有两面性，因此亦有人对它表示质疑，认为它还存在隐忧。这些隐忧包括政治、经济、城市建设等各方面。首先质疑的是，文莱这种政教高度合一、大权独揽的政制，究竟“红旗能打多久”？须知，当今世界潮流，民主、自由、和平、进步已成为不可逆转的大趋势，从全局和发展的眼光来看，独裁式的统治终究是不受欢迎的，甚至会成为历史的反动。虽然，在老百姓饥寒交迫的时候，谁能给他们温饱，谁就是救星，百姓就拥护谁。不管你民主不民主，独裁不独裁，反正“有奶便是娘”。而一旦温饱问题得到解决，老百姓就会进一步要求民主了。最近，在中东、北非乃至东南亚一些几十年来一直平安无事的国家，现在竟然也纷纷闹事，就是例证。因此有人预料，文莱也终有变革的一天。只有顺应历史潮流，与时俱进地进行改革，才能“永葆青春”。不然的话，难免有朝一日江山变色。

再看看文莱的经济状况，隐忧更加明显。主要是它的经济结构太单一。一直以来，文莱都是依靠石油和天然气的生产和出口来支撑整个国民经济，甚至依赖过头了。一旦石油和天然气资源枯竭，或者国际油气行情发生急剧变化，经济就会元气大伤，甚至会断了“命脉”，十分危险。据说目前文莱在南中国海地域开采的石油，有些岛屿还是中国的领土，这就不仅仅是隐忧，而是现实的忧患了！鉴于此，文莱人难道还不应作深入的检讨吗？

回过头来再说说直观感受。不知为何，我总觉得文莱还比较“土气”，现代化气氛不足，这与其富国的名声很不相称。按理说，一个顶着“世界首富”光环的国家，其整体社会面貌总会给人留下较深刻的印象，就像人们一来到新加坡、东京、香港、迪拜等地方，其现代化、高科技的气氛，马上就会令人眼前一亮，甚至产生心灵震撼。遗憾的是，在文莱我找不到这种感觉，实在有点失望。究其原因，我认为主要是城市规划和建设落后，区间拉不开，又缺乏让人眼前一亮的标志性建筑群，所以人们感到这里颇为小气和土气。当然，如果这个国家很穷，根本没有财力“大搞”，那也另当别论。而现实是他们很富，却舍不得把钱用于该用的地方。诚然，也并非“石屎森林”多了才好、才有气派。若能按照文莱自身的特点，打造成一个低碳型现代化花园城市（国家）那也很好。但遗憾的是，搞得非驴非马，“四不像”，连市容卫生也不尽如人意。我不由得想起半年多前在迪拜看到的“沙漠花城”的情景。既然迪拜人能在条件十分恶劣的沙漠之中建成一座超现代化的“沙漠花城”，同样是“富得流油”而自然条件更优越的文莱，为何不能打造出一座令世人更赞美的“热带花城”，让那张“国家名片”多一些亮丽的色彩呢？

我不由得问导游，为何文莱不建高楼大厦？导游回答说，因为“真主”不允许。这显然是笑话。原来，按照文莱至高无上的伊斯兰教会规定，国内所有建筑物都不准超过杰米清真寺的高度。有识之士认为，如此保守、禁锢的教规，无疑将成为阻碍社会发展的绊脚石。

最后，我又问一位团友：文莱之旅总的印象如何？他不假思索地回答道：“文莱不就是个乡下地方吗？苏丹就像个乡下土财主嘛！”

评价未免太尖刻，但依我看也不无道理。

2011年7月

32. 小城故事多

——文莱沙巴见闻之三

说实话，我原本对沙巴旅游是不甚感兴趣的。原因之一是以前已去过马来西亚几次，沙巴只是马来西亚远离本土的婆罗洲岛上的一个州，俗称“东马”。考虑到世界很大，很多地方尚未去过，何必多次去同一个国家呢？然而，旅行社近年推出的这条旅游路线中，总是把文莱与沙巴“撮合”在一起，为了去文莱，我只好将就去一趟沙巴了。

沙巴之旅无非是休闲和戏水。而类似这样的海岛、沙滩等游玩项目，以前我在马来西亚一些地方也曾体验过，觉得沙巴也不外如此，甚至比兰卡威还逊色一些。因此，我对沙巴几乎没有留下多少深刻的印象。

但是，既然花了不少金钱和时间，不远万里地来到东马，总不能空手而归而不留下一点儿“痕迹”吧？于是，我搜肠刮肚，极力在记忆中“淘金”，终于还是“挖”到了几则小故事，记录下来以资纪念。

“兄弟”是邻里　“串门”坐飞机

文莱与沙巴紧挨在一起，犹如左邻右里，又像一对兄弟，经常“串门”，两地民众来往密切。本来，从文莱首都斯里巴加湾到沙巴首府亚庇，只有两三百公里的距离，乘大巴也很快可以抵达。然而，由于我们是“豪华团”，要享受豪华的待遇，所以还是坐飞机。于是，在我有生以来的旅游经历中又增添了一次“之最”——最短的航程，而且还是最短途的国际航班。

一点也不奇怪，因为文莱与沙巴分属两个国家，所以坐飞机也是坐国际航班。别看路程短，但耽误的时间可不少。众所周知，乘坐国际航班必须办理出入境手续，关卡特别多，且安检也格外严格，自然要耗费很多时间。于是，我们在两个机场前后共折腾了几个小时，而实际上飞行时间却只有 30 分钟。真正是“妹仔大过主人婆”啦。为此，有团友形容说“屁股都还没坐热”，此话或许有点夸张，但我“刚喝完一杯咖啡就下飞机”，却是不争的事实。

不管怎样说，这次旅程还算有些特殊意义，故值得纪念。

东马有“华埠”　亚庇最多情

从沙巴一下飞机，我就感到眼前一亮：沙巴机场竟比文莱机场还大，且漂亮得多！

不仅机场如此，而且作为东马很重要的一个州——沙巴州的首府亚庇市，似乎也比文莱首都斯里巴加湾更像样，市面更热闹。

的确，亚庇是一座漂亮的热带海滨城市。它濒临风平浪静的中国南海，因而拥有一批得天独厚的天然海港。海洋经济和港口经济成了沙巴经济的引擎，带动了整个国民经济的全面发展，促进了市场的繁荣兴旺。而令我感到特别亲切的是，这里有一个洋溢着浓郁“中国味”的华埠（唐人街），它使我们犹如置身于家乡。

首先，导游李小姐就是“自家人”——祖籍广东宝安的客家妹子。她跟很多华裔一样，懂得普通话、客家话、广州话、潮州话、海南话、福建话、马来话、英语等多种语言，而且很会搞笑，时不时爆些“猛料”逗大家开心。她自我介绍说：“我姓李，但请大家不要叫我李小姐。因为叫‘小姐’不好听，容易引起误会，以为是‘三陪’。大家干脆叫我的英文名吧！我的英文名发音是‘鲜嫩’——鲜鲜嫩嫩的意思。相信没有人不喜欢鲜嫩的吧?”一席风趣的“开场白”，把彼此间的距离一下子拉近了。

“鲜嫩”接着介绍说，自19世纪以来就有大量华人移民到沙巴，主要是客家人、广府人、潮州人和福建人，近年则来了一些内陆省份的人。经过几代人的繁衍，这里慢慢变成了一个“华埠”。由于华人特别勤奋、聪明，又善于经商，因而这里涌现出不少富商，对当地经济和社会的发展作出了很大贡献。人们在亚庇街头就可看到，很多悬挂着中文招牌的商号，都是华人开的，其中有不少是很有名气的大公司，他们的写字楼已成为当地的标志性建筑物，从中可见华人的经济地位在当地是举足轻重的。

我们在亚庇看到，有很多酒店、茶楼、食肆是华人开的，尤以“广式”和“港式”最多也最受顾客青睐，这说明“同声同气”的人不少。不过，可能是入乡随俗吧，现在这些酒楼、茶馆也渐渐“变味”了，掺入了不少“马来味”，因而有失“广（港）式”传统风味。为了增长见识，导游趁机也介绍了一下当地的饮食文化。她问我们：“你们知道马来人‘五味俱全’的‘五味’是什么吗?”“不知道。”“就是甜、酸、苦、辣、臭!”“什么？臭也有人喜欢?”大家不禁惊讶。“是的，越臭越是受欢迎!”只见“鲜嫩”解释说：“甜，就是指马来人做菜时总喜欢加点糖，味道调得比较甜；酸，是指马来人喜欢吃腌制的东西，例如腌芒果、腌萝卜、腌芥菜等；苦和辣相信大家都能猜到了，苦就是咖啡，辣就是胡椒（或辣椒）；现在我问你们，‘臭’是指什么呢?”

有人猜是虾酱，有人猜是咸鱼，有人猜是臭豆腐。但都被“鲜嫩”否定了。最后公布的正确答案是：榴莲。“鲜嫩”解释说，不懂吃榴莲的人，说它是臭的，其实它香得很啊！是马来人的至爱。其实，马来西亚出产的榴莲才是最正宗的，比泰国榴莲好吃多了。因为这里的榴莲是“树上熟”的，而泰国出口的榴莲没熟透就摘了，不够“臭”（香甜）……遗憾的是，这次不能与你们“臭味相投”，因为现在不是榴莲收成的季节。

回过头来再说说“家乡情”吧。几天来，我们在亚庇先后品尝过几家粤菜餐馆和“香港酒楼”，虽然不算很正宗，但基本上还可以。唯独有一点不大“感冒”的就是按照当地风俗习惯做的点心和美食，大家不怎么欣赏。为什么？因为当地人不吃猪肉，所以把烧卖、春卷、叉烧包之类的点心馅用鸡肉来代替。尤其是肉骨茶，不用排骨而用鸡肉，风味就大不一样。“鲜嫩”解释说，若要吃上正宗的“广式”或“港式”点心，最好还是去位于几百公里外的山打根市，那里素有“小香港”之称，比亚庇更繁荣，甚至“更香港”。可惜我们没有这个计划，结果缘悭一面。

“观音”秀时尚　打扮最花哨

多年来闯荡世界，我得出一个结论：即使走到天底下，都可见华人的踪影。而大凡有华人聚居的地方，都会兴建寺庙，供奉着各方神圣，其中不乏观音菩萨像。

显然，沙巴也不例外。那天，“鲜嫩”带我们来到一间当地规模最大的寺庙——普陀寺参观，在寺庙前面的小广场上，就矗立了一尊二三十米高的巨大观音塑像。然而，这是一尊颇新潮的观音菩萨像，甚至新潮得有点“不靠谱”，使我横看竖看都觉得有点儿怪。怪在哪里呢？原来，她穿了一身花花绿绿的彩衣裳，脸上还涂了胭脂，模样儿竟像个西洋富婆。说真的，观音我见得多了，但都是一身素装、洁白无瑕的，且完全是“东方淑女”的形象，却从未见过如此花哨、富态的“洋观音”。

一位团友打趣地分析说：“也许是入乡随俗吧！你看，当地的华侨不都是喜欢穿着花花绿绿的衣服吗？”

一位团友附和说：“是呀，现在讲时尚，流行多元化，越是奇装异服、越抢眼球就越好。观音穿花衣服算不了什么，就是打扮成‘犀利姐’也未尝不可！”

又一位团友发表见解说：“我认为，如今菩萨移了民，在外国待的时间长了，模样肯定有变化的。再说，生活越来越好了，体态自然丰满，又没空去减肥，就变成一个‘西洋富婆’啦！”

……

大家七嘴八舌地调侃着，但生怕对菩萨不敬，只好“低声下气”，更不敢笑出声来。

我忽然想起“此君”似曾相识。哦，对了，澳门街头就有类似创新的一尊。只不过澳门的那一尊创新的尺寸更大，模样更西化了，我看着简直就有点像圣母啦。

由此我思忖：有些所谓传统文化其实很有意思，似乎令人捉摸不定，并非放之四海而不变，换一个地方也许就会成了“混血儿”。而“混血儿”大多是很漂亮、很聪明的，将成为“精英一族”。如此看来，亚庇这尊“花哨观音”灵气一定更大，今天我们能沾上它的瑞气，一定会带来大智慧和好运气，阿弥陀佛！

黄昏观落日，海边啖龙虾

按照旅行社的安排，有个晚餐是到富贵门酒家“叹龙虾宴”。品尝生猛海鲜，对我们这些“老广”来说，无疑具有极大吸引力。更让人喜出望外的是，除了物质享受，还有精神盛宴——黄昏观落日。

原来，这家“富贵门”酒家坐落在海滩边，据说这里是世界上三个最佳观落日的地点之一（另外两个是格林威治和夏威夷），我们可以一边“叹”海鲜，一边观落日，享受神仙般的生活。原先我们有点怀疑“鲜嫩”是夸大宣传，但来到现场一看，证实她果然没有乱说。之所以称为“最佳”，主要表现在两方面：一是天气，二是环境。很奇怪，沙巴这个地方几乎天天要下雨，但一到黄昏就会放晴，所以几乎一年到头都可看到夕阳下海的情景。而这里的海岸线正好朝西，海平面又特别宽广，更有几个小岛点缀于期间，构成了一幅巨大的立体图画的背景。

我们趁着晚餐之前、太阳即将入海的最佳时间，纷纷涌到沙滩上，目送着夕阳徐徐“下班”。此时，绚丽的晚霞布满西边天际，气象万千，灿烂辉煌；大海也被染成了红色，犹如钢水翻腾。很多团友都说从来没有见过如此壮丽的美景，心情万分激动。正当大家聚精会神地欣赏着“天景”的时候，忽然有人又发现了“地下的奇景”——无数的“沙滩奇画”。原来，那是沙滩中大量可爱的小精灵——小毛蟹们的杰作。不知是天赋还是“偷师”的结果，它们在沙滩里挖洞藏身时，会把掏出洞外的沙粒揉成一个个小球，散布在洞口的四周，并形成各式各样的美丽图案，十分壮观，令人赏心悦目。大家都说，这些天才“绘画大师”的杰作，可与天上的晚霞相媲美哩！

接着，正式进入“龙虾宴”的主题。不负众望，宴席非常丰盛，有红烧大龙虾、清蒸石斑鱼、白灼大明虾、姜葱炒肉蟹等，还有一些说不上名来的海鲜品种，真是应有尽有。席间，为了助兴，我们还“破戒”喝了啤酒（伊斯兰教国家是禁酒的，但外宾喝啤酒可网开一面），把“龙虾宴”推向了高潮，同样留下了美好的回忆。

戒指遗大海，水母蜇伤人

沙巴之旅基本上可说是“一路平安”，但也出了点意外，造成了一些损失。用两句话概括就是：戒指遗大海，水母蜇伤人。

先说“戒指遗大海”。

那天，我们来到“金之岛”游玩，那里有很多水上项目，例如海底漫步、海中浮潜、坐香蕉船、空中降落伞等都比较刺激。一位年轻的团友阿来（我们的亲戚）几乎玩遍了所有刺激性的项目，非常兴奋。然而“乐极生悲”。当他乘坐一种由快艇牵动、状似香蕉的游船时，却发生了意外——当香蕉船侧翻、游客跌落水时（这是“规定动作”），他手上戴着的一枚足金戒指不慎丢到海里去了。据他分析当时丢戒指的原因，可能因为海水太凉，身体在海里泡的时间久了，手指血流减少了，直径也变小了，于是戒指变松，从而容易滑脱。同时，也有可能因为浪击太猛，顺势把戒指“掠”走了。当他醒悟过来的时候，金戒指早已无影无踪，香蕉船亦已回到了码头。阿来眼望着价值逾万元的金戒指葬身大海，只有“望洋兴叹”！我们无不为他感到惋惜，顿时想不到用什么话来安慰他。然而他却满不在乎地说：“没关系，就当送给海龙王一件纪念品吧！”

再说“水母蜇伤人”。

我们下榻的沙巴 NEXUS 度假村，不但规模很大，而且环境很优美。而最诱人的是有个天然海滨泳场。那天下午，我和太太以及几位团友趁着自由活动时间，相约来到海滩游泳。当时正值涨潮，海水很快就浸到大腿部位。正当我们继续往深水处走的时候，忽听得我太太大声地惊叫：“不好，有东西咬人！”说着，连忙向后撤退。大家闻声立即围拢上去，发现她的右脚腿肚部位被一些丝状物牢牢粘住。太太下意识地用手去撕，但很难撕掉，痛得她哇哇直叫。我和团友赶紧扶她向沙滩上走，七手八脚地用细沙帮她擦“网丝”，好一阵，总算弄干净了。但她仍然感到很痛，就像被针刺一般，而且慢慢现出了一道道浅红色的伤痕，显然是受伤了。当时还不知道是被什么弄伤的，上岸后立即找到一位救护员报告。我们不懂说英语，只好打手势。但救护员立即就明白了，指着旁边一块警示牌反问我们：是被水母蜇到了？是的，原来是水母惹的祸！正因为这个海滩经常有人被水母蜇伤，所以岸上专门设立了警示牌和救护站。救护员让我们用醋液去清洗患部，一瓶备用的醋液就挂在警示牌旁边。经过一番自我救护，待伤情慢慢减轻，我们才悻悻地返回宾馆休息。

经过这次“水母惊魂”，我们不禁心有余悸。过去从不知道水母这么可恶和可怕，还以为它很可爱、善良哩！后来还听人说，被水母蜇伤并非小事一桩，是可大可小的事，严重者甚至有生命危险哩，千万不能掉以轻心！看来，这次我太太真是不幸中之万幸，仅受了点轻伤，并无大碍。然而已在心里留下阴影，今后恐怕不敢再贸然下海畅游了。

2011 年 7 月 30 日

33. 宝岛不再神秘

——再访台湾之一

时值深秋，风清气爽，正是出行的好时机。应了“心想事成”这句话，此时，刚好“海峡两岸养生高峰论坛”组委会邀请我赴台，参加在台北市举行的第二届论坛。于是，我随同大陆专家代表团，于2011年10月28日飞赴台湾。此行一来是参会，二来是作跟踪报道。由于是“公务”，故无须自掏腰包，何不“潇洒走一回”？

这是我第二次到台湾了，上次是2006年9月，距今已5年多。虽是旧地重游，但毕竟时过境迁，台湾也发生了很多新变化。加上这次比上次多游览了一些景点，自然有些新的感受。于是遵循“惯例”，写下三篇新游记，并以“三不”命题。这就是：《宝岛不再神秘》、《学佛不求佛》、《“民主”不安宁》。

且听我慢慢道来——

开篇先说“宝岛不再神秘”。

由于特殊的历史原因，台湾曾离开祖国怀抱半个多世纪，至今仍未正式回归，致使海峡两岸产生严重的隔阂，好像老死不相往来。因此，一直以来，很多大陆同胞，包括我在内，对台湾的情况很陌生，总觉得有种神秘感。然而，自从5年前我初次踏足台湾，耳闻目睹很多现状之后，这种神秘感便渐渐减退了。几年来，随着两岸关系“破冰”提速，经贸合作和文化、旅游交往日渐频繁，很多东西都公开化了，秘密自然也就不复存在。于是，我此次再访台湾，觉得社会透明度更高了，因此可以说，神秘感几乎荡然无存。

想起5年前“初到贵境”之时，两岸还没有开通直航班机，大陆居民还不能名正言顺地赴台湾旅游，旅行社也不能公开招揽生意。多亏广东中旅一位朋友帮忙，钻了个“曲线救国”的政策空子——组织旅行团经由他国进入台湾，于是我们转道菲律宾玩了两天，再偷偷摸摸地“混入”台湾。想不到5年之后，这竟成了一则笑话。现在两岸不仅已开通了直航班机，国内旅行社也可大张旗鼓地招揽“台湾游”的生意，有些省市的居民甚至可以到台湾“自由行”了。怪不得如今大陆同胞在台湾所有著名景区都可见到，而且成了各大购物商场特别是奢侈品商场的豪客，成为拉动台湾经济发展的功臣。这就是历史，我们正是这段历史的见证者。

还记得5年前，当我们乘坐的旅游大巴路经一个地段时，远远就看到一座酷似宫殿的建筑物屹立在高坡上，十分堂皇。导游介绍说，它就是台湾最高级的酒店——台北圆山大饭店，里面是何等的神秘和豪华，简直是皇帝般的享受。过去一直是由蒋介石夫人宋美龄的贴身助手、外甥女孔小姐亲自任该饭店的总经理的，它专门用于接待达官贵人、富豪巨贾等。听了导游的介绍，我们真是羡慕不已。他还带着调侃的口吻对我们说：“很遗憾，因为接待标准所限，这次公司没有安排大家入住这里，希望下次你们再来时，一定要争取到圆山大饭店下榻，这才不失你们的身份啊！”锣鼓听声，说话听音，我们知道，这分明是导游在说讽刺话，实质是说我们不配下榻这里！

真是“无巧不成书”。想不到5年之后，我竟实现了梦想——真的下榻在圆山大饭店！由于“海峡两岸养生高峰论坛”就在圆山大饭店召开，所以来自大陆的嘉宾全都下榻在这里，于是我有幸当了一回“达官贵人”！然而，如今的感觉却非5年前，今时今日反而觉得“不过如此”：不就是一家民族风格颇为浓郁的五星级酒店吗？没啥神秘的！

由于这次是“代表团”性质，按照以往的惯例，临行前带队的同志都会给大家宣布一些注意事项和出访纪律。例如，当提及两岸关系时，不要说“中国与台湾”，而要说“大陆与台湾”；与台湾民众尽量不谈政治话题，不要随便发表个人政治见解；不要到那些带敏感性的地方参观和参与当地政治社团的集会活动等。这些注意事项听起来令人有些神经紧张，但实际上到了台湾之后，一切都感到很平常。就像我5年前初到台湾时一样，我发现很多团友对“青天白日”的国民党党旗和“青天白日满地红”的台湾所谓“国旗”很感兴趣，纷纷拍照留影。依我分析，其实大家并无他意，只是受好奇心的驱使和考虑到构图色彩之美感而已。特别是刚好碰到纪念辛亥革命100周年的喜庆期，到处都挂满了“青天白日满地红”的旗子，迎风猎猎地飘扬，很是艳丽，难怪吸引了众多摄影发烧友。

说来也有趣，如今我们国内的人对很多政治问题已不甚敏感，相反，香港人却显得谨小慎微。来自香港的、会议期间一直与我同住一室8天的刘先生，就常常“请教”我：能不能与台湾所谓“国旗”照相？能不能直呼蒋介石其名？准不准公开唱邓丽君的《何日君再来》歌曲？我则对他说：“现在已经不成问题了，你看大家不是都随心所欲了吗？”

过去对台北101大厦很羡慕，因为它曾是世界最高的建筑物，所以颇感神秘。可惜上次到台湾时没有登上其楼顶，留下了遗憾。这次总算“补上一课”，登上去了，但此时心情并不是很激动。因为它的“世界最高”的桂冠，已让位于阿联酋的迪拜塔。去年底我去迪拜旅游时，曾经登上这座新的“最高峰”。相比之下，101大厦已变成“小个子”了。

奇怪的是，我在101大厦电梯口却看到一块牌子，上面刻着一张“认证书”，内容是：“世界最高速的电梯”。很多人还争先与之照相，参与见证呢。我却不禁窃笑：明明是迪拜塔的电梯荣膺“世界最高速”，怎么让101大厦冒称了？细想一下也没错，因为当年它的确是“世界第一”，只是现在时过境迁了，他们没有及时更新信息（也可能是故意的）而已。由此可见，当今世界的发展日新月异，资讯瞬息万变，千万不能再读“老皇历”了。

一言以蔽之，在我们的心目中，宝岛台湾已不再神秘。

2011年11月12日

34. 学佛不求佛

——再访台湾之二

近日再访台湾，有个意外收获。5 年前初到台湾时，岛内的一些主要景点，如台北故宫博物院、101 大厦、阿里山、日月潭、太鲁阁地质公园、垦丁游览区等都游览过了，此次除旧地重游外，还多参观了两个佛教圣地——佛光山及中台禅寺。有人问我："你不是向来对求神拜佛不感兴趣的吗?"是的，但这次有所不同。佛光山和中台禅寺创新的佛教理念和管理模式令我耳目一新，给我以"顿悟"，使我得到不少启发，从而改变了我以往的某些成见。

说起来，过去我与佛无缘，大概基于三个原因：一是觉得求神拜佛乃唯心主义，与我的唯物主义世界观不相符；二是看到很多佛教场所沾染了浓厚的铜臭味或封建迷信色彩，不像佛门净地了；三是很多庙宇喧嚣嘈杂，香火缭绕，严重受污染的环境令我避而远之。

然而，佛光山和中台禅寺却没有这些弊端，它基本保持了佛门清净地的本质，故给我留下了良好印象。

佛光山坐落于台湾高雄县大树乡，于 1967 年由星云大师率领众弟子一砖一瓦创建而成，至今已有 44 年历史。而坐落于南投县埔里镇的中台禅寺，则是由惟觉大和尚于 2000 年创建而成的，仅有 11 年历史。毋庸置疑，它们与国内很多千年古刹相比，都属于"晚辈"。但这两个"小字辈"却创造了"后来居上"

的奇迹，均已发展成为蜚声世界的佛教圣地。有意思的是，两者虽同样名声显赫，建筑风格却截然不同。佛光山是典型的中国传统式庙宇，而中台禅寺则是现代派的西式建筑物。

那天，秋高气爽，我们怀着愉快而虔诚的心情先后来到这两座寺庙参观。凑巧的是，两座寺庙都派出了一位年轻的女法师为我们当导游。从她们睿智的思维和温文尔雅的仪态中，我们感受到现代僧尼学识之渊博及襟怀之坦荡，用时髦的话说，真的“与时俱进”了。听了她们的现场介绍，我们对这里佛教事业的迅猛发展感到十分钦佩，深为两位开山大师星云和惟觉高深的智慧和宏大的魄力所折服。

佛光山原是一座五瓣莲花状的荒山，本身就有佛门圣地的潜质，经过几十年坚持不懈的修葺和扩建，现已成为一座名副其实的“南台佛都”，是台湾规模最大的寺庙，拥有最多的信众。它的四大主建筑——大雄宝殿、大悲殿、大智殿、大愿殿，共同构成了佛光山的地标。其中，大雄宝殿占地 5 950 平方米，为世界之最；接引大佛高达 36.5 米，蔚为壮观。就连大雄宝殿旁边的附属建筑——斋膳堂也气势恢宏，据说可同时容纳4 000位善信用餐，义工们（大多为本寺佛学院学员）在 3 分钟之内便可将斋膳送到每一位善信手中，需要再添斋食的也能很快满足要求。有时人数太多，一次安排不下，还要接着安排第二拨，虽然人山人海，但始终秩序井然，有条不紊，足可见佛光山的大气以及管理水平之高。

“其实，如今佛光山已不止是‘南台佛都’，而可称为‘世界佛都’了。”导游女法师不无骄傲地介绍说，“如今，佛光山已在全球各地创建了 200 余所道场，还创办了 50 余所中华学校、16 所佛教丛林学院、26 所图书馆、9 所美术馆、12 所书局，以及出版社、翻译中心、艺文中心、报纸、电视台等，真的算是‘佛光普照’啦……”

与佛光山相比，中台禅寺规模略小，但它标新立异的建筑却令人难以忘怀。人们简直想象不到，寺庙竟会建成一座现代化的高楼大厦！对于它的另类，中台禅寺的导游女法师颇为自豪地解释说："众所周知，传统寺庙都是平面布局的院落式建筑，故称'寺院'。唯中台禅寺彻底改变了这种传统格局。你看，逾百米高的主体大楼，巍然矗立于群山之巅，多么气派！主楼加上几个裙楼，共同组成了一座金字塔形的'超级寺庙'，真是匠心独具，全世界再也找不到第二个了！"说话间，她带领我们进入了主楼，只见高大宏伟的"四大金刚"挺立在大堂的四个角落，它们同时作为四根巨柱擎起了大厦，很有创意。导游女法师接着介绍说："主体大楼堪称'佛事中心'，主要的佛事活动都集中在这里进行。很多善信来到这里都觉得新奇，怎么到庙里来参禅都可乘坐电梯呢？不错，这就是中台禅寺与众不同的地方之一。"于是，我们进入了其中一部十分豪华的电梯，分别登上了二、三、四、五等各个楼层参观，看过了这个殿那个佛之后，最后来到16楼的万佛殿。这是一般客人能到达的最高处。万佛殿是个挑高39米的巨大空间，逾万尊铜铸佛像罗列于周围的墙面，故而得名。女法师颇神秘地说，其实，这里除了逾万尊佛像十分珍贵之外，正面那幅帷幕玻璃墙以及大殿中间的七层檀木药师佛塔也十分罕见与珍贵。尤其是那幅帷幕玻璃墙，堪称世界一绝！由于它充分考虑到台湾多台风、多地震的特点，故采用特殊的工程设计、特殊的玻璃材质、特殊的施工技术镶嵌而成，既能充分采光，又能抵御很强的台风和地震。此刻，我们隔着玻璃墙往外远眺，心胸豁然开朗。由于大楼本身就建在高坡上，加上站在16楼高的平台中，所以视野特别广阔，几十里外的山峦、田园、村落、路网……尽收眼底，我们仿佛置身于天堂之中。

"中台禅寺标新立异的设计，充分体现出惟觉大和尚创新的佛教理念。"导游女法师进一步阐释说，"他认为，当今社会是一个多元及多变的社会，只有适应这个社会现实，考虑到现代人的新需求，才能使佛教精神在现代社会中得到弘扬，焕发生机。这就要求我们必须创新佛教理念。在这种意识指导下，他提出了佛教学术化、教育化、艺术化、科学化、生活化的‘五化’新理念。比如，他要求在中台禅寺修行的2 000多名僧尼广泛涉猎一切现代化先进知识，为此特地在图书馆里安装了宽带互联网，装备了各种影音设备，以便接收到世界最新的信息。此外还有政治、经济、文化、艺术、自然科学和社会科学等各门类的最新书籍，供僧尼们学习和参阅。显然，这与过去‘四大皆空’、只识敲钟诵经的僧尼大不相同。”据她介绍，中台禅寺由于够新潮，从而吸引了更多现代派的信众，不但寺庙本身每天客流如潮，而且其名声远播岛内外甚至世界五大洲。目前，已在台湾岛内建了40多家精舍，全球各地则建了90多家，目标为在岛内开设108家，在全球开设1 080家……

佛光山和中台禅寺的迅速崛起，创造了佛教史上的奇迹，这无疑与他们创新的佛教理念分不开。我对星云大师提出的“人间佛教”的新理念和实现佛教制度化、现代化、人间化和国际化的新举措尤为赞赏。它大大地拉近了“佛家”与“俗家”的距离，使广大民众明悉佛学其实并不神秘，也不玄虚，它就遍布于现实社会之中，其精髓就是以慈悲为怀、与人为善。提倡助人为乐，做人要做好人，做事要做好事。如果能做到这样，学佛就算基本学到家了。如果人人都能这样，那么社会就和谐了，就能迎来太平盛世了。说起来，我还最信服星云大师的很多“语录”。他往往能把那些高深的佛教理论编成“顺口溜”，把深刻的哲理融于口语之中，通俗易懂，朗朗上口，而且不脱离实际，很生活化，感到佛学就在自己身边。我想，这就是“人间佛教”理念之所以能够深入人心并迅速传遍台湾乃至全世界的奥秘吧！

悟道佛光山和中台禅寺，还有两点使我感受甚深。一是

“学佛不求佛”，二是“敬佛不烧香”。所谓“学佛不求佛”，就是说，学佛的人，只要学懂和践行佛理就行了，而无须求神拜佛。说得透彻一点，求神拜佛的目的是不纯洁的，因为它蕴藏着私念，与学佛的宗旨背道而驰。如果说，求佛是为了祈福，表达一种良好的愿望，那也情有可原。但若是做了坏事也求神灵保佑，让自己逢凶化吉，逃避惩罚，则分明是居心不良，变成一种罪过了。说到这里，我不由得想起佛光山上一面巨大的墙上，镶嵌着星云大师亲笔手书的一条16字语录：“给人信心，给人欢喜，给人希望，给人方便。”从中可以看出，学佛就是要“给人”，而不应“求人”，亦即不求索取。所以说，“学佛不求佛”才是“真君子”。可惜，在现实生活中，“真君子”不是太多，而“伪君子”倒有不少。君不见，很多人借“学佛”之名，行“求佛”之实，以至于把佛门净地搞得乌烟瘴气，同时也严重败坏了社会风气。

可喜的是，我们在佛光山和中台禅寺就没有看到“烧高香，行大礼”的旧习俗，但仍然不乏十分虔诚和热忱的学佛之人。

诚然，入乡随俗，迈进了佛门总是要“礼佛”的。大家知道，在很多地方，人们敬佛都习惯了烧香，仿佛香烧得越多、越大就越虔诚。如今，这一传统习惯也被佛光山和中台禅寺“改革”了。这里不但敬佛不烧香，而且参禅不花钱。何谓参禅不花钱？就是指进山参禅或参观游览都一律不收门票，甚至到斋堂用膳也是免费的，无论贫富贵贱，一视同仁。这一点，与很多地方的庙宇也截然不同。众所周知，在其他很多宗教圣地或景区，动辄要收几十元甚至逾百元的门票，有些甚至设“园中园”，收“票外票”，极尽“圈钱”之能事，就像人们调侃的，“佛门八字开，有心无钱莫进来！”这种做法，简直是对神灵的污辱！

那么，话又说回来，佛光山和中台禅寺“敬佛不烧香、参禅不花钱”，何来经费运作呢？难道僧侣们不食人间烟火？莫非他们不断扩充地盘的建设资金从天而降？非也。皆因它们“得道多助”，而又“取之有道”。据我们了解，由于有越来越多的信众“随缘乐助”，其中不乏大富豪和大财团慷慨解囊，所以他们根本不愁钱。甚至出现了一种怪现象，他们越是“不爱钱”（不收门票和不搞经营创收），却变得越富有。听导游女法师说，他们不但不向广大善信伸手，而且也不给政府添麻烦，从不向政府申请拨款或划地扩建庙宇，所有土地都是自筹资金向政府按牌价购买的。这实在是难能可贵！

那么，“敬佛不烧香”，到底该怎么“敬”呢？用一句笑话来解释，就是“借花敬佛”。按导游女法师的说法：“其实，香、灯、花、果都是可以供佛的，只是形式不同而已。我们将烧香改为敬花，是为了更好地体现绿色、环保和低碳的理念。”是呀，我看不仅为了环保，而且还可节省金钱。因为这些都是象征性的干花，很小的几朵，由庙里早就准备好了的，无须信众花钱买，并可重复使用。所以说“借花敬佛”一点也不假。就这样，我们在导游女法师的指引下，各自取来一只装着干花的透明小盒子，排着队把它恭恭敬敬地摆放在案台上。案台上则有一个空的木托盘，专门收集小花盒的。当我们把小花盒放回木托盘，这一堂“功课”就算做完了。之后，工作人员再把装满小花盒的托盘撤下来，供后来者继续使用，如此循环，真的很“低碳”。

此刻，我环顾四周，只见场面庄严肃穆，秩序井然，并无令人烦躁的喧嚣嘈杂和烟雾弥漫的景况。我忽然觉悟，似乎对“学佛不求佛”的真谛深谙了一层，从而心灵得到了净化……

2011 年 11 月 22 日

35. “民主”不安宁

——再访台湾之三

任何事物都有两重性，民主也是一样。谁都知道，民主是个好东西，但一旦过了头，乃至泛滥起来，变成了极端民主，那就会走向反面。我这次再访台湾，耳闻目睹了不少民主泛滥的现象，不免对台湾的民主制度多了几分疑惑。

我们发现，在台湾，不管碰到什么问题，人们都喜欢闹，往往借“充分表达民意”之机，动不动就起哄，最终酿成大规模的“民主运动”，令整个社会不得安宁。

看来，这种“闹劲”已成为当今台湾社会的常态。5 年前我初次到台湾，也刚好碰到一场大闹剧——“倒扁运动”，把整个台湾岛闹得天翻地覆。当时，岛内大批“蓝营”民众连续举行游行示威，声势一浪高于一浪，坚决要拉陈水扁下台，弹劾这位贪腐成性的“总统”。但是，同时亦有不少“绿营”民众誓死保卫陈水扁，不断集会声援这位“本土领袖”。于是，双方互相攻击，形成拉锯战，并从骂战逐渐升级到武力冲突，形势十分紧张。当时我们只能作壁上观，而不妄加评论。但心中也有一杆秤，暗地里是支持蓝营“倒扁”的。因为大家都知道陈水扁的确是个大贪官，品德很坏，手段肮脏，十分“衰格”，根本不配当台湾的领导人。

回想起来，那次“倒扁运动”的确声势浩大，波及甚广，扰民也很严重，因而在我们的脑海中留下了很深的印象。

一眨眼5年过去了，刚好又到台湾“总统”即将换届之时。于是，围绕着“总统”竞选这件大事，各派政治势力又展开了旷日持久而异常激烈的搏斗。尤其是“蓝营”、“绿营”两大阵营以及个别新政党推举的候选人，都声称志在必得，选前大战打得天昏地暗。有趣的是，各个竞争对手都标榜自己“最民主”，但实际上都是贼喊捉贼。他们只是依靠自己把持着的舆论工具和阵地，一方面为自己“洗白”、造势，另一方面肆无忌惮地攻击对方，极尽造谣、中伤之能事，大搞“顺我者昌，逆我者亡”那一套，“噪音”闹得全岛鸡犬不宁，老百姓怨声载道。

我们亲身感受到，这次台湾的“总统”选前大战，情况更加错综复杂，因而“噪音”也更大。大家知道，在台湾政坛，原先只是“龙虎斗”，即“蓝营”支持国民党的马英九连任“总统”，而“绿营”支持民进党的蔡英文竞选新“总统”。“两军对垒”的形势本来已经够严峻的了，后来偏偏又冒出了亲民党的宋楚瑜也要加入选团，参与“混战”。这样就使得竞选形势更加复杂化、白热化。按照原先“两军对垒”的格局来分析，马英九是稳操胜券的，得票率要比蔡英文高出一截。谁料想，“半路杀出个程咬金”，宋楚瑜突然也宣布参选，这就意味着原先准备投给马英九的一部分选票，将会转投给宋楚瑜。这样，预计宋楚瑜将会把马英九的得票率拉低约10%，使之与蔡英文形成势均力敌之势。搞不好马英九甚至会败给蔡英文，把“总统”宝座拱手让给那个“小女子”。有分析人士指出，这一奇妙的竞选变局，完全是宋楚瑜存心捣乱造成的。因为他根本不可能获胜，突然参选其实是“醉翁之意不在酒”，而是在客观上助“小女子”一把力，暗踢马英九出局。这样一来，宋楚瑜在民众中一向的“光辉形象”又大打折扣，顿时成为台湾“民主社会”的一个新话题，激起了“蓝营”及很多“明眼人”的口诛笔伐。于是，舆论界又火上浇油，“烧”得更猛烈了。其实，纵观这些舆论，都没有多少民主可言，全是“一言堂”。

我们在台湾的 8 天中，打开任何一份报纸，收听（看）任何一个电台、电视频道或网站，扑面而来的都是有关竞选骂战的内容，简直令人扫兴，心烦意乱！此时，不经意中我听到岛内某位著名时事评论员说的一句话，很有见地，入木三分，他说：“台湾如此频繁竞选，实在是祸国殃民！”此话不谬。真的，随便一想，我就能数出 4 个“祸”来：一是搞乱民众思想，造成民族分裂；二是助长虚假之风，败坏社会风气；三是扰乱社会安宁，破坏人文环境；四是浪费社会资源，劳民伤财……别的不说，仅是浪费社会资源这一点就令人特别痛心。不是吗？每次竞选，都要举行数不清的游行、集会，甚至停工、停课，堵塞交通、挥霍财物。这期间，无论在城市还是乡村，无论在大街小巷还是各种建筑物、车站、码头、机场等，都挂上了拉选票的广告牌或广告旗子，铺天盖地，简直成了标语口号的海洋。试想，这要耗费多少资源啊！而这些都是没有任何价值的损耗，甚至连垃圾也不如，实在令人痛心！

我不禁纳闷，为何台湾人如此崇尚和热衷于这些被扭曲了的、劳民伤财的所谓“民主”呢？为什么不想一想或反思一下，他们如此卖力，死心塌地要捧某些人上台，最后都得到了什么样的结果？想当年，李登辉、陈水扁不都是在这种“民主”制度下选出来当“总统”的吗？谁知他们“一个更比一个坏”。这真是天大的讽刺！可见这种民主“神马都是浮云”（网络语言：什么都是假的）。有道是“当局者迷，旁观者清”，我想，也许因为台湾人身陷其中，辨不清方向，才“当局者迷”地被政治漩涡裹挟吧。唯有我们这些局外人“旁观者清”，对那些失去理智的狂热思潮和鲁莽行动嗤之以鼻！

诚然，台湾也有“旁观者清”的人，给我们当导游的马玉环小姐就是其中之一，她对当前台湾民主的乱象也深恶痛绝。为了“现身说法”，她不惜“家丑外扬”，给我们讲述了一段自家的“家丑”。她说：“我们家就是台湾社会派系斗争的一个缩影。由于父亲是从大陆过来的国民党老兵，很大年纪才结婚，妈妈则是岛内的土著居民。一般来说，大陆过来的人大都居住在台湾北部，成为支持国民党的‘蓝营’；而居住在南部以本土居民为主的族群，大多是支持民进党的‘绿营’。于是，我们家便分成了两派：父亲及兄弟姐妹是‘蓝营’的，而舅父及姨妈一方是‘绿营’的，母亲则保持中立。这样便导致一家两派势不两立，平时很少来往，只在过年过节时才偶尔聚一下。但见面后也没有什么共同语言。若一不小心话题涉及‘国家大事’，则双方观点定然相左，继而发生激烈争执，后果不堪设想，轻则不欢而散，重则大动干戈，场面难以收拾！”马小姐还说，在她家族中，三舅父脾气最暴躁，因为他是“绿营”的铁杆分子，所以总是为民进党“护短”，一旦听到有人说民进党或“绿营”的坏话，他就暴跳如雷，喊打喊杀，搅得全家不得安宁……

看来，在台湾，像马小姐这样“一家两派”的现象不在少数，常常搞到家无宁日，社无宁日。这种变态的社会现象，与大陆在20世纪六七十年代“文化大革命”时的情形何等相似！想不到那些不堪回首的历史，如今竟会在台湾重演，真是悲哀！用一些有识之士的话来说，“都是‘民主’惹的祸”！

“不过，‘家派’矛盾是真的，但在政坛上两派的斗争，有时候未必是真的！”马小姐揭秘说。“例如，我们有时在电视或报纸上看到××与××（不同派别）在台上对骂，甚至大打出手的‘镜头’，其实就是幕后导演的一出‘双簧戏’，目的是吸引人们的眼球，展现他们为捍卫民主而英勇斗争的精神。说穿了，完全是一个骗局！”

不管马小姐的“揭秘”是否确有其事，但可以肯定，台湾当局在玩这个“民主游戏”时，类似的“精彩节目”定然不少。如此看来，这种被扭曲了的、祸国殃民的“民主”，不要也罢！

2011 年 12 月 3 日

36. 大有大的难处

——印度行之一

很多人听说我们去印度旅游，都带着疑惑的口吻问：“为什么选择去印度?”我不由得反问之：“为什么不能选择去印度呢?”对方往往第一句话就说：“听说印度很落后、很肮脏的!”我则回答说：“这有啥关系，旅游嘛，就是要增广见闻，兴许落后、肮脏也有其特色呢，不妨一看。”

于是，我与夫人及另外4位朋友一起，参加旅行社组织的一个24人旅行团，作了一次“印度文明古国行”。

平心而论，此行与我们的预期确实有落差，但其中的一些名胜古迹以及独特景观还是值得一看的。当然，也印证了人们先前的传闻——印度的确比较脏、乱，穷人也特别多，所以给人留下的印象很不雅。

此行虽说是6天游，但除去飞机往返航程各6个小时，及“晚出早归”占去的时间，掐头去尾实际上只有4天多，可谓行色匆匆、走马观花。几天来主要游览了西北部的新德里、斋浦尔和阿格拉三个城市，而南部工商业特别是科技产业比较发达的加尔各答、孟买还没有涉足，要谈对整个印度的印象，未免有瞎子摸象之嫌。然而，新德里、斋浦尔和阿格拉这三个城市素有旅游“金三角”之美誉，且新德里是国家的首都，是政治、经济、文化的中心，应该说，这“金三角”已有一定的代表性，不至于“以偏概全”得太离谱。

我们的导游是一位印度小伙子，名叫巴尔巴特，中文名“黎明”。他是印度著名的尼赫鲁大学的博士生，曾到过北京外国语大学进修一年，后来又去过中国的其他几个地方，算是有些见识，知识面也比较广。据他介绍，印度国土面积近300万平方公里，居世界第七位，已跻身于世界大国之列。虽然国土面积不足中国的1/3，但耕地面积反而比中国大3倍，且气候条件也不错，可见其农业大有发展之余地。论人口，去年印度已突破12亿，有人预测，不出几年将超越中国而跃居世界第一位（他们不实行计划生育，所以大有可能）。而更令人瞩目的是，印度具有绚丽的、多样的和丰富的文化遗产及旅游资源。自20世纪90代起，印度经济开始腾飞，成为当今世界发展最快的国家之一，也是“金砖五国集团”（中国、俄罗斯、印度、巴西、南非）的重要成员。近几年印度的GDP增长很快，尤其是IT产业、软件产业及制药工业等异军突起，成为世界的一匹黑马，雄踞出口霸主地位。此外，金融、研发、技术服务等方面也将使印度成为全球重要的出口国……

如此看来，印度已不仅是一个大国，甚至可跻身于富国之列了。然而，我们在当地看到的情景却与“富国”的形象大相径庭。实际上，它给我们的直观印象是一个“穷国”。这种状况，借用《红楼梦》中一句名言“大有大的难处”来形容，我看就十分恰当。

这是为什么呢？主要是国情很特殊。由于印度的社会财富分配极度不平衡，大量财富集中在少数富人手里，造成贫富悬殊。加上国家对财力的使用有所偏颇，为了实现“大国梦”和“强国梦”，把大量国库用于扩军备战，买军火、造航母、建军事基地等，而疏于关注民生，导致“国富民穷”。于是，大量穷人、难民涌现，几乎充斥整个社会。由于富人很少在大街小巷上抛头露面，所以我们平时看到的大多是穷人。于是有人说，印度是一个“很多穷人的富国”，或是一个“很多富人的穷国”。我看两种说法都差不多，都有其道理。

无疑，“金三角”是印度的黄金宝地之一，按照人们的想象，应能看到一派欣欣向荣、莺歌燕舞的景象。然而，展现在我们眼前的却是一派衰落的情景。首先是“行路难”——没有一条畅通的公路。新德里—斋浦尔—阿格拉，呈一个三角形，每段里程均为250公里左右。若是高速公路，旅游大巴开两个多小时就到了，但我们足足花了6个小时。导游小伙子黎明调侃说：“这就是我们印度的‘高速公路’，与你们中国的不同。我们的‘高速公路’不是封闭式的，而是什么车子和行人甚至禽畜都可在上面‘大行其道’，而且两边停满了车子，把路堵得很窄，所以车速快不了。”这实在令我们费解，如此重要的“旅游金三角”，事关国家的“脸面”，政府为何不尽早修建一条像样的高速公路呢？

车子走得慢一点也罢了，最令人感慨万千和惨不忍睹的是那些贫民窟。虽然，过去我在菲律宾、柬埔寨、越南等一些贫困地区也曾看到过贫民窟，但从没看过像印度这样范围广、人数多、生活凄惨的贫民群体。以前看到的大多在农村或城市郊外，而印度很多贫民窟就扎堆于大中城市之中，连首都新德里也不例外，这些贫民窟根本就不是“房子”的概念，只是用拾来的破帆布、塑料袋、纸皮箱等在泥地上支起的窝棚，一家老幼就在里面过着极其原始的生活。窝棚内没有电，没有水，没有家具，没有厕所，做饭时就在门口垒起几块砖头，架起一个小锅，用拾来的柴草野炊。若遇到刮风下雨，真不知他们如何过活？

问及为何城市里有这么多贫民窟和难民时，导游解释说，那是因为乡下的人涌进城里来打工，他们租不起房子，没有安身的地方，只能凑合着住窝棚，大多选择在高架桥下、铁路旁边、荒郊旷野扎根。导游说，在城市里找工作毕竟比农村机会多，就像中国的农民工一样。他说的不无道理，但我认为这绝对不能与中国的农民工相提并论。中国的农民工虽然也有生活环境不够好的，但绝对不至于要住贫民窟！

正因为印度穷人多，“揾食艰难”，所以涌现出大量的乞丐和“走鬼”。这给我们的旅游带来很多困扰。尤其是那些乞丐，为了讨钱，经常一窝蜂地对我们实行围攻；“走鬼”们则对我们纠缠不休，又拉又扯地硬是兜售。为此，导游不断地提醒我们，要远离那些乞丐和“走鬼”，千万不要随意招惹他们，免得被他们死缠烂打脱不了身。然而，乞丐和“走鬼”可以避而远之，但一旦遇到“三急”需要如厕时，就非碰到麻烦不可。因为现在印度很多公厕是收费的，包括在所谓的“高速公路”中途休息站的公厕，有些甚至乱收费。为了不让人逃费，管理者不惜“重兵把守”。尽管厕所的卫生条件很差，但收费标准却不低，无论大小便，每人次 10 卢比（相当于人民币 1.6 元左右），以当地居民的收入水平来衡量，可不是小数目。贵一点也罢了，最难堪的是有时你找不到零钞而被无情地拒之门外，任你急得“扎扎跳”，也毫无办法。有一次，我也是没零钞，只好掏出一张 100 卢比的大钞交给对方，谁知他趁我心急无暇细数找回的零钱，便胡乱地塞给我一把，待我回到车上认真一数，没想到，只找回了 70 卢比，相当于一次小解花了近 5 元人民币，团友们无不忿忿然地说，如此乱收费，无异于趁火打劫。

出外旅游无非讲究食、住、行、看、玩、购等几件事，对于我们这些“老广”来说，“食”是“唯此为大”的。可惜这次印度之行，“食”得最差。每天都是吃印度式的自助餐，“独沽一味”咖喱，别无选择，连早餐也不例外。菜式单调乏味，具体不知是啥东西，只见都是黑糊糊的一盘，吃得人直皱眉头。诚然，作为游客，入乡随俗是理所当然的。来到印度要多吃咖喱，我们也早有思想准备，但不能总是那么单一啊！想起以前到其他国家，大凡来自中国的旅行团，都有很多机会安排吃中餐的，因为世界各地都有很多华人在开中餐馆，接待中国旅行团，大多生意做。唯独在印度，很少看到中餐馆，使得吃中餐成了一件奢侈的事情。这大概是很少中国人到印度旅游的缘故吧。后来，好不容易在“最后的晚餐”中被安排吃一顿中餐。然而，那是什么样的中餐呀？绝对的“冒牌货”！这家所谓的中餐馆，不仅做的菜肴根本不像中国菜（只有一碟青菜像一点），而且餐具也不是中式，依然是用刀叉，连筷子、勺子都没有。服务员是清一色的本地人，连一句华语都不懂，我们与之交流，非常艰难。

还有一个怪现象。时至今日，世界已进入高度文明的时代，“地球村”上很多居民早就用上了各种各样的现代化家电或燃气炊具了，而印度很多居民仍在用牛粪烧水、做饭。起初，我们在沿途公路看到附近村庄摊晒着大片的“黑大饼”，有些则整齐地堆成一堵墙或一座小屋子似的，不知是什么东西。一问导游，才知道那是牛粪干，当地居民用作生活燃料的。“那还是家庭财富的象征呢！”导游煞有介事地说，“谁家的牛粪多，说明谁家富裕。”我不由得想起若干年前，曾在内蒙古、青海、西藏等一些草原地区见过烧牛粪做饭的情景，心想，那是在边远的草原牧区，“土”一点不出奇。而眼下的是印度的“金三角”，一马平川的富庶之地，怎还这么“土”呢？仅此一点，足可见印度仍然很穷很落后，起码在观念上也没有跟上现代化的潮流。

我们认为印度的旅游业同样落后于形势。当今世界，旅游业已成为“无烟工业”，又是朝阳产业，一股巨大的旅游热潮正在全球掀起。事实证明，哪个地方旅游业发达、游客多，哪个地方的经济就发展得快。近几十年来，中国已逐步跟上了这个潮流，先后开发建设了大批高档次的旅游项目及5A级景区、景点，吸引了无数国内外游客，取得了可观的经济效益，成为世界旅游业的后起之秀。与此同时，很多国人也纷纷走出国门，到世界各地旅游开阔眼界。人们欣喜地发现，这年头无论走到世界的什么地方，即使很偏僻的角落，都会碰到很多黑眼睛、黄皮肤的“老乡”，而且有越来越多的趋势。从中又可悟出一个道理，国家越强大，人民越富裕，懂得“叹世界”的人就越多，而走出国门“叹世界”的人越多，国家的声望也就越高。现在人们几乎已得出这样的一个结论：凡是华人，特别是“老广”追捧的地方，一定是个好地方，也必定是一个“聚宝盆”。遗憾的是，时至今日，印度人似乎还没有这种认识，所以旅游热潮仍“热”不起来。其实，印度作为世界四大文明古国之一，的确有很多名胜古迹值得一看。例如，被称为“粉红城市”的斋浦尔，市内就有宫殿博物馆、天文台、风宫、水宫、琥珀堡等一大批世界罕见的文物古迹；在阿格拉市，则有一座被评选为“世界七大奇迹”之一的泰姬陵以及与之遥遥相对、辉煌无比的阿格拉城堡，它们都具有重大的历史价值和极高的艺术欣赏价值。而新德里的几个新景点，例如高达 42 米、酷似巴黎凯旋门的“印度门”、被誉为第二个悉尼歌剧院的大同教世界祈祷中心“莲花庙”、印度国父甘地的陵墓等，都很新潮。然而，令我们大感诧异的是，在这么多、这么好的地方，竟然很少看到中国游客的身影，几天来我们几乎没有遇见一个“老乡”。这与在其他国家的很多旅游热点景区常常看到中国游客“扎堆”的现象形成了鲜明对比，究其原因，我看不外乎两点：一是游客不敢来；二是游客不想来。由于印度政府对旅游业重视不够，硬件建设和软件服务都显得落后，条件较差，所以人们不敢来；加上宣传推广工作做得不够好，连很多“铁杆驴友”都不知道印度原来有这么多好东西看，所以不想来。这不禁让我们回想起当初在广州参团时的情景。本来，我们 6 个同伴是在广东中旅社报名的，但因该社凑不够出团的人数，最后只好“卖猪仔”给南湖国旅。试想，要是在其他旅游线路，凭着两家这么大的旅行社组团，早就爆棚啦，哪用得着“拼团”啊！可见“印度游”这条路线还很冷清，实在可惜！

由此我还想到另一件事，就是“印度游”签证较麻烦。据说，印度是目前全世界对外国人最不开放的国家之一。反观其他很多国家，如今对外国游客的入境签证，手续都越来越简化了，甚至实行了免签或落地签的政策。唯独印度始终毫不放松。据说到目前为止，全世界只有一个国家被它免签，其余任何国家都不能“幸免”。

印度签证的手续的确太繁琐，光是填写那份申请表就让你烦透了。表格内容十分复杂，连“祖宗十八代”的资料都要写上去。例如，“父母亲”一栏必须填写，哪怕他们“骨头打鼓”（逝世）已几十年，在世的话都已一百多岁了，但还是要填写，试问这有何意义呢？此外，每个人必须冻结银行存款至少 4 个月（1 万元以上），而银行出具证明要收费，等于又加重了游客的负担。看看其他很多国家，特别是东南亚或别的一些小国，签证早就不需填写那么复杂、繁琐的表格了，也取消了诸如银行冻结存款、有关部门收取高额押金等的“不平等条约”。但印度为何还那么挑剔、刻薄呢？这分明是不太欢迎别人前来做客的态度嘛。

显然，那位导游小伙子是很有爱国心的，他对本国的负面东西甚少披露，总是避而不谈。而在应对我们提出的很多敏感问题时，往往采取避实就虚、以守为攻的手法，回答得很婉转、很巧妙。他说：“哪个国家都有自己的优点和劣势。中国的确有很多东西值得印度学习。只是因为我国基础太薄弱，人口太多，很多事情管不过来，或管不到位。不过，你们都看到了，有不少地方现正在不断改善之中。欢迎你们下次再度光临，相信到时将会看到一个崭新的印度！”

为了尊重东道主和维护国际友谊，我们并没有反驳或与他争辩，而是给他报以热烈的掌声，感谢他给予我们热情的服务。临别时，很多团友包括我们夫妇，除按规定每人每天交付 7 美元小费外，还把一些用剩的卢比、美元等外币零钞，作为“红包”送给导游、司机和助理，皆大欢喜！

2012年2月

37. 特殊的“风景线”

——印度行之二

虽然早有思想准备，预料到印度的环境卫生不尽如人意，但“来到贵境”一看，还是大大地超乎了想象。过去，我们在一些落后的国家也会看到脏乱的景象，但大多集中在农村。而印度则不然，连城市都比较脏乱。我们所到之处，无不是人头涌涌，人车混杂，一片乱糟糟。如此特殊的“风景线”，实在令人不敢恭维。

我们此行主要在被称为“金三角”的新德里、斋浦尔、阿格拉三个城市游览观光。这里是印度的风水宝地和“国家名片”。几百年前，斋浦尔和阿格拉就曾是王朝的首府，很多王宫、城堡都集中建在这里，可以想象当年是多么奢华、瑰丽和整洁。可是，现在所看到的古城，却早已铅华褪尽，让人有种历史倒退的感觉。这倒不是因为“容貌衰老”的问题，恰恰相反，若从文物古迹的角度来看，“容貌”越衰老就越宝贵。但问题在于，如今当局对这些城市管理不善，导致城市破烂不堪，环境十分脏乱。不仅斋浦尔和阿格拉等一些中小城市如此，连现时的首都德里（包括旧德里和新德里）也是如此。

一路上，我们的团友除了兴致勃勃地拍摄很多异国风情的照片外，有时还会出于好奇心，特意捕捉一些怪异镜头，作为旅游花絮和旅途中逗乐、取笑的素材。有一次，我们经过某个城镇时，遇到堵车，我们的旅游大巴刚好停在一家小食店旁边。这是一家经营印度特色小食的店铺，生意很火爆，但店堂及周围环境却非常肮脏。制作“咖喱豆腐球”的师傅就用脏兮兮的双手搓掐食料，食客则操起公用的水勺轮流取生水来喝，然后也用手抓食物吃。好奇的团友们立即把这些“肮脏场景”摄入镜头。而店主和那些食客还以为有外国人青睐，冲着我们笑哩！

最煞风景的还是垃圾围城。我们看到，在很多城市的街道中间就堆满了垃圾，由于没及时清理，越积越多，于是成了流浪禽畜的觅食天堂。很多鸡、鸭、猫、狗，甚至猪、牛、马等大型牲畜都在那里“开派对”，翻来覆去地寻找“美食”，把垃圾扒散得遍地都是，人们只好掩鼻绕道而行。

还有一幅令人尴尬而恶心的“风景”，就是人们随街大小便。不管“纯爷们”还是“老娘们”都一样，常常“就地解决”，从不回避。而更多的时候是在围墙边“解决”，把周围弄得“劣迹斑斑”，很不雅观，更不卫生。有一次，我们还在车上目睹了一位印度妇人在路边、众目睽睽之下就“方便”，很令我们愕然。

也许由于印度人太多，加上政府管理不到位，人们形成了法不责众的思想，所以很多人随便惯了，这就导致环境和社会秩序比较混乱。我们看到，除了新德里行政中心和大使馆区一带以及几个重点旅游景点周围的环境比较整洁，秩序比较井然外，其他大多数地方都不敢恭维。因此，平时我们很少去逛街，晚上更是闭门不出，以防发生什么意外。

至于为何会如此？有人分析说，原因之一是传统意识使然。说白了就是这个国家和民族适应了这种环境，没有改变的意识和欲望，甚至认为乱才是自由。而在另一方面，可能由于行政经费少，养不起更多的管理人员和环卫工人。的确，我们在街上就很少看到城管或工商人员巡查执法，连警察也不多。倒是偶尔看到几个清洁工在扫街，她们手戴钻戒和金、银、玉镯（饰物而已），穿着拖地长裙，拿一把很小的扫帚在慢吞吞地扫着，根本不像干活的样子。试想，如此“斯文”的女人们，怎能把垃圾成堆的大街打扫干净呢？

印度在市政建设方面欠账较多，有太多旧马路和旧建筑物多年没有修缮，呈现出一派破败景象。而新的或现代化的建筑又很少见，以致城市缺乏亮点。然而，导游却颇感自豪地说，近几年来新德里乃至整个印度的城乡面貌已有很大改观。“就像你们北京承办奥运、广州承办亚运一样，去年新德里承办了英联邦运动会，借助这股东风也促进了城乡建设，例如新建了机场，发展了城轨交通等，与此同时，整治了市容环境，因此可以说，已旧貌换新颜啦！”

这当然也是事实。可惜像这样的“瞩目成就”实在还不多。至于新建的新德里机场，确实不错，很大气，很先进，达到了国际水平，我们此次乘坐的航班就是在这里进出港的。但是，我们同时发现，还有其他不少“借东风”而上的工程项目成了“半截子工程”或“烂尾工程”，不但没有成为城市亮点，反而成了“城市疮疤”，成了脏乱差的新“景点”。别的不说，单说我们走得最多的“金三角”几条主干道，就是典型的“胡子工程”，很多扩建的路段，旧路基挖坏了，而新路基迟迟未铺，汽车颠簸行过，扬起一股股灰尘，导致旅客们怨声载道。

这就是印度给我们的第二印象，一道特殊的、令人不敢恭维的“风景”。

2012 年 3 月

38. 不朽爱情的象征

——印度行之三

说实话，促成这次印度之旅最关键的动机是我想去看看那座被称为“世界七大奇迹”之一的泰姬陵。谁都知道，世界上著名的风景名胜数不胜数，而能被称为“奇迹”者，可说是凤毛麟角了，更不用说跻身于“七大”之列了。所以我对泰姬陵一直很向往。这些年来，我倒是有机会陆续到了其他几个曾被列入“世界七大奇迹”的地方观光过（不同时期评出的“奇迹”有所变动），一睹它们的风采。例如，中国的万里长城、埃及的金字塔、古罗马斗兽场、意大利比萨斜塔、法国巴黎卢浮宫、柬埔寨吴哥石窟等，我都去过。记得很多年前，我也曾在泰国的“小人国”景区和深圳的“世界之窗”看过泰姬陵的“袖珍版”，留下了较深印象，当时心想，今后若有机会身临其境仔细观光一番，该有多好！正好，借这次印度之旅，我圆了这个梦。

泰姬陵为何有如此大的魅力，吸引着全世界众多的游客？对于这个问题，以前我是不甚了了，此次看过之后，终于得到了答案。原因无非两点：一是它乃完美无缺的建筑艺术珍品，为世人所赞美；二是它堪称伟大的“爱情纪念碑”，向世人讲述了一个不朽的爱情故事。

泰姬陵坐落于距新德里 250 公里的印度北方邦阿格拉城内、风景秀丽的亚穆纳河右侧。它是 17 世纪印度莫卧儿王朝第 5 代皇帝沙·贾汗为了纪念已故皇后泰姬而建的陵墓。那天下午，阳光灿烂，我们在导游的带领下来到这里参观。一进入陵园区，立即就被沐浴在阳光下、闪耀着白色光华的泰姬陵所吸引。据导游介绍，整个陵园占地达 17 万平方米，由殿堂、钟楼、尖塔、水池、花园几部分构成。陵墓则全部由纯白色大理石建筑，用玻璃、玛瑙镶嵌，绚丽夺目，美丽无比。它具有极高的艺术价值，堪称伊斯兰教建筑的代表作。最令人叹为观止的是那个高达 62 米的中央圆顶，还有四周各一座高达 41 米的尖塔。在塔与塔之间耸立了镶满 35 种不同类型的半宝石的墓碑，价值连城。

毋庸置疑，泰姬陵是迄今为止全世界最美丽的一座陵墓，它建成至今已逾 360 多年，仍保持着昔日洁白晶莹、玲珑剔透的风采，无不令国内外游客为之倾倒。当然，它之所以能一直保持圣洁的身影，与后人的悉心保护有关。这不禁让我们回想起刚才遇到的一些小误会。由于旅游大巴不准开到陵园区，要在几公里外停下来，再另外花钱换乘陵园的电瓶车。然而，电瓶车也不能直接开到陵园门口，还要步行几百米才能进入陵园。于是我们犯嘀咕，以为是他们故意“敲竹杠”，令到劳民伤财。后来才知道不是这样。由于这些年来前往泰姬陵观光的游客与日俱增，大多乘车而来，汽车尾气污染越来越严重，有害气体飘到泰姬陵上，产生腐蚀作用，使原先纯白色的大理石渐渐泛黄。为此，这里每隔几年就要维修一次，不但耗资、耗时，而且影响游客参观。长此以往，甚至会导致泰姬陵“失色”。为了保护文物，有关部门才决定把排放“毒气”和发出噪音的汽车、电瓶车统统“拒之门外”。了解到这一内情之后，我们都有点后悔冤枉了人家的良苦用心。

在骄阳的烘烤下，排着长长的队伍，我们终于进入了凉飒飒的陵墓的“心脏”——墓室区，只见在墓室中央摆放着两副石棺，一副大的一副小的，大的是皇后的，小的是国王的。有团友不解地问导游：为何国王的石棺反而比皇后的还小呢？导游提醒说，别忘了这里是泰姬陵啊！团友又问：“那么，为何国王也在这里呢?”“这肯定有原因嘛!”导游先是卖了个关子，紧接着就给我们讲了一个凄美的爱情故事——

公元1613年，印度莫卧儿王朝贾汗吉尔国王的三儿子库拉姆与一位21岁、具有波斯血统的姑娘阿姬曼·芭奴结了婚。阿姬曼·芭奴性情温柔、擅长琴棋书画，是一位绝色美女。婚后，她与丈夫库拉姆同甘共苦，形影不离，同守疆土，立下累累战功。1628年，库拉姆继承了王位，给自己取名沙·贾汗，意为“世界之王”，并把宠妃阿姬曼·芭奴也授予了宫中最高头衔——泰姬·马哈尔。但好景不长，1631年，年仅39岁的泰姬因在生育第15个孩子时不幸难产而去世。她婚后18年来共为国王生育了14个子女，存活的只有4男3女。临终前她对丈夫提出三点期望：一是要好好抚养自己的儿女，不要残杀他们；二是以后不要再接纳新妃子，心里只想着她一人；三是死后要为她建造一座全世界最美丽的陵墓。这三个要求国王都答应了。泰姬一死，国王伤心欲绝，但他为了不辜负宠妃的期望，立即就为她修建陵墓，以表达思念之情。沙·贾汗平生最喜爱建筑艺术和珠宝两样东西，于是他亲自参与陵墓的设计，决定选用纯白的大理石来建造，并以精巧的手艺在大理石上镶嵌无数宝石作装饰。泰姬陵于1631年开始动工，历时22年，每天动用2万役工。除了汇集全印度最优秀的能工巧匠外，还聘请了中东、伊斯兰地区的建筑师和工匠，共耗费了国库4 000万卢比，几乎“倾家荡产”，导致王朝陷入了衰落。据说沙·贾汗原计划还要在河对面为自己建造一座一模一样的黑色陵墓，中间用半边黑、半边白的大理石桥相连接，与爱妃相对而眠。然而，泰姬陵刚落成不久，其儿子奥朗则布便篡夺了王位，竟把父亲囚禁起来，使得沙·贾汗建造黑色陵墓的计划流产了。当时，篡位的王子奥朗则布就把父亲囚禁在与泰姬陵相隔10多公里的阿格拉城堡中。此后整整八九年时间，沙·贾汗每天只能透过囚禁室的小窗，凄然地遥望着远处的泰姬陵，思念自己的爱妃，直至忧郁而死。但有幸的是，沙·贾汗死后被合葬于泰姬陵内，与爱妃永远厮守在一起。

我们都被这一凄美的爱情故事深深打动了。为了印证其中故事的情节，我们又来到了阿格拉城堡。这是当年莫卧儿王朝的所在地，整座城堡均用红沙石建成，十分宏伟壮观，又很有特色。城堡内有连片的宫殿，建筑得十分精致而华丽。在一座最奢华、当年沙·贾汗国王的寝宫中，我们看到了囚禁他的那个八角宫。说起来真是可怜，堂堂一个国君，到头来竟被儿子囚禁在如此狭窄的房子里，连人身自由都失去了。我们怀着极大的好奇心，纷纷拥进了八角宫，要体验一下当年的情景，并模仿沙·贾汗的样子，隔着小窗户遥望远处尚朦胧可见的泰姬陵，触景生情，不禁无尽唏嘘。

无疑，莫卧儿王朝这段历史以及沙·贾汗与泰姬的爱情故事，是值得人们铭记的。因此，泰姬陵被世人视作不朽爱情的象征，古往今来不知有多少人把它赞颂！然而，面对泰姬陵，我却萌生出一种莫名的忧思。我想，泰姬陵虽是一个完美无缺的艺术珍品，留给了人类宝贵的财富，但不妨又设想，假如沙·贾汗不是一位拥有至高无上权力的国王，假如不是千方百计地搜刮民脂民膏，何来那么多金钱为自己的宠妃修建如此宏大壮观的陵墓呢？又何以能遣派几万名劳工，夜以继日地足足花了22年时间来打造这个旷世精品呢？同时谁又想象得到，当年有多少老百姓为此而承担了沉重的税务，致使国库枯竭，民不聊生？整整22年漫长的工期，又使得多少劳工妻离子散？万分艰辛的劳作，又导致多少民工伤残，甚至葬身于工地……

如此想来，这“不朽的爱情”和“建筑之瑰宝”，岂不都是建筑在王权的淫威和民众的疾苦之上？难怪印度诗翁泰戈尔说，泰姬陵像“一滴爱的泪珠”。既然是“泪珠”，就意味着悲剧。

这难道也值得赞美吗？

当然，话又说回来，当今世界上有多少“×大奇迹”的珍宝，不都是像泰姬陵一样建立在“王权的淫威和民众的疾苦之上”的吗？可是人们在对它们崇拜之时，一点也不会追问它们的“身世”，或避而不谈，只强调“那是劳动人民天才与智慧的结晶”，这样的评价当然也是对的。

面对这些珍宝是该批判权势们的腐败，还是该去歌颂劳动人民的天才与智慧呢？这真是一道难解的考题。

2012 年 3 月

39. 再访赌城澳门

今年“五一”前夕，我第 N 次来到澳门。之所以有此行，是因为一年前已办妥了签注，但一直未成行，眼看签注快过期，为了不致浪费，于是匆匆走一回。同行的还有我的夫人及另外两位朋友，大家戏说“为了一个共同的革命目标，走到一起来了”（毛泽东语）。

说实在的，澳门虽然近在“家门口”，但因我一向与赌无缘，所以没闲心经常去凑热闹。即使以往曾多次去过，但都是“走马观赌”，从没亲自下注。记得最近一次去澳门是在 2009 年 3 月，当时到处都是大兴土木的情景，一眨眼 3 年多过去了，听说很多建设项目已相继竣工，特别是那家拥有全球最大赌场的威尼斯人大酒店早已建成开业。它不但规模非常巨大，而且装潢十分新潮，集住宿、游览、购物、赌博、休闲于一“城”，其超豪华的气势令人叹为观止。于是，它撩动了我去开开眼界的念头。当然，也可顺便感受一下整个赌城的新变化，增添一些“幸福感”。

港澳与祖国内地唇齿相依，休戚与共。近年来，随着国内经济持续增长，民生不断改善，加上内地居民可以到港澳“自由行”，从而大大地带动了澳门的旅游业和博彩业。然而，一下子太多人涌入这个弹丸之地，势必也会带来一些负面影响。特别是有些人过于沉迷赌博，会影响工作及家庭的和谐。一些腐败分子则会乘机出境豪赌甚至外逃，造成恶劣影响。为了遏制这些不良现象，前些时候国家调整了澳门签注政策，规定一般旅客要相隔

2个月才准去一次。尽管这样，由于大陆游客太多，所以每天从拱北、横琴等口岸过关的人潮仍浩浩荡荡，一般要排队2个小时以上才能过完关。这一次，我们为了避开高峰时段，特意在距口岸不远的珠海万豪酒店住了一晚，次日（4月28日）一大早就起床，早餐都顾不上吃，就直奔拱北关口，正好赶上7点钟闸门一开就过关。结果，只排了不到半个小时队便顺利过关了。这是我历来过关最快捷的一次。

然而，天公不作美，忽然下起了倾盆大雨。我们一行4人只好躲在屋檐下暂时避雨。虽然屈身于澳门街头，但大家的心情仍很愉快，开玩笑说："好啊！以水为财，好意头！"此时由于时间太早，开往赌场的各路免费巴士还没运行，为了避免因等免费巴士而浪费时间，我们就乘出租车先到较近的葡京酒店，正式开始我们赌城观光的第一站。

葡京是我比较熟悉的，也是澳门最早、最著名的赌场之一。记得25年前（1987年），我第一次到澳门就来此参观过，之后还写了一篇《澳门观赌记》的文章，在国内报纸上发表。由于当时国人到境外旅游的机会并不多，读者对我描述赌场的"搏杀"情景感到新奇，因而人们对此文印象颇深。后来虽然多次旧地重游，但由于缺乏新鲜感，对赌场便"熟视无睹"了。此次我倒想寻觅一些新感受，再写一篇小文章，作为前后呼应，或许有些新意思。

据了解，近年来澳门氹仔一带新崛起了大批高级酒店，超级赌场遍地开花。然而，依我看来，葡京依然是最聚人气的地方之一，堪称赌城的缩影。尤其是坐落于旧葡京旁边的巨无霸大厦——新葡京大酒店，拔地而起，不禁令人发出"今非昔比，鸟枪换炮"的感慨。新葡京大酒店共投资30亿葡币建成，外形就像一株即将盛开的莲花，总高度为228米，楼高44层，建筑面积达13.5万平方米。独特的造型和金光灿灿的表面，使它成为澳门的一个新地标，显然比那座鸟笼状、狮子口的旧葡京更夺人眼球。为了在第一时间见识新葡京的奢华，我们从旧葡京进去后，就从通道直接登上扶手电梯，穿过连廊径直进入新葡京赌场。

也许时间尚早（不到九点钟），从内地前来“搏杀”的赌客还没大批涌入，故赌场大厅略显冷清，不少赌台仍虚位以待，这与我当年描述的“‘参战者’与‘观战者’济济一堂，将赌档围得水泄不通”的“爆棚”情景不尽相同。然而，正如俗话所说，“外行看热闹，内行看门道”，我发现，赌客们一旦进入“临战状态”，情绪就骤然高涨。我似乎从中看出了两点“门道”：一是如今的赌注额提高了；二是气氛更趋活跃。我在场内转了一圈，发现无论何种赌法，每注都不低于200元，最高可达几十万元。这还不是在贵宾房，而是在普通大厅的赌台上。这时，我不禁想起旧葡京门口竖立的那块告示牌，上面写着“赌博无必胜，轻注好怡情；闲钱来玩耍，保持娱乐性”的“20字诤言”。而昔日的“轻注”只是20元钱，现在已涨了十倍，变成200元了，这不知算不算社会进步？此外，当年赌场的气氛非常严肃，我在文章中写道，“赌客们一个个紧绷着脸，眉头紧皱，屏住呼吸，精神处于极度紧张和亢奋之中……”而现在看来，气氛轻松多了，似乎真的“闲钱来玩耍，保持娱乐性”了。我就在现场目睹了一位雍容华贵的女赌客，出手十分阔气。她是在玩“百家乐”，每次投注高达30万！竟连续三注都赢了，眨眼工夫她就赚了近百万！围观者不由得发出一阵阵惊叫声，而这位 女豪客却神情自若，面不改色心不跳。可见她是一位“沙场猛将”。诚然，这是极少数的例子，多数人是不可能这么豪气的。况且，如她继续赌下去，最终还不知鹿死谁手呢？我不禁为她捏一把汗。

与新葡京相比，位于氹仔新填海区的威尼斯人赌场，似乎更趋向于“草根化”和 娱乐性。我们在首站新葡京只待了半个多小时，见识了挥金如土的场面之后，便抓紧时间“转场”。这时，穿梭于各赌场和码头、关闸之间的免费巴士已运作，于是我们从附近一个小赌场搭乘这类巴士直奔威尼斯人大酒店而去。进到赌场大厅一看，没想到，人头涌涌，摩肩接踵！想必是内地的大批游客已经来到，人流高峰渐渐形成了。我认真地观察了一下，发现这里的气氛与葡京有所不同，“搏杀”的火药味没那么浓。起码“最低消费”的门槛没那么高，有很多赌档的最低投注额仅为50元，这无疑更能满足大多数纯粹是来“玩一下”、“过过手瘾”的草根阶层的需求。的确是这样，只要你看看那些成群结队、衣着打扮很朴素（大多穿深色衣服、背廉价挎包）、一窝蜂似地把赌档围得严严实实的赌客，你就知道他们是从内地，甚至是从农村来的。他们的赌注都不大，而且大多爱跟风，每次输赢结果一公布，都会爆发出一阵阵响亮的惊叹声或笑声，真的有“轻注好怡情”的气氛。若问：为何“威尼斯人”人气那么旺？我看有两个原因：一是这个赌场最大、最新，人们比较好奇，把它作为首选目标；二是参赌门槛较低，草根阶层也“玩得起”。如此看来，“威尼斯人”的生意经真的值得一赞。

其实，“威尼斯人”经营博彩业的理念，与大多数国家赌场的经营理念是相近的。过去我周游列国时也曾涉足不少赌场，包括美国拉斯维加斯、大西洋城、马来西亚的云顶、澳大利亚的黄金海岸、新西兰的奥克兰、加拿大的尼亚加拉、摩纳哥的蒙地卡罗等，我发现它们的气氛都比较轻松，不像澳门葡京那样充满凝重的“搏杀”气氛。如今，“威尼斯人”插足澳门，使得澳门的赌风悄然发生了变化，也引发了人们的思考。

其实，“威尼斯人”并非仅是拥有800多张赌台、号称世界最大赌场那么简单，关键还在于它拥有最大规模、最现代化的会展、购物、体育、综艺及休闲等各项综合设施，使之成为世界级休闲、娱乐、商务旅游目的地。资料显示，威尼斯人大酒店

(度假中心)共投资200亿元，建成的各种设施堪称世界一流，甚至举世无双。以前我也陆续听人讲过它的“威水”事，但正如俗话所说的，百闻不如一见。此刻，置身于它的怀抱中，我的心灵真正受到震撼！随便举几个例子都足以令人惊叹不已：那个世界最大的人造天幕，竟把一条逾百米长的商业街罩在天际下，使人们在巨大的室内空间里犹如在露天一样，可以全天候地看到蓝天、白云或星星、月亮；更令人不可思议的是，竟在4楼“开凿”了一条人工运河，打造了一个逾10万平方米的“运河购物区”。人们可乘坐“贡多拉”（一种传统的威尼斯小船）沿着运河游玩，穿越多座很有情趣的小拱桥，非常浪漫。“河”的两岸是整齐漂亮的意大利风格的商铺，连绵不断，各种国际名牌、特色商品琳琅满目，任君选购。无疑，如此丰富多彩的休闲项目，对于与赌无缘的我来说，更具有吸引力。

回过头来再看看整个澳门博彩业的发展情况，可用“一派繁荣”来形容。10年前，澳门自开放赌权以来，打破了一直以来只由少数寡头垄断的局面，促进了竞争，顿时，一座座高级酒店拔地而起，一家家豪华赌场接连开张。仅澳门博彩股份有限公司一家，旗下就发展到拥有18间赌场、1间网络在线及6间独立角子机场。而另一条“大鳄”——来自美国拉斯维加斯的金沙集团，一到澳门立足，立即就大展拳脚，斥巨资建成了威尼斯人大酒店，并于2007年开业。紧接着，再投资80亿美元建设一座规模更大的“金沙城”。如今，从澳门本岛到氹仔、路环一带，到处酒店林立、赌场云集，这一景象成了澳门一道新的风景线。当然，“成行成市”必然引发竞争。我看到，就在“金沙城”不远处，又有一家属澳博旗下的金碧辉煌的银河大酒店，已于2011年5月开业，这无疑形成了强烈的竞争。

然而，现年78岁、身家达380亿美元、世界富豪榜排名第3位的金沙集团董事会主席谢尔登·阿德尔森并不惧怕竞争，相反，他充满雄心壮志。他认为，澳门是世界上唯一能够容纳他想象力的地方。言下之意，澳门还可以大搞非博彩业，作为新的经济增长点。所谓非博彩业，无非是指商务和休闲活动。这样就能吸引更多游人或客商的到来，并使之在澳门多逗留一些时间。正是在这位世界超级赌王这一战略思想的指导下，金沙集团不惜投下血本，在澳门“跑马圈地”大肆扩张，锐意把澳门打造成为世界级会展中心和休闲、娱乐、商务旅游的目的地。现在看来，他这一宏伟构想已显露出雏形。

事实证明，澳门博彩业这一转型卓有成效。据资料分析，近年来澳门博彩业务的增速呈减缓趋势。2009—2011 年博彩业的月收入增幅维持在 40% ~60%，而从 2011 年年底到 2012 年 3 月，增速仅在 30% 左右徘徊。不变的是，内地游客仍是主要客源，也就是说，内地游客是澳门博彩业得以发展的最主要动力之一。据统计，2011 年全年，前来澳门旅游的内地游客高达1 600 万人次，远远超过其他国家和地区的游客。2011 年澳门酒店入住率保持在 80% 以上，非博彩项目的总消费额为 60 亿美元，这反映出游客对购物休闲的兴趣正在不断提高。据说，拉斯维加斯在“威尼斯人”没开业之前，游客停留时间平均只有 1.2 天，而现在已增加到 3.6 天。赌王谢尔登希望能在澳门复制拉斯维加斯这一经验。再看看会展业的情况，前景也颇为乐观。如今，澳门“威尼斯人”拥有一个 11 万平方米的现代化会展中心，面积比香港会展中心大两倍，而参展费用只需香港的一半，这无疑对国内外的参展商和客户更具吸引力，成为香港的强劲竞争对手。

此次澳门之行虽然来去匆匆，考察的地方也很有限，但所见所闻令我颇有感悟，收获也不少。当然，所谓收获，并非指在赌场上的“搏杀”有所收获，而是指在增长见识和思想感悟方面。真的，当我亲眼看到澳门在“一国两制，澳人治澳”正确方针指引下，“一赌带来百业兴”，经济快速发展、社会欣欣向荣、民众安居乐业的大好形势时，心里倍感欣慰！

2012 年 5 月

40. 加拿大不再“艰难大”

——加拿大观感之一

过去常听人说到加拿大的绰号，一曰“大家拿”，二曰“艰难大”。依我看，这虽属笑谈，带有明显调侃成分，但空穴来风，并非毫无根据。

所谓“大家拿”，指的是社会福利好，“大家”都可从国家“口袋”中“拿”到很多福利。而“艰难大”，则是国民生活的写照，指在加拿大谋生不容易。

的确如此。近 14 年来我曾先后 4 次造访加拿大，前几次确有“艰难大”之感。记得 1997 年香港回归前夕，曾有不少香港人移民加拿大，几乎形成了风潮。可是没过几年，他们中的很多人却纷纷“回流”了。除了政治因素之外，我相信很多人还是为了生计。不是吗？“人往高处走，水向低处流”，这是颠扑不破的客观规律。再看看近年来，很多赴加留学的中国学子（包括我儿子），一毕业就当了“海龟（海归）”，义无反顾地“游”回中国，寻求在祖国发展的新路。原因无非也是觉得在加拿大谋生“艰难大”。

然而，古人有言，不应一本通书读到老。哲人又说，世事无绝对。万事都在变化中。最近，我再度造访加拿大时，就看到这个令世人瞩目的“枫叶之国”经济日趋好转，民生不断改善，社会安定祥和，呈现出一派生机活力的景象。须知，在国际金融风暴严重冲击下，全球经济下滑，很多昔日的大国、富国、强国都濒临危机，唯加拿大能独善其身，取得了骄人成绩，实在难能可贵。虽然，他们的步子迈得不是很大，但这或许正是他们的特色或经验所在。有人则说这是加拿大人的性格使然。事实证明，在全球经济陷入衰退的形势下，只要能保持温和、持续的低增长，就比那些经常大起大落的“经济狂人”要强。俗话说，“逆水行舟，不进则退”。对照今天加拿大的实际而言，我看应该改一改，变成“不退则进”，那是别有一番新意的。如此看来，加拿大已经不再成为“艰难大”了。

我这次是与夫人、女儿和外孙女一道，到加拿大旅游探亲，主要下榻在家住多伦多的一位亲戚家。其实我已是第4次造访加拿大了。对于尼亚加拉大瀑布、京士顿旧京城、渥太华首都、千岛湖、蒙特利尔、魁北克等一批著名景区，都可谓旧地重游。但我仍然保持着浓厚的兴趣。无他，皆因想多看看“枫叶之国”的新面貌。

“加东三日游”无疑是一条最经典的旅游路线，那天我们是参加当地著名的泰安旅行社的组团，旅客人数之多令一辆50座的旅游大巴座无虚席。导游是一位姓华的华裔美女，她热情大方，知识丰富，口才流利，能分别用英语、普通话、粤语三种语言讲解，生动幽默，让我们游兴大增。一开始，她风趣地介绍说：加拿大因为有个“大”字，所以什么都大。例如，国土、公路、住房等都很大，就连加拿大人的屁股也是特别大的（指胖子多）。“当然，论胖子数量和屁股吨位，加拿大还比不上美国，可以说小巫见大巫呢！”华小姐故作正经地说，却引来了旅友们一阵笑声。

据导游介绍，加拿大面积达998万平方公里，是世界第二大国，但人口仅有3 200多万，又明显是个小国。它拥有十分丰富的矿产、森林、水产等自然资源，制造业和高科技产业尤其发达，跻身于西方七大工业国之一。一方面，资源丰富，另一方面，人口很少，人均占有量之高成了其独特优势。加上近年来经济稳步增长，势头不错。老百姓最注重民生，在这方面，加拿大政府也交出了一份颇让民众满意的答卷。据了解，如今加拿大的社会保障体系已全面覆盖，其中包括失业保险和失业救济、医疗保险、养老金、家庭津贴和残疾津贴等，广泛惠及国民。目前，加拿大人 2/3 的家庭已拥有私人住宅，80% 的家庭拥有至少 1 辆汽车。就以我寄宿的这家亲戚为例，一家 3 口三代人，两个打工族，另一位老人领取养老金，纯属普通草根阶层。但他们也拥有自己的别墅式住房和两辆小汽车，能够从容不迫地接待我们一行 5 人在此落脚。

就业问题无不令人关注。一位朋友告诉我，她移民加拿大已多年，觉得就业形势越来越好。"只要你不过分地挑肥拣瘦，一般都不至于失业。"她实话实说，工资标准也逐年提高，现在最低每小时 10 加元左右，月薪差不多 1 500 至 2 000 加元（相当于人民币 1 万元左右）。虽然租房子比较贵，但日常的生活开销并不多。我们看到这里的物品非常丰富，质量上乘，价格并不贵，有些东西如猪肉、鸡肉和某些水果，甚至比广州的还便宜。这样看来，他们整体的收入水平明显比中国高。因此，我们常常看到很多家庭"煮"妇成了购物狂，总是满心欢喜，满载而归。人们下馆子的机会也比以前多了，酒楼、食肆开了一间又一间，还经常爆满，后到者只好耐心等候。

超市一派兴旺。旅游更是火爆。但不知为什么，那天我们到尼亚加拉大瀑布一日游时，却发现游客并不多。记得以前这里总是人山人海的，想找个拍照的地方也不容易，只好见缝插针地"抢镜头"。而如今却可以从容不迫。后来，我与旅行社的司机聊天，才弄清了个中原因。原来，尼亚加拉大瀑布是个与美国毗邻的景点，过去一直是美国游客的"天下"。但自从金融风暴之后，美国人的钱包"缩水"了，加上美元对加币不断贬值，从过去最高时1美元可兑换1.5加元，如今已降到几乎两者持平，有个别时段加元比价甚至微超美元。这样，美国人就觉得拿美元到加拿大消费不划算，于是减少了“过境游”。加拿大人则相反，如今他们纷纷涌到美国去旅游和购物，因为他们手头上宽裕了，加币也更值钱了。这种风水轮流转的现象，恰同香港与深圳的情况。过去很多香港人到深圳旅游、购物和消费，近年来却“调转过来”，倒是天天有大批深圳或内地居民涌向香港“自由行”，疯狂地“扫货”。

耳闻目睹的很多事实告诉我，如今的加拿大，两个绰号只剩下一个了，即“大家拿”（全民福利）依旧存在，而“艰难大”的帽子应可摘掉了。

如此看来，加拿大的一些治国理念和方略，给了人们不少有益的启示。他们的成功经验，值得别的国家学习和借鉴。

2012年8月30日

41. “不朽的红心”与“奥运后遗症”

——加拿大观感之二

号称“北美小巴黎”的蒙特利尔市（当地华人称“满地可”），是加拿大最著名的旅游城市之一，有300多万人口，仅次于400万人口的多伦多市。它以浓郁的法兰西风情和众多独具特色的景点而吸引人们的眼球。以前我曾两度涉足此地，但都是来去匆匆，以至于没能留下什么文字，颇感遗憾。此次旧地重游，加深了印象，对圣约瑟夫大教堂和奥运会旧址这两个景点印象尤其深刻，甚至达到了刻骨铭心的地步。因此，这次再没有理由无动于衷了。于是动笔写下这篇文章，填补以往的一个空白。

先说那座举世闻名的圣约瑟夫大教堂。它已有100多年历史，几经重修和扩建，使之成为北美最大的天主教堂。它之所以让世人高山仰止，基于两个原因。一是特别宏伟壮观，巍然耸立于全市最高的皇家山上，居高临下，可以鸟瞰全城，有种“一览众山小”之气概；二是这里诞生了一位伟大的布道者——安德烈修士，他既是这座大教堂的“灵魂”，又是千万信徒和民众心目中的“神医”。

安德烈修士出生于1845年8月9日，因家境贫寒，曾辗转国内外多个地方谋生。直到1870年，25岁的他才来到蒙特利尔市一家圣十字架修道院，当了一名最普通不过的修士，每天负责看护院门和干些勤杂工作。然而，由于他有一颗纯洁、善良的心，以及极为虔诚的态度、乐于施布的精神，促使他在这最平凡的岗位上一干就是40年。于是他成为“神的化身”和万众的偶像。人们都说，这位平凡而伟大的修士有两大“法宝”，一是善心，二是善医，而且两者结合得完美无缺。一方面，他用善心凝聚了人心，换取了千万信众的支持，经过几十年的不懈努力，积聚了巨额善款，用于建造这座举世无双的圣殿。而另一方面，他用自己独到的医术（心理与药理的神奇结合），治愈了数以千万计行动不便的患者。安德烈修士于1937年1月6日去世，享年92岁。当时全城哀恸，有100多万人前往吊唁和参加他的下葬仪式，可见他在人们心目中拥有多么崇高的地位。然而，他去世后并没有留下什么遗产，唯一保留的是三件遗物——简陋的墓穴、大批拐杖和那颗不朽的心脏。这三件遗物就安放在大教堂内的礼拜堂中，长期供游客瞻仰。此刻，我看到了这三件意义非凡的珍贵文物，心灵不禁为之震撼！当目睹挂满墙壁的那些残旧拐杖时，我眼前浮现出当年一幕幕感人的情景：一个个拄着拐杖艰难地爬上山来的患者，经过安德烈修士精心的治疗，竟奇迹般地痊愈了，扔掉拐杖健步走下山来！最令人感慨的是，安德烈修士那颗虽然不再跳动但依然红润的心脏，被单独存放在透明的玻璃盒子之中。它仿佛告诉人们，平凡而伟大的好人，有一颗永不枯竭的红心。这必将唤起亿万人民对他的缅怀以及把他作为学习榜样的决心。

再说奥运会旧址这个景点，虽然也是很著名的历史文物，但没有大教堂那样多的光环，甚至有不少负面信息遭人诟病，因而毁誉参半。

为什么会这样？原来它患上了“奥运后遗症”。

1976年，第21届奥林匹克运动会在蒙特利尔举行。这本来是一件很荣幸、很“威水”的事情。可惜好事没能真正办好，以至于留下“后遗症”。其“症状”主要有三：一是场馆建设有不少隐患；二是会后场地派不上用场，严重浪费；三是欠下巨债久未还清。

真的，我们在参观时就发现不少“豆腐渣工程”。其中那座最抢眼的地标性建筑——奥运中心会场的设计和施工就遭人质疑。由于过分强调标新立异，吸引眼球，设计方案根本就难以落实。建筑成本虽然很高，但使用功能和效果不能兑现。例如，主场馆那个巨大篷顶就是明显的败笔。原设计该篷顶是可以打开和闭合的，但由于设计时没有对周围环境和气候等综合因素的影响（例如严冬季节有积雪）作充分考虑，甚至连一些重要的工程数据也计算错误，导致斜塔和钢丝绳的承受力和拉扯力不足，结果造成巨大篷顶无法打开。虽经多次修改仍无济于事，最后只好弃用。至今篷顶从没打开过，下雨天甚至四处漏水，非常狼狈。看到这个情景，人们无不摇头叹息。

与其同病相怜者，还有奥运村。它也是盲目追求与众不同，而把一个“村”高度集中在一座金字塔形的巨型大厦里。外形真是“酷毙”了，可惜好看不好用，加之建筑质量差，奥运会过后不久，很多房间就破损了，从而被人们讥讽为“有姿势，无实际”的典型。后来，曾有些国际级名牌酒店想将这个奥运村接手过来，改造成一家高标准的大酒店，但专家们到来一考察，发现到处伤痕累累，实在是“烂泥扶不上墙”，于是都放弃了。奥运村被搁置多年之后，有关部门最终决定将它化整为零，散卖给私人作住宅。但听说散卖也很难出手，至今仍有不少“烂尾”。

如果说，主会场和奥运村的问题已经够烦人的话，那么，令人更加烦透了的事还在后面。那就是承办奥运时留下的巨额债务。当时，蒙特利尔市政府为了更体面，不惜大量举债搞“面子工程”。虽然，加拿大联邦政府也在经费上给予一定的补贴，但大部分还是要市政府埋单。俗话说，“羊毛出在羊身上”，政府的欠债最终还是要全体市民来还，这就必然增加了民众的负担。为此，蒙特利尔市增设了一个特殊税种，叫“奥运税”，一缴就是

30年！直到2006年还清奥运债务后才撤销。据说，多作了30年“特殊贡献”的蒙特利尔市的老百姓，至今心里仍忿忿然，怨声载道。

令我稍为释怀的是，这次看到奥运旧址已有了一些生气。经过装修和整饰，焕然一新，不像前两次看到的那样寒碜了。而且，很多场地已经或即将派上用场，安排了一系列赛事或活动。在这里，我们还参观了一个室内生态公园，那是由自行车比赛馆改建而成的。园内展出了丰富多彩的原生态环境及动植物，让人增加了很多知识和乐趣。

记得前两次，我们到此参观时，兴趣索然，总是匆匆而来，匆匆而走，连一个场馆都没进去过，更不用说登上全市最高的建筑标志物——造型酷似眼镜蛇的斜塔了。这次就不一样，我们特意乘坐缆车登上了这座高塔，远眺“满地可”这个“北美小巴黎”壮丽的美景，一偿夙愿。

参观完奥运会旧址，让人浮想联翩，甚至有些糊涂了，竟一时搞不清有关部门把它作为旅游点，开放给人们参观的真正用意何在。是想炫耀昔日的辉煌、承载未来的使命，抑或想通过揭示当年的疮疤，以便让人吸取教训？我思忖，应该是两者皆有之吧！

联想到这些年来，奥运之风劲吹，有些人已被吹得飘飘然了。建议他们也抽空来此看看，兴许能清醒一下头脑。诚然，通过竞争脱颖而出，成为东道主承办一届奥运会，无疑是很光荣的。但切忌盲目追求，好高骛远，以免像蒙特利尔那样产生“后遗症”。在这个问题上，当地政府与民众的心态往往迥然。“上次多伦多参加竞选第29届奥运会举办城市失利，官民情绪冰火两重天的情况，足以说明这个问题。”导游说。当时，多伦多输给了北京，当地官员很懊悔，但老百姓不在乎，甚至很高兴，舒了一口长气，如释重负。因为老百姓是最讲实际的，他们不忘蒙特利尔前车之鉴，不想重蹈当年的覆辙，以免背负沉重的包袱。

导游还回忆说，2010 年温哥华承办第 21 届冬季奥运会的时候，不少多伦多人也是抱着幸灾乐祸的心态，调侃说："温哥华人肥得流油（指有丰富石油资源），需要减肥，承办冬奥会出点血有好处。但千万别把'冬天里的一把火'引到咱多伦多来，我们没那么多钱交税啊！"

看来，承办一届奥运会真不容易！蒙特利尔这个典型事例足以发人深省。

2012 年 8 月 31 日

42. 环保趣事多

——加拿大观感之三

加拿大地广人稀，湖光山色，环境非常幽静。此次访加，正值夏末初秋的季节，气候宜人，万木葱茏，百花吐艳，空气格外清新。半个月的休闲生活，与大自然充分地融合，使我更真切地感受到加拿大犹如人间天堂，不由得发出连声赞叹！

加拿大环境优美，有关环保的故事也特别多，真是难以尽述。这里不妨摘取三则趣事或趣闻，以“一斑窥全豹”。

“先敬花木后敬人”

人们常说，“人靠衣装，物靠包装”。在旧社会，还有“先敬罗衣后敬人”的陈腐观念，看人先看衣着和打扮。倘若穿的是绫罗绸缎，打扮入时，则被人高看，尊而敬之；反之，若衣冠朴素，不事妆容，便会被人小窥，甚至侮辱。这种陋俗现已过时了。然而，我在这里把这句话引申过来，稍作修改，变成“先敬花木后敬人”，为的是用以比喻加拿大人的环保理念，想来也有一些趣味。

加拿大是个森林大国，森林覆盖面积占全国总面积的44%，人均1 500多平方公里，雄居世界前列。虽然“多见树木少见人”，但他们植树造林的劲头仍不减。特别是魁北克人，森林越多越种树。尤其值得赞叹的是，他们不仅注重绿化，而且更注重美化，广栽花草，让绚丽多姿的花卉装点家园，陶冶情操。

如果有人问我，你这次在加拿大有什么新发现和新感受？我会不假思索地说：“加拿大的花太多太艳丽了！简直令人陶醉，花多眼乱！”

的确，在夏末秋初的加拿大，无论你走到什么地方，大小公园、住宅庭院，抑或是广场、街心等公共场所，都可看到栽种在地上的各类花卉，硕大的花朵鲜艳夺目，香气沁人肺腑。我发现，很多加拿大人都有一种恋花的情结，或者说，简直就成了“花痴”。他们有个不成文但都恪守的规定，我把它创造性地总结成两句话，叫“各人自种门前花，也管他人花之事”。就是说，除了人人自觉地种好、管好自家门前屋后小花园、小花坛的花草外，还可“多管闲事”，理直气壮地“干涉”别人的“花事”，这无形中形成一种互相竞争、互相监督的氛围。如果有人对自家的花园疏于管理，使花草凋零枯萎，或草地不及时修剪，让杂草疯长，被居民区管理人员或邻居发现了，就会挨批评，甚至罚款。

我的一位亲戚就是典型的“花痴”。她家门前的小花坛和后院的大花园里都栽上了奇花异卉，各种鲜艳的花朵竞相开放，争妍斗艳，羡煞旁人。其实，她是个打工族，工作特别忙，家境也不宽裕。但她总是挤出很多时间和花费不少金钱，用于处理“花事”。我问她为何乐此不疲？她颇认真地说：“既是个人爱好，更是一种生活态度。不仅是我，很多加拿大人都有了共识，美化环境是一种高尚情操。谁家花草种得多、种得好，谁就特别受人敬重，这就叫‘先敬花木后敬人’！”

一天晚饭后，她特意带我到居民小区转了一圈。这个小区很大，有上千户人家，全是别墅式。当我们看到家家户户门前空地上都种了花草树木时，不由得啧啧赞叹。这时，我这位亲戚俨然一位巡视员和评判官，对各户种的花卉不停地指指点点，时而称赞，时而数落，爱憎分明。我也受其态度感染，似乎也掌握了某些评判标准，从而与她有了共识。正如她说的那样，那些花园整洁、花草繁茂的住户，一看就知道是高尚人家。反之，那些园地凌乱、花草萧条的房东，一看就知道其家运不兴。看来，“先敬花木后敬人”还真的有些现实性呢！

野生动物享“特权”

加拿大人爱护野生动物，历来如此。这次我又听到一些更新的趣事。

那天，我参加旅行团出外旅游，大巴走到一段两边尽是密林的狭谷公路。忽见路边竖着一些牌子，上面画着麋鹿、野兔、雁鹅、山鸡等标志，带团的女导游挺认真地问我们：“你们知道这些标志牌是干什么用的吗？”旅友们一时没有反应。她便自问自答：“这是专门告诉那些野生动物，横过公路时注意交通安全，要从这个地方通过！”起初大家还不作声，后来忽然醒悟了，随之爆发出一阵大笑！原来，女导游是故意“幽大家一默”，开个玩笑而已。谁都知道，野生动物们根本就没有那么高的智商，绝不会认识这些标志，更不理解竖牌人的意图。说穿了，这些牌子是给人——过往司机看的，旨在提醒大家注意这一带有很多野生动物出没，由于它们没有任何交通安全意识，常常会突然横穿公路，所以各位司机要特别留意，不要撞到它们。这样做一则保护了野生动物，二则防止发生交通事故，避免造成车毁人亡的悲剧。

这虽然是一则笑话，但从中可看出加拿大人爱护野生动物的举措。其实，他们早已习惯了与野生动物和谐共处，不但精心呵护它们，甚至“偏袒”它们，在很多时候也真正做到了“动物优先”。

多伦多位于安大略湖之滨，是不少野禽和鸟类聚集的天堂。

我们经常看到很多海鸥、雁鹅、野兔、松鼠等野生动物在草地、公园或公共广场上悠然地行走，尤以雁鹅的队伍最为壮观。它们的模样和体型与家鹅几乎一样，大的有七八斤重，大摇大摆地混在人群中，完全不躲避人。起初我还以为那是专人饲养的家鹅呢，谁知当你想捉它时，它却“呼”的一声腾空而起。雁鹅有时会妨碍人的正常工作，但即使它们肆无忌惮，人们还是会让其三分，绝不伤害它们。于是，我们时而会看到滑稽的一幕：因为雁鹅群要过马路而使很多汽车停在公路上等。有位朋友还给我讲了一个听起来不可思议，但又是千真万确的故事。他说，他们公司前面有一块大草坪，很多雁鹅经常在此栖息、游荡，久而久之，有些雁鹅甚至走近他们办公室的门口，嘈杂的声音干扰了他们的工作，赶也赶不走。于是有一天，忍无可忍的一位同事祭出了一个新招：开大水管喷射！终于把它们赶得远远的。然而，令人诧异的是，第二天上班时，同事们发现在公司大门口竟有一大摊雁鹅屎，几乎堵了路。于是大家及时把粪便清扫干净。想不到隔了一天，“鹅屎门”再度上演。一而再，再而三，令人烦透了！后来他们通过侦察，终于破解了这个谜。原来，这是雁鹅炮制的恶作剧，有意报复不友善的人们。这真是令人哭笑不得！于是，他们检讨了自己，决定“改邪归正”，重新与雁鹅和谐相处。同事们用一些食物将雁鹅重新引诱回来，不但精心地呵护它们，还定时给它们提供后勤保障。自此之后，双方相安无事，再没有“喷水门”和“鹅屎门”的发生。

垃圾放冰箱

这是一则有关垃圾分类处理的故事。说起来，这个话题并不新鲜，因为在很多地方早已普及，就在我们广州，也已开展了垃圾分类处理工作。然而，我这次到加拿大，住在亲戚家里，还是发现了一些对人有所启发的趣事。其中最新奇的是两件：垃圾也要洗干净和厨余垃圾放冰箱。

这是怎么回事呢？

那天，我随主人上街买早餐，把炒牛河和皮蛋瘦肉粥分别用饭盒打包带回家吃。吃完早餐后，我主动“打扫战场”，将空饭盒扔到屋外的垃圾箱里。不料主人却叫我把它取回来，并嘱咐我先把盒内的脏东西洗干净再扔出去。我不理解，便问主人：“为何垃圾还要洗干净？”主人解释说：“不洗干净就会造成环境污染。”原来，这里住户的门前，都放置了由城管部门统一设立的垃圾箱，分别用来收集可回收和不可回收的垃圾。环卫人员则每个星期前来清运一次，并统一收集厨余垃圾。

“一个星期才清运一次，垃圾不是发臭了吗？”我诧异地问。

“是呀！所以我们要把那些特别脏的垃圾，如废饭盒等里面残存的汁液和渣滓先冲洗干净，然后才扔到垃圾箱，这样就不容易发臭了。”

呵，原来如此。事实上，由于各人能自觉地做好垃圾分类处理工作，垃圾排放量明显减少，也相应减轻了环卫人员的劳动强度，并可减少职工人数和延长收集期，每周清运一次就行了。这既保证了环保质量，又节约了城市管理成本，真乃一举多得。

然而，反观我们国内，这样举手之劳的小事也不易做到。人们都习惯把垃圾一扔了之，不搞成“仙女散花”已很不错了，谁还想到要“洗垃圾”呢？在这样的现状下，即使每天清运一次垃圾，也还是臭气熏天，若是每周才清运一次，真不知会酿成什么后果，或许只能是天方夜谭了。

与“洗垃圾”相对应的，还有另一件奇事。

有一次，我从市场买回来一些东西，正想把它们放进冰箱里。谁知打开冰箱一看，里面已满当当的，没有空间了。认真检查一下，我忽然发现里面竟有一包厨余垃圾！

“有没有搞错，垃圾也放到冰箱里?” 我不可思议地责问主人家。

主人家若无其事地解释说：“没有搞错！厨余垃圾要单独分开，等环卫人员来了才能扔掉。但这些垃圾混杂了肉渣、骨头、剩饭、瓜菜废物等，积存在家里更容易腐烂变质，特别是在夏天。为了不让其腐烂发臭，唯有将其密闭包装好，放到冰箱里。”

呵，原来是这么一回事！虽然并不算骇人听闻，但令我多少有点意外，有点感动。因为从这件小事里，我们看到了一种可贵的精神！

2012 年 9 月 2 日

43. 为了画圆那个“句号”

——走进“世界屋脊”之一

这些年来，我曾到过国内外的不少地方，足迹遍及大中华和五大洲。然而，当有人问我：是否已走遍全中国？我却不敢理直气壮地作肯定的回答。的确，我虽然去过国内绝大多数省、市、区，有些地方甚至去过多次，但还是有少数省、区未曾涉足。屈指算来，现在就剩下宁夏、青海和西藏三个省区未到过了。而这三个地方都是独具特色的西部名胜，尤其是被称为“世界屋脊”的青藏高原，充满着神奇色彩，令我非常向往。可惜这么多年来迟迟没有机会涉足，留下了遗憾。为了填补空白，画圆这个“句号”，我一直在等待时机，去真正实现“走遍中国”的梦想。

2009 年 6 月 10 日，计划已久的“世界屋脊之旅”终于成行了。

此行纯属“自由行”，同伴只有两个。俗话说，“三人行必有我师”。此行的“师”就是我的老乡加老友刘珊瑚先生。而另一位驴友，则是与我年龄相近、同是旅游发烧友的游锦荣先生。刘珊瑚之所以为“师”，是因为他不仅年富力强，可充当保镖，为我们“保驾护航”，而且因为他“老马识途”，可为我们做向导。近年来，刘珊瑚曾多次进入青藏高原，甚至深入到边远的藏民牧区做冬虫夏草生意，因而对青藏高原的地理气候环境比较熟悉，一旦遇到某些困难，也能找熟人照应一下，从而使我们更增强了入藏的信心。

此次西部之旅，先后走过了青海、宁夏、西藏三个省区，历时11天。虽然行色匆匆，属走马观花，浅尝辄止，但印象非常深刻。一方面开阔了视野，补上了一堂知识课，同时使我们的心灵受到洗礼，增添了对大自然的敬畏之心，因而具有里程碑式的意义。

俗话说，兵马未动，粮草先行。年近古稀的我们，冲刺"世界屋脊"无疑是个不小的考验，不能掉以轻心。为此，我们未雨绸缪，行前就作了一系列准备工作，加强锻炼，养精蓄锐，还服用了一种叫红景天的中药茶，提高免疫功能和耐缺氧能力，以防高原反应。此外，我还准备了一些瓶装的氧气，随身携带，以备不时之需。这是湛江一家专门研发日常保健用氧产品企业的老总特意送给我的（可惜后来在西宁乘火车时，被铁路人员当作危险品硬是没收了，辜负了朋友的好意）。出发之前，我们匠心独运地设计了一份路线图，特意选择了一条迂回路线：先从广州坐飞机到西宁，在青海玩几天，再乘火车到银川。在银川游玩几天后，再杀个回马枪，返回西宁乘火车到拉萨。这条迂回路线看似复杂，但实际上比较科学，既可一次性游完三个省区，又可逐步适应高原环境，同时能体验到青藏铁路的险峻与神奇，丰富人生阅历。

事实证明，"三个台阶"、"步步登高"的方案，非常切合我们的实际。不然的话，一下子从海拔只有几米的广州飞到海拔3 650米的拉萨，就很难适应了。而西宁的海拔只有2 300米，银川地势更低些，海拔只有1 100米，过渡几天之后再向拉萨冲刺，就更容易适应了。结果，我们不但来到拉萨后平安无事，而且到了更高的一些地方，如"藏北明珠"纳木错湖和海拔达5 100米的那根拉山口，我们都"顶得住"，直到全部行程结束，连氧气都没吸过一次哩。

此行之所以能“谈笑凯歌还”，与未雨绸缪及科学的安排分不开，我想这也算得上是经验之谈吧！

2009 年 8 月

44. 在那遥远的地方

——走进“世界屋脊”之二

西部歌王王洛宾创作过一首闻名于世的民歌《在那遥远的地方》，其诞生地就在青海，因而在很多人的心目中，青海就是“遥远的地方”。的确，当我初次来到青海，体验到高寒地区较荒凉的环境时，真有些遥远之感觉。然而，这种荒凉和遥远又别具一格，独具情调。一句话：清纯而圣洁，实为一种大美！

早有所闻，青海有两个最著名的旅游景点：塔尔寺和青海湖。此次我们“初到贵地”，当然不会错过“到此一游”的机会。

塔尔寺位于西宁市以西 25 公里的湟中镇，建于明朝嘉靖三十九年，至今已有 400 多年历史。它是为纪念我国藏传佛教格鲁派（黄教）创始人宗喀巴而修建的。该寺的最大特点是依山势而建，规模宏伟。据说最鼎盛时有 800 多间殿堂，占地 1 000 亩，是我国藏传佛教格鲁派六大喇嘛寺之一。它不但外表建筑辉煌，艺术精湛，而且内涵极其丰富，收藏的经文古籍、雕塑作品价值连城。令我想象不到的是，前来塔尔寺朝拜的人之多，简直可用“人山人海”来形容，人们进入各个殿堂都要排队，摩肩接踵。而更精彩的一幕，是信徒们争相向着佛祖做“大礼拜”的情景。所谓“大礼拜”，就是双膝跪下之后，再把双手贴着地面向前伸至尽头，双脚同时向后伸直，直至全身匍匐在地上，“五体投地”进行膜拜，颇有点像做俯卧撑的样子。完成一次动作之后，即收起双脚和双手，恢复跪姿，然后做第二次、第三次……反反复复。信徒们极其虔诚的态度，实在令我动容。须知，这样如痴如醉地做“大礼拜”的信徒绝非个别，而是成群结队、浩浩荡荡！且每个信徒做“大礼拜”占用的时间都不少，而能容纳做“大礼拜”的场地有限，因而形成了“僧多位少”的局面，于是，后来者只好耐心地等待了。面对此情景，我感慨万分，我真佩服信徒们那超常的信念和毅力。同时也悟出一个道理：人的精神力量是多么巨大！特别是信仰的力量，更不可估量！为此，我联想到我平时锻炼身体，偶尔做几下俯卧撑都累得气喘吁吁，可人家一连做几百次“五体投地”式的“大礼拜”，仍“面不改色心不跳”！这不就是一种精神的魔力吗？不说远的，就说我们身边的朋友刘珊瑚，他也是一名虔诚的喇嘛教信徒，此刻来到塔尔寺，颇有归家之感，自然要虔诚地做一番“功课”。然而，做“大礼拜”的人实在太多，他找了好几个地方都没法挤进队列，排队久了又怕我们不做礼拜的人等得不耐烦，于是，不得已请一位排在前头的陌生信徒帮忙，借了他的位置，才挤上了礼拜的行列。真是不看不知道，一看吓一跳！原来刘珊瑚的功底也不浅呢！他竟能“五体投地”一连拜近百下，仍全无倦意。这一下，倒真是让我和游先生佩服得五体投地了。

塔尔寺名不虚传，令人赞叹。然而，在青海，论名气之大，还首数青海湖。由于我特别热爱大自然，而青海湖又以大自然景色优美而著称，所以更加吸引我。过去，很多旅游宣传资料或文学作品都描绘过青海湖的美，但对于我来说，只有亲临其境，切实地感受，印象才深刻。况且，青海湖一带有很多景点流传着浪漫、凄美的传奇故事，更使我倍加神往。

那天，我们参加旅行社组织的“青海湖一日游”，很早就从西宁乘车出发，直到晚上七八点钟才回来。行程时间很紧凑，游览的景点不少，其中有几个景点印象最深刻，例如鸟岛、日月山、金银滩等。无疑，所有景点都是以青海湖为核心的。青海湖是我国最大的内陆咸水湖，其最大的亮点是地势高、面积大、湖水蓝。据资料记载，青海湖高出海平面3 260多米，比两个东岳泰山还高；面积达4 500多平方公里，比我国著名的太湖还大一倍多，浩瀚缥缈，波澜壮阔；更神奇的是，这里的湖水特别蓝，这是湖水含氧量较低，浮游生物稀少，含盐分低（0.6%左右）的缘故。湖水透明度达八九米，非常晶莹明澈，蓝到发青，因而叫“青海”，印证了俗话所说的“青出于蓝而胜于蓝”。

青海湖的景点很多，最诱人的莫过于鸟岛。它位于湖的西面，面积仅0.5平方公里。顾名思义，鸟岛是鸟的天堂，每当春夏季节，这里栖息着30多种逾10万只候鸟。为了便于游客近距离观察而又不骚扰各种鸟儿的活动，有关部门专门在湖边修建了一座类似暗堡式的观鸟厅，顶上覆盖着杂草或砂土，远看像个小山包。游客进入里面，透过窄长的玻璃窗，就可清晰地观察到近在咫尺的鸟儿的活动情况，而鸟儿却不知道有人正在“偷窥”，毫不隐蔽地把自己诸如交配、生蛋、孵化、嬉戏等“私生活”全都暴露在游客们的视野中。出于天生对鸟类的偏爱，我怀着浓厚的兴趣，多视角、长时间地在这里参观、拍照，流连忘返，并为我国青海湖有这样一个鸟岛而骄傲自豪！

来到日月山，人们不由得想起一段感人的历史传奇故事。当年，文成公主与吐蕃赞普松赞干布联姻，正是由此向南经唐蕃古道进入西藏的。经过“天下河水皆向东，唯有此溪向西流”的倒淌河来到青海湖。当文成公主路经黄土高原与青藏高原的分界线，翻越不毛之地、海拔3 520米的青藏咽喉湟源峡（赤岭）时，翘首西望，不由得泛起思乡情绪。于是取出临行时帝后所赐之日月宝镜观看。顿时，镜中现出了长安繁华的景色。公主悲喜交集，又想到自己肩负的联姻重任，毅然将日月宝镜甩下峡谷，决心以后不再思念故乡。宝镜变成了碧波荡漾的青海湖，而公主的泪水则汇成了滔滔的倒淌河。后人为纪念文成公主，就把赤岭改名日月山。这些传说虽然有杜撰的成分，却表达了人们对文成公主崇高思想和伟大壮举的赞扬，深深地震撼了我的心灵！此刻虽然已进入夏季，但站在日月山山口上，依然寒风刺骨，呼啸的寒风把人吹得几乎站不住脚，可想这里的气候环境多么恶劣！然而，当我回忆起文成公主那凄美的故事时，心头顿时涌起一股暖流，把凛冽的寒风置之不理了。

如果说，上述日月山的故事纯属传说的话，那么，金银滩的故事就是真实的传奇了。傍晚时分，我们踏上了归途，旅游中巴顺着青海湖沿湖公路飞奔，但见湖畔尽是连绵不断的平缓丘陵，那是牧场和油菜地。导游说，这是青海湖的又一特色美景。每年7至9月，大面积的油菜花盛开，金黄一片，蔚为壮观。可惜当时时令稍早，油菜尚未开花，使我们失去了一次欣赏“花海连天”美景的机会，深感遗憾。

忽然，在荒原的远方出现了一排排旧房子，延绵几公里，像是一个城市，定睛细看，却是一座荒废了的旧城。导游告诉我们，这里原是我国第一个核武器研发基地（原221工厂），当年，有多少满腔热血为研发“两弹一星”奉献青春的专家、学者、工程技术和后勤服务人员，从祖国的四面八方汇聚到这个“遥远的地方”，条件非常艰苦，但贡献非常巨大。现在他们已完成了历史使命，人去楼空，唯留下废墟作为历史的见证。目睹此情此景，我不禁肃然起敬！

再往前走，就是著名的金银滩，即王洛宾杰作《在那遥远的地方》的真正诞生地。为何叫“金银滩”？原来，以公路为界，两边草场开的野花颜色不同，一边是黄花，一边是白花，泾渭分明，所以人们形象地把它叫做“金银滩”。说起来这真是又一个奇迹，辽阔、美不胜收的金银滩并非人为打造，而完全是大自然巧夺天工的杰作，这不禁令人万分称奇。而更为人们牢记的是，金银滩曾强烈地吸引了西部歌王王洛宾的眼球，打动了他的心扉，激发了他的情感，从而使他创作出一首传世杰作。同车一位不相识的团友给我讲了一个“真实的故事”：当年王洛宾到金银滩采风时认识了一位能歌善舞的姑娘，她是当地一位族长的女儿，长得非常漂亮，人又聪明善良，王洛宾便对她产生了好感，在拍摄一部电影音乐片时，专门请她担任一个重要角色，她出色地完成了任务。自此，王洛宾把这位青春貌美的姑娘铭记在心，只可惜自己早已有妻室，不能进一步发展关系，只好把思念暗藏于心底。于是，他创作出一首情歌，抒发自己的爱慕之情，这就是《在那遥远的地方》。几年之后，王洛宾又到了金银滩，专门约见了那位姑娘，得悉她已嫁给当地一位权贵，心中若有所失。细看之下，已为人妇的她显得苍老、憔悴了很多，完全失去了昔日靓丽、活泼、纯真的形象，据说这是婚姻和家庭不美满之故。王洛宾深表同情与惋惜，甚至有点自责，没有尽到怜香惜玉的“天职”。又过了若干年，王洛宾再度亲临金银滩，还想见见那位从未忘怀的姑娘。可是一打听，犹如晴天霹雳！那位姑娘（不，大嫂）已因贫病交加离开了人间！多么可惜啊！一颗美丽的星辰这么快就坠落了，王洛宾的心中留下了永远的遗憾……我想，人是有感情的动物，有些感情是十分自然、纯洁和珍贵的，正如那句名言，“生命诚可贵，爱情价更高”。此刻，我发现在金银滩的一隅，有一座漂亮的墓碑，原来这是王洛宾归老后，儿女们善解父亲之意，把金银滩作为第二故乡和特殊感情的归宿，专门在此修建了这座墓碑，让人们永远记住他，记住《在那遥远的地方》，传唱《在那遥远的地方》。现在，这里已成为一个旅游新热点，无论天南地北的游客，一到此地，就会情不自禁地唱起那首脍炙人口的经典情歌，“在那遥远的地方，有位好姑娘……”

2011 年 9 月

45. 迷人的“塞上江南”

——走进“世界屋脊”之三

以往一提起中国西北地区，在我的脑海里立即便浮现出“大漠孤烟直，长河落日圆”的荒凉景象。没想到这次来到银川，展现在眼际的竟是水网纵横的沃土，一幅江南水乡的美丽画卷。真的，想象与现实之间的反差实在太大了！老朋友、宁夏回族自治区药监局办公室老主任连本亭先生告诉我，这并非仅因为近年来银川的发展太快，巨变成了这番模样，而实际上银川自古以来就有“塞上江南”的美誉。他说，这是银川的地理优势所造成的。打开地图就能看到，黄河河套经过宁夏的一段就是个水网地带，所以素有“天下黄河富宁夏”之说。言下之意，在过去黄河流经的地方，大多是贫瘠的土地，灾荒连连，唯独宁夏最富饶。而银川更是“上帝”（真主）特别眷顾的地方，造就了一个富饶的银川平原。这里自然条件得天独厚，既有南国水乡的秀丽特色，又有塞外边陲的壮美景观。

真是不来不知道，一来看呆了！若不是亲临其境，我怎么也想象不到银川竟如此美丽！

原先，连本亭先生不相信我是初到银川，他以为我这个“天马行空”的人，在中国没有不曾去过的地方。当证实我的确是“首次”的时候，便毅然决定亲自当导游，陪我“好好转一转”。

于是，我们一行在热情的东道主陪同下，把银川的特色美景几乎一网打尽。

据老连介绍，“塞上江南”的景观大致可分为四大部分，即“塞上湖城”、“西夏古都”、“回族风情”和“影视摇篮”。由于内容太丰富，景点较分散，路程也不近，不可能详细参观，只能走马观花地浏览一番。

给我印象最深的莫过于沙湖。老连指点着说，在银川区域内，有很多天然湖泊和湿地，自然水面近万公顷，水质良好。历史上曾有“七十二连湖”的盛景呢！在诸多湿地中，沙湖堪称“大哥大”。它南距银川市56公里，总面积达8.2平方公里。顾名思义，沙湖的亮点就是既有沙，又有湖。南面是沙漠，北面则是湖水。奇怪的是，沙漠与湖水相连，但沙子就是不会滑落到湖里去。这个景象颇像敦煌的鸣沙山，虽然紧挨着月牙泉，但沙子永远不会把月牙泉埋了。这种沙、湖相连形成巨大反差的景色，恰似一幅电脑合成的杰作。你看，这厢，苍茫雄浑的沙漠，跋涉着一队队骆驼，铃声远播；那厢，浩瀚妩媚的湖水，穿梭着一艘艘游船，渔歌唱晚。这种融江南水乡与大漠风光于一体的景观，真是绝妙极了！

然而，那一望无际的芦苇更令我陶醉。当我们乘船横渡湖区前往鸟岛参观的时候，时而与芦苇丛擦肩而过，时而穿梭在芦苇丛的“隧道”之中，我竟忘记了自己正置身于西北边陲，还以为是在江南水乡呢！有趣的是，这些芦苇似乎都喜欢做“单身汉”，不喜欢“妻妾成群”地连成一片，总是一丛一丛地分隔开，好像排兵布阵，蔚为壮观。时下正值初夏，芦苇叶子已长得很茂盛，一片苍翠；芦苇秆长得比人还高，矫健挺拔，就像一队队卫兵守护着美丽的沙湖。说真的，我特别喜欢这些亭亭玉立、英姿勃勃的“沙湖卫兵”，所以留下了不少“倩影”。

听讲解员介绍，沙湖一年四季的景色可谓多姿多彩。它拥有万亩水域、五千亩沙丘、两千亩芦苇、一千亩荷池。盛产鱼肉和鸟类，鱼类味道尤其鲜美。芦苇丛中栖息着数十种珍鸟奇禽，有白鹤、黑鹤、天鹅等。想不到在遥远的西北，也有一个像广东江门“小鸟天堂”那样的地方！我们在鸟岛与各种珍禽零距离接触之余，还观看了一场“鸟明星”表演秀，精彩的节目引起游客们一阵阵欢笑声。

在银川的第二场“重头戏”是参观西夏王陵。不是自谦，过去我的地理课学得不好，历史课更差，致使如今有太多历史知识不了解。对西夏王陵更不甚了了，如同一张白纸，这次来参观，正好补上一课。

过去我曾参观过不少中国的帝王陵墓，印象中没有哪个陵墓比西夏王陵更荒凉的了。你看，在方圆 40 平方公里的陵区，9 座帝王陵和 70 多座陪葬墓散落其中，已完全荒废。由于时间不允许，同时体力也不济，我们只能参观就近几座具有代表性的陵墓。

人们都说，西夏王国在历史上始终是一个谜，它辉煌过，却很快悲壮地毁灭了，前后只存在了 190 年。而这些荒废的墓冢却能见证当年王朝的辉煌。在西夏王陵博物馆中，我们看到一张王陵复原的效果图，才知那些王陵原是一座八角塔形的建筑，气势恢宏，十分精美。那金字塔状的废土堆对人们仍有极大的吸引力，每天吸引着大批国内外游客不远万里前来参观。因为西夏王朝确实太神秘了，那些金字塔状的废土堆具有不可估量的历史价值。

如果说，被誉为“东方金字塔”的陵墓是个谜的话，那么，古怪的西夏文字就更让人摸不着头脑了。在景区的大门口，两边柱子上各写着两个西夏文字，它形似汉字，但又不是汉字。我们左看右看，上看下看，想了半天仍然一头雾水，不知何意。问老连，老连也摇摇头。他说：“我也忘了。虽然曾多次到此，听过讲解员多次解释，但总是记不住，西夏文字的结构太多奥妙了！”接着，他开玩笑地补充说：“虽然是‘文盲’，但可勉强当‘一字之师’，我教你们认识一个字吧。”“什么字呢？”我们饶有兴趣地追问。“就是西夏的‘夏’字。”说着，他在地上一笔一画地写出一个大大的怪字来。我们一看，不禁哈哈大笑！哪像个“夏”字呀？分明是把“不死”两个汉字合二为一。

“不错，西夏文字就是这么写的。要问为何？有人认为它可能寄寓了李元昊的愿望——西夏王朝‘不死’。当然，这纯属戏说罢了！”

谈笑间，我们告别了西夏王陵，又赶往下一个景点——华夏西部影城。

位于银川镇北堡的那座华夏西部影城，是我国著名作家张贤亮先生的又一独特“杰作”。他把一个原始、破败的古堡（当地称土围子），“修旧似旧”地打造成一座影视外景拍摄基地，正如大门右侧那块石板上写的：“中国电影从这里走向世界”，它为我国很多影视佳作提供了绝妙的拍摄平台。例如人们耳熟能详的影视片《红高粱》、《大话西游》、《新龙门客栈》、《火舞黄沙》、《乔家大院》等不下五六十部，都是“从这里走向世界”的。我对这里保持着的奇特、雄浑、苍凉、残旧、衰而不败的景象尤感兴趣。像《红高粱》等好几部作品里都曾出现过的“月亮门”一景，更突出了荒凉感、黄土味及原始化、民间化的审美观，给人无限想象的空间，堪称一绝。

我们“三人行”戏称“微型剧组”，和很多游人一样，怀着浓厚的兴趣到处寻找最佳外景地，极尽搞笑之能事，自导自演各种“山寨”角色，什么帝王、土匪、武将、书生，无所不能；舞长矛、耍大刀、骑战马、诵诗篇，样样精通，令人捧腹，齐赞“英雄有用武之地”。

银川还有一个全国独一无二的景点，就是中华回乡文化园。

它位于银川郊区永宁县，是由热爱伊斯兰文化的穆斯林与有识之士在各级政府支持下创建的展示中国回族文化习俗的场所。其中那座回族博物馆是精髓所在，其规模之大、建筑之雄伟、装饰之精致，均超乎我的想象。一位身穿民族盛装，青春美丽的回族姑娘为我们作讲解。她高中刚毕业就被招聘到这里当讲解员，虽然讲得不是很流利和生动，但态度很认真，表情很纯真，所以仍让我们对她产生了好感，讲解结束后我们还与她合影留念，感谢她为我们上了一堂回族文化和宗教知识课，使我们收获不小。

最后，东道主带我们游览市容，专门参观了为庆祝宁夏回族自治区成立50周年而兴建的大广场。这个顺着山势、居高临下的大广场，在山顶处建了一组古罗马式的巨大石柱，非常雄伟壮观。广场的座位顺着山坡拾级而下，视野十分开阔，足可容纳几万人聚会。广场的前方则是水网纵横的田园，一马平川，美不胜收。此刻，我置身其中，不禁为宁夏人拥有如此大的气魄而发出由衷的赞叹！老朋友连本亭却不以为然。他说，银川是全国唯一的回族自治区首府，为反映50年来自治区社会发展的伟大成就，同时体现国家对少数民族地区的重视和关怀，银川理应有这样一座“丰碑”的。他接着又开玩笑地说：“作为一个少数民族地区，人家都说我们宁夏人一贯老实、听话，所以受到中央的特别偏爱。不是说‘爱哭的孩子有奶吃’吗？我们宁夏这个‘孩子’天生不爱哭，但中央给予了很多特别的支持，使各项建设能快马加鞭地实施。”我接过话头说：“是呀，哪个父母不爱自己乖巧、听话的孩子呢？要是我当了中央领导，我也会向你们倾斜的——说吧，还需要什么？尽管提出来！”老连笑着说：“别的暂时不需要了，现在只是口干，先来一瓶矿泉水吧！”“哈哈……”大家都大笑起来。

是的，银川之美，既有上天的造就，也是勤劳勇敢的宁夏人努力奋斗的成果。我们看到，昔日这座古老的小城，如今已几倍地扩大，马路越修越宽，高楼越盖越多，水网越连越密，环境越来越清雅，真是令我流连忘返。

写到这里，我忽然又想起一件趣事——品尝新鲜枸杞子。众所周知，枸杞子是宁夏最著名的土特产之一，过去我们早已司空见惯，但都是把它的干果当作煲汤料或药用，从未尝过新鲜的枸杞果。那天晚宴上，盛情的东道主特意吩咐酒楼准备一些枸杞果，让我们尝尝鲜。我看见端上来的枸杞果粒粒都似花生米那么大，水灵灵、红艳艳的，太诱人了！便顾不得客气，率先抓了几粒送到口里，果然清甜无比！正当我频频出手的时候，却被老连劝止了。他煞有介事地对我们说："新鲜枸杞子不能吃太多，否则会出事的!""为什么?"我惊愕地问。他接着解释说："因为它含糖分太高，一般每天不超过10粒为宜，过量则容易产生不良反应。"啊，原来如此！我们只好"遵医嘱"，按照"处方量"服用。最后把未吃完的枸杞果"打包"带走，留作第二天在返回西宁的火车上再品尝。当时，我触景生情地联想起苏东坡"日啖荔枝三百颗，不辞长作岭南人"这首诗，便乘兴改写出一首"山寨版"的诗："日啖枸杞十余颗，不辞长作宁夏人"。我想，这也是我们此次银川之行的感悟吧！

2009年8月

46. 感受西藏

——走进“世界屋脊”之四

西藏是我景仰已久的圣地，也是我们此行的最后一站和“压轴戏”。在此之前，我们已先后在青海和宁夏转了一圈，不知不觉已过了一个星期，按计划返回西宁后，再向终点站西藏进发。此时，我们的心情未免有些焦虑，不仅因为时间紧迫，更重要的是火车票特别难买。原先以为找熟人帮忙，且提前了很多天，买票不会有问题，谁知到头来还是没买到。究其原因，一是旅客实在太多，大家都想乘坐青藏铁路的火车到拉萨，好领略沿线独特而美丽的风光，以致一票难求；二是黄牛党炒票猖獗，凡是西宁至拉萨的车票几乎全部暗箱操作，或被黄牛党掌控以数倍高价炒卖，售票窗口如同虚设。据说我们托的熟人到窗口买票，一连两天排在第一位，但窗门一打开就说“没票了”，落得个空手而归（说明根本就是忽悠人的）。碰到这种情况，真是令人十分愤慨！眼看等了几天火车票仍无着落的迹象，不得已，只好打出最后一张“王牌”——刘珊瑚通过广州火车站派出所的朋友，转托当次列车的乘警把我们带上车。只有这样，我们才挤上了开往拉萨的列车，然后慢慢等待安排铺位。

真是没想到，铁路部门的服务态度至今还是那么不尽如人意。我们人还未到西藏，倒先有了第一感受：进藏难！

虽然费尽周折，但最后总算如愿以偿了，我们终于松了一口气。特别是一想到圣地即将在望，原先沮丧和尴尬的心情，顿时烟消云散，变得愉悦起来。是呀，怎能不高兴呢？我们正飞奔在渴望已久的“天路”上，多少“仙景”将逐一展现在眼前！

这条谓之“天路”的青藏铁路，是世界上海拔最高、线路最长的一条高原铁路。随着我国著名女歌手韩红唱的一曲《天路》传遍天下，不知震撼了多少人的心！引起了多少人对青藏铁路的关注与向往，期盼有朝一日能亲身来体验一下。我们庆幸终于有了这个机会，情不自禁地与来自五湖四海的驴友分享愉快的心情。大家不约而同地凑到一起，热烈地交流各种信息、见闻与感想，车厢仿佛成了一个大讲堂。我则像一名小学生，认真地倾听大家的发言，从中增长了不少知识，深深地体会到古语所说的“行万里路，胜读万卷书”！

青藏铁路东起青海西宁，西至拉萨，全长 1 956 公里。其中西宁至格木尔一段有 814 公里，已于 1979 年铺通，1984 年正式投入运营。格木尔至拉萨段 1 142 公里，于 2001 年 6 月 29 日正式开工，经过 4 年艰苦奋战，于 2005 年全线贯通，2006 年 7 月 1 日试运行，从此结束了西藏不通火车的历史。有一位美国现代火车旅行家写过一本叫《游历中国》的书，曾作出“有昆仑山脉在，铁路就永远到不了拉萨”的论断。如今却被“铁的事实”推翻了。然而，人们心中也很清楚，能推翻这一论断绝不是一件轻而易举的事情，是付出了巨大的财力、物力和人力，凝聚了超凡的智慧与胆识，才换取的伟大成果，堪称人间奇迹。世人皆知，青藏高原生态十分脆弱，高寒缺氧，千年冻土加上狂风扰乱，自然环境极端恶劣。在这样的环境下修建铁路，将遇到多少艰难险阻，又有多少科技难题有待突破！的确，青藏铁路无论在工程建设的难度，抑或是科技含量等方面，都创造出多项“世界之最”。特别是在格木尔至拉萨之间的路段，共有 960 公里是跨越海拔 4 000 米以上的，是真真正正的“天路”，筑路条件更加艰苦，技术难度更加高。难怪有人说，只有中国这支筑路的

“铁军”，才能创造出这一史无前例的奇迹！

“列车已经到达唐古拉山车站！”车厢里忽然传来悦耳的广播声，旅客们一听到这个消息，立即像服了兴奋剂似的，欢呼雀跃起来。据列车员介绍，唐古拉山车站海拔达5 072米，是青藏铁路的最高点。言下之意，过了唐古拉山这个山口，铁路线就渐渐走下坡了，而之前是爬坡路，列车要用两个车头拉，之后的下坡路，用一个车头拉就够了。鉴于唐古拉山站是“世界最高火车站”这一特殊意义，旅客们每到此都特别兴奋，希望能在写着“唐古拉山站”的站牌前拍照留念，同时欣赏一下唐古拉山脉的美丽风光。于是，等车子一停稳，旅客们便兴冲冲地走上月台，我也随后正要走出车厢，却被刘珊瑚劝止，他说：“别贸然出去啊！”“为什么？”“小心高原反应！”“没事的，我一路来不是都挺好吗？”“那是在车厢内，放了氧气的，走出去就不一样了！”尽管刘珊瑚规劝，但我还是坚持要出去，一来对自身有信心，二来实在经不起唐古拉山的“魔力”诱惑。于是，我怀着冒冒险的心态走出了站台。

有道是“高处不胜寒”，海拔五千多米的唐古拉山口空气果然很稀薄。虽已到六月中旬了，仍然寒风阵阵，冻得人直打冷战，忽然又感到呼吸困难……为确保安全，我不能再死撑下去了。于是，我匆匆地拍完几张照片，环扫几眼迷漫的雪山，便赶紧“缩回”到车厢里面。心想，不管怎么狼狈，总算双脚曾踏上过“世界最高火车站”，领略过唐古拉山口的风光，这就是一次具有里程碑意义的经历，弥足珍贵！

青藏线上还有一个更诱人的兴奋点，就是可可西里。它之所以强烈地吸引世人的眼球，是因为这里出产国家一级保护动物——藏羚羊。藏羚羊是濒临灭绝的动物，因而被视为国宝。相信世上没有人不渴望见到国宝，特别是能在原生态的状况下观赏到它。由于青藏铁路正好要经过可可西里，所以人们乘坐火车到拉萨时，就能有机会看到这些国宝。可以说，这是青藏铁路对旅客的最大诱惑之一。特别值得一提的是，为了保护这些国宝，青藏铁路特意给它们留出了一条迁徙的通道，以利繁衍，国家不惜增加巨额投资，建造了一座清水河大桥。这样，藏羚羊迁徙时便可在桥下安全地通过。如果运气好，正巧碰到它们迁徙的话，那么旅客们便可大饱眼福了。

一路上，我们都在热切地期待能有机会“检阅”藏羚羊队伍。终于，列车进入可可西里区域了，我们的神经渐渐地兴奋起来，两眼定神地向窗外瞭望和搜寻，希望能在第一时间发现藏羚羊。突然，有人惊呼：“来了，来了！那不是藏羚羊吗?”不错，终于发现了第一个目标。不久，新的目标又相继出现，一只、两只、三只……由近而远，散得很开。它们慢悠悠地在原野上走动，根本不把风驰电掣般的火车放在眼里，也没有受到惊吓。说真的，自然生态下的藏羚羊更可爱，可惜数量不太多，稀稀拉拉，没有我以前曾看到过的那张“经典照片”那样壮观。那张照片刚好拍摄到一个大场面：一大群正在迁徙的藏羚羊，浩浩荡荡地即将通过清水河大桥底部，桥上的火车正隆隆地驶过……场面多么壮观，构图多么巧妙！可惜的是，听说这幅照片涉嫌造假，是把两幅照片拼凑在一起的，从而造出一个特别壮观的画面。当然，造假是极不光彩的事情，理应被人唾弃，但在情感上我真的舍不得那张“经典照片”，希望在现实中真的有“经典镜头”出现，哪怕只有发现海市蜃楼那样的小概率也好！但话又说回来，世间哪有这么多十全十美的好事呢?我想，我们第一次“光临”青藏铁路，就能看到藏羚羊，虽是一些“散兵游勇”，也算运气不错，值得骄傲了。

傍晚 8 点多，列车终于徐徐地驶进拉萨站，算算时间，列车总共运行了 28 个小时。然而人们都怀着兴奋的心情，脸上挂满笑意，没有丝毫疲惫之态。但不知为什么，大家下车后却走不动了，一个个像打败仗似的，拖着行李慢吞吞地走着。这就奇怪了，平时我们看到的下车情景完全不是这样子的啊！以往旅客们一下车，总是争先恐后、大步流星地涌出站台，为何在拉萨，人们忽然变得这么“斯文”了呢？刘珊瑚提醒我说：“你别忘了，这是高原地方呀！为了减少高原反应，做什么事情都要‘慢三拍’，这是经验！”

哦，原来如此！这不是入乡随俗的问题，而是“生存秘籍”。为了避免发生高原反应，我们都牢牢地记住了“慢三拍”的原则，无论走路或是洗脸、吃饭、穿衣，都“表演”着慢动作。尤其是上楼梯，一步一步慢慢地挪动，活像电影特技中的慢镜头。每当看到这种情景，我们互相之间都觉得很好笑。

然而，虽然平时记住了要“慢三拍”，但遇到兴奋的事情就会忘记。在抵达拉萨的第二天我就差点“撞了板”。那天，我们参加藏北草原和纳木错湖一日游。来到纳木错湖畔，我发现在贫瘠的砂砾中，竟生长着不少格桑花，它们的生命力多么顽强啊！更令人不可思议的是，它们都开着一球巴掌般大、非常鲜艳的花朵，这简直是上天的恩赐！在高寒地带看到这些美丽的“仙花”，令我万分惊喜，不由得蹲下身来仔细地观赏一番，然后用特写镜头拍了几张彩照。正当大功告成之际，忘乎所以的我一下子站起来了，顿时感到一阵头晕，天旋地转，两眼冒金星，胸口发闷，气喘作呕。随之两眼一阵黑，几乎要跌倒。我意识到这是因为违反了“慢三拍”的原则，导致高原反应了。幸好我冷静下来，不急不躁，立即闭上眼睛，屏住呼吸，慢慢地蹲下去。歇息了一会儿，再慢慢地站起来，就比较适应了，不会感觉天旋地转了。经过了这次教训，我在以后的旅途中就再也没有违反“慢三拍”的原则，从而能够平安无事。

人们都说，纳木错湖蕴藏着一种神圣的美，其独特的高原大湖景色，我认为是举世无双的。纳木错湖藏语意为“天湖”，寓意离天很近。湖面海拔达 4 718 米，是世界上海拔最高的咸水湖，总面积 1 900 平方公里，位居世界第二。这里的湖水呈天蓝色，水天相融，浑然一体。身处湖畔，思绪无限，仿如亲临仙境。我最喜欢周边的雪山和天上的白云。那千年不化的雪山给人一种庄严、圣洁之感；那变幻无穷的白云使人感到世界之奇妙！白云、雪山与蓝天、湖水形成强烈的反差，犹如一幅巨大无比的立体油画，其高深与纯净的意境足以涤荡人类的灵魂！

高寒山区的生活无疑是非常艰苦的，不要说文化娱乐方面缺乏，就连基本生活的衣食住行条件都很不容易满足，讲具体一点，做饭、洗澡、取暖的能源都难保证。但我发现当地居民对此早已习以为常，甚至不觉得怎么艰苦。在某居住点，我就捕捉到一个很平常但感到很鲜活的镜头：由于能源很缺乏，人们只好依靠拾马粪、牛粪作燃料。我看见两位藏族妇女，一个背着小孩，另一个手拖着小孩，一边拾马（牛）粪，一边高兴地交谈，时而发出欢快的笑声。显然，对她们来说，依靠拾马（牛）粪解决能源问题，并不艰苦，只要有所收获，就是一件乐事。果然，我发现在她们的帐蓬旁边，已堆满了一大堆马（牛）粪，怪不得她们那么开心。当然，我也很开心，因为我拍摄到这样一组很有民族风情的照片，算是意外收获。

很遗憾，由于前段旅程耽搁了一些时间，致使只能在西藏停留两天（回程机票早已订好）。藏北草原和纳木错湖一日游已占了一半时间，余下一天就只能在拉萨市内转悠了。又是非常遗憾，这几天布达拉宫暂停开放，使我们失去了参观和朝拜这座圣殿的机会。到大昭寺和八角街观光时，只见人潮汹涌，摩肩接踵，来自本地和全国各地的善信把这两个最神圣和繁华的地方挤得水泄不通，使我们连大昭寺的门槛都踏不进去。由此可见宗教信仰对藏民的凝聚力之大！为了维护治安，预防违法犯罪分子和敌对势力搞破坏，几队武警战士荷枪实弹地巡逻，雄赳赳的队列在大昭寺广场和附近地区来来回回地巡逻，显示出强大的震慑作用。不难理解，这是为了应对敏感地区容易发生突发治安事件而采取的措施。但从另一侧面来看，这种肃杀的气氛，未免把本应祥和的气氛大大地冲淡了，这大概是不得已而为之吧！

不管怎么说，拉萨给我的印象很不错。我给它归纳成“三个想不到”：一是想不到拉萨的城市建设搞得这么好，市内绿化、美化、净化都上了一定档次，有点现代化的气息；二是想不到拉萨人这么富裕，不论是城里人还是农牧民，我看他们的消费水平都不低。拉萨的高档商场也不少，可以说，在这里要买什么国际名牌货或奢侈品都能买到，应有尽有；三是想不到拉萨对国内外游客越来越有吸引力，尽管有高原反应这只拦路虎，尽管偶有治安骚乱的隐忧，但人们依然对它十分神往。我想，很多人都像我一样，非常崇尚和向往青藏高原，被它的神秘感所诱惑吧！

至此，走进“世界屋脊”已圆梦，走遍中国的“句号”也正式画圆了，我感到十分欣慰！

2009 年 10 月

47. 西双版纳看“野人”

很早就听人说过，湖北省的神农架山区有野人出现，令人既惊奇又向往。可惜此消息至今仍未得到证实，一直只停留在传说之中，使人对世上存在野人产生怀疑。想不到我最近来到西双版纳，一位出租车司机（兼导游）神秘地问我：“想不想去看野人?”“什么？看野人?”我好奇地反问。“对，野人。活灵活现的，花300元便可拉你们往返!”司机小伙子很有诱惑性地说。这不禁又撩起我的“敏感神经”，于是决定坐他的车前去探个究竟。记得20年前，我曾到过西双版纳一次，那时交通很不方便，到西双版纳的游客很少，这块神奇的土地显得格外神秘。当时，我已有幸游览了有“孔雀尾巴”之称的橄榄坝、“大象故乡”之称的野象谷和“翡翠绿洲”之称的原始森林等。一批热带特色的自然美景，让人觉得非常神奇，但从没听说过有野人啊!

其实，这是司机故意忽悠我们的。实际上他是想拉客，才推荐我们去参观一个热带雨林谷。这个热带雨林谷里面保留了一个原始部落——克木人，专门为游客展示他们野人般的生存状态及独特的生活技能，还有原生态的歌舞表演。因此，司机把克木人渲染得神乎其神，称其为“野人”，目的是激起我们的好奇心，乘坐他的车前往看个究竟，他从而做成一单生意。

热带雨林谷位于孟猎县境内，距西双版纳州首府景洪市六七十公里，现已开发成一个独具特色的旅游景区，它头上顶着三个光环：国家级自然保护区、国家A级旅游景区、联合国教科文组织西双版纳生物圈保护区。在这里，除了能观赏茫茫原始森林的壮美及各种珍稀动植物的神奇外，最主要的还是能体验被出租车司机称作“野人”的克木人的生存环境。据了解，克木人是濒临灭绝的族群，由于人口太少，未能列入我国56个少数民族之中，因此只能被称为克木人，而不能称为克木族。克木人原先就散居在双西版纳一带的热带雨林之中，过着极其原始的部落生活。

其实，司机并非导游，他只负责运送我们往返，赚我们的交通费，进入景区后我们还得另行购门票和请专职的导游。进入景区后，我们便在一位身材很娇小的女导游带领下，顺着一条陡峭而弯曲的山路攀登，先后还经过了几道关卡，并逐一留下“买路钱”。原来，除了买门票外，还要交五花八门的小费。例如，你要想真正入乡随俗，将自己打扮成克木人的样子：买一只草藤编的头圈，戴在头上；再用颜料把脸颊涂几道蓝白相间的色块，共花10元钱。不一会儿，又有一位老太太拿来一些特别的树叶、树皮和泥土，分发给我们品尝，说是可以消除山岚瘴气的，再收10元钱。我小心地咬了一下树叶和树皮，有点酸酸甜甜的味道，尚能勉强接受，但那些泥土（白垩土）坚决不敢品尝。

过完“关”之后，我们再爬上一道山坡，忽然听得“呼”的一声，从头顶飞过一个人，不禁把我们吓了一跳！原来，这是克木人表演的第一个节目——“空中飞人”。导游介绍说，过去克木人大多栖身于树上，在大树的树杈上搭一个简陋的“窝”（树屋）。为了便于到左邻右舍走动，他们就在树顶绑上一条粗大的树藤，像荡秋千那样飞到邻居的“家”，无须下地绕很远的山路，再爬到对方的“窝”上去。刚才在我们头顶飞过的“空中飞人”，就是去邻居家串门的。一会儿，他又要返回自己的“家”，所以他又一次从我们的头顶飞过，让我们目睹了惊险的一幕。当然，像“荡秋千”这样的交通技巧，只有那些克木人才能掌握，普通游客不可能尝试。但我们体验到了另一种特殊的交通方式——“空中走廊”，这是一条沟通峡谷两边的特殊“动脉”。在山谷两边各挑选一棵参天大树作桥墩，在靠近顶部的树杆上，拴上几条粗大的绳索，横跨山谷，形成主桥。再用稍小的绳索编排、联结成网状，于是，一道空中索桥便飞架峡谷两边。看起来，这条“空中走廊”的安全系数是很高的，但由于它离地面太高，跨度又很长，人们走在上面还会晃动，所以很多游客走过时战战兢兢的，但又不能不过，因为没有回头路可走。

通过了惊险的“空中走廊”，我们来到一块稍为平缓的坡地，这里建起了一个由树桩、木板搭成的简陋舞台，一伙准备表演土著歌舞的克木人小伙、姑娘已整装待发，迎候我们。显然，他们的形象和表演都是原生态的。我们发现，克木人都比较矮小，皮肤很黑，头发蓬松，服饰又很平庸，缺乏色彩，所以外表并不好看。然而，他们表演时很认真、投入，也很奔放，所以现场气氛也颇热烈。最后还安排了与游客互动的环节，邀请我们上台共舞。俗话说，“爱美之心人皆有之”。我发现，有几个克木人小伙子专门找长得漂亮的女游客跳舞，但因他们长得较丑陋，往往吓跑了那些美女，双方在台上追追逐逐，乱作一团。

最刺激的莫过于“特异功能”表演，是由一位个子矮小、敦实的小伙子独立完成的。节目内容有：口吞长剑、利刀割舌、烟烫皮肤、手抓烧红铁棒、飞钉穿木板等，无不令人惊讶。他的压轴表演——在碎玻璃堆上跳舞，更是令人惊心动魄！只见他光着脚丫子，神态自若地走下满是玻璃碎块的池子中，时而漫步，时而蹦跳，时而金鸡独立。突然，他疯狂地猛踢那些锋利的玻璃块，使之四处飞散，乒乓作响，而他的脚竟丝毫无损！看得令人毛骨悚然！他还教我们讲两句克木人的土话，一句是用于打招呼的“呼哈”；另一句是用于称赞别人的“利”。为了营造气氛，他每做完一套动作，便打手势问大家“好不好”，大家随即高声回应“利、利”，同时报以热烈的掌声。鉴于他的表演特别惊险和精彩，很多游客都高兴地打赏他，有人送上零钱，有人送上饼干糖果。而我发现，他似乎对香烟更感兴趣，多多益善，并且特别喜欢名牌烟。只见他把“笑纳”的香烟统统收下，一边抽着，一边在两只耳朵后夹两根。随后一个个惊险节目的接连上演，高潮迭起！

接着，我们又参观了蛇类及狩猎知识展览，人们纷纷选购秘制蛇药及地道药材。回程中，我们还发现一种奇特的现象：在路旁一些高大的树杆上，挂着不少竹筒子，有些已很破旧，有些则较新，不知是些什么东西。一问导游，几乎把我们吓了一跳！原来，竹筒子里面装了婴孩的胎盘。导游解释说，这是克木人的传统习俗。婴孩出生后，把一部分胎盘挂在树干上，接纳天地间的灵气，这样小孩子就容易养大。虽然这是一种祈愿现象，但一想到那些胎盘，我们的心里都不禁发憷，感到有点恐怖，说不清他们是愚昧呢，还是虔诚。

听说，原先这个景区是没有克木人表演的，后来为了解决克木人的就业和生活问题，才增添了这些项目。说起来此事还有点曲折。最初，当地政府为了让他们摆脱原始部落的生活，特意在平原地区新建了一批房子，把他们迁下山来居住。然而，由于他们没有文化，言语不通，又缺乏劳动技能，加上在山上自由懒散惯了，走下山来反而不适应，于是又纷纷跑回山上去。无可奈何，政府只好另想办法，结果想到了开发旅游项目。有关部门根据他们的年龄、身体条件等特点以及技艺专长，再经系统培训，让他们成为演员，给游客展示绝活或表演土著歌舞。实践证明，这一招很成功，既使他们“英雄有用武之地”，又增加了景区的旅游项目，活跃了气氛。当然，就我本人的感受而言，觉得目前尚有美中不足之处，主要是克木人表演的艺术性和欣赏性还较差，不够令人赏心悦目，特别是有些节目近乎展示族群丑陋的一面，这就不足取了。不过，话又说回来，此次到西双版纳看“野人”，还是留下了深刻的印象。

2010年10月

48. 在梅兰芳的故乡

以往，人们一提起华东地区，立即就会想到江、浙；而一提起江苏，顺口而出的就是苏（州）、锡（无锡）、常（州）。其他地方仿佛都可被忽略。然而，近日我去了一趟华东，重点考察了一下江苏，却不经意地发现，除了苏、锡、常堪称经典的名城之外，还有很多好地方。例如，泰州过去在我心目中是“名不见经传”的，想不到竟是我的孤陋寡闻。其实，泰州无论古时或今日，都非比寻常，绝不应被忽略。而更令我惊喜的是，到了泰州我才知道，原来我国著名京剧大师梅兰芳的故乡就在这里，这不禁令我的兴奋与崇敬之情陡增。

俗话说，“有心栽花花不开，无心插柳柳成荫”。本来，我这次出差的目的地是张家港，后来忽然想起，有位朋友王伯林先生，从北京受聘到泰州一家五星级酒店当总经理，曾多次邀请我“有空过来看一看”。正所谓“相请不如偶遇”，于是我临时决定当一回“不速之客”。在张家港办完事之后，当地的朋友驱车200多公里把我们送到泰州。在王伯林的热情安排下，我们下榻在中国医药城的国贸东方大酒店。

泰州位于江苏省中部，长江下游的北岸。虽然不属于被人们习惯赞美的江南，但如今江苏省政府把它定性为新兴旅游城市和具有特殊政治意义的城市，这是为什么呢？

一位陪同我们参观的当地朋友不无骄傲地说：“其实，泰州美景胜江南。它既是一座具有悠久历史和厚重文化的古城，又是一座新兴的工商业滨江城市；既有很多得天独厚的天然景物，又有不少独具特色的人文景观。就凭这‘一古一今’的优势，足以把泰州建设成为国内一流的旅游城市！”

他接着介绍，其实，泰州的名字是有来由的。这个地方迄今600年无战事，故此得名。追溯源头，泰州已有2 100年历史。直至1996年7月，它才掀开了新的篇章：经国务院批准升级它为地级市，下辖4个县级市和两个区，总人口达504万。历史上的泰州不仅交通发达、经济繁荣，而且有着深厚的文化积淀，素有“汉唐古郡，淮海名区”之称。听到这里，王伯林忍不住插话补充：“说到泰州，那真是人文荟萃、名胜生辉。历史文化名人数不胜数。例如，宋代教育家胡瑗、元末明初文学家施耐庵、清代艺术家郑板桥、文论家刘熙载、评话宗师柳敬亭等。这些历史名人都在泰州留下了深深的印迹。如今，与之相关联的故居、公园、纪念亭等遍布全市各地，足以令游客陶醉。”

“最值得一提的是现代京剧艺术大师梅兰芳，他的故乡就在泰州！”陪同我们的当地朋友着意提醒说。

“什么？梅兰芳是泰州人？”我有点诧异。说真的，一直以来我都以为京剧大师一定是出生于京城（北京）。

“那还有假的？走，我们第一时间就去参观梅兰芳纪念馆。”王伯林附和道。于是，我们驱车直奔梅兰芳纪念馆。

梅兰芳纪念馆建于20世纪80年代，占地面积22万平方米，建筑面积3 500平方米，是一座以移建明清建筑为主体的小型园林式名人纪念馆。它位于市区凤凰墩上，三面环水，绿树成荫，风景雅致，的确是一方风水宝地。我们颇感兴趣地从头到尾参观了馆内各个分区，包括：梅兰芳塑像广场、史料陈列区、京剧知识长廊、仿古戏台、梅兰芳纪念亭及梅园区、滨河水榭等。其中史料陈列区又分为“梅开中华”、“梅香四海”、“梅骨铮铮”、“梅德如玉”、“梅根泰州”五大展室。这些珍贵的史料给人留下一个鲜明而强烈的印象：梅兰芳的“根”在泰州，但他光辉一生所创造的艺术瑰宝以及所作出的巨大贡献，早已超越时空和地域。因此，梅兰芳既属于泰州，又属于中国，同时属于全世界！

无疑，梅兰芳纪念馆是泰州人文景观的亮点之一，历来受到各级政府的高度重视。据介绍，近几十年来的多次修缮和扩建，使园区更多彩，资料更翔实，从而吸引了各方人士前来参观游览，很多政要、名流亦先后光临。我们看到，该馆的馆名就是前国家主席李先念题写的。1992 年，江泽民主席也曾到这里视察，亲笔写下了“弘扬民族优秀文化，振兴京剧艺术”的题词。此外还有大量名人志士留下的墨宝，十分珍贵。而我特别欣赏和喜爱的是馆内小广场上矗立着的梅兰芳塑像。这是一尊用汉白玉雕刻而成的大型坐姿塑像，洁白无瑕，仪态端庄。“他”身穿西装，打着领带，左手拿着书卷，右手拿着西式礼帽，挺腰平视，既和蔼可亲，又风流倜傥！此刻，我们怀着十分崇敬的心情，久久地凝望着这尊人见人爱的塑像，缅怀着他光辉的一生，然后纷纷与之合影，留下了几张终生难忘的照片。

从梅兰芳纪念馆出来，我们“穿越”到古老的年代——一条久负盛名的“泰州老街”。位于凤城河畔的这条老街，全部由麻石铺地，全长 600 多米。两侧是青砖黛瓦的仿古建筑，古色古香的各类商铺鳞次栉比，骑楼、长廊挂满了大红灯笼，店幌、匾额、旌旗相映成趣，洋溢着浓郁的民族风情。商铺里的各式传统产品琳琅满目，尤以“泰州小吃”最夺眼球。例如，泰州干丝、黄桥烧饼、清江汤包、溱湖八鲜、红膏大闸蟹等，五花八门，应有尽有。我们看到，有一家专做“黄桥烧饼”的小店，生意特别兴隆，很多人在排队购买刚刚出炉的烧饼，香喷喷的气味飘散开来，引得人们垂涎欲滴。于是，我们也情不自禁地加入了抢购的行列，一买就是十几盒，一买来就迫不及待地品尝起来，那滋味不由得令人啧啧称赞！

享完口福之后，还可大饱眼福。在老街中心有一个古戏台，非常热闹，三教九流都可在此大显身手，表演各款传统折子戏。忽然，从不远处的小广场上传来一阵阵悦耳的评弹、说唱声。妙趣横生的街头杂耍则随处可见，精湛的民间工艺品更是异彩纷呈……

“这里已成为非物质文化遗产的聚集地啦!”王伯林感慨地说。

“是啊，世俗文化与世俗生活在这里争相展现，老行当得以延续，老手艺得以复活，俨然一幅穿越时空的泰州老街‘清明上河图’!”我情不自禁地附和道。

陪同的朋友则告诉我们，前不久，有一位《扬子晚报》的记者专程来老街采访，写过一篇很精彩的文章，最后他说：“老街是一条年轻的老街，她为泰州人留下了一个忆古怀旧、品味幸福的平台……”这可谓一段高度概括、精辟的论述了。

写到这里，我们不妨回头品味一下江苏省政府对泰州的定位：一是新兴旅游城市；二是具有特殊政治意义的城市。这第二点应如何解读呢？后来，王伯林特意安排我们去参观了一个尚未对外开放的特殊“景点”，我们才有所领悟。原来，这个“景点”就是现任中共中央总书记、军委主席、国家主席胡锦涛同志的旧居。这多少有点令我感到意外，同时喜出望外。因为我一直只知道胡锦涛是安徽绩溪人，殊不知他还有个家乡在泰州。听了当地朋友的介绍才揭开了这个谜。原来，胡锦涛从小寄居在泰州的姑姑家，小学就读于泰州大浦中心小学；初、高中则就读于泰州中学；直到高中毕业、考入北京清华大学之后才离开泰州的。如今，胡锦涛自小生活了十多年的旧居仍然保存着，我们带着一种崇敬的心情来到这里参观。这是一座四合院式的普通旧民居，坐落于泰州市中心区，但已空置多时，被临时保护起来。在低矮的旧房子四周，已建起了几座高楼大厦，几乎将它团团包围。我想，如果不是有“特殊原因”，它或许早已被夷为平地，变成高楼大厦中一个小小的角落了。然而，也许又是因为有别的“特殊原因”，这座房子至今仍原封不动地待在那里，既没有翻修，也没有公开对外开放，我们是通过熟人才有幸进去参观到。

但是，也只能看到院子的外围，不能进入屋内参观（大门锁着）。我们于是站在院子里，以这座旧居为背景拍照留念。面对此情此景，大家不禁悄声议论起来，猜测它的未来境况。我们一致认为，既然泰州已定位为“具有特殊政治意义的城市”，那么，“具有特殊政治意义”的名人旧居，便理所当然成为重要的文物，加以保护。大家相信，假以时日，这一特殊“景点”定会正式对外开放的。而令我们深感幸运的是，我们此行能够捷足先登，先睹为快，不但增长了见识，而且起到了励志的作用，很有意义。

泰州，梅兰芳、胡锦涛等一大批名人、伟人的故乡，不但拥有厚重的历史文化，而且拥有灿烂的现代文明。近年来，泰州的经济迅猛发展，城乡面貌日新月异，令人刮目相看。我们一来到泰州，就感受到一种热火朝天的气氛，全市仿佛一个大工地，到处大兴土木，一条条新修的马（公）路在延伸，宽敞而平坦，四通八达；一片片楼房拔地而起，多彩多姿。而最令人瞩目的是巍然崛起的一座现代化水平很高的“中国医药城”。王伯林高兴地告诉我们，经过几年艰苦卓绝的努力，现在医药城已初步建成，初具规模，吸引了众多国内药界精英甚至跨国巨头到这里落户，从而带旺了当地的经济。不说别的，光看看身边，每天客似云来，我们大酒店的生意也越来越兴旺了！

是呀，我们已亲身体验到这种欣欣向荣的气氛。爱屋及乌，王伯林也让我们分享了这份骄人的成果——下榻在中国医药城的这家软硬件设施都非常超前的五星级大酒店，享受了一次奢华的生活，使我们的记忆历久弥新。

2010 年 11 月

49. 奇观荟萃三清山

一直以来，人们都说“黄山归来不看山”。言下之意，天下再没有比黄山风景更美丽的山了。的确，几十年来我曾游历过全国不少名山大川，回想起来，似乎觉得黄山风景真的要比其他山更胜一筹，于是也渐渐达成了这样的共识。

然而，近日我到江西三清山一游之后，却对上述共识产生了怀疑。因为三清山的很多自然景观并不亚于黄山，有些甚至胜于黄山，唯三清山仅有。因此，“黄山归来不看山”这句话不应成定论，或应改为“黄山归来再看山”——专指三清山。我想，只有再把三清山看过才算完美，否则就是缺失，将留下遗憾。

说起来，我这次上三清山是“意外收获”，因为事先并不知道它有这么美，完全没有“预谋”，几位朋友一时心血来潮说“出去踏踏青”，便随意选了条旅游路线，报名参团了。想不到上山一看，大为惊叹：原来中国还有这么壮美的名山！我不禁为自己的孤陋寡闻而愧疚，心想，还说自己已经“走遍全中国”了呢，竟把这座“江南第一仙峰”漏掉了！真是“觉悟太迟”、“相见恨晚”啊！

我问当地的导游小钟：“三清山为何如此美丽，竟能与黄山相媲美?”小钟不无骄傲地揭谜说，因为三清山与黄山两者相隔不远，它们本是“同宗兄弟”，在地质构造上属于同一山脉，故它们的“容貌”基本相似。哦，原来是这样，难怪人们有“似曾相识”之感，我则更拔高一层，称之为“清（三清山）出于黄（黄山）而胜于黄”。

据导游小钟介绍，三清山是一座“仙山”，是举世无双的道教福地。早在东晋升平年间（357—361），道学家、医学家葛洪就偕同隐退的户部尚书李濂山到此结庐炼丹修道。此后，历代都有不少“高人”来到这里，使此山凝聚了浓厚的“仙气”。正巧，这个山脉又有平均海拔 1 800 米左右的玉京、玉虚、玉华三座高峰，与道教鼻祖玉清、上清、太清的名字相对应，故得名“三清山”。然而，小钟又颇严肃地提出了另一种说法：之所以称作三清山，是寓意三清山要来三次才能看清的山。我想，这当然是带有广告味儿的趣谈，但也不无道理。实际上，别说三次，就是反复来十次、百次也未必看得清。因为它的景点确实太多，而随着季节、天气乃至人的心情变化，又会“变”出不同的景象来，所以“永远也看不清”。然而，什么事情都是相对而言的，我们第一次来，不指望看到太多，能有个大概印象就心满意足了。

三清山整个景区面积达 220 多平方公里，共有奇峰 64 座、怪石 382 处、道教原始建筑 230 多处。由于天工造化，形成了“东险西奇，北秀南绝”的特点。可以说，它融天下名山于一体，既有泰山之雄伟、华山之峻峭、衡山之烟云、庐山之飞瀑，又有黄山之奇松。而最令人叹为观止的是有数不胜数的奇峰怪石和云海松涛。那些奇峰怪石绝无人工雕琢，全是天然形成，仿佛是众多法力无边的“大师”分工创作出来的杰作。这些景物，无论形状酷似动物也好，人物也罢，无不生动传神。如此奇观荟萃，真不愧为“世界自然遗产”和“国家级地质公园”！

“你们看，那就是‘司春女神’；那就是‘观音赏曲’；那就是‘巨蟒出山’；那就是‘道人拜月’；那就是‘狐狸啃鸡’……”导游小钟一边走一边指点着远处的景点给我们作介绍。我认为，在这么多天公造化的杰作中，以“司春女神”、“巨蟒出山”和“狐狸啃鸡”最惟妙惟肖。尤其是那条昂首傲视群峰的“巨蟒”，早已成为三清山的标志性景点，理所当然地“谋杀”了我们很多胶卷。看得出，小钟是个初出茅庐、热情而淳朴的年轻导游，他总想把更多的景点、故事介绍给我们，一方面尽到自己的职责，另一方面也想听到我们对三清山的频频赞美，这样他的心里就会甜滋滋，从而多几分骄傲和自豪。可惜我们这一行9人都是年过六旬甚至年近古稀的老人（有4人还是来自印度尼西亚的老华侨），虽仍保留着些许余热和毅力，但体魄毕竟不比当年了。特别是有些还是带病而来的，登这么陡峭的高山，走这么长远的山路，确实太艰难。因此，我们频频向导游表示“就此打住”，“革命到头了，不要再往前冲了”。于是，我们只在核心景区（南清园景区）转了几个小时，据说还不到整个游程的三分之一，便拖着疲惫不堪的身子，从原路“打马回朝”了。

上山的时候只顾寻找前方奇特的景点，而来不及欣赏身边的风光。等到下山的时候才发现，原来三清山的花卉树木也这么多、这么美。此时正是阳春三月，满山春意盎然，万木葱茏。加上低温阴雨天气刚过，阳光灿烂，满山的花木更迷人。听导游说，初夏是观赏三清山独特花卉——猴头杜鹃的最好时机，我们发现，这种猴头杜鹃不是一般公园或其他丘陵地里生长的矮小树枝杜鹃花，而是颇高大的灌木林，足有三四米高。由于生长在海拔较高的山上，冬天历尽严寒，所以回春较迟，但等到花朵盛开之时十分壮观。可惜我们来得早了点，满山的杜鹃只露出小小的花蕾，尚未盛放，令我们颇感遗憾。导游小钟开玩笑地说：“不要紧，不是说要来三次才看得清三清山吗？留点悬念等‘下回分解’吧！”一句话，把大家逗得开心地笑了。

如果说，三清山众多的自然奇景都是天造地设的话，那么，不断开发旅游景点和大力拓展景区等一系列建设项目，就是新“愚公”们发挥宝贵的移山精神和无穷智慧的结晶了。置身于其中，我不禁为三清山近年开发的两项浩大工程而惊叹，称赞它不愧为新的人间奇迹！这两项工程分别是高空索道（登山缆车）和环山栈道。那天，我们与绝大多数游客一样就是乘坐那条高空索道上山的，由于正好是周末，上山的人特别多，据说有逾两三万人，我们足足排了三个半小时的队才坐上缆车。虽然等得不耐烦，但一坐上缆车立即就忘了烦恼，变得异常兴奋。因为这条高空索道的确很壮观，跨越崇山峻岭和多个悬崖绝壁，近 10 分钟的行程，非常惊险刺激！说到环山栈道，那更是一个创举。为了让人们能近距离欣赏山中美景，2002 年 6 月在景区几个主峰的半山腰修建起由钢筋水泥筑成的“空中栈道”。栈道平均海拔 1 600多米，全长4 000 多米，宽 1.32 米，有 3 600 米没有一个台阶。据称这是当今世界上栈道最长、路面最平、视野最开阔的悬空栈道。它是从南山通往北山的黄金通道。走在这条栈道上，仿佛凌空漫步，万丈峡谷就在脚下，云雾就环绕在你身边，真有置身仙境之感。而令我更兴奋的是，可以看到云海、林海、松海、竹海、石海、花海……

三清山的奇景美丽，令人神往；三清山的人也很可爱，令人崇敬。在山下广场旁边的小街市上，我碰到一位正在摆摊卖书的年届花甲的汉子。他在招徕广告上写着“作者签名售书”几个大字，令我颇感好奇，不解其意。趋前一问，才知道他原来是一位作家，名叫陈正永，江西师范大学中文系毕业，当过中学老师和校长。他一贯热爱写作，已先后出版过 6 部书，共 100 多万字。此刻，他正在售卖自己写的几本关于三清山的书，凡购书者可获得作者当场签名。他说自己生长在三清山下，是“正宗的大山的儿子”，对三清山怀着特别深厚的感情。通过长期努力，他搜集、整理了大量文献资料及传奇故事，创作出一批脍炙人口的散文作品，继而结集成书，受到广大读者的欢迎。他真诚地表示，这是为报答三清山对他的养育之恩。同时希望能激发起人们对祖国壮丽河山的热爱，增添更多的爱国情怀。说得具体一点，就是激发一些尚未游览过三清山的人对三清山的向往，而对游览过三清山的人又会勾起他们的回味。据我观察，这位“山里人”确实是一位善良、正直、聪明、勤奋、有社会责任感的“老黄牛”作家。他虽然成绩不俗，著作甚丰，但丝毫没有大作家的架子，而是甘于寂寞，甘于当草民，守着一个简陋的书摊，谦卑地为所有购书者签名。对此我特别感动。不知是不是因为我也是个搞文学创作的人，对“同行”有一种敬佩之心，或者因为看到他的处境比较艰难，而产生了怜悯之心，我毫不犹豫地掏钱买了他写的一本《三清山的传说》。我虽然没有暴露自己的身份，但他显然觉得觅到知音了，毕恭毕敬地在书的扉页上为我题词并签名、盖章。题词曰：“天下无双福地，江南第一仙山。”粗黑的钢笔体苍劲有力，笔画潇洒流畅，一看就是个有涵养的读书人。果然不失所望，我拜读了他这本书之后，不但增长了很多知识，而且为我写这篇文章提供了很多帮助。

三清山不愧为奇观荟萃的仙境。虽然我们此次只是匆匆一游，犹如囫囵吞枣、瞎子摸象，但仍觉得不枉此行。心想，日后恐怕未必能如导游所说“三次进山”了，故把年近古稀的首次上山视作难得的经历，倍加珍惜，印象殊深。

2011 年 4 月 8 日

50. 人杰地灵话婺源

不是开玩笑，原先我真的不知道中国有个叫婺源的地方，甚至连这个“婺”字也不认识。事实上不仅我如此，我的一些朋友同样懵懵然。那天，我们几位朋友一起到南湖国旅报名参加旅行团的时候，就闹出了笑话，大家异口同声地把“婺源”说成了“姿源”，从而引起旅行社工作人员的一阵大笑。接待小姐解释道：“这个字叫‘婺’，发服务的‘务’字音，不是姿势的‘姿’字。看清楚了，两个字的笔画是不同的!”

“哦，原来是个‘婺’字！真是老眼昏花，蒙查查啦!”我们只好自嘲，以缓解尴尬。

婺源虽然是个山区小县，但自古以来就颇有名气，素有“江南曲阜”之美誉，曾出过很多大人物和富商巨贾。据资料记载，自宋代之后，婺源先后涌现出2 600多名仕宦，各类专家人才辈出，例如，南宋文学家朱弁、理学大师朱熹，明篆刻家何震，清经济学家江永、科学家齐彦槐，近代铁路之父詹天佑，现代医学家程门雪等，均是婺源人。遗憾的是，过去我们却孤陋寡闻，“有眼不识泰山”，实在有愧于当一名“文人”。

一来到婺源，就看到一派欣欣向荣的景象。到处大兴土木，盖新楼、拓马路、搞绿化、美环境，市容面貌焕然一新。经了解，原来婺源正在全力打造旅游强县，争取以最美的形象迎接五湖四海的宾客，从而促使各项建设日新月异地发展。让我眼前一亮的是，很多拔地而起的新建筑物都是徽派风格，粉墙、青砖、黛瓦、马头墙，品味独特，景观鲜明，令人赏心悦目。事实上，不但我个人对这些徽派建筑甚感兴趣，连团友们也一致表示对此情有独钟。

然而，我不禁产生一点疑惑：婺源本属江西地域，为何会流行徽派建筑呢？听了导游的解释才知道，原来婺源拥有着徽州的“基因”。这里的地理位置很特殊，正处于皖、浙、赣三省的交界，与安徽尤其“亲近”，过去隶属于安徽省，曾归徽州管辖过。正因为有这种历史和人文的渊源，婺源人一向崇尚徽派风格的建筑。不管行政区域怎么变化，婺源人始终都要把“根”留住。

婺源素有“八分半山一分田，半分水路与庄园”的形象说法，被誉为“中国最美的乡村”。从旅游特色来看，它无疑最适宜田园风光游。实际上它正好处于“黄山—景德镇—庐山国际旅游黄金线”上，可以说一年到头都是旅游旺季，旅客经常“爆棚”，人们都想来领略一下这颗“绿色生态与古文化明珠”的风采。

当地导游小钟不无骄傲地说，婺源旅游亮点纷呈，最有代表性的是“四古四色”。“四古”就是古文化、古建筑、古桥和古树；“四色”是指红、黑、绿、白四种颜色的特产。其中红色是荷包鲤，乃国宴佳肴之一，非常名贵；黑色是歙砚，乃中国四大名砚（广东端砚、江西歙砚、甘肃洮砚、山西澄泥砚）之一，价值不菲；绿色是指婺源出产的绿茶，质优而量大，据说占全国绿茶出口量的八成以上；白色就是江湾雪梨，肉白而清甜，乃举世无双之佳果。

“你们这次来得正好，还可以多看到一种颜色，你们知道是什么吗？”导游故意问我们。“当然知道啦，是黄色！”大家异口同声地回答。“没错，就是黄色的油菜花！春天来婺源看油菜花，也是一大旅游热点哩。”小钟说。

是呀，这也是此行的初衷，我们正是冲着油菜花而来的。说来也巧，在广州飞往景德镇的飞机上，我们翻阅一本旅游画册时，刚好看到有一页介绍婺源油菜花的内容，特别是那幅大彩照拍得非常漂亮，构图鲜明，色彩艳丽。远景是蓝天、山峦、村庄和梯田，近景就是一望无际盛开的油菜花，宛如金光灿烂、生机勃勃的美丽世界！当时我想，这幅大作定然出自摄影名家之手，他所选取的这个点，无疑也是最佳的地段了，到婺源后我们若能到这个地方拍摄和欣赏"油菜花的世界"，该有多好！真是无巧不成书，后来我们果然心想事成，来到了这个地方。皆因导游和司机善解人意，成人之美，特意带我们寻找到这里，我们喜出望外！然而，"油菜花虽好，只是近黄昏"，大家于是趁着即将日落的余晖，抓紧时机，以冲刺的速度，选角度、调焦距、抢镜头，进行了一阵狂拍，终于抢拍了一些精彩的"花之影"，旅游回来后，团友们还把这些彩照放大，互相交流欣赏，纷纷"斗靓"哩！

当然，婺源美丽的油菜花景色，并不止这一个地方，而是随处可见，各有千秋，以致我们在几天的旅途中，天天都沉浸在"花的世界"里面，常常赞叹不已。

婺源被誉为"中国最美的乡村"，自然吸引了大批爱美之人。人们无不是怀着热切的心情、兴致勃勃地前去"探美"。那天虽非假期，但游客已十分拥挤，用车水马龙、人山人海来形容，实不为过。我们随着滚滚人流先后来到最有代表性的李坑村和江湾村参观。距婺源县城 12 公里的李坑，是一个以李姓聚居为主的古村落，堪称"四古"的典型。这里的古建筑、古桥和古树特别多，古文化的韵味也很浓。进入景区不久，就看见一座巨大的古代石牌坊，上书"李坑"两个大字。顺着乡间的羊肠小道往前走，沿着一湾清澈的溪水溯流而上，来到由几棵巨大的参天古樟树为标志的村头，才开始正式进入李坑村。凡到过李坑的人，无不对这里的"小桥流水人家"印象殊深。然而，它与江南水乡的“小桥流水人家”的氛围又有所不同，我看它倒有点像云南丽江那样的情调。由于李坑村处于群山环抱之中，所以显得格外山清水秀、风光旖旎。最值得赞叹的是一条从村中逶迤流过的山溪，依山而立、参差错落、鳞次栉比的民居宅院则沿溪而建。这里不乏明清时代的徽派建筑，这些徽派建筑不但年代久远，具有历史价值，而且很有艺术价值，特别是里面镶嵌着的那些石雕、木雕和砖雕作品，十分精美、传神，令人叹为观止。我最欣赏那些形态各异、古朴实用的石桥，它们横跨溪流两岸，很多游客则兴致勃勃地走到桥上，以两岸多姿多彩的古建筑和弯弯曲曲的溪流为背景，摆好“甫士”照相，连溪水中美丽的倒影也摄入镜头。溪边两岸便是李坑村的“主干道”，全由古老的青石板铺成，每天从早到晚，如鲫的人流就从这条青石板路上走过。路面虽然狭窄，且双向通行，人们也总是摩肩接踵，但因大家都是“慢动作”，所以挤而不乱，还算安全。特别拥挤的地方当数一些古建筑里面，那里本来场地就狭窄，参观的人又多，加上很多小摊贩在那里摆满了各种各样待出售的工艺品和土特产，人货混杂，喧嚣不堪。然而，人们对此似乎并不介意，甚至乐于凑这种热闹，还美其名曰“入乡随俗”呢！

面对这“小桥流水人家”的景象，我不禁有些纳闷：一个颇闭塞的小山村，为何有这么多辉煌的古文明遗产呢？导游解释说，因为李坑是个人杰地灵的地方，自古文风鼎盛，人才辈出。这些外出做官、做学问和做生意的名人，都有落叶归根的想法，功成名就之后都要回故乡建豪宅、建宗祠、立牌坊，或造桥修路，一则光宗耀祖，二则作永久纪念，从而流传至今。据介绍，自宋朝至清朝，仅李坑村就涌现出仕宦富贵达百人。南宋期间甚至还出过一位名叫李知诚的武状元，我们也有幸参观了他的故居。

诚然，若论李坑和江湾两个古村落的气派，我看还是后者的阵势更大些。的确，来到江湾之后，我们立即有“更上一层楼”的感觉，导游也附和我们的观点。他夸耀说，江湾镇不但区域较大，而且更钟灵毓秀，更古韵浓郁。它好在有座龙山作为屏障，又有一条龙脉贯穿其中，还有一条梨园河环绕古镇。总之，这里有山有水有树林，是真正的风水宝地！

导游还介绍说，江湾历代出过不少名人，甚至养育过叱咤风云的伟大人物。或许有人不知道，前中国国家主席江泽民的出生地就在这里，所以江湾被称为“伟人故里”。我们看到，那个扩建没多久的大广场就十分气派，加上附近新建的萧江宗祠、江湾牌坊、商业街等标志性建设项目，使江湾镇显得更加不同凡响。尤其那座近年落成的、耗资数千万、以贵重木材为主建造的萧江宗祠大祠堂（据称江湾人原来姓萧），其规模之庞大，气势之恢宏，我看都称得上是全国之最。而大祠堂中那众多精美的木雕艺术品，更令人目不暇接，赞不绝口。在广场一隅，还有一座属于文物级的高大的古戏台，全部用贵重木材建造，工艺十分精湛，堪称江湾镇的“传家宝”，它把人们带入时光的隧道，从中反映出千年古镇辉煌的历史。

上面已经提及，历史上江湾镇曾孕育出大批名人志士，如今都有芳名流传。在江湾的后山，即“龙脉”的末端，开辟了一个幽静的小公园。后山上生长着茂密的树林，山前则有一口小池塘，池塘边修建起一条长廊，长廊中间有个亭子，景色非常漂亮。我们在那座亭子的石碑上看到刻着的很多人名，原来那就是江湾历代名人的名字，不下百个，蔚为壮观。其中包括明代抗倭名将江一麟、宫廷太医江一道，清代朴学大师江永，民国教育家江谦等，只是没有看到江泽民的名字（大概因为这块石碑是以前刻的吧）。

与在李坑参观时一样，我们也饶有兴趣地参观了一些江湾的古建筑，它们保存得都较好。其中有御史府、中宪第等明清官邸以及滕家老屋、培心堂等徽派商宅，此外还有江永讲学的受经堂。可惜时间匆忙，不能仔细地观看。最后，游客们都怀着浓厚的兴趣和“朝圣”的心情来到江泽民故居参观。可惜的是，这场“压轴戏”颇让大家失望。因为这个故居如今只有“故”而没有“居”了。不是吗？昔日一宅六进的大户人家，如今所有房子都已荒废，被夷为平地了，令人感到十分遗憾！人们不禁互相探问：伟人故居变成了“毁坏故居”，有关部门为何不进行修复？大家面面相觑，无言以对。我于是胡思乱想，突然联想到卢浮宫的那座维纳斯雕像，虽然后人费尽心思企图接好那条断臂，但终归不理想，于是干脆放弃这个念头，让它永远断臂，为此还造就出一个“残缺美”的理论。当然，我这只是从技（艺）术的层面去联想，而实际上，有关部门可能从政治或经济的角度考量得更多。至于个中真正之奥妙，恐怕就不是我们这些草民能洞察得到的了。那么，就暂时让它保持荒废的原貌，这对于“朝圣”的人们或许更增添点神秘感呢！

2011 年 4 月

51. 旅游购物猫腻多

出外旅游本来是很惬意的，但有时偏偏会碰到不愉快的事，正如广东人俗话所说的“贴钱买难受”，为此而感到愤愤不平。这些年来我常常出游，正所谓“上得山多终遇虎”，碰到扫兴的事例不少。其中比较容易“出事”的是，随便拼团“卖猪仔”、服务“货不对板”、行程缩水、交通延误、诱购消费等几个方面，尤以旅游购物的问题最多。用通俗的说法叫“猫腻太多”。远的不说，最近发生的“故事”就有好几个。这里不妨举两个“新鲜热辣”的例子，足可见一斑——

拙劣的“双簧戏”

讲实话，我参团旅游一向最讨厌所谓定点购物。一来自己确实没什么东西要买的，“陪太子读书”太无聊；二来行程本来就很紧，过多地安排购物，势必挤占宝贵的参观游览时间，太不划算。然而，我本善良，考虑到当前旅游业界的风气和实际情况，司机和导游想通过导购赚点回扣，弥补正常收入之不足。出于这样的同情心和为了营造和谐气氛，我只好顺其自然“混迹”购物点。然而，我每次都是随大流进去，然后冷眼旁观，“眼看手勿动”。众所周知，凡是被安排为定点购物的商场，大都存在猫腻，诱购的手段五花八门，千方百计“请君入瓮”，“宰”你没商量。这些商场的推销员都是训练有素、久经历练的，骗人技巧可谓炉火纯青，表演得天衣无缝。然而，“道高一尺，魔高一丈”。我被反面教员“培训”久了，也炼就了一双金睛火眼，大多能识破他们的伎俩，因而很少上当受骗，只把骗局当作一场戏来欣赏。

在诸多“表演秀”之中，数去年在重庆碰到的那一次最搞笑。去年9月初，我陪同几位朋友到西南地区考察市场，抽空参加了当地的“重庆一日游”。仅一天时间，旅行社就安排了好几个购物点。其中，一家珠宝店上演了一出“史上最拙劣的双簧戏”，令我捧腹大笑。当我们这个“散客团”被“专家”“洗脑”之后，来到一个展销厅，但见各种各样的珠宝商品琳琅满目。一位颇有姿色的“女部长”笑脸相迎，热烈欢迎远道而来的贵宾光临！她高兴地说：“今天贵宾们真有福气，刚好碰到我们老板从泰国回来，他每次回来都会给顾客带来惊喜。等一下他会亲自过来与大家见面，只要你们选好了心仪的商品，趁着老板的高兴劲儿，肯定有特别的优惠，便宜到你笑!”稍停一下，她又说：“趁老板没来之前，我也表示表示，先给大家一个见面礼。以我的最大权限，打三折给每人送一件十二生肖的小玉坠，只收10元钱，当作纪念!”

说话间，一位矮矮胖胖的中年男子笑容可掬地走了进来，看他西装革履、油头粉面的打扮，我肯定他就是那位刚从泰国回来的老板了。果然不假。只听他笑口吟吟地介绍说：“小弟姓陈，几代人都是做珠宝生意的，本公司总部设在泰国曼谷，在全世界很多地方都有分公司，重庆只是其中一家分店。本公司卖的绝对是品牌货，如假包换，由于有规模优势，所以价格最便宜。今天各位贵宾来得正好，碰到小弟家有喜事——老婆为我生了一对龙凤胎。在这个吉祥的日子里，我要把个人的福气与大家分享。为感谢大家的光临，今天贵宾们选中的商品，全部打五折！好不好?”见大家没有回答，他接着说：“这可是机会难逢啊，过了这一村，就没有这一店啦!”现场仍然没啥反应。他忽然转向女部长，问道：“今天贵宾们的情绪似乎不是很高涨，你没给大家送见面礼吗?”

“正准备送呢，一件生肖小玉坠，只收10元钱!”女部长回答说。

“哎呀，你也太小气了！今天是什么日子？给贵宾们送一件小礼物还收什么钱!”“陈老板”不客气地批评“女部长”说，“这样吧，今天由我做主，小玉坠全部免费送给大家，图个喜庆，大家开心就好!”接着又补充说：“当然啦，今天是特例，也不能怪部长小气，因为平时她没有这个权力!”说着，他亲手把小玉坠分发给每一位游客。

为了活跃气氛，“陈老板”在亲自导购的同时，还有讲有笑，大打亲情牌。他得悉我们几个人来自广州，为了极力拉近老乡关系，便改用粤语套近乎。他说在广州华林玉器街也有他的商铺，番禺和四会都有他的玉器加工点，很多人从他这里批发进货，赚了大钱……“当然，广州的货品价格要贵些，而重庆人力和运营成本都较低，加上我们响应国家号召，支援西部建设，向西部民众让利，所以价格很低廉，你们不妨在这里扫货，真是太划算了……”可惜，他天花乱坠地说了半天，“跟踪”了我们很长时间，仍毫无成效，我们依然是“眼看手勿动”。这时“陈老板”显得颇有涵养，依然面带微笑，不动声息地离开了我们，寻找其他目标去了。但据我们最后了解，其推销效果还是令人失望。

很显然，这两位所谓“老板”和“部长”，实际上都是演员。可惜他们合演的“双簧戏”，无论创意、策划，还是“演技”，都太差了。须知，现在人们比过去见识多了，也理性多了，对此类的“真人秀”早已产生“审美疲劳”，不会轻易地被忽悠。于是，演员们白忙活了半天，最后连一件小东西也卖不出去，甚至“赔了夫人又折兵”（白送了每人一件小玉坠），实在是可怜又可悲！

与这家珠宝商场一样“颗粒无收”的，还有一家专门卖刀具的商店。店主同样非常热情地欢迎贵宾们的到来，声称这是厂家开设的一个“窗口”，没有中间环节，可确保货真价实。刀具种类很多，尤以菜刀和餐刀为精，任君选择，买不买无所谓，只要能让大家增长点见识，他们也高兴。“当然了，论产品的质量，那是绝对的好，最实用，价格也最优惠。买了，物超所值，不买，丧失良机！”

开场白之后，随之进入作秀阶段（即现场表演）。表演者先介绍生产这些刀具的材料，说是用特殊航天合金钢锻造的，其硬度、韧度和锋利度都达到顶尖级。别说切菜、切肉、砍骨头轻而易举，就是砍木头甚至砍铁杆也不成问题。为了验证它的非同凡响，一位女店员当场做示范。她先拿来一根萝卜，三下五除二地就把它切成很细的萝卜丝。接着又拿过一截手臂般粗的猪筒骨，不费吹灰之力就把它斩成几段。最后拿来一条铁管，用菜刀敲打几下，发出“当当”声响，然后使劲地向铁管砍去。没想到，刀刃竟然完好如初，没有丝毫崩口或卷摺。

然而，虽然店员表演非常卖力，刀具也是真材实料、货真价实，但游客们似乎熟视无睹，毫无反应。工作人员于是表示，若大家有诚意买，特别是买的数量多一些的话，可以打折优惠。凡在这里买的刀具都有证明，可乘飞机带走，或由他们代办托运，保证安全到家……或许人们家中早已有各种各样的刀具，无须再添置了，所以尽管工作人员费尽口舌，刀具也耍了一大堆，到头来还是没有一个人“帮衬”，弄得场面很尴尬。最后，店员们只好垂头丧气地目送游客们离开现场。

诚然，作为商家，无人“帮衬”买东西，的确是一件颇难堪的事情，心情一时不高兴也可理解。但使我想不到的是，他们卖不出东西竟迁怒于顾客，在背后骂人，这就非常缺德了。当时，我是最后一个离开现场的，刚刚踏出展销厅门口，就冷不防地听到他们在背后用方言小声地骂道：“真倒霉，碰到一帮穷鬼、吝啬鬼!”我一听，真是无名火起，正想反骂他们一顿，但立即又冷静下来。心想，何必跟这些“没文化”的人计较呢，还是留一口气暖自己的胃好了。于是，只回头冲他们反讥一句：“简直岂有此理!”

“阴湿司机”的“软报复”

广州人俗话有讲，“书记不如司机”，可见司机“位权”之重。参团旅游，当然希望有个技术熟练、服务周到的司机作“领导”，这样势必会使游兴大增。反之，若司机很“臭蛋”，那就非扫兴不可。不幸，我们此次江西之行就碰到了一个比较“臭蛋”的司机。事出有因，由于我们不同意增加旅游购物点，于是他出“阴招”对我们实行“软报复”。

这位中年男司机姓杨，看起来敦厚老实，起初给我们的印象还不错。导游小钟介绍说：“杨师傅是一位优秀司机，技术好、服务热情。因为你们是从广州和印度尼西亚来的贵宾，所以公司特意安排他来为你们服务!”我们一看，不错，司机座后面还挂着一面奖旗呢。于是大家给他送去热烈的掌声，表示鼓励与感谢。

平心而论，在前半段行程中，这位杨司机虽说不上有什么突出的表现，但也没有发生原则性的错漏和不愉快的事情，所以大家基本满意。问题就出现在第三天——从婺源到景德镇和庐山这一路段上。

听导游说，以往他带团经过这一路段时，按照“常规”是要安排到两个特产店购物的，一个是购买婺源绿茶和歙砚，另一个是购买竹纤维碳粉等美容保健品。但考虑到当天的行程时间十分紧迫，且我们是团费较贵的“贵宾团”，说好是“纯玩不购物”的，所以导游小钟决定“飞站”，不在购物点停留了。但他是个刚入行的“新仔”，怕“老师傅”杨司机有意见（少了两次吃回扣的机会），不敢得罪他。于是连夜与我和另一个团友江熙“合谋”，说是大家都不同意增加购物点，并请我俩转告所有团友，明天当小钟征求意见时，大家都统一口径。这样，司机就不会以为是小钟不安排了。

第二天上路不久，我们就按“既定方针”合演了一出“双簧戏”：小钟先煞有介事地介绍了一番婺源绿茶、歙砚和竹纤维碳粉等的特性，称赞这些土特产如何好，不可多得，建议大家都选购一些，自用或送人都合适，是上等的佳品，机会难逢……然后，小钟问我们要不要去选购？大家一听，一致摇头。有人强调时间紧，要赶路；有人表示根本不想买什么。但小钟还是一再“动员”我们去选购，而我们坚决不同意……

“双簧戏”演得惟妙惟肖。不得已，杨司机只好服从大众意见，一踏油门“飞车过站”，直奔庐山而去。

然而，服从不等于乐意。我们看得出，杨司机已经不高兴了，脸色随之“晴转阴”，只见他一路上鼓着腮帮，不说一句话，连导游小钟也懒得搭理。这时，我们不由得有点担心，怕在以后的行程中，他会无端报复我们。

不出所料，后来他果然使出了“阴招”来“回敬”我们。在上庐山的时候，他故意把车子开得飞快，急转弯也不减速，直把我们甩得东倒西歪，一路上不知甩了多少次，人都几乎散架了。这还不算什么，更郁闷的事还在后头。

上到庐山之后，由于社会车辆不准行驶，游览只能乘坐景区内的公共班车。于是，我们的“专车”和杨司机就暂时与我们分道扬镳了。他把车开回我们下榻的宾馆后，就开始睡起大觉。当时已近黄昏，为了争取时间多游几个景点，导游带着我们紧赶慢赶地满山转，爬陡坡、走险径、攀悬崖，累得大家气喘吁吁。可怜我们都已是“七老八十”的人了，特别是有几个还是带病上山的，哪能受得了这般苦，一路走一路在呻吟。但也没办法，因为人在途中，没有回头路可走，再苦再累也要向前冲。其中最艰难的一段路程，是从三宝树到黄龙潭、仙人洞和锦绣谷。这段路山陡路险，一会儿爬高，一会儿又下坡，十分吃力，而且当时已日落西山，月色朦胧，摸黑赶路，简直是铤而走险。特别是在最后的冲刺阶段，饥寒交迫（饥肠辘辘，加上入夜气温骤降），真可谓历尽千辛万苦。终于，我们这伙“残兵败将”冲出了困境，来到一条大道上。可惜这时公共班车已收工，无车可坐了。此地距我们下榻的庐山云雾大酒店还有近 20 分钟的行程，我们实在走不动了，便要求导游打电话给司机，让他开车来接我们回去。但不知是导游不敢打电话给司机，还是司机根本不理睬，总之是车子没有来，令我们十分失望。没办法，大家只好忍气吞声地继续往前行。由于确实已筋疲力尽，人人都举步维艰，平时只需 20 分钟的行程，我们足足走了半个多小时才到“家”。

到了酒店大堂，正当大家庆幸“革命到头”的时候，却发现行李包还留在车上，而车子正停在酒店后面的山坡上。我们又让导游打电话给司机，请他把车子开下来，停在酒店大门口，以便大家取行李。但司机不肯开车，只把车门钥匙扔给导游，言下之意要我们自己到停车场去取。没办法，我们只好在极度疲惫的情况下，准备再爬一段山坡。然而，大家走出酒店后门一看，到处黑灯瞎火，很是恐怖。加上山坡的石阶又陡又滑，摸黑提着大件行李走山坡路，非出事不可。我们实在忍无可忍，只走了几步就退了回来，一致表示坚决不去取行李了。

这时，小钟怕把事情闹翻，不断地安抚大家，说没事儿，太累了就不要动，先回房间里休息，行李会有人送来的。果然，我们等了一会，行李真的送来了。原来是小钟和酒店一位员工当苦力，把大家的行李一件一件地搬下车，再送到各人房间。面对此情景，我们既同情和感谢小钟，又对那位“阴湿司机”十分愤慨。可不是吗？以往我们出外旅游，随团的司机都很热情、勤勉地为游客们服务，我们每参观完一个景点，车子就在指定的地方等候大家了。为客人搬运行李更是他们的“天职”，哪见过像杨司机这样，游客回来不去接，更把客人的行李撂下不管的？当然，大家心里明白，今天碰到这样的倒霉事，无疑是抵制购物惹的祸。但对此我们并无过错，也无责任，却遭此报复，试问天理何在？

说到这里，很多人肯定会猜想，最终我们必与司机闹翻，起码也会投诉他。然而，事实正好相反，我们采取了“和为贵”的方针，不仅没有和他争吵，甚至还笼络他，争取使他“改过自新”。大家考虑到，这几天来导游和司机确实很辛苦，单靠那份微薄的工资和补助，的确有点少。由于我们没去购物，他们的回扣也少了，多少令人有点怜悯。一方面，为了使余下的行程能保持和谐、愉快的气氛；另一方面，不至于因为司机闹情绪而影响旅途安全。于是，我们化干戈为玉帛，决定给他们一点小费，进行抚慰。我的提议一出，大家立即赞成。大家每人凑 50 元，9 个人共 450 元，由我作代表，亲手送给小钟。小钟和杨司机做梦也没想到我们会这样做，他们非常感动。特别是杨司机，很是内疚，又很尴尬，脸色顿时“阴转晴”！

果然，金钱的作用很大，效果立竿见影。自从杨司机拿了小费之后，对我们的怨恨全消，表现判若两人。在最后的行程中，他精神满满，有说有笑，开起车来也特别顺畅，再没有和我们闹过别扭，在南昌机场送别时，还和大家握手言欢呢！

由此来看，什么政治思想工作，职业道德教育、助人为乐、爱心奉献等，统统都是浮云，都不如“小费”的作用显著。呜呼，还是那句经典老话管用：有钱能使鬼推磨！

2011 年 4 月

52. 见证历史的“角落”

——深圳沙头角回眸

也许是出于好奇心，人们对一些跨越国（边）界的地方总有些向往。于是，口岸地区几乎都成了旅游热点，尤其是边境线上的界碑，更成为游人“立此存照”的“最佳配角”。

以往我也曾涉足好几个这样的地方，它们无不给我留下了难忘的印象。例如，中朝边境的图们江口岸、中缅边境的西双版纳打洛口岸、中越边境的东兴口岸、美加边境的水牛城口岸等，它们至今仍时常会勾起我愉快的回忆。

在这么多神秘地之中，给我印象最深的莫过于深圳的沙头角。顾名思义，沙头角乃大陆与香港交汇之一角，“零距离”接壤，真可谓“唇齿相依”。沙头角最吸引人们的地方，就是那条只有三四米宽、近百米长的中英街。1997 年香港回归祖国之前，这条街实行“一街分治”（港英当局与中方分别管治），香港回归之后，则变为“一街两制”（一方是资本主义，一方是社会主义）。因此，沙头角一直被认为是“一条街道，两个世界”的特殊地域。在狭窄的中英街中间，竖立着好几块方形的石头界碑，每块只有几十厘米高，两侧用中英文刻着竖碑的年月，斑驳的石碑记录着沧桑的经历，也见证了沙头角的历史变迁。按理说，任何地方的边界线，游客都是不能随意逾越的，而中英街却例外。人们可以随心所欲地穿梭于界碑两边，而绝无偷越边境之嫌。在“一街两制”的中英街两侧，五花八门的店铺林立，各式商品琳琅满目。人们无须去到香港，在此就能领略港岛风情，买到新潮的“平、靓、正”港货或洋货，真可谓皆大欢喜。因此，一直以来，人们都把沙头角誉为“粤港门户”和“购物天堂”。不仅内地人，很多广东人特别是深圳本地人都蜂拥而至。有很长一段时间，沙头角如同一座围城，外面的人很想进去，而里面的人又想快些出来。于是，无论在镇内还是镇外，到处都挤满了人，天天人山人海，每次进出关卡都要排很长时间的队。中英街作为最终目的地，更是热闹非凡，只见满街人头涌动，摩肩接踵，极度喧嚣。由于这里的商店都比较简陋，面积较小，容纳不了多少人，因而无不被挤“爆棚”。人们都说，像沙头角这样畸形繁荣的景象，全世界绝无仅有！

由于某些特殊原因，我曾多次到过沙头角，对其状况并不陌生。就在20世纪八九十年代，国家医药局在深圳特区设立了一个“窗口”，创办了一家广深医药公司，吸引了全国各地一些著名药企或行业管理部门进行投资参股。于是，外地很多股东常有机会到深圳来开会，国家医药局有关领导也常来特区开展调研和检查工作，少不了要到沙头角去看看。而我作为广东省医药局办公室和中国医药报广东记者站的工作人员，也常以东道主的身份作陪，于是也有一些机会到沙头角“视察”。

现在说起来，去沙头角似乎很简单，但在当时可不容易。由于边境管理非常严格，沙头角作为“特区中的特区”，仅有进入深圳特区的“边防证”还不行，还必须办一张“特许通行证”才能进到里面去。而有资格申请“办证”的单位要达到一定的级别。广深公司虽然也算“够格”，但也要受到配额的限制，即规定每个月只能批准多少人次，指标用完了就束手无策了。因此，僧多粥少的现象时有发生，令一些嘉宾“望证兴叹”。正因为“特许通行证”成为当时的“稀缺资源”，于是很多有此“特权”的单位把它作为一张权力寻租的“王牌”。当时，广深公司除了要设法为上级领导和嘉宾“办证”之外，还会为他们以牌价兑换一些港币，方便他们到沙头角镇内买些特色小商品（当时中英街购物要用港币）。众所周知，改革开放初期，国内物资仍相对贫乏，且国内产品质量档次不高，人们特别追求进口商品，中英街于是成了内地游客心中的“购物天堂”。记得当时人们最喜欢选购的就是电子表、金饰、香皂、牙膏、布料、袜子、饼干、速食面、洋水果之类。然而，当时中方有关部门却有规定，内地游客不准到港方商店去买东西。奇怪的是，大家都不把此规定当真，总是潮水般涌到对面去。当然，很多人也不敢明目张胆地违规，而是趁巡逻人员走过之后，或不在意之时，就敏捷地窜过去。其实，上述规定是为了保护中方商店的生意，这显然对港方商家不利。为了吸引内地顾客，他们使出了浑身解数，除了商品更价廉物美外，还使用一些特殊招数招徕顾客。其中有一招特别具有诱惑力，就是提供免费电话，让顾客与香港的亲友联系。须知，从内地打电话到香港属于国际长途，收费不菲，而在中英街打去香港，便是“市话”，可省很多钱，且店主对话费分文不取，真乃天大的“善事”。俗话说，“吃人的口软，拿人的手短”，既然享用了人家的“免费国际长途电话”，你还好意思空手离开吗？无论如何也得买些东西带走呀！

说起来也好笑，那时我到沙头角最奢侈的享受就是吃进口水果。例如，美国蛇果（苹果）、布霖（杏子）、新奇士（橙子）、加州葡萄、马来西亚红毛丹、榴莲；菲律宾香蕉、菠萝等。其中最令我垂涎三尺的是吕宋芒（芒果）。于是，我便倾尽囊中所有，买来数种佳果，就地“大开杀戒”，狼吞虎咽的样子十分狼狈，让别人看了都暗自好笑。饱餐之余，有时又于心不忍，想到“独食难肥”的古训，很想带一些回去给家人分享，因为我深知家人也视吕宋芒等洋水果为“命根子”。但由于散装水果不准带出关外，没有其他办法，只好偶尔偷带一些出关，这是一种冒险行为，一旦被海关查出，不但要没收东西，“血本无归”不算，还要受到严厉批评。现在想来，这些都成为一个笑谈了。

正所谓“风水轮流转”。沙头角在兴旺了十几二十年之后，随着国内形势的变化，其畸形繁荣的景象已渐渐“退潮”，风光不再了。自20世纪90年代以来，中国改革开放的步伐加快，经济建设突飞猛进，综合国力大大增强，内地人民的生活水平不断提高，与香港的差距逐步缩小，物资也越来越丰富，各种商品应有尽有，无须专门去沙头角中英街“凑热闹”了。加上近年来很多国人纷纷走出国门，走向全世界，眼界开阔之后，就不再觉得中英街特别神秘了，其诱惑力自然也就大大下降。

进入21世纪之后，沙头角变得更加冷清，甚至呈现出凋零的景象。由于可以想象的原因，我也不再当“陪同”，以致有10多年没踏足中英街了。每当听别人说起中英街“门庭冷落车马稀”的情景，我的心里总有一种莫名的惆怅。但是转念一想，又觉得“风水轮流转”并非坏事，而是一件好事，因为它从另一个侧面反映出祖国的日益繁荣富强。那么，沙头角到底变成什么样子了呢？此问题常常令我“心思思”，很想找机会再去“考证”一下。直至2011年6月，我才借到深圳探望朋友之机，终于顺道去了一趟。这时，进入沙头角镇虽然还要“办证”，但已不再困难，凭身份证到一个专门窗口就可搞定。只是有一点仍让人费解：没有做到一视同仁。对外地游客要收50元，美其名曰“旅游费”。实际上就是乘坐他们指定旅行社的大巴集体进关，行程还不到1公里，游客下车后他们就一概不管了。为此，很多人怀疑里面有猫腻：是否有关部门合谋敛财呢？

果然，中英街的市道比10多年前我经常看到的情况冷清了许多，但也不见得太萧条。位于港方一边的商铺生意依然较兴旺，只是中方有不少商铺已关门大吉。这时，曾经实施的“不准越界购物”的规定早已成往事。我发现，游客们大都热衷于购买进口保健品、化妆品、洋奶粉、港产益力多（饮料）、公仔面等，而对名牌手袋、黄金首饰、照相机、手机等，似乎不甚感兴趣。究其原因，我想是近年来国内食品安全频亮红灯，人们对国产食品、化妆品等缺乏信任感之故。我则对购物兴趣不大，即使以前最青睐、最垂涎三尺的吕宋芒，此时也不屑一顾，无意问津。无他，现在国内市场的商品也极之丰富，应有尽有，在家门口就可随时买到心仪的东西，何必舍近求远，来沙头角当“搬运工”呢？

让人颇感意外的是，尽管中英街没有以前那么火爆，但在关口处人流依然很拥挤，要排很长的队才能出关。虽然我们自己很轻松，但夹杂在那些如牛负重的“豪客”之间，我们也只好跟着他们缓慢地移动。我不由得打量一下这些拎着大包小包、包装袋无不是胀鼓鼓的人，发现他们并非一般的游客，而是当地的“熟客仔”。他们利用“本地人”可以自由进出关的政策便利，充当“蚂蚁搬家”的“水客”，不断地从镇内带出各类商品，到镇外转手倒卖，以赚取一些差价。原则上说，这种“蚂蚁搬家”的行为也应属于走私行为，但考虑到数额不大，且都是些生活小商品，海关关员只好“睁一只眼，闭一只眼”。有趣的是，有时关员与“蚂蚁们”之间也会玩玩“猫鼠游戏”。当时我就看到，一位海关关员故作威严地警告、吓唬一个颇贪婪的“水客”，说他带的东西超量了，要没收兼罚款。但这位“熟客仔”脸皮很厚，一味装聋作哑，照样若无其事地过关，还对着关员扮鬼脸。哦，我终于明白了，原来他们都是“朝见口，晚见面”的老熟人，只要“老鼠”不是太离谱，“猫儿”也不会让对方过不去。就这样，这戏剧性的一幕天天都在沙头角上演。

眨眼又过了一年，想不到近日我又有一次机会再访沙头角。2012年6月27日，我们30多位老战友为纪念从军50周年而在深圳大鹏湾欢聚。由于我对沙头角总是心有牵挂，于是特意建议筹备组增加一个项目：组织大家到沙头角参观。此提议果然得到老战友们的热烈拥护，特别是有几个从未去过沙头角的“土八路”，更加欢呼雀跃。有幸的是，深圳战友刘魁文通过“关系”，找到了边防六支队的领导，特批我们可以集体乘车进出沙头角而不须办理“特许通行证”，真是既方便又安全。当然，获得“特批”，除了凭“关系”之外，还有一个正当的理由，那就是到沙头角去接受革命传统和爱国主义教育。这并非借口或噱头，实际上也是如此。因为现时沙头角已创办了一个这样的教育基地，完全具备了这种功能，并发挥出积极作用。

此刻，正值香港回归15周年的前夕，沙头角中英街装扮一新，五星红旗和紫荆花旗高高悬挂，迎风飘扬；七彩灯、霓虹灯艳丽夺目，相互辉映，好一派欢庆、祥和的景象。镇容镇貌如此赏心悦目，令人不由得发出“今非昔比，鸟枪换炮”的感叹。想当年，人们到沙头角可以说只有一个目的，那就是买东西。于是，一进了关，立即就像冲锋陷阵一样“杀入”中英街，只顾疯狂地“扫货"，频频穿梭于界碑两侧的店铺之中，直到拿不完、扛不动、满头大汗、狼狈不堪时才收手，紧接着就匆匆忙忙地排队出关了，连沙头角镇内还有什么值得一看的东西都茫然不知。此次我们却“一反常态"，第一时间到沙头角历史博物馆参观，接受教育，再从容不迫地逛街，各自选购适用的小商品，轻轻松松地乘着自己的大巴出关。

来到博物馆门前我才发现，这里挂了不下七八块牌子，尽管名堂各异，但内容都是关于革命传统或爱国主义教育，有对青少年的，有对企业职工的，有对民兵武装的，甚至还有针对香港居民或学生的……林林总总，数量不断增加。就在几天前，一块最“新鲜热辣”的牌子又挂上了墙，上面写着：中国历史文化名街。据介绍，2012年6月初，在郑州举行的“中国第四届历史文化名街授牌盛典”上，中英街从全国24个省市的84条街中脱颖而出，获得了此殊荣。它既承载了光荣，又传承了历史，的确实至名归。

“真是‘不看不知道，一看开了窍’！”参观完博物馆和旁边的那座警世大钟之后，我们的老战友们心潮澎湃，异口同声地发出了感叹。他们都说：“想不到沙头角有这么好的博物馆！”

的确，该馆虽然规模不大，但主题很集中、很鲜明。内容丰富、翔实，展品精致，各种人物栩栩如生。用上现代化的展示手段，使参观者犹如身临其境。它真实地反映了沙头角地区特殊的地理和人文环境、风土人情和历史变迁，特别是近百年来光辉的革命斗争历程以及香港回归后所发生的巨变。重温这些史实，使我们这批40多年前曾在深圳驻防的老兵感到分外亲切和感动。博物馆中有一幅非常精彩的照片，意义特别重大。它记录的是15年前香港回归时的一个历史瞬间：1997年7月1日零时，在中英街3号界碑处，两名解放军武警战士和两名香港警察正在两侧的街头站岗，头顶上分别飘扬着鲜艳的五星红旗和紫荆花区旗。此刻，两名香港警察正在摘下旧警徽，换上新警徽，而另一侧的两名解放军战士以庄重的神情注视着他们的举动，见证了这一神圣的历史时刻。从博物馆出来，我特意走到3号界碑处，遥想当年的情景，不禁热血沸腾！如今，这幅照片已成为香港回归的珍贵史料之一。据说，香港回归前后，在中英街值勤的港警和我方武警的心情也发生了微妙的变化。过去“一街分治”时，双方多少有些戒心甚至敌意，总是神情肃穆，擦肩无语。这种心情我们完全可以理解，因为40多年前，我们驻守深圳边防与港英当局的雇佣兵对峙时，心情也是一样的。想不到，如今双方已成为亲密无间的战友。我想，这就是历史，这就是社会进步！此刻，我们在中英街上甚至很少看到双方的士兵在巡逻，取而代之的是双方的市场管理人员在联合执勤，共同打假，维护市场秩序。此情此景分明在告诉我们，现在时势已发生了翻天覆地的变化，沙头角就是太平盛世的缩影。而作为“一国两制”交汇点的中英街，亦已由过去的“反走私、反偷渡”的前沿阵地，变成了今天安静、和谐的首善之区了。

一位平时颇风趣的老战友忽然想起香港回归时一句时髦的口号：“马照跑，舞照跳。”他有感而发，灵机一动，也给沙头角拟赠了一句话，叫“人照踩，野照买”（粤语“踩”形容人拥挤，“买野”则是“买东西”之意）。我觉得这句话很有创意，大家也称赞这位老战友有急才，能一语道出沙头角的实质，形象而生动，堪称杰作。

虽然战友们在沙头角并没有买多少东西，但大家却认为满载而归。我理解，其实这不仅是指物质方面的收获，还包括精神方面的收获。

的确，沙头角是一块见证历史、举世无双的风水宝地，不管时势怎么变化，它都是人们心中的一方热土，永远不会变成被人遗忘的“角落”。

2012 年 6 月 30 日

下编　世事感怀

53. 带着自豪走出国门

回顾新中国成立60年来的伟大成就，令我感慨最深的事情之一就是国门逐渐打开，让国人特别是像我这些平民百姓，有机会到“外面的世界”走一走，看一看，开阔视野，拓宽胸怀，使我密切了与海外同胞的血脉联系，真正融入了这个世界大家庭之中。

我也许是众多幸运者之一。由于家庭有“涉外”背景，以及本身是记者职业的缘故，“近水楼台先得月”。近20年来，我利用探亲、采访、旅游等多种机会，曾20多次走出国门，足迹遍及亚、欧、美、澳、非等五大洲的30多个国家。从出国的亲身经历及耳闻目睹的事情中，我深深体会到，新中国成立以来，特别是改革开放之后，祖国发生了翻天覆地的变化，令全世界为之惊叹。的确是这样，随着经济建设的迅猛发展，国力不断增强，民生大为改善，我国的国际地位和声望大大提高，在世界舞台上扮演着越来越重要的角色，令我们这些炎黄子孙深感自豪，扬眉吐气。

我们知道，国门的打开有个渐进的过程，前后的差异不小。记得1971年我结婚的时候，由于爱人一家是归侨，有很多直系亲属在新加坡。大喜日子，当然很希望海外亲友能回来参加我们的婚礼。但那时“文化大革命”尚未结束，极左思潮仍在泛滥，国门不敢打得太开。结果，在诸多政治因素的困扰下，海外的亲友一个也不敢回来。总之，在改革开放之前，海外亲友回国探亲总有点提心吊胆，一般都不敢来家里住宿，生怕连累我们落下个

“里通外国”的罪名。他们大多下榻在广州华侨大厦，国内亲友要到酒店才能探望到他们。而那时的涉外宾馆、酒店是“闲人免进”的，来访者需凭户口簿、工作证或单位的有效证件，经“验明正身”，审查登记后才能进入。但仍不能上到客房去与亲友相聚，而是由酒店保安人员把他们叫到楼下，在一间狭窄的会客室里见面。可以想象，在这样的氛围和环境下，哪有亲情可言，谈何天伦之乐呢?

1978 年，党的十一届三中全会制定了改革开放的政策方针，“文革”中的很多流毒逐步被肃清，极左路线得以拨乱反正，从此国门渐渐打开了。1989 年 1 月，我与爱人以及岳父一起到新加坡探亲，这也是，我第一次走出国门。当时国人生活仍不宽裕，“走出去”的机会仍不多。一旦某人拥有一本护照，并获得外国签证，就是一件了不起的事情。为此我特别兴奋。果然，当我来到这个世界著名的“花园城市”一看，惊叹不已：世界上竟有这么漂亮、像天堂一般的地方！深感这里的生活水平和居住环境与国内反差太大了。还有，当时国内物资很缺乏，而国产的高档产品质量也较差，从而导致人们有崇洋媚外的思想。很多人都想利用出国的机会购买电视机、电冰箱、收录音机等“几大件”免税商品带回国内来，我自然也不例外。但又苦于囊中羞涩，很难筹够钱，因此，心里很盼望能得到海外亲友的资助，哪怕一点点传统习俗的“小红包”也很在乎。有时，亲友们设宴盛情款待我们，我心里却往往萌生另一种想法：吃这么多山珍海味太浪费了，倒不如把钱省下来，加大红包的分量，送给我们买回程飞机票或购买“几大件”，该有多好！

数年之后，我又参团到新、马、泰旅游，再次来到新加坡，及至目前，我已先后 5 次造访新加坡了，前后的感受已大大不相同。由于我国已逐步进入小康社会，我们的生活也逐步富裕起来了，家中现代化的设施一应俱全，再也用不着从国外购回“几大件”了。对于海外亲友送上的“小红包”已不再稀罕，甚至有能力回请海外亲友。经过多年的建设，国内城乡面貌和环境大为改善，与国外的差距逐渐缩小，有很多地方几乎“彼此彼此”，再也不会大惊小怪地发出感叹了。前年11月，我爱人的一位外甥娶媳妇，邀请我们去喝喜酒，对方只是礼节性地告知一下，以为我们是不会不远万里地去赴喜宴的。谁知我们竟欣然应邀，一下子组成了一个13人的“亲友团”，浩浩荡荡地打“飞的”赶到了现场，令新加坡的亲友们喜出望外。在婚礼仪式上，一位在当地颇有名望的主持人特意向全场嘉宾介绍了我们，他动情地说：“中国亲友团的到来，不但为这个婚礼增添了喜庆气氛，加深了浓浓的亲情，而且印证了一件大事：中国的改革开放取得了伟大成功，国门越来越敞开了，人民也越来越富裕了，有愿望也有能力随时走出国门了。这在过去是根本不可能的事，甚至是天方夜谭……”

其实，不仅我们是这样，这些年来我周游列国，也看到很多国内同胞昂首阔步地走出了国门。其中，既有出国留学的，也有务工的、移民的，而更多的是“潇洒走一回”的旅游者，他们无不充满自信。总之，如今不管在世界任何地方，都可看见华人的身影，都可听到中国人亲切的乡音。我的切身体会是，随着祖国的繁荣昌盛和国力的不断增强，我走出国门时，腰板挺得更直，底气也更足了，因为身后有祖国这个大靠山。毋庸置疑，以往由于我们国家不够强大，中国人在国外往往会受到歧视，对中国人不尊重、不放在眼里的事司空见惯。记得1994年4月，我第一次到美国拉斯维加斯参加一个国际传统医学大会时，因不懂得英语而造成很多麻烦。例如，在飞机上只用英语和日语广播，我们只好“充耳不闻”，从而导致对一些公告事项不了解，造成尴尬；用餐时与乘务员“鸡同鸭讲”，常常点错食品。为此，我那位同伴愤愤不平地埋怨说：“我们中国堂堂有10多亿人口，而在国际航班上居然听不到中国的声音！相反，日本人口比中国少得多，却到处能听到日语，实在太不公平了，岂有此理！”然而，这种“岂有此理”的情况后来渐渐减少了。走出国门的中国人日益增多，已引起全世界方方面面的重视。后来我发现，在很多国际航班上，已不但有了华语的广播，而且出现了一些华裔或会讲中国话的乘务员，他（她）们在热情地为中国旅客服务。有一次我在游览美加交接的千岛湖时，在游船上竟分别听到了4种语言的导游讲解，除了英语和日语外，还有中国的普通话和粤语。这折射出中国人在国外越来越受到尊重的事实。

与“走出国门”相对应的是“走进国门”。曾几何时，人们望子成龙，纷纷把子女送出国外留学，但大多数学子学成之后是不回国的。而如今，“海龟”（海归）们纷纷“回游”，学成之后就“游”回祖国，在祖国施展才能，建功立业。如今“海归”成为一种“潮流”，说明祖国已日益强大，他们对祖国有信心，而国家的建设与发展正需要他们这些精英人才，在国内他们将更有用武之地。我的儿子也是一名“海归”，他也与很多“海龟”一样，几年前在加拿大留学毕业后，就义无反顾地“游”回到祖国的怀抱，如今正满怀豪情地报效祖国。我对他表示充分理解和支持，并为他感到骄傲与自豪！

（原载2009年8月29日《中国医药报》）

54. 受宠若惊“座上宾”

广药集团某领导曾约我几次，说“得闲聚一聚”，但都因各种忙碌而难凑到一起。前天晚上，终于下决心落实了。晚宴就设在广州大道南的南北汇潮酒家。当晚的聚会可谓高朋满座，除了广药集团下属几家著名药企的老总“作陪”外，还有当地几家主流媒体的朋友“捧场”。按理说，在座的不少嘉宾都比我“官职”高，“主宾”的位置怎么也轮不到我来坐。但广药集团领导非要我“上位”不可，并要陪在我身边。理由是我的年纪最大，德高望重，“主宾席”非我莫属。正所谓恭敬不如从命，于是我只好硬着头皮“就范”，但心里还是有些受宠若惊。

晚宴的菜肴自然是高水准的，外加一瓶3斤装的XO酒，也喝到滴酒不剩，宾主皆尽兴了。然而，大家对丰盛的酒菜似乎麻木了，吃过些什么山珍海味似乎都记不清，只在乎能天南地北、无拘无束地畅叙。的确如此。如今生活改善了，“天天都像过年”，即使最丰盛的酒菜也不过如此，不会让人留下什么印象。唯独席间闲聊的有些话题，往往让人回味无穷。当时大家谈论到的一个话题，我觉得很有些意思，感触之余，颇受启发。

那天的话题可谓海阔天空，其中也提到几家媒体经营运作的情况，姑且算是正题吧。作为报界“大佬”的《羊城晚报》和《广州日报》，当然是喜讯频传。而有一家自称业界“小字辈”的报纸，经营业务却一直不怎么景气，为此，负责该报广告经营工作的H先生感到脸上无光。席间他满腹牢骚，一个劲儿地责怪报社的掌门人把报纸的定位搞错了，“叫什么报不好，偏要叫

‘民营××报’！这等于把国有企业拒之门外了，把在座的广药集团这些大佬们也疏远了！而且报纸办得也不生动活泼，缺乏亲和力，以致直接影响到我们业务部门‘拉广告’的成效。”

H先生可谓实话实说，不无道理。说起来，他算是该报的“老神主”了，在报纸改制和改版之前他都一直在负责广告经营工作（该报前身叫《粤港××日报》，后改为《民营××报》，并加盟到一家著名报业集团）。说实在话，他干这一行是有独特优势的。众所周知，他对广药集团下属的很多企业都很熟悉，与众多老板混得烂熟，常常“拍膊头”，称兄道弟。就凭这一层关系，如果每家药厂每年“关照”他们一点广告，“民营××报”就应该活得很滋润了。然而，事实并非如此，药厂的老板们总是“情悭一面”，“拍膊头”归“拍膊头”，广告就是不肯轻易投放，这是为什么呢？

老板们自然有其实实在在的道理。

“其实，不能怪我们不讲交情，作为企业的经营管理者，我们投放每一个广告都是要讲求回报的。由于《民营××报》的发行量不大，社会影响力较低，广告效应也不怎么样，投了广告也得不到应有的回报，这不等于浪费金钱吗？即便是老友，也爱莫能助啊！”王老吉的老总说。

“当然，看在老友的份上，选择适当时机支持你们一些广告也是可以的，但长贫难顾呀，我们总不能丢掉原则，昧着良心慷公家之慨嘛！”奇星的老总接着说。

“《羊城晚报》和《广州日报》就不一样，人家用不着去‘拉广告’，而往往是我们主动找上门去，请求他们‘照顾’一些广告版面的。为什么‘厚此薄彼’？相信大家心知肚明！”潘高寿老总如是说。

“如果光讲交情，多年来我们与H先生的关系够铁的了！相聚海聊，饮饮食食，随便怎样都可以，但一提到做广告的事，就不那么‘爽手’了。个中原因，刚才几位老总已说得再明白不过啦。”陈李济的老总也附和道。

“其实，H 先生已经尽职尽责了，要不然，《民营 × × 报》的广告量可能更少，经营运作可能更困难哩……”

大家你一言我一语，七嘴八舌，说得 H 先生十分尴尬，不知该点头好还是摇头好。

如此看来，各药企老板与媒体大哥们的观点基本上是一致的，亦即所谓“有了共识”。就是说，投放广告要坚持双赢的原则，而不能仅凭感情用事。其实，不管做什么事情都一样，只有达到各方的共赢，合作才能维持得长久。

老友们开诚布公的议论，给了我很多启发，令我想到了一句“大实话”：“有门道不如有料到。”所谓“有门道”，就是“有后台”；所谓“有料到”，就是“有实力”。说白了，就是“有后台不如有实力”。

虽然，时下社会风气不怎么好，人们办事总是热衷于找熟人，拉关系，说什么“朝里有人好做官”。于是，“潜规则”盛行，行贿受贿成风……然而，我始终认为，刮起这些歪风的毕竟只是少数人，而社会上绝大多数还是“良民”。当晚饭局在座的这伙朋友，堪称一个社会缩影，从中说明正气还是社会的主流。

是的，宾主们的观点都十分明确，作为大众传媒的报纸，要想得到更多“衣食父母”（读者和广告主）的支持，吸引更多客户来做广告，首先必须下苦功夫把报纸办好，提高其社会影响力和广告效应。否则，光依靠熟人的关系去“拉广告”，始终不是上策，也非正道，最后必将陷入广告资源枯竭的经营困境。

回头再看看本文开篇有关“座上宾”的话题，我想，我之所以被广药领导安排到主宾席上就座，除了他们尊重我这个“德高望重”的长者外，还因为我毕竟还“有料到”。不但过去曾切切实实地为广药做了一些事情，而且他们期望我今后还继续“立新功”，正所谓“有为”才能“有位”嘛。

2010年1月19日

55. 地铁通到家门口

新年新气象，喜事扑面来。在诸多大小喜事之中，我最关切的莫过于广州地铁5号线的开通。可不是吗，这项标志着广州轨道交通跃上新台阶的重大工程，不但创造了很多奇迹，而且直接惠及民生。尤其是它通到了我的家门口，给我的出行提供了极大的方便。

想当初，2004年，我们刚搬来珠江新城金碧华府居住的时候，这一带还很荒凉，交通特别不方便，即使是到东山这么近的老城区，也要转好几次车，来回一趟起码要耗费一两个小时。后来，随着珠江新城建设步伐的加快，CBD雏形渐渐显现，入住的居民和上班一族也日渐增多，于是多了几路公交汽车，使交通稍有改善。但这仍远远不能满足市民出行的要求，与珠江新城号称“广州新地王”的这个地位很不相称。于是人们把希望寄托在正在建设的5号地铁线上。按照原先规划，这条途经珠江新城的5号地铁线2008年底就要建成通车，但由于征地、拆迁等诸多客观因素的影响，建设进度足足拖延了一年，直到2009年12月28日5号地铁线才正式通车。

“迟来的爱”无疑令我们望眼欲穿，急不可待。如今地铁线路开通，人们自然难以抑制内心兴奋与激动的心情。特别是家住黄埔等远郊区和沿线的居民，简直就像迎来了一个盛大的节日。连日来，人们从报纸中得知，在5号地铁刚开通的前几天，不少广州黄埔区和佛山南海区的市民举家出动，争相乘坐这条新地铁到市区内“逛新城”，体验一下“饮头啖汤”的滋味。他们无不激动万分、感慨不已地说：“以前进一趟城很不容易，只能挤远程公交车，起码要花大半天时间。现在可好了，搭上崭新而舒适的地铁，呼的一声就到了！简直就像做梦一般！”更兴奋雀跃的是那些持免费卡或优惠卡的老年人，他们成群结队、兴致勃勃地赶来“尝鲜”，以第一时间品尝“免费的午餐”，戏称为“分享社会主义和改革开放带来的伟大成果”！以致有好些班次几乎成了“长者专列”。

是的，这条横贯广州城东西两端、串通多个繁华商业区的地铁大动脉的建成，真是太伟大、太不简单了！它东起黄埔区的文冲，西到与佛山市南海区交界的荔湾区滘口，全长 31.9 公里，有 24 个车站，既有高架线，也有地下线，期间有 4 个车站可以分别换乘地铁 1、2、3、4 号线。它不但线路长，而且建造工程复杂、施工难度特别大。据说它在地下穿越了上千栋房屋，7 次穿越断裂带，2 次穿越珠江，真真正正创造了地铁建设史上的奇迹，令我们广州人倍感骄傲和自豪。

5 号地铁线经过珠江新城的有 3 个车站：潭村、猎德、珠江新城。其中潭村站就在我们的小区附近，可以说地铁将近通到自己的家门口了。从此，我们出行就有了一个最佳的选择——坐地铁，四通八达，轻松地去到市内很多地方，不受地面交通堵塞的困扰，既方便快捷，又不花钱（对我们这些长者而言），真是不亦乐乎！

5 号地铁堪称一个样板工程，也是整个广州地铁网线的一个缩影。目前还只是开通了第一期，还有第二期将在几年后开通，届时将从文冲再延长 11 公里，直通到黄埔客运港，总长度达 43 公里。人们无不感叹地说，现在的市政建设技术和速度真是不得了，说在哪里开隧道就在哪里开，在哪里建条地铁就在哪里建，简直不费吹灰之力。的确是这样，自 1997 年广州最早的 1 号地铁开通之后，地铁建设就不断提速，2004 年之后，平均每年开通 35 公里。目前广州全市已开通 5 条地铁线路，网线总长度为 150 公里，共有 88 座车站，平均每天客流量达 270 万人次。为了迎接今年11月广州亚运会胜利召开，广州地铁网线正在快马加鞭地扩建，预计到亚运会开幕时，全市地铁网线总长将达222公里。而远期规划则要达到600公里。这是一个多么诱人的大喜讯啊！

广州地铁神奇般的建设速度不仅令我们深受鼓舞，而且使我们大受启发。启发之一是“民生工程”最得民心；启发之二是重视民生的政府才是真正的“人民政府”。尽管当前还有一些政府官员存在腐败现象，政府部门的工作尚有不尽如人意的地方，但总的来说，大局是好的，尤其是经济建设取得的辉煌成就，令世人为之瞩目，国人亦感同身受。况且，政府部门过去存在的一些弊端，现已在整改中逐渐加以克服，总的大趋势在向好的方向不断发展，我对此充满信心，坚信“明天会更好”。广州地铁的神奇崛起就是一个鲜明的例证！

说到这里，我不由得联想到，目前仍有些人存在片面的认识，他们对前途总是持悲观的态度，对现实总是满腹牢骚。他们只知道装在兜里的钱才是自己的，常常埋怨自己兜里的钱太少。殊不知，在社会福利、公共财产这个“大兜”里的钱也有自己的一份。比如，政府规划、投资建成了地铁、高铁、高速公路、公园、运动场、剧院等，每个人都有享受的机会，这就等于在你的兜里多放了一份钱。我始终认为，做人要当乐观派，不但要知足常乐，而且要懂得感恩。不要做“端起碗来吃肉，放下筷子骂娘”式的市侩小人。如果你一时想不开，心里感到郁闷的话，不妨坐地铁去兜兜风，感受一下日新月异的广州新城，想必你头脑会更清醒，心情也会更愉悦。

2010年1月

56. 但愿家乡真的这么好

有一首著名革命歌曲叫《谁不说俺家乡好》，我很喜欢唱，每当哼起这首歌时，它就会唤起我对家乡特别的眷恋感情。

我的家乡在增城，属于广州市辖下的一个县级市。虽然离开家乡很久，但我一向很关心来自家乡的各种信息。这些年来，我从媒体的报道中得知，家乡人民在各届“父母官”的正确领导下，各项工作取得了优异成绩，连续几年荣获“全国百强县”的称号。此外，还有各种国家级和省市级的“先进县市”称号，光环集于一身。在刚刚过去的2009年，家乡业绩更上一层楼，成为“中国改革（2009年度）十大县市”，在全国县域经济基本竞争力评比中跃居第九位（连续8年居广东省之首），并入选“中国最具幸福感城市”。

新年伊始，又传来喜讯：广东省委充分肯定增城高瞻远瞩地建设生态城市的做法，在全省率先建成了一条自行车休闲绿道，认为它对全省具有示范意义。为此，省委号召全省各地向增城学习，争取3年内在珠江三角洲建成总长1 678公里的6条区域绿道。与此同时，1月21日，全国林业厅局长会议在广州召开，与会代表怀着浓厚的兴趣前往增城参观，对增城创造城乡绿化一体化的经验很赞赏，于是国家林业部把增城的绿道建设作为全国样板……

听到这么多好消息，我心里十分高兴，不由得又哼起《谁不说俺家乡好》这首歌。

然而，唱完歌之后，冷静下来一想，心里却不怎么踏实，悄然冒出一个问号：我的家乡真有这么好吗？

心存疑虑是有一定原因的。

我虽然不经常回家乡，但家乡还有不少亲朋好友，平时我与他们保持着较密切的联系。每年清明节或重阳节我亦会回老家“拜山”，春节则回去拜年，对家乡的情况多少有些了解，发现“实情”与媒体的报道有不少出入。别的地方不说，就拿我老家三江镇（现已撤销“镇”，并入石滩镇了）和葵湖村为例，我觉得这些年变化并不大，镇容村貌依然如故，一副破烂、肮脏、杂乱无章的样子，看不到多少“社会主义新农村”的景象，比起顺德、南海、番禺、中山、东莞等地差得很远。至于老百姓的生活情况，改善似乎也不明显，还有不少乡亲为温饱而操心。总而言之，我觉得老家三江近年来经济社会的发展并不尽如人意。而奇怪的是，为何会“墙内没花墙外红”呢？

“报纸上不是说增城发展得很好吗，这个奖、那个奖的，一身都是光环啊！”我针对亲友们的“诉苦”，反问道。

“那是‘吹’出来的！”乡亲们不假思索、异口同声地说，无不带着讥讽的语气。

“不至于都是‘吹’的吧！”我感到很疑惑。

我知道，仅从自己肤浅的调查和少数人的意见，不一定能反映出增城市真实的全貌。心想，也许仅是三江的情况比较差，而其他村、镇都很“劲”，整体来说还是很威水的。然而，我再了解一下，发现三江并非全市最差，而是勉强可处于中游水平。这样的话，就颇令人费解了。这时，我不由得想起广东有句“文人多大话，补锅用泥搽”的俗语。就是说，写文章的人大都有点夸张，“事实不够，虚构搭够”；而补锅的人在补锅时，总会用泥巴搽在疤痕上，以堵塞未补上的小洞。如此说来，记者写报道有点“吹水”就不足为奇了。但问题是，有些报道实在是“吹”过了头，乃至“吹破了牛皮”。历史的教训还少吗？想当年，“大跃进”、“放卫星”、“赶英超美”、“人有多大胆，地有多高产”……多么豪气啊！至今这些虚荣心、攀比心和浮夸风的流毒仍未肃清。不是吗？不少地方的政府和官员，为了换取升官晋爵的筹码，千方百计地“创造”政绩，授意善于“说大话”的文人，为其大造舆论，炮制“重头文章”、“重磅炸弹”，极尽歌功颂德之能事。社会表面上“莺歌燕舞”，但实际上“怨声载道”，老百姓没有多少“幸福感”。而对于上头官员的肯定和报纸的宣传报道，他们看作是“被幸福”了。

我从增城联想到全市、全省乃至全国。一直以来，我都有一种感觉：很多地方媒体其实已变成了“御用媒体”，一味按长官意志行事，热衷于为当地政府吹喇叭、抬轿子，为自己的“老板”（当地党政机关或主管部门领导）擦皮鞋、唱赞歌。当地取得了一丁点儿成绩，他们就大吹大擂，什么“全国第一”、“世界领先”、“史无前例”……不一而足，吹捧得让人肉麻。我认为，这种夸大政绩、报喜不报忧的行为，除了反映出其思想的片面性之外，更重要的是暴露出其意识和动机不纯。我始终认为，大凡热衷于吹牛者，无论始作俑者是官员还是媒体，都是极其错误的！

我原先以为，对这些现象看不惯只是个人的思想比较偏激的缘故，谁知后来听到不少有识之士也与我的观点相同。那天与广药集团的朋友聚会时，不经意间也议论到某些省、市的党政领导和当地主流媒体“好吹”的问题。王老吉董事长施少斌说，其实，关起门来自吹自擂最没有必要，这也不是广东人的品格。不要说你吹牛这么难听，起码也说明你的眼光短浅，胸怀不大。施总之言不谬。据我所知，这些年来王老吉取得了非凡的业绩，但他们也不自吹自擂。施总说：“王老吉如果要‘攀比’的话，我们也不与本省、市的同行比，而起码要与全国甚至全世界比。因为王老吉不是广药集团的，也不是广州市或广东省的，而是中国的、世界的!”我很赞成施总的观点，更钦佩他宽广的胸怀。

话又说回来，我并非对家乡的“父母官”辛辛苦苦创造出的优异成绩有怀疑，只是有点担心他们一不小心“继承”了不光彩的传统，沾染上浮夸之风，“说大话”，“用泥搽”太过分，把鸡毛也吹上了天。从主观愿望出发，我当然希望家乡变得越来越好，无愧于各种荣誉和称号。但是，上述问题的确值得警惕。起码，我亲眼看到的家乡面貌与报章上的报道就有很大差别，说明我们那里确实仍然较落后。既然如此，就不能心安理得地接受那么多光环，而应当谦虚谨慎，少说多做。同时，我真心希望增城市、石滩镇等各级政府的父母官们多关心落后的地区，不要只顾唱赞歌，而忘了唱《国际歌》——为解放全人类而奋斗。其实，我老家三江也是一块风水宝地，如果各级领导真的能脚踏实地干下去，并“拉兄弟一把”的话，相信三江也不至于拖全市的后腿，也能赶上先进村镇的发展水平，请让我的乡亲们尽快幸福起来，而不再成为“被幸福”的一族。拜托了!

2010 年 2 月

57. 何时唤回“医者父母心”

人们都习惯地说：医者父母心。不错，把医者的心比作父母的心，像对待自己儿女一样，精心呵护、救助患者，这是多么崇高的精神！相信每一个患者，对这样的医者无不心怀敬意，感恩不尽！

然而，随着社会的变革和市场经济的冲击，不少人的道德观念和价值取向发生了变化，甚至被扭曲了，有一部分医者的“父母心”大打折扣，致使医患关系趋于紧张，“白衣天使”的崇高形象遭到了人们的质疑。以前，我虽然也常常听到一些人对当今医生的医德、医风进行批评，但正所谓“针不刺到肉不觉痛”，由于我没有多少切身的体会，所以对此感受不深。最近，我有一位家人因病入院，从做手术到完成8个疗程的化疗，前后花了近半年时间，我陪护着家人经常跑医院，与医生打交道，使我真正体会到求医的艰辛，也深感如今有些医者的“父母心”越来越淡薄了。记得以前曾看过一本《二十年目睹之怪现状》的书，心想，如果我把在医院的所见所闻和感悟写成文章，模仿此书的标题的话，则可称为《半年目睹医院之怪现状》。

若问：如今医院到底有何怪现象呢？根据本人的观察与感受，不妨用一首打油诗来表达。诗曰：服务不周，红包照“兜”。技术壁垒，筑起鸿沟。过度医疗，到处创收。爱心缺失，患者担忧。

大凡患过大病或重病，曾到大医院诊治的人，应该都有切身的体会，那真的是叫“求医”啊！无疑，在大医院里，患者是最弱势的群体，只见医生们高高在上，像救世主一般“俯视”着患者。我对这种主仆颠倒的怪现象特别不理解和看不惯。众所周知，医生的职业虽然崇高，但为患者治病也是其职责所在，就像饭店的服务员，给顾客端茶送水是分内的工作，用不着顾客对他特别敬畏。相反，顾客付费买其服务，就是其衣食父母，是“上帝”。同理，医院、医生与患者的关系也是如此，因为患者“养活”了医生，所以患者也应是“上帝”。但实际并非如此，“上帝”却总是处于劣势。医院就像衙门，对患者似乎不是服务，而是恩赐，甚至巧取豪夺。我看到，有些医生、护士的态度很差，经常训斥患者，甚至骂患者，“求医者”只好忍气吞声。虽然服务不周，但医生们却是红包照“兜”。特别是做大手术时，患者或家属都很自觉，给科主任、主刀医生、麻醉师、护士长等各准备一份红包，“一个也不能少”。红包的分量不等，少的三五百，多的一两千至三五千。尽管政府主管部门三令五申严禁医生收红包，但几乎无人遵守，医生们总是不动声色地“笑纳”。当然，他们不会在众目睽睽之下收钱收礼，而是安排特定的时机，让患者悄悄地送出手。例如，单独约患者或家属到医生办公室“了解病情”，趁此机会让你好“出手”。这次我的家人做手术，前后就给有关医务人员送了价值约 2 000 元的钱物。由于他们略知我是健康报记者的身份，所以我不便露面，而是由家里人“操作”。据我了解，我们送去的礼物，算是最薄的一类。有一位来自澳门的患者，除了做手术前封了数千元红包外，以后每次到医院化疗或复查，还要再给一千元“意思意思”，前后共送了 6 次。还有几位来自粤东和粤北地区农村的患者，家里都很穷，且有其他亲人也相继患了大病，为了治病几乎倾家荡产了，确实没有多少钱可送，但他们也要经常送些冬菇、茶叶等土特产给医生。见此情景，我感慨万分！本来，人都是有感情的动物，患者出于感谢医生救死扶伤之恩和付出的艰辛劳动，心甘情愿地送上一个红包表达心意，也可以理解。但如今这样的红包完全变了色、变了味，成了一种潜规则了，真是令人心酸。

医院特别是名医院，这种与患者关系主仆颠倒、滥收红包的现象，究其原因，恐怕是供求不平衡所致。谁都会理解，一旦生了大病，都想到大医院请名医诊治，于是，大医院、名医便成了稀缺资源。在资源供不应求的情况下，患者只好“求医”——求医生接收入院、安排病床、早日手术等。部分医生便凭着手中的资源实行“择优（油水）分配”，于是，“红包”便成了“开路先锋”。

还有一种怪现象，就是医生之间“楚河汉界”分得很清楚，科室里的患者都被医生“分包”了，一旦负责这个患者的医生不在，即使你有很急的事，其他医生也不管。例如，当你急着等床位进行化疗时，若你的主管医生不在的话，别的医生就根本不会给你安排床位，因为他们各自都把床位垄断了，要留给“自己人”用的。有一次，我的家人按计划疗程又要入院化疗，但刚好碰到主管医生（科主任）出差国外了，他没有交代其他医生接手，床位自然拿不到，不得不延迟化疗，一直等到他回来。

最令人捉摸不透的怪现象，就是过度医疗的问题。本来，作为患者，对医生都是绝对信赖的，实施什么治疗方案，要用什么药物，全都由医生一锤定音。但在医疗过程中，人们往往发现，有时医生制订的治疗方案和使用的药品，并非完全为患者着想，而是想趁机多些“创收”。明明不需要做那么多检查，也要患者做全身检查；明明不需要做那么大范围的手术，也要全部切掉；明明不需要开这么多、这么贵重的药品，也要尽量地多开。这除了考虑对治病“保险”之外，更主要的恐怕还是想多赚钱。有一次，我看到《健康报》上刊登了一篇北京中日友好医院一位大教授写的有关避免过度医疗的文章，因涉及我家人的那个病，我便把报纸拿给那位主任看，旨在提醒他注意。不知我此举是不是伤害了他的尊严，还是我不识时务，只见他一个劲地摆手，很不高兴地连声说：“不看不看，这些东西我从来不看的！”但后来的一些事实证明，他们的固执，的确有造成过度医疗之嫌。这里仅举一个小小的实例：我家人手术后要化疗，医生和护士动员她在手臂上埋管，说这样就不用每次化疗都扎血管了，既减少了麻烦，又可避免针口感染。正当我们犹疑不决之际，他们便吓唬说：“化疗药物很毒的，过去就有患者为了省钱而不埋管，结果后来真的弄坏手臂了。”听他们这么一说，我们立即同意埋管。可是，不知是什么原因，这条管埋得不好，不断地从皮下渗出水来，我们不得不三番四次地到医院处理，折腾来折腾去仍无法处理好。最后问那位主任怎么办，他口吻轻轻地说：“不行就拔掉吧！”于是护士就干脆把管子拔掉了。至于多花的那1 000 多元材料费和医疗费怎么处理，他们从不吭一声。按理说，管子是他们没埋好，属于技术事故，给患者带来痛苦和折腾也算，但那费用应完全由医院负担才对。到头来，他们却还是把“死猫”给了患者吃，1 000 多元算扔到大海了，这显然是不合理的。其实，即使埋管成功了，也是诸多麻烦，每个星期都要跑医院几趟冲洗管子。照我们这些外行人分析，埋管未必很需要，因为每化疗一次相隔有 21 天之久，21 天再扎一次针问题应该不大的，不至于像他们说的那么危言耸听。事实上，后来没埋管也完成了 8 次化疗，从来都平安无事，可见此事多少有点蹊跷。从这件事我又联想起有位老同学，那年在某肿瘤医院做胃癌手术时，医生说他脉搏太弱，让他先装一个心脏起搏器，然后再做胃癌手术。他觉得自己心脏没啥问题，干吗要多挨一刀且要多花几万元装心脏起搏器呢，于是他犹豫不决。但不装心脏起搏器医生坚决不同意给他做手术。后来他通过朋友介绍找到省人民医院一位专家进行咨询，问像他这样的身体状况，可否直接做胃癌手术，该专家检查之后说没问题。但他仍不放心，又问：“怎么人家说一定要先装一个心脏起搏器，然后才能做下一个手术呢?”省医这位专家有点诧异地问：“是谁说的?”他只好照直说了。医生听后苦笑了一下，似乎明白了什么，但没有说出那些潜台词。后来，我那个同学干脆就在省医做了手术，根本不用装什么心脏起搏器，手术一切都很顺利，很快就出院了。

关于用药问题，据说猫腻也不少。有些医生会因为推销新药、贵药、进口药而有很多回扣（提成），就不顾病情是否真正需要，或者患者家庭经济状况是否允许，也照开“大处方”、“贵处方”，结果，结账时动辄几万甚至几十万元，患者慨叹“真的病不起”这就更加重了“看病贵”的程度。有一次，有位患者无意中把一张处方给了另一位医生看，医生看后惊讶地问：“你的病情用得着开这么贵的药吗?”患者说：“我怎么知道呢?这是某医生开的。”这位医生摇摇头，自言自语地说：“这位医生发达了!”为何会发达?我看不用作解释，大家都会明白个中奥妙。

更令人遗憾的是，有些医生即使收了红包，赚了回扣，但对患者的态度仍然很差，经常“黑口黑面”，一点同情心、怜悯心都没有，冷酷得令人心寒。总之，经过了这次家人“求医”的经历，耳闻目睹了这些怪现象之后，我不由得发出慨叹：不知何时才能真正唤回“医者父母心”啊?

2010 年 2 月

58. 追忆挚友靳教授

这些天春节的气氛渐浓，我正在筹划过年时向靳瑞教授拜年的事。靳瑞是广州中医药大学首席教授，全国著名针灸大师，"靳三针"疗法的首创者。我与靳教授原本非亲非故，但在工作中互相支持，建立了深厚的友谊，30多年而不变。特别是近10年来，每年的大年初一早上，我都会举家出动向他拜年，并与他的"大家族"一起共进新年午餐，这已形成了一个惯例。今年理应也如此，同时还要带上一本我的新书《真我的世界》送给他。在这本书中，有一段内容写到与我"曾经一起走过"的10位朋友的故事及彼此间建立起的情谊，其中一位代表医疗卫生界的朋友就是靳瑞教授。我心想，借拜年的机会送上新书，更有意义，他一定会更加高兴！谁料天有不测之风云，就在新年临近，人人准备"迎春接福"之际，却忽然传来了噩耗：靳教授因病医治无效，于2010年1月24日与世长辞了！这突然的噩耗顿时使我悲痛万分，为失去这位最崇敬的师长和挚友而深感惋惜！

记得上一次见到靳教授，就是去年大年初一到他家拜年的时候。由于近年来年逾古稀的他身体一直不大好，曾先后两次脑中风，经过治疗，基本恢复了各种生理功能，但思维和行动都变得比以前迟缓了。最近这次属于小中风，康复得较快，当时我看到他精神和气色还不错。为了活跃气氛，同时表示我们之间"熟不拘礼"，我故意开玩笑地问他："靳教授，你知道我是谁吗?"他微微一笑，随即幽默地回答道："你不是黄每裕?"顿时大家会心地笑了起来。那次拜年之后，我一直较忙（忙于写《真我的世界》一书），同时也不想太多打扰他，所以一直没有登门拜访，只是隔些时候给他打个电话问候一下，但大多是由他夫人陈姨来接听。就在去年12月初，我又打电话到他家问候，却几次都无人接听，我心中不觉纳闷。后来终于听到陈姨的声音，果然传来一个不好的消息。她说靳教授又患病住院了，这回倒不是中风，而是别的绝症。我一听脑袋顿时“嗡”的一阵响，猜想病情一定很严重，立即表示要到医院去探望他。但陈姨坚持说："不用了，太多人打扰反而不好，你有心啦!”我再三要求，她横竖不肯告诉我靳教授所住的医院和病房。没有办法，我只好在心里暗祝他吉人天相，早日康复。谁知阎王爷不解人意，硬是要他前往另一个世界去报到。我想，兴许另一个世界也缺乏良医，急需像靳教授这样的人才吧!

说起来也实在遗憾，我们虽同住一城，却是咫尺天涯。从最后一次见面，到他驾鹤西去，相隔整整一年，我们竟未再度相聚。甚至在他辞世后，因没有人为我通报准确信息，从而失去了给他送行的最后机会，每当想起这些都深感痛惜。然而，在我的心目中，靳教授始终没有逝去，他的音容笑貌依然历历在目，只要一闭上眼睛，我们之间几十年来的交往片段就像电影一样，一幕幕地浮现在脑际。

我与靳教授相识于20世纪80年代初。当时，我夫人的一位在新加坡从事中医工作的表哥回国学习针灸技术，就是拜靳教授为师。表哥暂住在我岳父家里，靳教授多次前来我岳父家与他共同切磋医术，我于是也间接地与他认识。由于我是健康报和中国医药报的记者，以报道医药卫生方面的新闻为本职，专业上有密切联系，很多话题“心有灵犀一点通”，渐渐地，我与靳教授成了很好的朋友，以至友情维持了几十年。随着靳教授针灸技术越来越精湛，加上我采访报道他精湛的医术和先进医疗事迹文章的增多，他在全省、全国乃至海内外的知名度也不断提高，成为国内外著名的针灸大师，多次获得国家、省、市级乃至国际专业团体授予的殊荣。值得一提的是，我还为他独创的疗法取了一个很有特色的名字。就在 20 世纪 90 年代初，靳教授已相继发明了“鼻三针”疗法治疗慢性鼻炎、“颞三针”治疗中风、“眼三针”治疗视神经萎缩、“智三针”治疗小儿脑瘫和弱智等针灸疗法，效果很神奇，深受患者青睐。我通过反复采访报道，对这针灸疗法的印象越来越深，忽然灵机一动，对靳教授说：“‘三针疗法’确实很有特点，但‘鼻三针’、‘颞三针’、‘眼三针’等多种提法较散杂，不便打造品牌，可否归纳成一个统一的名称呢?”靳教授说：“你这个提议很好。那么你认为取个什么名字较好?”我不假思索地说：“既然你叫靳瑞，干脆就用你的姓氏来命名，叫‘靳三针’吧!”“好，太好了！就叫‘靳三针’!”靳教授高兴地一锤定音。正如所料，“靳三针”的名字迅速打响，一时间，在他的亲自传授和扶持下，全省各地相继办起了一批“靳三针”治疗中心，吸引了大批患者前来就医，各地媒体随即掀起了一阵阵报道热潮，顿时，“靳三针”闻名省内外，几乎家喻户晓。后来，他的一些徒子徒孙把“靳三针”疗法又传到了海外，尤其是在美国、加拿大、欧洲、澳洲和东南亚一带，开办了越来越多的“靳三针”诊所，“靳三针”疗法风行一时。就这样，靳瑞教授和“靳三针”的名声远播，知名度和美誉度达到了巅峰。

是的，靳教授值得我追忆的事情太多了，多到记不清、说不完。当我静下心来，把那些点点滴滴的往事、断断续续的片段加以整理、归纳，一个栩栩如生的“良医”、“名医”形象立即屹立起来。我把他的美德提炼成四句话，即黄牛的精神、红军的作风、蜡烛的品格、慈母的情怀。

首先，靳教授像是一头“不待扬鞭自奋蹄”、永远不知疲倦的老黄牛。他几十年如一日，在中医药这块园地里勤奋耕耘，不但在临床第一线治愈了数以千万计的患者，而且在科研阵地上也钻研出了不少高水平、高质量的成果，同时培养出了大批医学英才。他首创了很多如上述提到的新疗法，为中医药学的传承和发展立下汗马功劳。最令人敬仰的一点，就是他的求真、求实和创新精神。他治病以人为本，既发扬传统，又不拘泥于传统。通俗的说法，不管白猫黑猫，抓住老鼠就是好猫；不管中医西医，为病人治好病就是良医。在这种思想的指导下，他往往使出一些"绝招"、"怪招"，包括中西医结合、传统与现代结合、经典与验方结合等疗法，目的是又快又好又省地治好病。例如，他很早就探索针灸结合穴位注射药物疗法，探索使用子午流注配合电刺激穴位疗法，探索使用血液流变学等现代医学方法验证针灸效果及其科学性……

靳教授把一生的精力用于为患者治病、科学研究和教学育人，留给自己的时间少之又少。他的生活极其简朴，除了正常工作外，其余时间就是读书和写作。他最奢侈的享受就是"叹早茶"，每天早上 6 点钟就来到住家附近的五星级酒店——中央酒店的中餐厅，饮茶的餐桌从来都是固定的。由于餐厅经理和所有服务员都早已熟悉他，不用打招呼就预先为他张罗好喝的和吃的。为了感谢酒店员工的热情服务，靳教授每年春节都要送给他们红包。靳教授"饮早茶"与其说是"叹世界"，倒不如说是"创世界"。因为他除了享受"一盅两件"外，还把最主要的精力用于创作。他一边饮茶，一边回忆、整理和记录医案，写成书稿，形成了一种习惯。日积月累，一本本医学专著相继问世，20 多年来共出版了 10 多本大作，流传于世。

人们说，靳教授既是老黄牛，又像一头奶牛，吃的是草，挤出来的是牛奶。他向社会、向别人索取的甚少，而向社会、向别人奉献的甚多。有一次（1998 年 9 月），我陪同靳教授出国，到加拿大维多利亚国际中医药学院作为期半个多月的讲学。该院院长梅华达先生是靳教授的博士生。博导、恩师的到来，梅院长自然要隆重接待，对衣、食、住、行、玩等都作了详尽的安排。然而，靳教授完全“不领情”，要求一切从简。他天天待在学院，亲自为来自世界各地的学生讲课和做实验，没有抽出一点空余时间到外地旅游，这还是他第一次到加拿大哩！我当然想趁机到各地走一走，看一看，开开眼界，但动员不到他同行，只好单枪匹马到多伦多、渥太华、蒙特利尔、魁北克等加西地区旅游了一圈。一个多星期之后，等到他的讲学任务全部完成，我才直接从多伦多赶回温哥华与他会合。在温哥华他又马不停蹄地去拜访和辅导他的一些学生与弟子，之后我们才一起回国。

靳教授还拥有老红军艰苦奋斗、雷厉风行、勇往直前的工作作风。他说到做到，从不食言。为了给各地患者送去福音，多年来他东奔西跑，创办、扶持起一批“靳三针”医疗中心，哪里有热心的创办人请求他帮助，他就奔赴哪里，绝不拖沓。在给患者看病时，他全神贯注，绞尽脑汁，精确扎针，既劳心又劳力。特别是后期，他专注于针灸治疗被称为“不治之症”的弱智儿童，效果神奇，深得患者信赖。每当开诊时，患者蜂拥而至，他经常被患儿和家长团团围住。夏季时，他满头大汗，衣衫湿透，却毫不理会，始终乐呵呵地为每一个患儿治疗，直至都搞定了才“收摊”。记得有一次，就是10年前的元旦，正是他的70大寿。他没有好好地过这个应该说很有特别意义的生日，而是从早到晚地为几位从外地来的患者看了一整天病，连午饭几乎都忘了吃。据此，我写了一篇《“靳三针”的一天》的报道文章，在《健康报》上发表，在业界和全社会引起了很大的反响。

靳教授既是名医，又是名师，同时又像一位慈母。他一生总为他人着想，很少照顾自己，就像一支蜡烛一样，燃烧了自己，照亮了别人。几十年来，他为了培养更多精英学子和拔尖门徒，经常废寝忘食，呕心沥血，导致最后积劳成疾。作为一位著名的博士生导师，他承担了最繁重的教学任务，曾经一个人带教9名博士研究生，使个个都成了医界英才。他自己平时省吃俭用，把积攒下来的钱用来资助贫困学生完成学业，有时又把自己的稿费、奖金拿出来，奖励品学兼优的爱徒。连我这个“局外人”他也无微不至地关照到了。曾有几次，他慷慨解囊资助我出国考察和采访，还介绍我认识业界一些名人和朋友，使我在国外也能顺利地完成采访任务。记得那次在加拿大讲学时，我俩曾“同居”过，住在一间设有厨房、餐厅的公寓式旅店里。他是一位享誉国内外的针灸大师，我只是一名平凡的晚辈，而他却无微不至地关照我的起居饮食。他习惯于早起，知道我喜欢吃白粥和广式点心，便天天清晨起床为我煲好粥，然后去唐人街买烧卖、虾饺、叉烧包等点心，使我在异国他乡也能像在广州一样天天吃到丰富合意的早餐。我开玩笑地对靳教授说：“跟着您我就有福享了，想不到在加拿大也能过上神仙般的日子!”他则风趣地回答说：“你本来就是神仙嘛!”“哈哈哈……”我们一齐大笑起来。时至今日，每当我回忆起这段往事，心里就非常甜蜜，同时对靳教授充满着感激之情!

靳教授是我最崇敬的长辈，也是我最真挚的良师和益友!

2010年2月

59. “草根朋友”的真情

临近新年，接连收到很多新年祝福的电话，大都是传统的客套话，没有什么实质内容。唯独有一位番禺的“草根朋友”阿珍，来电内容“言之有物”。她问我：“黄处长（她习惯称呼我过去的‘官衔’），这几天你有空吗？有空就来我这里一趟，拿点鸡、鱼和青菜回去过年吃！”啊，她又惦记着我过年的菜肴问题。她说的是她自养、自种的纯天然食品，乃城市人之至爱。这些年来，每年春节或一些重要节日，她都要送来给我，大多是她与老公一起开车送到广州的。“最近新养了一批小牛，比较忙，抽不出空送去你家，不好意思！”她歉意地说。

阿珍实在太客气了，其实不好意思的是我。由于年前应酬太多，我也未能及时前往，直等到大年初四才与夫人、儿子一起，带上一些应节礼物登门向她拜年。此刻，她与丈夫阿生仍坚守在生产第一线。我们驱车一直来到番禺鱼窝头镇某沙田地区，在一望无际的旷野中，找到了她临时的“家”。那是在一口鱼塘边用木头和树皮搭建起来的简陋棚屋。车子刚停下，她两口子便欢天喜地地迎出门来。虽然时近中午，但这几天寒潮来袭，气温骤降，刺骨的寒风把大家吹得直打冷战！然而，宾主全不在意天气的寒冷，只顾热烈地握手互致问候。虽然他们视我们为贵宾，但也没有过多的客套，我们也没有丝毫的拘束，俨然是一家人。

午饭时兴打火锅。宾主五人围在一起，一边品尝自养的生猛大鲩鱼、正宗本土走地鸡和无公害蔬菜，一边无拘无束地拉家常，话题海阔天空，欢声笑语充满整个棚屋。更诱人的是那热腾腾、香喷喷的火锅，融合了暖烘烘的亲情，把严冬的寒意完全驱散了。此刻，我们虽然身处陋室，但感觉到胜过五星级酒店的享受。

酒足饭饱，将要告辞之时，阿珍又冒着寒风冷雨，跑到鱼塘对角处的鸡棚里，抓来两只鸡，捡来一筐鸡蛋；然后在网箱里捞上6条活蹦乱跳的大白鲫；最后到菜地里割来一大捆君达菜和生菜，全部送给我们，作为拜年的“回礼”，这一下我们真是满载而归了。

阿珍的全名叫卢惠珍，早已年过半百，加上长期干农活，风吹雨打，显得有些苍老了。但她性格开朗，“不记隔夜仇”，因而总是给人“活力徐娘”的印象。本来，我与她非亲非故，只是由于她的前夫曾是我在番禺氮肥厂工作时较亲密的同事，才认识了她，成为普通朋友。后来他们离了婚，不幸的是，仅过了几年，她的前夫就病故了。于是，命运之神又把她安排给现在的丈夫阿生当妻子。他们恩爱有加，勤劳俭朴，小日子还算过得不错。特别是他们心胸坦荡，友善待人，结识了不少朋友，以致增添了一笔不可多得的“特殊财富”。在她众多朋友之中，我也算一个“老字号”了。屈指算来，我们已保持了几十年的联系。在一般人看来，交朋友与找对象一样，是要讲“门当户对”的。但阿珍与众不同。不知为什么，她一个“草根阶层”，竟能结交不少社会名流。例如，原广州市人大常委会主任黄伟宁、原广东省委秘书长罗共鸣等一批高级干部，也与她保持了几十年的来往。

若问阿珍为何能够“高攀”，用她的话说，就是“真心待人，不怀邪念”。的确，她结交朋友是“没有目的”的，从不指望依靠交朋友来拉关系、谋利益。因此，她交朋友不“嫌贫爱富”，不管对方身份如何、地位如何，都一视同仁，不卑不亢。她常对我说：“你看得起我，我才认你做朋友。事实上，这几十年来，无论我转行干什么，家安到哪里，条件好坏，你都没忘掉我，而且常来探望我，给了我不少鼓励与帮助，说明这是真正的友情，能保持几十年不变。”我完全相信，这是她的肺腑之言，大实话。的确是这样，这些年来，他们夫妇俩为了生计，曾好几次转行，种过菜，养过鱼，养过牛，“转战”过黄阁、榄核、鱼窝头等好几个地方，其间住过破船和棚屋，无论他们搬到哪里，我们就“跟”到哪里，始终“不断线”，一直保持联系。说实在的，我对她的观点和交友态度也很认同。一句话，最真挚的友情来自于最朴素的感情，而这份最朴素的感情比任何乔装打扮的、有目的的友情要珍贵千万倍！

说起阿珍的职业，真是有“一匹布那么长”。

她出生于农村，自小家贫，受教育不多。但她乖巧伶俐、勤快努力，因而后来被挑选到番禺县委招待所当服务员，于是有机会接触县里一些“大人物”，开阔了眼界。但她毕竟文化水平太低，又缺乏向上爬的心计，不可能“鸡犬升天”，最后被调到一家国营单位当职工。后来，由于这家“国字号”单位不景气，她干脆跳槽出来，“下海”当了一个“自由职业者”，经历了多番创业，在不知是属于金领、银领、白领还是蓝领、灰领的领域里，摸爬滚打了20多年，练出了一身审时度势的能力、过人的胆识和坚韧不拔的毅力。她先后开过美容店，经营过音响设备店，最后却选择了“农字头”，但好几个行当都没做多久。特别是自10多年前介入农业领域之后，道路总是坎坎坷坷，一波三折。先是在黄阁镇租了大片农田种植无公害蔬菜出口，花了两年时间，眼看规模优势即将转化成盈利的时候，却迎头泼来一盆冷水——租来的大块农田被国家征用去建设一家大型汽车厂。她只好拿回为数不多的补偿金，另起炉灶创新业。不久，她又改行当了渔民。在榄核镇的一段河涌里投放了10多个网箱，养起了中高档的海鲜鱼类。这种职业有点像过去的“疍家佬”，在水上安居，因此要买一只大木船，用作宿舍和仓库之类，加上购买鱼苗、饲料和网箱等，投资可不少。可是，刚养了两年，还没等到鱼正式批量上市，却又突然飞来横祸——养在河涌网箱中的鱼一夜之间全部死了。原来是被上游几家小化工厂排放的废水毒死的！这场灭顶之灾令他们欲哭无泪。后来，经过两年漫长的官司，他们虽然赢了，但所赔偿的钱远远抵不上重大的损失。带着失望，她两口子又被迫转移阵地，辗转来到如今这个地方，租了别人的一口现成的大鱼塘，改河涌网箱养鱼为鱼塘养鱼。如今又已进入收获期了。然而他们仍有后顾之忧，认为“耕塘”亦非长久之计，于是又未雨绸缪，拓展了养牛这个新项目，这次又投资了几十万元。养牛场就在距离鱼塘两三公里的地方，我们也顺便去参观了一下。但见牛舍中圈养着40多头从山东购进的良种小牛犊，只只健壮可爱，正在津津有味地吃着甘蔗尾叶。牛场的大部分土地播种了优良牧草，草苗已长到近一尺高，一片青翠碧绿、生机勃发，预示着光明的前景。

从10多年来坎坷的经历足以看出，阿珍和她的丈夫阿生不愧为一对顽强拼搏的“火凤凰”。他们不怕艰苦和挫折、不怕风险和失败的精神的确值得人们敬佩！

阿珍还是一位对自己克勤克俭、对别人慷慨大方的女性。有时，为了表达友情，她恨不得把家中拿得出手的东西都送给客人，当然，送得最多的就是鸡、鸭、鱼、蛋和蔬菜之类。她说：“反正不花钱!”于是，果然有人频频光临，连吃带拿，满载而归。殊不知这些土特产也是人家两口子用汗水换来、赖以养家糊口的劳动成果。因此，我每次收到他们的“厚礼”时，心里总是不安，感到很内疚。

有关阿珍“克己奉友”的事例还有很多。不久前，她的独生女儿出嫁，盛情邀请我去喝喜酒。按照传统惯例，我封了一个几百元的红包，可是她只收下50元，其余的作为“回礼”全部退还给我了。后来一打听，她对每位嘉宾都如此，一律只收50元，不管高官或是草民，老板还是打工仔，同等“礼遇”。事后，我开玩笑地对她说：“你这样收礼岂不是亏大本？现在很多人都是借办喜事来敛财，官越大或钱越多的人往往赚得越多。你却相反，一介‘草根’，偏偏乐于蚀本！”她笑着回答说：“你能来喝我们的喜酒，已经很赏脸了，还要你们吃‘高价饭’的话，我于心何忍啊！”

这就是阿珍，一个最真挚的“草根朋友”！

2010年4月

60. 16年再续一段“新闻缘”

今年5月底，我到美国探亲旅游。这是我第三次赴美了，前两次都是公务，这次则是因私，纯属“自由行”。本来，我早已退休，既是“自由行”，当然就没有什么工作任务了，然而，出发前我忽然想起16年前在美国认识的一位老朋友——美国中医研究院院长陈大仁教授，不由得勾起一段往事。1994年5月，我应邀到美国拉斯维加斯参加首届世界传统医学大会，曾采访过作为东道主的陈大仁教授，并写出了一篇《杏林花开美利坚》的文章，较详细地介绍了近年来美国中医药发展的情况。该文发表在1994年7月7日《中国医药报》上，引起了国内业界对美国同行的特别关注。一晃16年过去了，如今美国中医药事业又有什么新的发展，想必国内同行对这个话题也颇感兴趣吧。于是，在几十年当“老记”养成的职业习惯和“天职”责任的驱使下，我有意接上这段“新闻缘”，借此赴美“自由行”之机，顺道再采访一下陈教授，写一篇新的报道文章。

然而，我此行的目的地是纽约，而陈大仁教授的工作单位在旧金山，两地相隔六个多小时飞机的航程，可以说完全不是“顺道”。为了达到采访目的，我只好分两段走，第一站先从香港飞到旧金山（三藩市），采访完陈教授之后，再飞往纽约。但这样多转一次机，不但时间要多耽误几天，而且机票也贵了150美元，从经济角度来看，这是很不划算的。换言之，我为了写这篇文章，仅交通成本就要增加逾1 000元。于是，有朋友开玩笑地对我说：“老黄，你写这篇文章太亏了，能不能发表尚且不说，就算真发表了，那一丁点儿稿费还抵不上你增加机票钱的零头呢！”我则笑着回答他：“谁说我亏了，我是‘吃小亏占大便宜’哩！”

此话怎讲？原来，我一向看重精神效益，就是说，惯于从综合效益来算账。我深信，这次再续这段“新闻缘”，有其特别意义，既会带给我更多精神上的满足感，又能换来更多的社会效益，何乐而不为呢？这就是我义无反顾去“续缘”的根本原因和动力。

陈大仁出身在一个是医学世家，他的弟弟陈大信也是香港的名老中医，我与陈大信较熟，于是通过他拿到了陈大仁的电话和地址，一到旧金山就第一时间与之联系。陈大仁得悉我这个老朋友突然“从天而降”，十分惊喜，在电话那头传来一连串“欢迎，欢迎”的欢笑声。第二天一早，我就应约前往他的诊所（美国中医研究院）采访。然而，他的诊所位于三藩市著名的海湾区，距离我寄居的另一位朋友家起码有五六十公里。幸好这位朋友也够义气（而且她也认识陈大仁），放下自己的工作，自告奋勇地开车送我到目的地。到了诊所之后，刚寒暄几句，正要进入正题，就陆续有患者前来求医。我不好意思打扰陈教授，怕耽误患者看病，便主动停下来。之后的采访，都只能见缝插针、断断续续地进行。不知不觉一个上午过去了，而我所得到的素材还极为有限，写不成一篇稿子，不得已，我只好另约时间再与之面谈。谁知第二天到来时情况依旧，根本没有整块的空闲时间。没办法，我只好利用他请我吃中午饭的时机，挤时间再作补充采访。经过一番挖掘，最后收集的素材已差不多了，我便带着一大沓材料告别了陈教授，于几天后正式飞赴纽约探亲了。

然而一到纽约，我便马不停蹄地动笔写这篇稿子。亲戚们无不好奇地问：“你这次不是来探亲的吗？怎么一到家，还没来得及嘘寒问暖，就埋头种起你的‘自留地’来了呢？”我笑着解释说：“我这次赴美时间较长，共有一个多月，倾叙亲情有的是机会。但写文章要趁热打铁，这是我当记者以来一贯的工作作风和习惯。否则，不把稿子写完，我根本就没有谈兴，甚至会‘六亲不认’的!”于是，我通过认真整理和消化所有材料，很快明确了文章的主题，一个与16年前那篇报道一脉相承的标题《美国中医药迈上健康发展之路》跃然纸上。紧接着，2 000多字的文章也一气呵成。

根据实际情况，并考虑读者的关注点，我把近年来美国中医药健康发展的成就概括为三个方面，分别用三个小标题来分述内容（文章发表时由编辑作了部分修改）：一是“地位逐步获得认可”；二是“‘洋中医’越来越多”；三是“学术水平日渐提高”。对于第一点，即中医在美国的地位问题，我听了陈教授的介绍后感受特别深。众所周知，中医药在西方世界属于“外来物种”，长期受到主流社会的歧视和排斥。这迫使那些习惯于不问政治的“老郎中”们自觉奋起，为争取行业的合法地位和自身的利益而斗争。经过多年艰苦努力，并得到加州州长杰瑞·布朗先生等一批开明政要的大力支持，于1975年，加州率先实现了中医合法化，随后，在全美掀起了轰轰烈烈的中医浪潮。从此，中医药在美国进入了一个发展的新纪元。之后，社会上的保守势力虽然总是利用中医药界本身出现的一些弊端，对其进行攻击，伺机反扑，但终被越来越强大的中医药联盟势力所粉碎，从而保障了美国中医药的持续健康发展。所以有人说，美国的这些“老郎中”们是“特别能战斗”的，功不可没。陈大仁还告诉我，最近加州中医界又参与了一项重大的政治活动，表现得非常团结和强势，那就是他们齐心合力地支持老朋友、老州长杰瑞·布朗先生再度参加新一届加州州长竞选。就在35年前，正是这位州长全力支持中医药界，才使加州成为全美国中医合法化的“领头羊”。之后，他又多次力排众议，通过了多项更有利于中医药发展的法案，一贯呵护中医药界，从而被业界誉为“加州针灸之父”。就在我赴美期间，加州中医药界的所有社团组织联合起来，分别在三藩市、洛杉矶等地举行了声势浩大的支持布朗重登加州最高政坛的竞选活动。大家相信，布朗先生一旦再度当选，将对加快中医药发展更为利好。陈大仁满怀信心地说，从目前形势分析，布朗当选的胜算较大。

此外，陈大仁还谈到，这几年美国中医药界各个社团组织为适应形势发展，主动整合力量，消灭各据的“山头”，走上团结、联合之路，以及中医药疗法在民间不断普及，“洋中医”、“洋患者”越来越多的情况，无不令我为之振奋。那天，我在他的诊所采访时，亲眼看到他一个上午就接诊了10位患者，其中“洋人”占了8位。他说，从整体来看，现在喜欢看中医的患者中，亚裔与“洋人”已差不多各占了一半。目前加州已有好几所中医针灸学院，每年培养出数百名中医师，其中白种人学生占了六成以上。这些“新鲜血液”不断地补充到中医队伍里面来，有效地改变了过去中医师队伍华裔“一家独大”的不合理现象，使中医这个“外来物种”变成为美国的“地道产品”了。因而华裔或亚裔患者找“洋中医”看病也不足为奇了。

当第二天采访陈大仁教授时，我还捕捉到一条“小活鱼”（新闻界同行习惯地把现场抓到的生动新闻情节称为“活鱼”）。事情是这样的：中午时分，我们在陈教授诊所附近一家西餐馆吃饭时，意外地碰到一位在该餐馆打工的女患者。原来她患了乳腺癌，正在化疗期间，由于化疗药物副作用很大，使她的身体非常孱弱，苦不堪言。后来，别人介绍她在化疗后找陈教授针灸，进行辅助治疗，果然收到立竿见影的效果，她康复得像健康人一样。她高兴地对我说：“针灸真是太神奇了！以前每次化疗后，身体就像被秋霜冻过的茄子，一点精神和活力都没有，连生活都不能自理，更别说出来工作了。现在可不一样啦！你看，今天早上我刚找陈教授进行了针灸治疗，做完后我立即就回餐馆上班了，这在以前是不可想象的。”此时，我不由得打量一下眼前这位“洋妞”，只见她神采奕奕，端茶送物十分勤快，走路风风火火，一点也不像个生病的人。我于是问陈教授，为何针灸对化疗后的辅助治疗效果这么明显？陈教授解释说，主要是针灸能有效地“泻毒”，同时通过刺激特殊穴位，能迅速提高白细胞数量，增强免疫功能。

这条“活鱼”被我及时抓住了，并锐意地把故事写进了文章中，不但增强了报道文章的可读性，而且成为中医药神奇疗效的一个生动例证。

稿子写好后，我立即从网上发回给陈大仁教授审阅，他也抽空很快地把审改后的稿子发回。我再次作了补充、修改与润色，再发回给他定稿。就这样，在网上几经往来，终于把它定稿了。于是，我在纽约就把稿子发回北京本报编辑部。结果，编辑们慧眼识宝，当我从美国、加拿大探亲旅游回国后，于7月13日，该文就在本报的B5版以较大篇幅刊登出来了。在此，我要特意借《文慧园》一角，对本报有关编辑及总编室杨玲玲主任、科教部杨六香主任等表示衷心感谢，感谢大家对我这篇稿子的关注和赏识、及时的修改处理，和付出的智慧与辛勤劳动。

这次“顺手牵羊”采写出这篇稿子，再续了一段新闻缘，使我倍感欣慰。它再一次证明，我宝刀未老。同时，如上文所述，我所获得的这种精神上的满足感，是其他物质享受所不能比拟的，只有像我们这样的“老记”，才能真正体验和享受得到。如果还要再谈点什么体会的话，那就是：一名富有责任感和使命感的“老记”，是没有真正退休之日的。只要还有精力，还能动笔，无论在何时何地，碰到具有新闻意义的题材，都应抓住不放，千方百计地去“抓活鱼”，为履行新闻记者的天职再立新功！

（原载2010年第7期中国医药报社《文慧园》）

61.“记者”诚宝贵　友谊价更高

我一直很关注《文慧园》（中国医药报社办的内部信息交流刊物）这份小期刊，每当新的一期刊物到手，我几乎都是在第一时间一口气地把它读完，每次都受益匪浅。但恕我直言，我觉得它还单薄了些，总像缺少点什么内容。缺什么呢？一时也说不上来。直至近日读了2010第5期《文慧园》，里面刊登了原河北记者站老站长李同振题为“记者一程情谊深”的文章，才找到了答案。是呀，以往《文慧园》缺少的不正是有关“老记”们心灵沟通或互动的内容吗？如今李同振老先生开了个头，应当可以弥补这点不足了。

其实，同振兄在我们“圈子”里才混了16年，比起很多至今还坚持战斗、近30年的战友（包括我）来说，时间还差了一大截。然而他已深感“与报社和各地同行结下的深厚情谊”，可见《中国医药报》驻地记者这块“阵地”，确实是一个凝聚友谊的地方。今天，在同振兄的启发下，我也来凑个热闹，写一篇小文，并借用《钢铁是怎样炼成的》书中一句名言“生命诚可贵，爱情价更高”，稍改几个字作标题，变成《“记者”诚宝贵，友谊价更高》，以表达“与君共鸣”之诚意。

的确，驻地记者是一个特殊而可亲的群体。之所以说它特殊，皆因其性质“非驴非马”——本人行政编制归属于地方单位，而本职工作却是为报社服务。它既不是正牌专职记者，但又享有采访新闻的职责与权利。据我所知，“驻地记者”的称谓及其组织形式，最早是由《健康报》“发明”的，紧接着被《中国医药报》“拿来”了。后来更被很多全国性行业报纸纷纷效仿，颇有星火燎原之势。那么，“驻地记者”究竟有什么优势和劣势呢？我在此无意展开议论，有关部门如果有兴趣，不妨举办个论坛，专门研讨研讨，总结出两三条经验来。我想，若要总结的话，一定少不了驻地记者“两肩挑”也能出色地完成任务这一宝贵经验吧！事实证明，几十年来，驻地记者为促进我国医药新闻事业的发展作出了很大贡献，功不可没。

然而，说实话，我认为驻地记者这种体制和模式也有不尽如人意之处。如上所述，由于它行政编制属于地方单位，就是说，地方单位才是他们真正的衣食父母，他们必须全心全意为地方单位效劳才行。但是，驻地记者又要担负起新闻报道的任务，要“分心”，这必然会造成一些矛盾。一旦两者的关系稍处理不妥，就有“冒犯”衣食父母之嫌，以致影响自己的仕途和切身利益。因此，要当一个称职的驻地记者并不容易。可喜的是，“圈子里”的同人大多是能人，有较强的悟性，能基本做到“两不误”，即既能完成本单位的工作，又能做好“分外”的新闻报道工作，因而并不影响仕途，甚至可增加“筹码”。例如，福建省局的张炳祥、天津市局的于羚、河南省局的郭玉婵等，都在本单位先后升了官，成为一名副厅级干部。他们无疑是这支队伍中的佼佼者，是我们学习的榜样。更可喜的是，驻地记者们不管升官与否，或身居何位，都能以平常心对待，始终热爱这份工作，把拿到一本记者证或获封为“驻地记者”称号，视作一件很荣耀的事情。谁都知道，“爬格子”是一份“苦差事”，但这批人都很“痴情”，心甘情愿受这份“苦”，善于在“苦”中寻觅乐趣，并品尝到“甜”的滋味，哪怕有风险也在所不惜，义无反顾。正因为驻地记者有这些特点，才形成了共性，心有灵犀，很重感情，彼此惺惺相惜，结成了牢不可破的友谊。虽然大家远隔千里，单位各不相同，职位也有高低，但一旦进入这个“圈了”，就像一家人一样，互相牵挂、互相关心、互相鼓励、互相帮助，表现出一种有福同享，患难与共的豪迈气概。

同振兄在文章中实话实说：“做驻地记者，开阔了眼界，锤炼了笔头，但也尝到一些苦头。不时听到‘不务正业’的议论，甚至有人公开责难‘拿公家纸张、公家信封，稿费自己拿’。虽然我们的领导言正视听：‘投稿是宣传，谁都可以投稿。’但自己总有些顾虑。正是带着这个问题，我参加了在广州召开的驻地记者年会……黄兄同样遇到此类问题，他授我一个‘小秘招’：‘与单位管收发的人搞好关系，再来稿费不用登记，悄悄递给你就是了。’归来一试，果然有些灵验。诚然，这不过出于无奈罢了……”这件事已过去20多年，我早已淡忘了，是不是我传给他的“小秘招”也拿不准。但我相信老李是个老实、厚道和很念旧的人，他是不会信口开河的。况且，当时驻地记者遭遇“稿费门”的确是很普遍的事。现在看来简直是笑话，驻地记者在其职责范围内，写几篇稿子，拿个三五元，十元八块，最多不过十几元的稿费（当时就这个标准），怎么就被人眼红，竟成了“众矢之的”了呢？甚至有些“左”得可爱的人，竟把此看作是一种腐败现象。除了“稿费门”之外，还有一些莫须有的“罪名”加在驻地记者的头上，把人折腾得非常烦恼。为了应对这些极左思潮，驻地记者出于互相关心、互相保护的目的，常会交流一些“小秘招”，这是确有其事的。仅此一点，又可从一个侧面体现出驻地记者之间难能可贵的深厚情谊。

平时，驻地记者们天各一方，只能在报纸上“见面”（登稿时有署名），因此，彼此心里经常惦念。幸好这种“相思情怀”不至于萦绕心头太久，因为一年一度的全国记者会，或不定时召开的培训班、发行及广告工作会议等，也会提供一些大家见面的机会。特别是全国记者年会，简直成了“老记”们的嘉年华，大家都十分期待！这既是一个工作会议，又是一次驻地记者大团圆的聚会。不管本单位工作怎么忙，大家都千方百计争取赴会，纷纷从天南地北赶到会议所在地，欢聚一堂，尽情畅叙，好不热闹！回想起来，我是最积极参加全国驻地记者会的“老记”之一，自本报成立以来，几乎没有漏掉一届记者会。会议之余，少不了结伴旅游，领略祖国大好河山旖旎的风光，增添了更深的友谊。记得1995年5月在安徽参加完全国记者会之后，大家结伴游黄山。最艰险的一段行程算是爬天都峰，大多数“老记”都望而却步，最后只有18个人敢于登顶，我就是其中之一。当时，报社的队伍共有五六十人，全都集中在迎客松下，在一块小平台里小憩，特意为这“十八勇士”举行了“壮行仪式”。没想到，原江苏记者站老站长封于敦从山下带来了一瓶特曲酒，他毛遂自荐充当壮行仪式的主持人，煞有介事地代表大家向“十八勇士”祝酒，每人敬上一小杯，剩下的则洒在山脊上，场面既悲壮又搞笑。仪式结束后，“十八勇士”便雄赳赳气昂昂地向天都峰进发了。最后，“十八勇士”不负众望，全部成功登顶！“高唱凯旋还”时，又受到山下同事们的热烈欢迎。这件往事我一直记忆犹新，去年，当我出版自传体著作《真我的世界》一书时，还特意将这段“友情插曲”收录其中。

由于工作需要，或因年长退休，一些驻地记者先后离开了我们这支队伍，20多年来换了一茬又一茬，但驻地记者形成的团结、友爱的优良传统一直被保留下来。至今，我仍十分怀念昔日曾在“同一条战壕”战斗过的或已“放单飞”，或已安享晚年，或已乘鹤西去的战友们。原陕西记者站老站长马征、原新疆记者站记者刘新星、原湖北记者站记者周天慧等，虽然已离开原岗位甚至调离药监系统多年，但我至今仍与他们保持着较密切的联系。前几年，我还与湖南记者站副站长许增泉约定，一起去探望湖北记者站的几位同志，李元启同志还专门请已退休多年的老站长胡世一老先生出山，“几代同堂”相聚在一家很有特色的餐馆，一起共进晚餐，共叙友情。胡世一曾经有好几年从湖北省局借调到深圳的广深医药公司当办公室主任（该公司当时是国家医药局的下属企业），全国各地很多驻地记者到深圳出差或路过深圳时，都喜欢找老胡一叙。老胡则不厌其烦、亲自接待大家，为此付出了很多辛劳与心血，我们对他都非常感激。最令人不能忘怀的是原上海记者站站长王银华。他与我一样，都是本报驻地记者中的“元老”，又被同行们戏称为“江南名记”。说实话，他的业务能力比我强，多年来我向他学到了很多东西，从而也结下了更深厚的友谊。连他家里人都知道我的名字，经常念叨着我。令人十分痛惜的是，王兄英年早逝，过早地离开了我们。记得“出事”那天，还是他女儿打电话告知我噩耗的。可惜我当时因故未能亲临上海参加他的追悼会，没能送他远行，只能以广东记者站的名义给他亲属发去唁电。我还当即挥就一首《王银华兄走好》的悼念诗，寄托挚友哀思，表达缅怀之情。诗曰：“王者风范无须冕，银光闪耀上海滩。华章异彩报药讯，兄弟情谊重如山。走马神州终未倦，好梦长忆不羡仙！”

我虽然退休已七八年了，如今将近古稀之年，但仍不服老。每当有机会碰上有价值的新闻题材，我便不由得动起笔来，写一两篇小稿子给报社发去。而每当我提起笔来的时候，便会忆起“圈子里”的很多挚友，他们的音容笑貌立即浮现在眼前，倍感亲切。于是，我便情不自禁地在心里哼起《友谊地久天长》这首歌。

（原载 2010 年第 7 期《文慧园》）

62. 我为广州电视塔起芳名

为了迎接第16届亚洲运动会在广州召开，广东举全省之力，厉兵秣马，紧张筹备，最终各项工作进展顺利，成绩斐然。近年来广州市容市貌的变化尤为明显，可谓日新月异。除了大兴土木新建、改建或扩建了大批比赛场馆外，还“借东风”加快了一批重点市政设施和标志性建筑物的建设。例如，作为亚运会开、闭幕式主会场的海心沙，珠江新城的花城广场，广州国际金融大厦（俗称西塔），广州电视观光塔，广东省新博物馆，广州大剧院，广州新图书馆等都已先后落成。与此同时，全城临街旧建筑物通过“穿衣戴帽”（维护修饰），焕然一新，马路和人行道亦全面翻修，铺上色彩艳丽的瓷砖，摆放了很多鲜花，变成名副其实的“花城”。

在这么多新景中，最吸引人们眼球的莫过于广州新电视塔了。这座令广州人引以为傲的新地标，高610米（其中塔体450米），是目前世界上最高的电视观光塔。它矗立于城市新中轴线的珠江之滨，不仅高耸入云霄的“个头”令人惊叹，而且那“身姿”婀娜多姿、宛如风情万种的美少女，也特别令人倾慕，浮想联翩。一时间，广州新电视塔成了万人迷。

诚然，“天之骄子”的芳容需有个响亮名字才能与之匹配。于是，善解人意的广州市政府有关部门决定举办一次全球性的征名活动。评委会承诺对被选中的前10名给予重奖，其中第一名奖励10万元，第二至第五名各奖励2万元，第六至第十名各奖励1万元。征名有一定的要求，首先必须是中文名称，简洁响亮，朗朗上口，具有中国文化特色和时代文化特征，并能体现广州新地标的良好形象。不出所料，征名活动得到全社会的支持，在国内外都引起了强烈反响，应征稿件似雪片般从天南海北飞来。从2009年9月16日至10月19日一个多月的时间里，共收到18万多名热心人士通过信函、网络、手机短信等各种方式送来的应征稿。经过评委会近1个月时间的评选，11月15日终于公布了前10名获奖者的名单。它们的顺序是：①海心塔；②南天柱；③广州塔；④百越云珠；⑤碧海心沙；⑥南国旋塔；⑦广州明珠塔；⑧岭南摩星塔；⑨晖粤塔；⑩广州海心塔。人们从公告中得知，荣获第一名的是来自湖北省、现在在广州务工的打工仔郭怀波。

然而，这一结果太出人意料，人们普遍不认同。这倒不是因巨奖落在一个外乡打工仔身上被人"眼红"，而是广大市民认为这个"千呼万唤始出来"的芳名"没水平"、"没文化"、"没意思"……因此，当评选结果公布之后，立即掀起了轩然大波，批评之声不绝于耳，闹得满城风雨。鉴于"民愤"较大，市领导于是表态：可以重选，进行第二次征集。当然，原先的评奖结果仍然要兑现，但名称未必选用，可"二锤定音"。这就给众多心怀幻想的应征者多一次博弈的机会。

我虽然自诩是个文人，过去也曾做过广告策划工作，为一些企业或单位起过比较理想的名称，但当第一次征集广州新电视塔名称的时候，我却懒得参加。主要是因为我不想凑这个热闹，历来对类似的"群众运动"都缺乏信心和热情。如今，官方决定推倒重来，倒激发起了我的冲劲，于是跃跃欲试，开动了脑筋。结果，很快便想出了一个自认为很好的名字，谓之"珠水云天"。当时，我的自信心爆棚，认为这个名字有诗意，有韵味，又富有广府文化特色，想必当选是十拿九稳了，于是我不再浪费时间和脑汁创作别的名字，大有"一矢中的，舍我其谁"的气概。

为了让这一“杰作”能真正送到评委会去参评，我花了10元钱用特快专递把征稿直接寄给市政府有关工作人员，再由他转给评委会，两天之后接到对方复电，说征稿已经送达，我才放心，余下的事情就是静候佳音了。

虽然我向来对“捞奖”的事儿看得很淡，每有抽奖也总是运气欠佳。但此次不同，我确信大有希望，冥冥中也有“鸿运当头”的感觉，这不免使我有些期待。然而，好事多磨，重新征名又已过去半年了，仍没有下文，真是令人“望穿秋水”。直到2010年7月，有关部门终于公布了第二次征名的评选结果。我在有关媒体的报道文章中得悉，由我创作的“珠水云天”赫然入选，而且喜拔头筹！这不禁让我喜出望外，心想，真是心想事成啊！

然而，正如俗话所说的，“天有不测之风云”，最后脱颖而出的“珠水云天”却是“有名无分”。虽然得了第一名，但也被束之高阁，最后由市政府领导集体讨论，决定采用“广州塔”这个名。他们的理由是：这个名直白、易记、具有排他性，不会产生歧义，有利于宣传、树立广州的形象，且国际上已有不少先例，例如多伦多塔、东京塔、迪拜塔等，都是以当地城市名称来命名的。因此，定为“广州塔”较适宜，也可“与国际接轨”等。市政府领导一锤定音，广大市民和应征者都有口难言。特别是我，作为评选获头名的作者，眼看“煮熟的鸭子飞了”，难免有些遗憾，甚至有些愤慨！但有什么办法呢？又只能怪自己“运气不佳”罢了。

就这样，这个既平淡、又无韵味的“广州塔”的芳名，通过各种场合和媒介的宣传，很快便名扬天下了。而凝聚了我不少智慧和心血、实际上本应选用的“珠水云天”一名，却被无辜埋没，还没闪一下光便消失得无影无踪了。不但没捞到一分钱奖金，而且有关部门连作者的大名也没有在报纸上正式公布，更没有给我本人寄一份贺信之类的通知。而我还天真地天天伸长了脖子盼望他们寄来奖金呢！哪怕有个纪念奖或一句鼓励的话也好嘛。可惜，什么都没有，只有生了一肚子的气！不但白白浪费了心血，还亏了10元邮寄费呢。这使我再次下决心：今后绝不凑这种热闹啦！

2010年11月

63. 官员缘何“烧高香”

某日，我到国内一个著名佛教圣地旅游，偶遇外地一位老朋友。闲谈中得悉此君近年来进步很快，官运亨通。正欲向他道贺之际，却见他大步流星地跑向附近一个小摊档，买来一扎香，马上要进庙堂去拜佛。我随口问道：“这香买了多少钱？”他纠正我说：“敬佛的香不能叫买，得叫‘请’——我请了 300 元。”我一听颇惊讶：“好家伙，小小三支香，怎么这样贵啊？”他又纠正我说：“不能说贵，因为咱烧的是‘高香’！”接着，他颇神秘地告诉我，早前曾来此庙拜过佛，许愿升官，果然灵验了，最近升了副厅级，所以这次专程来“还神”的。哦，原来如此，怪不得他踌躇满志呢！

然而，我却陷入了沉思。由于我向来不相信求神拜佛这一套，正所谓“话不投机半句多”，于是匆匆地与他“分道扬镳”了。说实话，此君以前给我的印象挺不错的，亦可称得上好朋友吧。可如今这一幕，他对佛爷如此虔诚，顿使我对其印象大打折扣，多年的朋友仿佛一下子变成了陌路人。而令我百思不得其解的是，像此君这样的官员，受党培养教育多年，怎么如今忽然深陷“佛门”了呢？

虽说我国提倡信仰自由，每个人都可有自己的选择。但我认为，作为一名共产党员，特别是党的高级干部，不能等同于普通老百姓。众所周知，共产党员是信仰共产主义和马列主义的，倡导的是唯物主义、辩证法和科学发展观。这与封建迷信、唯心主义是势不两立、水火不容的。既然你坚定地选择了前者，就应该彻底地摒弃后者，决不能“脚踏两只船”，否则就是对党对人民的“不忠”，也是欺骗了自己。

然而，在现实社会中，这种“脚踏两只船”的现象却很普遍，甚至可用“司空见惯”来形容。不是吗，在当前官员的群体中，迷信之风几近泛滥，迷信形式五花八门：有的相信命运，乐于占卜算命；有的信奉鬼神，热衷求神拜佛；有的笃信风水，凡事请大师指点；有的迷信符咒，祈求神灵保佑……而且有不少官员是集各种迷信行为于一身，堪称“多面手”。

这些官员迷信的怪现象，应引起我们的深刻反思。它暴露出我们党在干部教育、管理和用人问题上还存在不少弊端。可以说，正是由于教育上和管理上的缺失，才导致部分党员干部思想的变质，以致发展成为信仰危机。与此同时，在用人制度方面，也存在漏洞。就拿上述这位老兄来说，在其升副厅之前，不知组织上是否对他进行过全面、深入的考察？有没有发现此人对共产主义、马列主义的信仰已存在问题？既然人家已“心有旁骛”，为何还让这样“脚踏两只船”的人平步青云呢？而更令人匪夷所思的是，此君如愿升了官，却不向培育、抚养自己成长的党和人民感恩，竟把“功劳”归于玄虚的鬼神，要给菩萨“烧高香”，这简直就是忘恩负义！依我看来，对忘恩负义的人，统统都要罢官！若然他们不服，大可向“保佑”他们的菩萨告状，让菩萨封他更大的官好了！

值得警惕的是，当前人们对反腐工作比较重视，而对官员迷信的歪风熟视无睹，有关部门总是视而不见，采取“不告不理”的态度。殊不知，腐败与迷信是一对孪生怪胎，往往是互为因果的，我们决不能掉以轻心。

但我认为，对存在迷信思想和言行的官员要区别对待。应当相信大多数只是一般性的思想认识问题，应从加强教育入手，提高其政治觉悟，端正其思想认识，使之坚定共产主义信仰，争取做个合格的人民公仆。而对于那些作奸犯科、既贪腐又迷信的“双料贪官”，则要坚决严惩，绝不姑息。

最后，需要重申的是，我在这里批判“烧高香”的现象，“矛头”是专指那些腐败官员的，并非针对广大信众。上面已经说过，信仰自由是我国的一贯国策，正常的宗教活动绝不会受到干扰。从旅游的角度来看，现在很多宗教圣地都已作为旅游胜地全面开放，不但搞活了经济，而且传播了宗教文化，丰富了人们的文化知识，实为大好事。而广大游客、善男信女前来寺庙烧香拜佛，寄托良好愿望，祈福吉祥，净化心境，更是无可厚非。从某种意义上来说，寺庙香火鼎盛，正是太平盛世、社会和谐、国泰民安的写照哩！只是，善良的人们还需提高警惕，别让那些图谋不轨的贪官们借“烧高香”之名，玷污了这一方净土。

2009 年 11 月

64. 从贪官的"护身符"谈起

前不久在报纸上看到一幅很有讽刺意义的漫画：湖南省某县一名贪官被抓时，竟在他身上搜出5道"护身符"。这事应可载入新编《今古奇观》了。然而转念一想，又觉得不算太稀奇。纵观当今社会，"既贪腐，又迷信"的官场现象并不罕见，类似案例简直司空见惯，故此例未必能登上《今古奇观》的"大雅之堂"。

的确，时下的"官场文化"着实让人费解又忧心。什么"潜规则"、"躲猫猫"、"钓鱼执法"……怪事可谓层出不穷。再加上迷信之风盛行，简直有点乌烟瘴气了。但更值得警觉的是，人们对腐败行为比较敏感和深恶痛绝，而对贪官的迷信思想却似乎"恨不起来"。有关纪检部门不但"不告不理"，甚至"告也不理"，这便更助长了迷信之风的蔓延。

据我观察，当前官员迷信的表现主要有几个方面：一是占卜算命；二是求神拜佛；三是笃信风水；四是迷信符咒。其实，很多腐败分子与上述那位贪官一样，其迷信行为并非单一的，而是多方面的，可谓面面俱到。这些年来，仅是媒体上揭露的类似奇闻就数不胜数。例如，有人热衷于请风水大师指点，把已建成的新楼拆掉或改建，使风水更吉利，为此而不惜耗费巨资；又如，有人在"高人"指点下，对办公室的布局"大动手术"，一切按玄学的要求来摆设，以求官运、财运亨通；更多的人乐于到庙宇烧"高香"，求菩萨保佑升官发财。凡此种种，不一而足。

不要以为官员腐败与迷信思想是风马牛不相及的事情，它们其实是一脉相承的。被揭露出的很多案例足以说明，腐败官员的变质，往往与迷信思想密不可分。究其源头，由于这些腐败分子在“入朝”之前思想意识就不怎么纯正，意志并不坚定，而“入朝”之后，又不认真学习和进修，加上受到社会上和官场中的一些不良风气的影响，才慢慢变质的。特别是由于官场中的那些迷信思想容易被人忽视，没能及时清除，导致“毒水”渗透、泛滥，危害不浅。

当然，对有迷信思想的“问题官员”的处理，针对具体情况还要作具体分析和对待。对于那些只是思想意识有些模糊，“随大流”而迷信，没有触犯法纪的人，应从批评教育入手，使其提高觉悟，端正信念，并最终成为一名合格的人民公仆；而对于那些作奸犯科又深陷迷信思想泥潭不能自拔的腐败分子，则要坚决地绳之以法，绝不姑息，并要把其罪行作为反面教材，用以警示广大干部群众。

可笑的是，像上述湖南那位贪官那样，尽管机关算尽，貌似很聪明，其实是个十足的蠢材和庸才。他大肆贪腐，以为有“护身符”，就可保平安，万事大吉了。殊不知正好麻痹了自己。他就像一只把头埋进沙堆里的鸵鸟，自以为躲得很严实，其实已把肮脏的屁股暴露在世人面前。说白了，这些所谓的“护身符”，只不过是一张自欺欺人的废纸，非但不能保佑贪官们“逢凶化吉”，恰恰相反，最后倒成为他们的一个犯罪证据了。

（原载 2010 年 12 月 25 日《中国医药报》）

65. 本是同行业　相差何太远

——沪杭两企业观感

我的朋友梁先生办了一家食品饮料厂，要到上海、杭州等地选购生产设备，邀我同行当参谋。我是个门外汉，不谙机械方面的知识，怕当不好这个参谋。老梁却说，“旁观者清”，兴许外行人更能看出问题。于是，我便充当了半个主人，陪着老梁一起到华东考察一番。

国人都公认，上海向来工业基础好，机械制造业尤其发达；而杭州食品机械行业堪称后起之秀。因此，我们这次慕名到沪杭来，各选择一家颇有名气的企业进行调研，想必错不了。

第一站先来到杭州。一跨进中亚公司的大门，我们的眼前立即为之一亮。但见宽阔的厂区内，绿树成荫，绿草如茵，办公、生产、物流各个功能区布局整整齐齐，科学而有序。尤其在环境绿化、美化、净化等方面，他们很舍得下工夫、花本钱。不但在休憩区种上了很多名贵的花草树木供人观赏，令人赏心悦目，而且将办公楼也布置得很有文化气息，给人以艺术熏陶和精神享受。真的，以前我没看过哪家企业有这么漂亮、舒适和充满文化韵味的办公楼。该办公楼有一个很高而宽阔的大厅，迎面是一幅立体园林美景：石山、树木、瀑布、池水、锦鲤……浑然一体，勃勃生机。在大厅、迴廊和大小会议室里，陈列着各种精美的艺术品，其中有造型栩栩如生的大型根雕和用千年古树劈开制造的巨大平台，工程浩大，工艺精湛，令人叹为观止！如果要论价值的话，我估计起码值千万！若问为何他们舍得花这么多钱来建设环境，我从他们的宣传画册中找到了答案：为了追求崇高的理念，创办现代化的文明企业。

或许有人认为这有点像“形象工程”，是“花拳绣腿”，对一家“与钢铁打交道”的企业来说，不大实用。然而，实际情况却恰恰相反。中亚公司不惜重金建设“软环境”，因为它不但对打造品牌、提高企业知名度和美誉度大有裨益，而且也有利于他们取得可喜的经济效益。事实上，他们并非只做表面文章，而是把现代企业理念融入到生产的管理之中，从而显著地提高了生产效率、产品质量和经济效益。

也许你不相信，一家如此大手笔地“玩文化”的民营企业，他们的老板竟是一个衣着朴素、行事低调、务实谦虚的普通人。那天，要不是该公司市场总监的“隆重引见”，我绝对会认错人的。当时，他正与远道而来的几拨外商洽谈业务，未能在第一时间接见我们。但当洽谈暂告一段落，他便立即赶过来与我们见面，还亲自陪同我们到车间参观。说实话，我们此次到来，只是作初步调研，未必真的要订购产品。但这位史董事长还是非常热情，并诚恳地对我们说：“你们能抽出宝贵时间到来考察，本来就是对我们公司的信任。希望你们提出宝贵意见、批评指导。我们的宗旨是尽量为客户提供质量好、性价比高的产品，即使一时生意做不成也没关系，至少人情还在。客户是不分大小和内外的，过门都是贵宾，我们理所当然热烈欢迎！”

史董事长一番“真情告白”，把我们的心说得暖烘烘的。来到生产车间，同样令人眼前一亮。的确，这里的工作条件实在太完美了。过去，很多人对机械厂的直观印象总是不太好，常常看到车间里堆满杂物，铁屑、废零件等到处乱丢，机床脏兮兮，油污满地、噪音刺耳……然而，眼前的中亚公司却完全不同。这里的生产车间井井有条，干净而明亮，安静而有序，这充分显示出他们具有很高的综合素质和现代化管理水平。其实，他们不仅舍得花钱美化厂区环境，而且更懂得“把钢用在刀刃上”。据史董事长介绍，他们的“工作母机”大多是从国外引进的，具有世界先进水平。为了引进高精尖设备，他们不惜“一掷万金”，很多进口机器动辄几百万甚至上千万一台。由于设备先进、材料优质、管理科学，所以生产效率高、产品精度好、质量胜人一筹，从而能抢占市场的制高点，卖出好价钱。如今，中亚的产品不但称雄国内，而且已远销世界各地。过去国内有这么一种现象：很多饮料厂不喜欢用国产设备，而一窝蜂地选购洋产品。如今中亚却颠覆了这种现象。他们的产品不但饮誉国内，而且畅销国际市场，很多外商甚至不远万里地登门选购，不惜高价订货，这在国内业界堪称奇迹！为什么会这样？“好野（广州话，好东西）自然受欢迎”也！正巧，当我们来到车间参观时，就碰到有两批外商也在现场考察。史董事长说：“他们就是刚才接待的那些外商，属于大客户，已落实了批量订货。看来我们的产品有点供不应求，他们要排队等候发货。”由此可见，中亚的生意的确很兴旺，形势相当喜人！

就这样，我们带着愉悦的心情，又奔赴第二站——上海，继续进行考察。

众所周知，国人向来对上海颇为崇拜，我也不例外。特别是上海刚举办过的世博会非常成功，向全世界展示“东方巨龙”的新形象，令国人倍感骄傲和自豪。我们原先想，上海这家Q公司（化名），也是一家颇有名气的食品机械专业厂，条件一定也不会差，或许比杭州那家公司更漂亮。然而，事情往往会出人意料。待我们进厂一看，不禁大跌眼镜，继而大失所望！的确，这家机械厂的工作环境和生产条件实在太差了，整个厂区一片狼藉。陪同我们前往参观的一位副总解释说，由于上海市政建设需要，该厂被迫从市区搬迁出来，暂时在这个濒临报废的旧厂安家，所以条件较差。然而，我们认为，厂容厂貌如此窝囊，主要不是客观条件较差的问题，而关键是缺乏管理。虽说厂房狭窄一些，设备简陋一些，但如果工厂有健全的管理制度，员工们就会自觉地把环境维护得好一些，不至于把原材、废料、工具、半成品等乱丢乱放，造成车间里“无立足之地”；也不至于满地垃圾和油污，让人不敢走动。表面看来是管理无方，而实质上却是理念的缺失。

这家公司还有一家与之配套、专门加工储罐的分厂（车间），这里的条件就更不靠谱了。那天，我们乘出租车前去“探营”，尽管出租车司机是个老上海，但也找了半天才找到，原来它就“藏匿”在郊外一个仓库棚区里面。车间破旧不堪，设备更加简陋，俨然一个废品工场。看得出，工人师傅都是农民工，制罐全靠手工操作，劳动强度很大，连一件工作服都没有。如此景况，简直就是“血汗工厂”。看了之后，我真不敢相信，在21世纪的今天，在国人崇拜的大上海，竟然还有如此让人“惨不忍睹”的“知名企业”！

当然，平心而论，他们的产品质量尚能让人认可，不然就不会有销路。但应该看到，如此“问题工厂”，若不进行一番改造，终归要被历史淘汰。Q公司作为一家曾被光环笼罩的企业，在如今全社会走向文明进步的大趋势下，绝对不应自甘沉沦，把文明生产的要求抛诸脑后。如此，不仅自己跟不上时代的步伐，而且给上海人民丢了脸、抹了黑！

“本是同行业，相差何其远”。沪杭两家企业的巨大反差，给了我们一些启示。但愿像杭州中亚那样的“时代骄子”，百尺竿头更进一步，继续当好业界的标杆；而对于上海Q公司那样一时“窝囊”的企业，则要认清形势，急起直追，以免成为现代化城市的“死角”和业界光环下的阴影！

2010年12月

66. “小夹板”牵出大话题

近日媒体报道了一则“不是新闻的新闻”——广州番禺一位姓廖的孕妇，年初被小汽车撞至右小腿胫腓骨骨折，接诊的医院准备给她手术治疗。但廖女士担心手术要拍 X 光片和使用麻醉药物等，反复折腾会影响胎儿健康，搞不好甚至连胎儿也不保，故不想用此时髦疗法。她抱着一丝希望向广州中医药大学第一附属医院求医，要求保守治疗。经该院创伤骨科老专家认真检查，认为可以采用手法复位、外夹板固定的传统中医疗法。于是，老专家重操“小夹板”行当，经过 2 个多月的治疗，仅花了 1 000 元左右，就基本治愈了用手术疗法需两三万元费用才能治愈的骨折，胎儿也发育良好。

此事经媒体报道后，立即引起了人们的议论纷纷。其实，在传统中医骨伤科中，“小夹板”早已是常规疗法，它只靠中医手法复位、小夹板外固定，无须拍 X 光片，也不需做手术、打钢钉、上钢板，便能奏效；既减轻了患者痛苦，也大大地节省医疗费用。可惜这些年来，随着现代医疗技术的迅速发展，人文医学观念日渐淡薄，致使这些以“简便价廉”为特色的中医疗法渐渐被人遗忘，甚至被很多医院丢弃了，取而代之的是动手术、打钢钉、上钢板等“时髦”医术。于是，上述这个案例才成为一则“新闻”，受到人们的关注，并引起人们的思考。

人们不禁会问：像“小夹板”之类价廉物美、曾惠及众多患者的中医特色疗法，为何会渐渐地被医疗界冷落？广州中医药大学第一附属医院一位骨科老教授道出了个中因由。他感慨地说，现在不少医院和年轻医生都追求“多快好省”，重经济收入，轻人文关怀，为本人考虑得多，为患者考虑得少。一碰到骨折患者，动不动就拍片、开刀、打钢钉、上钢板，很快就“搞定”，务求“干脆利落”，来钱快，收费高，于是医院和医生个人的“创收”也“水涨船高”，何乐而不为呢？而采用“小夹板”疗法，对骨科医生来说可谓“费力不讨好”，不但基本功要求高，而且操作较烦琐，需经常跟踪调整夹板位置，医生想偷懒一点都不行，但整个收费只有区区几百元，比起“时髦”疗法明显“划不来”。于是，很多医院便对类似的传统中医疗法不重视，使之处于可有可无的状态。而很多年轻医生面对现实，也觉得这些传统中医疗法“没前途”，因而缺乏学习、继承的意识和积极性，导致业务萎缩，后继无人。

从“小夹板”遭冷落的现象可以看出，当前，在我国医疗卫生领域中，拜金主义的思想在不少人的头脑中仍较浓厚地存在着。同时，由于人文医学观念的式微，不少医生过分依赖仪器和药物诊治疾病，只会看验单和片子开处方，而缺乏人性化的诊治，这也是造成“看病难、看病贵”顽疾难以根治的重要原因之一。可见，在现代医疗技术迅速发展的今天，在医疗卫生领域加强人文医学教育，树立正确的“卫民观”，很有必要。与此同时，应该继续加强政治思想工作，使广大医务人员真正无愧于“白衣天使”的光荣称号。当然，“巧妇难为无米之炊”，对于医疗单位存在的实际困难和医生们的合理诉求，国家有关部门应给予帮助和支持。我认同上述几位中医老专家的观点，既然历史已经证明，今后还将继续证明，“小夹板”之类的中医特色的医疗技术确有不容置疑的优势，不可或缺，那么就应该理直气壮、刻不容缓地把它发扬光大，不致让它凋零甚至失传。希望国家有关部门制定出更为有效的扶持政策和措施，在进行正确引导的同时，给予一些具体的补偿。在这方面，千万别学“叶公好龙”，而要学“愚公移山”。这就是“小夹板”牵出的大话题。

（原载2011年4月27日《健康报》）

67. 奢谈“幸福”不靠谱

最近一个时期，“幸福”一词频频涌现在人们的口头和传媒中，有些人甚至到了“言必称幸福”的地步。此现象尤以广东为甚。为何如此？原来，广东省委提出了“建设幸福广东”的口号，一时间，跟风者甚众。这也难怪，国人向来就爱凑热闹，更强调“与上级保持一致”，从而有了统一行动。现在，省委提出“幸福广东”，于是，下属各级党委、政府，乃至部门和单位，便“照葫芦画瓢”，纷纷提出“幸福××（地方或单位名称）”的口号。传媒更是亦步亦趋，大造声势，推波助澜，形成了羊群效应。于是，霎时“幸福”满天飞……

诚然，“幸福”是个非常诱人的词儿，“幸福××”更是个甚得民心的口号，它反映了党和政府“执政为民”的崇高理念和伟大目标，相信没有人不衷心拥护。然而，我对这种一窝蜂地跟风的现象不以为然。曾记否？半个多世纪以来，中国人经历过多少次“运动”，每次都是“山雨欲来风满楼”，口号喊得震天响，到头来却是“有头威无尾阵”，最后只有草草地收场，正如现代网络语言所说的，“神马都是浮云”。

毛泽东说，历史的经验值得注意。国人这种“务虚不务实”的“历史经验”及“狂热习性”，我们仍记忆犹新，教训殊深。吃一堑，长一智，今天不要再重蹈覆辙了。应坚决摒弃形式主义和浮夸作风，代之以务实精神。因此，我认为，当前各级党委、政府、媒体在宣传、实施“幸福工程”的过程中，应保持一种理性的低调，弘扬广东人少说多做，甚至只做不说的精神特质，力戒虚张声势的轰轰烈烈。

总之，一心一意地为老百姓谋福祉，多做实事、好事，真真正正地提高各地各单位的幸福指数，才是“硬道理”。否则，任你天天把“幸福 × ×”挂在嘴边，报纸电台铺天盖地地“吹水”，老百姓却“充耳不闻”，反而觉得自己是“被幸福”了。

诚然，奢谈幸福没有益，而“扯淡”幸福指数同样不靠谱。近日，我在网上看到了一份公告，谓之《全球幸福指数报告》，我就认为它有点“扯淡”，不靠谱，因为它的调查结论不符合实际。该报告是联合国委托美国哥伦比亚大学地理研究所发布的。调查对象是全球156个国家，时间从2005年至2011年。幸福指数用10分制评判，结果是：丹麦位居榜首（得8分），芬兰和挪威分获第二、三名（“三甲”均为北欧国家，平均得分达7.6分）。亚洲“三甲”分别是新加坡（第33名）、日本（第44名）和台湾地区（第46名）。中国香港排名67位，中国内地则排在112位。最后的是仍饱受贫穷折磨和战争洗礼的一些非洲国家，其中多哥仅得3分，排名垫底。

一看到这份报告，我心里不由得觉得莫明其妙。别的不说，仅从排名而言，我就觉得不够客观。难道中国的情况真的那么惨不忍睹，仅能排到112位，几乎与最不幸福的非洲国家为伍吗？我认为此事肯定有蹊跷。

那么，这份“全球幸福指数报告”是根据什么标准弄出来的呢？据说，衡量标准涵盖了很多方面，包括政治、经济、民生、民主、自由、精神状态等。乍一看，似乎比较科学和公正，但深入一分析，却发现并不科学和公正。例如，有关政治、民主、自由、精神状态等指标，就有很大的不确定性，“判官”很容易产生偏见，难以公正地“打分”，甚至往往颠倒黑白。事实上，各个国家的政治制度、意识形态、生活习惯、民族风俗、宗教信仰等都不尽相同，对“幸福”的感受千差万别，是不能用统一标准来衡量的。例如中国，近二三十年来经济持续腾飞，国力大大增强，民生显著改善，社会面貌日新月异，成就是有目共睹的。撇开那些枯燥的指标不看，仅凭感性认识，人们完全相信，中国的幸福指数不会很低。之所以落后，原因如果不是在于调查项目的设计欠科学，那就是“判官”打分有失偏颇了。我甚至怀疑，是否有人心怀叵测，故意“导演”了这么一场闹剧呢？

常言道，公道自在人心，人人心中都有一杆秤，事实胜于雄辩。近年来，我们国家对民生工程的确越来越重视，老百姓享受到了社会、经济发展带来的成果，幸福感油然而生，大家都感同身受。当然，中国还有很多不尽如人意的地方，甚至还存在一些较为严重的问题，例如分配不公、贫富悬殊、官员腐败、环境污染、通货膨胀等，这些问题的确会拉幸福指数的后腿。但我们也应清醒地知道，这是前进中的缺陷，是可以通过不断改革、调整加以改进和克服的，对此我们充满信心。

其实，幸福是一种主观的感受，它包括物质和精神两个方面。具体地说，幸福指数应与经济是否富裕、社会是否公平、心态是否良好有关，且三者都不能偏废。然而我认为，三者之中首先要求经济富裕，因为只有经济富裕，才能提供物质享受，而物质享受是幸福的基础。令人纠结的是，并非全世界都有此共识，有些国家和民族、群体甚至认为“越穷越幸福”呢。最近，我曾到南亚一个很大的国家旅游，这个国家贫富极其悬殊，穷人特别多，很多“贱民”就住在破烂不堪的贫民窟里，过着极端贫困的生活。然而，令人匪夷所思的是，“贱民”们却并不感到很悲惨。相反，当电视台记者前往调查、采访时，他们还情不自禁地“秀”幸福哩。问题于是来了：为什么生活在最底层的穷人，他们的幸福感并不低呢？我想，这就是国情、民情不同的缘故。据说这个国家的民族有个共同特点：忍辱负重、容易满足、甘于等待。正是这三个特点，使他们“福在其中”。他们认为，虽然现在还是住在贫民窟里，但也觉得比以前有所进步了，只要耐心等待，相信以后会更好。有这么好的心态，难怪他们感到很幸福了。

记得近10年前，我还到访过东北亚一个邻邦，这个国家同样很穷、很落后，而且很封闭，老百姓连饭都吃不饱。但由于当政者善于给国民“洗脑”，强制灌输一种特殊理念，使老百姓蒙在鼓里，不知道外面的世界是什么样子，以为他们的国家是全世界最好的。于是，他们饿着肚皮在奢谈幸福，完全用精神寄托取代物质享受，实在是可怜又可悲！

由此可见，不同的国家、不同的人群，都有不同的幸福观。有些人重视物质，有些人重视信仰；有些人讲求奉献，有些人热衷贪婪；有些人心态平和，有些人有“阿Q精神”……然而不管怎样，我认为都应该有个“谱”，这个“谱”就是上面提到的经济富裕、社会公平、良好心态三个因素，只有把三者有机地结合起来，才有真正的幸福。

归根到底，幸福不会从天降，也不能靠空泛的奢谈而得来。所谓“幸福指数”的评判，其实没有一个放之四海而皆准的“金标准”。我认为，一切不符合实际、违背大多数人意愿的有关幸福指数的评判，都是不靠谱的，姑且付之一笑吧！

2012年4月

68. 剖析“中国人”

老朋友曹先生移民澳洲已几年，但总是“身在曹营心在汉”，大部分时间还留在广州居住。不因别的，皆因他的生意“大本营”还在广州。他原来是“做药”的，后来却转行“做酒”，在澳洲注册了自己的红酒品牌，进口到中国来销售。同时还办了一家水族箱的生产厂，产品销往国外。总之，两盘生意均以广州为“根据地”，难怪他留恋羊城了。于是，我仍有很多机会在广州与他见面，每次都是边畅饮边闲聊，话题涉及天南海北，气氛很是轻松。

然而近日有一次，他忽然问起我一个很严肃的问题：怎样评价中国人？这个问题实在太大了，我一下子不知如何作答。便反问道：“你怎么忽然想起这个问题呢？”曹兄解释说：“我在澳洲参加社交活动时，常碰到洋人这样问我，我答不好，所以请教你。我觉得自己有责任向人家介绍，让他们了解中国人的特质，这对提高国人的声誉有好处，对我广交朋友、拓展生意也有利。”

哦，原来如此。既然老曹觉得“有责任”，那么，我也应“义不容辞”，与他共同探讨一下这个复杂而严肃的问题。看来非绞尽脑汁不可了。

说真的，以往我也曾“弹”（评价）过不少外国人，每次出国回来都要写些小文章，对国外一些人和事评头品足一番，谓之“以中国人的眼光看外国”。如今却要反过来“弹”自己，“以中国人的眼光看中国”，此事真的从没想过。古诗云：“不识庐山真面目，只缘身在此山中。"我想，"自己评自己"会不会两眼一抹黑，导致评价不客观呢？然而转念一想，又觉得无须杞人忧天。因为虽然"身在此山中"，也不等于闭塞了眼睛，完全看不到身边及附近的景物。实际上有很多事情是心知肚明的。况且，我们的前辈们过去已有不少关于这方面的见解和评述，例如鲁迅先生的《阿Q正传》、台湾作家柏杨的《丑陋的中国人》等，都可以参考和借鉴。当然，最主要的还是看我自己对宏观问题的洞察力。我认为，凭着我在中国土生土长70年的经历，走过那么多地方，见过那么多世面，接触过那么多人和事，通过综合分析，相信也能对中国人作出比较客观的评价。为了便于叙述和记忆，我不妨把它概括成20种"精神特质"，即"十好十劣"，可谓"喜忧参半"。

所谓"十好"，也可称为"十大优良品德"。具体是：①勤劳俭朴；②忍辱负重；③崇尚权威；④讲究义气；⑤礼尚往来；⑥亲情为大；⑦认祖归宗；⑧终生储蓄；⑨喜欢热闹；⑩同情之心。

所谓"十劣"，也可称为"十种劣根性"。具体是：①心胸狭窄；②愚昧落后；③仰慕虚荣；④缺乏诚信；⑤贪小便宜；⑥攀比嫉妒；⑦狡辩滑头；⑧忽视卫生；⑨不守秩序；⑩妄自尊大。

应该说，以上这"十好十劣"都是比较原则性的，有些可能不大容易理解，故需进一步加以阐明：

(1) 勤劳俭朴——这是举世公认的中华民族最优良的品德之一。的确，中国人为了谋生，最艰苦、最难挨的工作都去干，以很微薄的收入也能养活一家人。当家乡确实没有活路时，便闯关东、走西口、下南洋。结果，依靠自己的勤劳拼搏，在异国他乡也能扎下根，谋求发展。

(2) 忍辱负重——由于中国人性格内敛，不事张扬，遇到不平之事往往只藏于心底，以逆来顺受的姿态换得和谐，最终守得云开见月明。

(3) 崇尚权威——中国人最希望有别人来领导、管理自己，不想太民主、自由。一旦“无王管”，心里反而不踏实。这与西方人强调自我有很大差异。

(4) 讲究义气——中国人很讲究“江湖义气”，特别崇拜关公，讲交情，重忠义。不忘恩典，“滴水之恩，涌泉相报”；危难时，路见不平，拔刀相助，为朋友不惜两肋插刀。

(5) 礼尚往来——中国人特别热情好客，强调礼尚往来。一般来说，中国人送礼有三种情况：一是民间习俗的礼仪，包括红白喜事所做的“人情”；二是亲友之间往来沟通，表达问候与敬意；三是答谢曾经帮助过自己的人。此外，送礼还有“你敬我一尺，我敬你一丈”的强烈意识，哪怕自己不宽裕，送礼时都很大方。

(6) 亲情为大——中国人最注重家庭和亲情，所谓“血浓于水”、“骨肉同胞”。“亲情”形式数不胜数，有同胞情（父母、兄弟姐妹）、乡情、友情（校友、工友、战友等），甚至“同姓氏都有三分亲”。于是，各种“亲情组织”多如繁星，什么宗亲会、同乡会、同学会、战友会、球迷会、歌迷会……组成了一个个圈子，很多还互相交集，活动频繁，气氛热烈，其乐融融。近年来，这种现象越来越普遍，它既是中国人的一个特质，又是中国社会进入太平盛势的反映。

(7) 认祖归宗——如果说，一个人什么都可丢弃的话，那么，中国人最不能忘记的是自己的祖宗。一生一世最耻辱的事情就是被人骂“数典忘祖”。出外的游子即使走到天涯海角，最终都想“落叶归根”。每年有两个传统节日——春节和清明节，人们都千方百计赶回家团聚和拜祭祖宗。不管你走得多远，官职多大，地位多高，财富多少，都要回来在长辈和祖宗跟前行礼，表达敬仰之情。于是，造就了中国独有的“春运现象”，年复一年，热潮不退。另一方面，中国人寄托于传宗接代，“望子成龙，望女成凤”，把子女看作私有财产，而不是社会成员，所有家产都要传给子女（特别是男丁），一代一代传下去。

（8）终生储蓄——中国人向来有储蓄的习惯，具有强烈的“积谷防饥”、“攒钱防老”的意识，从而不会“先花未来钱”。即使有些人收入甚微，也不敢当“月光族”，而是千方百计“抠”出一点余钱，用来储蓄。人们的普遍心态是，“手中有卡（银行卡或存折）心不慌”。而且认为最保险的是用现金消费，“数钱数到手软”最快乐。

（9）喜欢热闹——中国人喜欢凑热闹，不管发生什么事情，都爱围观，正如广东人说的，“倒泻屎都去睇一阵”。除此之外，还喜欢“埋堆”（聚会），而不喜欢独自一个人，因此常常邀约朋友们“开派对”。一旦相聚，就尽情欢乐，气氛越火爆、越热闹就越好。往往把餐厅变成了交流场所，这种场面与外国截然不同。外国人吃饭时，总是“潮州音乐——自己顾自己”，从始至终闷不作声，只顾低头用餐，不与任何人打招呼，连刀叉都没有碰撞声。

（10）同情之心——也许因为中国人经历过太多的苦难，从而养成了一种对别人的不幸更加同情和怜悯的心态，希望能为不幸者分担悲惨，把救人于危难视作一种本能，“胜造七级浮屠”。

这就是我剖析的中国人“十大优良品德”。

至于“十种劣根性”，我想大家看到上面的表述，都已一目了然，无须过多地解释了。不过，有几种陋习我个人的感受特别深，不妨再来议一议。

先是“心胸狭窄”。中国人普遍缺乏宽广的襟怀和雄心壮志，很容易满足，例如农民，只盼望“两亩地，一头牛，老婆孩子热炕头”。对大多数人而言，则是“日求三餐，夜求一宿”。事业上更不想有什么建树，而是“不求有功，但求无过”。

其次是“愚昧落后”。这里主要是指很多人没有文化，见识少，容易受人诱惑和蒙骗。同时，封建迷信思想较浓，求神拜佛之风甚烈。

再说“仰慕虚荣”。这是很多中国人都有的畸形心态。具体表现在攀龙附凤、趋炎附势上。正如鲁迅先生批判的“阿Q精神”。哪怕他已到了穷困潦倒、身无分文的地步，还不忘吹嘘“老子先前比你阔”。最近一个时期以来，一些地方先后爆出“富二代”、“官二代”炫富的事件，说明爱慕虚荣仍有市场，“传承者”还真不少。

说到“缺乏诚信”。如今，此劣根性非但“阴魂不散”，而且似乎有愈演愈烈之势。因为讲假话、干假活、“口不对心”的人太多，几乎成了一种风气。当前最严重的就是造假售假问题，致使“打假运动”成了全国人民一项长期、艰巨的工作。

最后说一说“攀比嫉妒”的问题。说实在的，我对此弊病深恶痛绝。有人调侃说，不知中国人的骨子里是否就有这种“变态基因”，不然，为何世世代代都遗传下来了呢？的确，在现实社会中，攀比、嫉妒的陋习随处可见。比较明显的心态是，“人比人，气死人”，只能我比你好，不能你比我好，一旦你超过了我，我就愤愤不平，甚至“使横手”把你拉下来。由于心术不正，往往做出“见高官就拜，见蚁民就踩”的恶行。总之，这种攀比、嫉妒的现象真是太普遍了，也几乎成了中国的一种官场文化。

诚然，所谓“十好十劣”，只是大体而言、大概而言，并非所有中国人都如此。况且，有些好、劣并不是绝对的，有时甚至分不清界限，或会变更、互换。为此，千万不能把它视作“标准”，只作为一个“内参”罢了。

2012 年 4 月

69. 才华横溢　“怪画”连篇*

——访“现代派”画家李华生

在今年（1984年）广州春交会上，四川画家李华生的几幅“貌不惊人”的中国山水画，引起了外商的极大兴趣。寥寥数笔，竟以3 000元巨额成交！我不谙画道，但着实喜欢这种凝练、古拙、标新立异的新作。睹画思人，不禁萌发起对才华横溢的作者的敬慕之情。无巧不成书，最近，我忽然有机会亲临重庆，于是慕名登门拜访了他。

生活中常常充满戏剧性。我原先想，笔法凝练、风格古拙的作品，定然出自老画家之手，李华生准是个鹤发童颜的老头儿。谁知一进门，迎来的却是个朝气蓬勃的青年人！

知道我猜错了，他哈哈大笑，说犯“经验主义”错误的并非我一人。去年秋天，美国旧金山中国文化中心一位美术史家来访时，已有先例。这位贵宾是为筹集即将在美国举办的《当代中国画》展览会的作品而慕名登门的。李华生热情地接待了他，端茶递烟忙个不停。不料，等了一会儿，客人不耐烦了，问陪同的人道：“李先生怎么还不出来?”陪同的人指着面前的李华生说：“他就是李华生啊!”美国客人惊愕了，耸耸肩，惊呼：“想不到，真的想不到！如此年轻，不简单!”他当即向李华生索画，李华生于是即席挥毫，作了一幅名为《农家》的画。由于匆匆而就，画面布局欠周详，以至于题跋挤迫在一起，连落款的

---

* 此文在作者以往出版的书刊中从未收载，时隔28才收录于本书。

地方也没有了。李华生为表示歉意，准备重画一张。不料客人却说："不必了！这一幅就很妙，恰到好处。我非常满意！"于是，他高兴地带走了这幅被李华生认为是"次品"的习作。想不到后来它竟成为《当代中国画》画集的封面和这次画展的海报画哩！

李华生告诉我，这次画展非同凡响，它共收集了当代中国画坛最有名望的36位画家的53幅作品，而他本人就占了3幅。画展正在美国10多个城市巡回展出，轰动一时。台湾在美国出版的一家《中国时报》曾载文赞道："……有几个30岁左右的画家也很有潜力，像李华生的《村景》及自题'莫笑农家腊酒浑'的两幅作品就很被看好，被认为是最具发展潜能的青年一代。"6月22日《纽约时报》也曾载文赞扬李华生"引人注目的抽象派表现手法"取得"十分显著的艺术效果"。

李华生出身于四川省巴县一个农民之家，自小随父流落到重庆。后来，父亲成了长江航运公司的职员，他于是也成了"码头小子"。在他的眼中，印象最深的是巍峨的山城、蜿蜒的山峦、络绎的帆影和汹涌的波涛。图画般的环境使他成了画迷。6岁时画的《公鸡图》被选送参加全国儿童美展，并在儿童美展中崭露头角。中学毕业后，他也加入了"长航"的行列，直至如今，虽然已成了著名画家，仍然不离开朝天码头，仍然是长航俱乐部的一名普通职员。38年来，他与长江、嘉陵江结下了不解之缘，巴山蜀水孕育了他豪放、倔强、幽默的性格和炽热的乡土情怀。他的艺术爱好非常广泛，尤其酷爱川戏。在我们交谈之时，他也常常出其不意地哼几句韵味十足的川曲，甚至拉起架势表演一段，逗得我们捧腹大笑。他说："川戏高深的艺术也影响了我的画艺。"的确不假，他的作品往往融汇了多种艺术的精华，成为博采众长的典范。他没有进过正规的美术院校，全凭勤奋和天赋，自学成才。他对油画、版画、水粉画都有研究，近年来更迷上了中国山水画，而且一鸣惊人，令国内外同行为之瞩目。

“你是怎样形成自己的艺术风格的呢?”我怀着浓厚的兴趣问。李华生说：“我原先也是‘写实派’，承师于传统画技，1978年才‘转风’的。”他接着解释说：“中国山水画由于千年来长足的发展，确有千岩竞秀、万壑争流之大观。但由于传统技法的极度成熟，有时就容易满足于因袭，以致千人一面，万作雷同，使山水画失去了生气。世间一切事物都在发展，中国山水画的技法也应该发展，应该创新，用时髦的说法叫改革，不然就没有前途。”因此，他立志当一头开荒牛，开创出一条新路，试图让中国山水画的传统技法与现代抽象派的表现手法相融合。

“可是，有人认为你的画太怪了，画的房子歪歪斜斜，树干秃、枝丫弯，人畜干瘪，有损光明形象。你的看法怎样?”李华生莞然一笑，说：“艺术观点可以争辩，不能强加于人，但要做一顶极左的帽子给我戴，我是不戴的。要知道，艺术家不是科学家，画家绝非建筑师。如果画家画的房子都像描图员画的设计图那样，那还有什么艺术可言！艺术是讲究美的，而呆板、单调、僵化，从来与美无缘。绘画大师齐白石说得好，画好在像与不像之间，艺术的美也蕴藏在其间。至于怪与不怪，要辩证地看问题。‘文革’时，唱‘忠字歌’、跳‘忠字舞’，被认为是‘艺术’。现在看来，那才是真正的怪呢！相反，那时把芭蕾舞、交响乐看作怪的，但那才是真正的高尚艺术。”稍停，他又对我说：“听说你们广州人现在的衣着很讲究，服饰五彩缤纷，鲜艳夺目，连‘奇装异服’也敢穿了，这不是很好吗？总比过去清一色的干部装要丰富多彩，总比过去人们在大街上只看到一片黑压压、灰不溜秋的色彩更有生气了吧?”

“农民看得懂你的画吗?”我不客气地问。

“农民最懂!”李华生高兴地说，“我画的大多数是他们熟悉的景物，他们一看就懂！有一次我下乡，一个农妇看了我画的一幅村景，不由得惊叫道：‘哟，这棵树就像我家种的那棵一样，光秃的树杆上抽出几条弯曲的枝丫，这是桑树，桑树就是这个样子的。这房子、小桥、石头，都很像，很有趣！’”

说到这里，李华生取出他珍藏的画稿和画册让我欣赏。我发现，在他的大量作品中，描绘名山大川的固然不少，但不及田园小景多。近年来，他常常把探索的笔触伸向乡村的竹篱茅舍、蕉荫柑林、小桥流水，满怀深情地讴歌巴山蜀水和天府之乡的和平生活。他在一幅名曰《溪林归禽》的作品中题道：“蜀中丘林地，多溪流，林木往往青疏多趣，余喜绘之。日久方知，为图作画，不在乎名山大川。”这一发现，更增强了他决意改变画风、追求标新立异的决心。于是，在他的如诗的田园画卷中，已形成了自己鲜明的特色：构图别致、用墨凝练、立意新颖、墨色雅淡；人物、房屋、石头、林木、小桥等，常常有些变形，包括题跋落款，都妙趣横生，真正是“简拙中见意趣，平淡中寓深情”，令人爱不释手。他见我与之有“共同语言”，便即席挥毫作了一幅《读书图》赠给我，寓意我也是个读书人，可融入画中意境，别具意义，使我喜不自禁。

李华生是个勤奋的人，他搞创作多用业余时间，每天必须到他的“根据地”——长航俱乐部上班，完成他的本职工作，下班后才能埋头作画，晚上经常作画到深夜一两点钟。在他的客厅里，我看到悬挂着的一帧大条幅，上书“天道酬勤”四个苍劲有力的大字，那是我国著名老画家李可染的手笔。无疑，它是李华生勤奋耕耘的座右铭，同时也是他事业成功的真谛。他不由得回想起“文革”时的那段经历。尽管那时还未成“家”（画家），但依然免不了受到一些打击，受到“革命派”的歧视和冷落。这倒好，他干脆“两耳不闻窗外事，一心奋发攻丹青”，从而使他的画技有了长足的进步。每想起这段“黄金岁月”，他就感到万分欣慰，认为是“因祸得福”。

李华生最不善交际，尤其不谙“关系学”。他对有些人“以画谋私”，让艺术沾染铜臭的行为深恶痛绝。他说，齐白石大师的教诲“画者，寂寞之道”说得很对，倘若一个画家不甘于寂寞，一味追求热闹，忙于交际、应酬，追名逐利，他怎能深入到艺术的无限境界中？对于应酬一些领导、朋友的索画，他历来有一个原则：倘若是与自己有共同语言、真正珍惜艺术的人上门来取，一定奉送。而企图通过“关系网”，转弯抹角托人情来索画的，不管是什么人，对不起，没门！说真的，他这个“怪脾气”，也惹来不少妒忌和责难，而他一概充耳不闻！

他的时间太宝贵了，我不宜过多地打扰他。临别，他告诉我一个好消息：应天津人民美术出版社约稿，他的个人画集近百幅作品已经脱稿，即将付印。另外，现正着手创作一批新作品，准备在年内举办个展，到北京、深圳等地巡回展出哩！

我衷心祝贺他在艺术上取得更大成功！

（原载 1984 年 9 月 14 日《香港晶报》）

后　记

本书取名《非常的世界》，写作过程却让我感到“非常的吃力”。想必是年纪大了，“余热”临近枯竭之故吧。透支心血不说，还要“赔本”（自费出版），实在是吃力不讨好。然而我却义无反顾，皆因兴趣与责任使然。事实证明，兴趣是做好事情的强大动力，而责任则是克难制胜的保证。至于是否“赔本”，看你用什么样的价值观来衡量。我认为，写书也是创造财富，即使个人在经济上吃点亏，但能为社会奉献一些“精神食粮”，这种吃亏我看也是值得的。而从事业心和成就感的角度来说，我认为，能接连不断地出版新书，就是在精神上“赚大了”，可以成为“小富翁”了。正是基于这些理念，我视苦为乐，视难为荣，视亏为盈，坚持不懈，乐此不疲。这也许就是我的“非常价值观”所蕴涵的一种“魔力”吧！

从“务虚”到“务实”。具体说到写这本书的心得体会，不妨用“三挤”来概括：挤时间、挤脑汁、挤牙膏。

“挤时间”不用作太多解释。无人不承认，上帝是最公平的，给每个人都是同样多的时间，要想多做些事，只有把时间挤出来。这对于“夕阳人”尤为重要，因为“有效时间”不多，一旦懈怠就无法追补。鉴于此，我常常引用著名诗人臧克家“老牛亦解韶光贵，不待扬鞭自奋蹄”的名句来鼓励、鞭策自己，尽量做到少偷懒，多挤些时间写东西。平时，我不打麻将，疏于应酬，连喝早茶的机会也很少，空余时间大都用于读书、看报和写作。

“挤脑汁”与“绞脑汁”意思相近，但凡摇笔杆子的人莫不如此。而我却有一点独特的体会：把“挤脑汁”作为养生、保健的特殊方法之一。我认为，老年人不宜太养尊处优、谨小慎微、无所事事，因为老是不动脑筋，脑子就会“生锈”，反而会加快衰老。因此，坚持动脑，不断思考问题，对身心健康更有益。我甚至还有一个“谬论”，认为适度忧虑（俗称“伤脑筋”）有利于预防老年痴呆症。这其实是有一定道理的，因为适度的“伤脑筋”能加强对大脑皮层的刺激，促使血液微循环畅通，保持思维活跃，正如“生命在于运动”的道理一样。

所谓“挤牙膏”，那是一个比喻。比喻写作时的苦思冥想，把素材像挤牙膏那样从“记忆库”中挤出来。我创作旅游散文有个特点，在观光游览的当时很少思考问题，也没有下意识要写什么文章，而是等到旅游回来之后，才逼着自己要“有所交代”(写点文章)。然而，这时已把很多故事都忘掉了，必须进行一番艰难的回忆，把“猛料”一点一滴地挖掘出来。通过“去伪存真”、“去粗存精”的整理和分析，提炼出一个主题，然后围绕着主题做文章。我也不知道这种“硬挤”是不是好办法，但事实上它能把很多被埋没掉的精彩故事挖掘出来，使之“复活”，从而写出一篇篇颇生动的文章。

今天，《非常的世界》顺利出版了。在庆贺之际，我忘不了众多热心人士的支持与帮助，在此谨致谢意！在这些热心人当中，既有老朋友，也有新朋友；既有在精神上给予鼓励的，也有在经济、技术上给予支持的。例如，香港中药学会会长徐锦全先生和惠州市东方国际保健品有限公司总经理梁计照先生，是我相识了几十年的老朋友。我们三人曾多次一起出差，足迹遍及国内外，尝遍了甜酸苦辣，结下了深厚的友谊。“三人行”中的一些经历和片断，在本书中亦有收载。当他们得知我将出版这本书的时候，立即表示责无旁贷，予以支持和赞助。中山市康柏力电子科技有限公司董事长何庭华先生则是我的新朋友。不久前他才从普通小家电行业向大健康产业拓展，有意结交我这位曾经为健康产业摇旗呐喊、鸣锣开道的“老记”，我们可谓心有灵犀一点通。当他知道我要出版这本书时，便热情地给予赞助。此外，广东罗浮山国药股份有限公司、广州国览医疗器械城、东莞市亚洲制药有限公司，安利（中国）用品有限公司、广东广济医药器械有限公司、湛江华粤医药有限公司以及医药界的老朋友李权钦、谢应文等单位和个人，也分别给予我大力支持。特别值得一提的是，罗浮山千年古寺华首台现任主持印得大师，不但在我前几次出书时给予支持和赞助，而且这次又继续“给力”。在此，我对各界朋友的真情厚意，再次表示衷心感谢！

当然，应该感谢的还有暨南大学出版社的有关领导和编辑，他们为这本书的出版发行奉献了智慧，付出了辛勤劳动与心血，精益求精地把好质量关，为本书增色不少。

由于本人水平所限，本书错漏在所难免。特别是当今世界形势复杂多变，很多事情如同雾里看花，难以看清，更难以准确地判断其真假、善伪。因此，我在书中写到的对某些事物、事件的观点和评价未必完全正确，而且随着时间的推移和环境的变迁，或许有些事情的本质已走向反面。因此，我们不能“一本通书读到老”，而应与时俱进地看问题，认真进行分析和思考，充分考虑书中所载事件的时效性，这也是我在每篇文章的最后都注明写作或发表日期的原因。读者朋友们如有发现书中的不足甚至错误之处，敬请批评指正，本人将不胜感谢！

黄每裕

2012 年 9 月